KNAUR

Von Andreas Föhr sind bereits folgende Titel erschienen:
Der Prinzessinnenmörder
Schafkopf
Karwoche
Schwarze Piste
Totensonntag

Über den Autor:
Andreas Föhr, Jahrgang 1958, gelernter Jurist, arbeitete einige Jahre bei der Rundfunkaufsicht und als Anwalt. Seit 1991 verfasst er erfolgreich Drehbücher für das Fernsehen, mit Schwerpunkt im Bereich Krimi. Zusammen mit Thomas Letocha schrieb er u. a. für »SOKO 5113«, »Ein Fall für zwei« und »Der Bulle von Tölz«. Für seinen Debütroman »Der Prinzessinnenmörder« ist Andreas Föhr mit dem begehrten Friedrich-Glauser-Preis ausgezeichnet worden. Mit »Schwarze Piste« stand Föhr monatelang unter den Top 10 der Spiegel-Bestsellerliste. Andreas Föhr lebt bei Wasserburg.

Andreas Föhr

Wolfsschlucht

Kriminalroman

KNAUR

Besuchen Sie uns im Internet:
www.knaur.de

FSC www.fsc.org MIX Papier aus verantwortungsvollen Quellen FSC® C083411

Vollständige Taschenbuchausgabe Juli 2016

Ein Imprint der Verlagsgruppe
Droemer Knaur GmbH & Co. KG, München

Redaktion: Maria Hochsieder
Covergestaltung: ZERO Werbeagentur, München
Coverabbildung: © Iain Traynor / Arcangel Images
Satz: Daniela Schulz, Puchheim
Druck und Bindung: CPI books GmbH, Leck
ISBN 978-3-426-51296-8

2 4 5 3 1

Für Bärbel und Klaus

1

Holzkirchen

Die Alpen waren nah an diesem Abend. Auf Wallberg und Hirschberg lagen Schneereste, die Zweitausender dahinter leuchteten weiß. Der April war mild in diesem Jahr. Bianca Stein saß auf der Terrasse ihres Hauses und betrachtete die Alpenkette, ohne sich an dem Anblick zu erfreuen. Im Whisky bildeten sich zitternde kleine Wellen, als sie das Glas zum Mund führte. Die malzige Hitze, die sich in ihren Eingeweiden ausbreitete, beruhigte sie, und als sie das Glas absetzte, blieb die Flüssigkeit ruhig. Sie schloss die Augen. Das Pochen der Schläfenadern verursachte einen stechenden Schmerz oberhalb ihrer linken Braue.

Sie war mit dem Kopf gegen die Schreibtischkante geprallt, und der helle Teppichboden in ihrem Büro hatte rote Flecke bekommen. Er muss schnellstmöglich ausgewechselt werden, dachte sie, während sie das Glas noch einmal an die Lippen hob. Platzwunden auf der Stirn seien sehr ergiebig, hatte man ihr im Krankenhaus versichert. Vier Stiche musste der Assistenzarzt in der Notaufnahme setzen. Er hatte sie skeptisch angesehen, als sie sagte, sie sei gestolpert. Das war ihr egal. Mehr Sorge hatte ihr bereitet, dass der Assistenzarzt jung war und unerfahren. Begriff er überhaupt, was eine Narbe im Gesicht für eine Frau bedeutete? Wie viele Platzwunden hatte er schon genäht?

Das Telefon klingelte. Es war Isabell, ihre Mutter.

»In der Arbeit haben sie gesagt, du musstest ins Krankenhaus? Um Himmels willen – was ist passiert?«

Bianca erzählte es.

»Mein Gott! Auf die Schreibtischkante! Das kommt davon, wenn man am Wochenende ins Büro geht.« Es folgte eine Pause, in der Isabell etwas trank, Wein vermutlich. Bianca konnte es ihr kaum vorhalten mit einem Glas Whisky in der Hand. »Wie geht es dir jetzt?«

»Schlecht.«

»Ja, ich weiß. Narben sind was Fürchterliches.«

»Mitten im Gesicht! Ich hätte auch mit dem Hinterkopf draufknallen können. Aber nein!« Bianca schniefte und kämpfte mit den Tränen.

»Vielleicht wächst die Augenbraue ein bisschen drüber. Man muss ja nicht immer so dünn zupfen.«

»Ich will aber nicht aussehen wie Breschnew! Was redest du da?«

»Tut mir leid, Spatz. War nur ein Vorschlag.« Es folgte eine weitere Getränkepause. »Um was ging es denn bei dem Streit?«

Bianca überlegte kurz, ob sie ihre Mutter einweihen sollte. Aber das war noch zu früh. Sie wollte erst Gewissheit haben. Außerdem war sie sich nicht sicher, inwieweit sie ihrer Mutter trauen konnte. Vielleicht wusste sie es schon seit Jahren. »Das Übliche. Ich hab ihm gesagt, dass wir bald pleite sind, wenn er so weitermacht. Das hört er nicht gern.«

»Ah ja?«

Isabell war fern aller Lebenswirklichkeit und Alkoholikerin. Umso mehr staunte Bianca über das feine Gespür ihrer Mutter. Kein Zweifel – sie ahnte, dass es diesmal um mehr gegangen war. Bianca schwieg.

»Kann ich dir irgendwie helfen?«

»Im Augenblick nicht. Aber es kann sein, dass ich dich bald brauche. Es wäre schön, wenn du dann wirklich da wärst.«

»Ich … ich bin da.« Isabell machte eine weitere Pause, aber es schien Bianca, dass sie diesmal nicht trank. »Du machst mir Angst. Aber ich bin da, okay?«
»Ich melde mich. Ciao.«
Bianca legte auf. Sie hatte Angst. Angst vor dem Kampf, der ihr bevorstand. Vor der Auseinandersetzung und dass sie sich vielleicht auf lange Zeit mit anderen Menschen zerstreiten würde. Diese Furcht war normal und vernünftig. Aber dann saß da noch die andere Angst in ihrem Bauch. Eine naive, abgrundtiefe Angst, wie sie Kinder hatten oder vielleicht Menschen im Mittelalter. Bianca war weder Kind noch im Mittelalter verhaftet. Sie war Anfang dreißig, hatte ein Studium absolviert und arbeitete erfolgreich als Marketingmanagerin einer Privatklinik. Und dennoch hatte sie eine ganz und gar irrationale Angst. Angst vor einer Frau mit roten Haaren und stechend grünen Augen. Angst vor einer Hexe …

Einige Kilometer entfernt

Es war fast dunkel, und die Temperaturen zogen an. Windlichter brannten im Kreis um den Kraftort über dem Erdstall – fünfzig Schritte vom Bauernhaus, zwölf von der Esche. In der Mitte des Kreises ein paar Damenhandschuhe aus Schweinsleder, teuer und wenig getragen. Unter den Handschuhen ein Pentagramm, das Stefanie Lauberhalm oben an der Ätherspitze beginnend zunächst nach links unten gezogen hatte, wo sich die Spitze befand, die das Prinzip der Erde symbolisierte. Die Reihenfolge der übrigen vier Striche ergab sich von selbst: Wasser, Luft und Feuer. Der letzte Strich zurück zum Äther vollendete den Drudenfuß.

Stefanie war sechsunddreißig Jahre alt, ihr Haar rot und kurz geschnitten, das Gesicht länglich mit einem energischen Kinn (es erinnerte entfernt an die Nofretete) und einem Mund, der die meiste Zeit, so hatten viele Mitmenschen den Eindruck, spöttisch lächelte. Waren ihre Augen nicht wie jetzt geschlossen, strahlten sie in einem Grün, das man sonst nur von Gletscherbächen kennt: eisig und hell. Stefanie war in eine Decke gehüllt und wiegte ihren Körper vor und zurück, die Lippen bewegten sich lautlos.
Es war still in dieser kühlen Frühlingsnacht. Nur vom nahen Bach gingen glucksende Geräusche aus. In dieser Stille hörte sie die Schritte, als sie noch beim Haus waren. Die Füße strichen über die ungemähte Frühlingswiese und zerknickten hin und wieder einen trockenen Zweig, der vom Winter übrig war.
»Was tust du?« Ansgar stellte sich an den Rand des Lichterkreises.
»Ich meditiere«, antwortete sie.
»Über Handschuhe?«
»Über Handschuhe.«
»Es sind die Handschuhe, die sie neulich vergessen hat, nicht wahr?«
Stefanie schwieg und wartete, dass er gehen würde. Er blieb.
»Warum machst du das?«
»Meditieren?«
»Schwarze Magie.«
»Was kümmert's dich? Du glaubst doch sowieso nicht dran.«
»Schwarze Magie vergiftet die Seele. Die Seele desjenigen, der sie betreibt. Und sie fällt dreifach auf dich zurück.«
»Willst *du* mir Vorträge über Magie halten?«

»Das sind deine eigenen Worte. Und ich glaube, das siehst du ganz richtig. Es stimmt, unabhängig davon, ob der Hokuspokus funktioniert oder nicht.«

»Wir hatten doch vereinbart«, sie drehte sich zu Ansgar und richtete ihre grünen Augen auf ihn, »dass du nicht abfällig über meine Kunst redest.«

»Tut mir leid.« Er betrachtete das Arrangement um Stefanie herum, hatte die Hände in den Hosentaschen und schien unschlüssig, was er tun sollte.

»Warum bist du gekommen?«

»Weil ich mir Sorgen mache um dich.«

»Das musst du nicht. Schwarze Magie ist in Ordnung, wenn sie für ein gutes Ziel eingesetzt wird. Mein Seelenheil ist also nicht in Gefahr.«

Ein gequälter Ausdruck legte sich auf sein Gesicht. »Zu behalten, was man durch schwarze Magie gewonnen hat? Ist das ein gutes Ziel?«

Stefanie wandte ihren Blick wieder nach vorn. »Lass mich noch ein bisschen meine Seele vergiften. Du könntest inzwischen das Spaghettiwasser aufsetzen.«

Als er durch die nächtliche Frühlingswiese zurück zum Haus stapfte, ärgerte sich Ansgar. Stefanie gab ihm das Gefühl, nicht ernst genommen zu werden,. Es hätte umgekehrt sein müssen. Sie war diejenige, die an okkulte Kräfte glaubte, an Magie und allen möglichen anderen Unfug, nicht er. Er war der Erwachsene in dieser Beziehung, der sich mit mildem Spott über den Aberglauben und das kindliche Gemüt seiner Frau hätte erheben müssen. Aber irgendwie hatte er in gewissen Momenten das Gefühl, die Welt funktioniere doch anders herum, als sei Hexenzauber Realität und seine Zweifel daran naiv. Ja, manchmal überkam ihn so ein Gefühl – manchmal. Er warf einen letzten Blick zurück auf Stefanie, die sich unter der Wolldecke im

Kreis der Windlichter vor- und zurückwiegte, und ihm wurde unbehaglich. Als er das Haus betrat, lag da ein Volleyball neben der Eingangstür. Seit ein paar Tagen spielte niemand mehr damit. Ansgar trat ihn wütend in die Nacht.

Holzkirchen

Die Nachricht war unscheinbar. Die Werbemail einer Autovermietung mit Namen CrimsonRent, in der als Frühlingsspecial Cabrios zu Sonderkonditionen angeboten wurden. Wer immer Biancas E-Mail-Account ausspionierte, würde dieser Mail keine weitere Aufmerksamkeit widmen. Es sei denn, er wüsste, dass eine Autovermietung dieses Namens nicht existierte. Aber wer wusste das schon. Auch dem Inhalt der Nachricht konnte man nichts entnehmen. Aus dem einfachen Grund, dass sie nach außen keinen Inhalt hatte, der über das Angebot der fiktiven Autovermietung hinausging. Für Bianca Stein aber hielt sie eine interessante Information bereit: In ihrem toten Briefkasten war Post angekommen. Manchmal kam ihr das ein bisschen albern vor und sie vermutete, dass sich ihr Auftragnehmer darin gefiel, Geheimdienst zu spielen. Andererseits – vielleicht hatte er recht. In diesen Zeiten konnte man nicht vorsichtig genug sein, vor allem was die elektronische Kommunikation betraf.
Ob sie heute Abend noch nach Warngau fahren sollte? Sie hatte getrunken und fühlte sich schwindlig. Andererseits – es war womöglich die alles entscheidende Information, auf die sie wartete. Bianca Stein zog eine Lederjacke an, nahm ihre Autoschlüssel aus der Schale vor dem Spiegel im Flur und verließ die Wohnung. Der Wagen stand am Straßenrand vor dem Haus. Heu-

te war sie zu bequem gewesen, um auszusteigen und das Einfahrtstor aufzumachen, in das Dennis immer noch keinen Elektromotor hatte einbauen lassen. Alles war ruhig, als sie sich dem Wagen näherte. Die Nachbarn waren zu Hause und saßen vor ihren Fernsehgeräten. Das Ploppen der Türknöpfe hallte durch die Nacht, als Bianca die Fernbedienung drückte. Aus einem Grund, den sie nicht benennen konnte, hatte sie das Gefühl, als sei noch jemand in der Straße. Sie sah an den geparkten Autos entlang. Aber da war niemand.

Bianca verließ Holzkirchen in südlicher Richtung, fuhr auf der B 318 bis Oberwarngau, bog von der Bundesstraße in östlicher Richtung ab und gelangte drei Minuten später nach Osterwarngau. Schon in Holzkirchen, bald nach Fahrtbeginn, hatte sie den Eindruck, dass ihr ein Auto folgte. Allerdings war die B 318 um diese Zeit noch stark befahren. Deshalb konnte sie nicht mit Gewissheit sagen, ob eines der vielen Scheinwerferpaare schon länger hinter ihr war. Als sie in Oberwarngau Richtung Osten abgebogen war, tauchte alsbald wieder ein Wagen hinter ihr auf, bog jedoch kurz darauf in eine Seitenstraße ab. In Osterwarngau bemerkte sie erneut einen Wagen, der im Abstand von etwa hundert Metern hinter ihr fuhr. Kurz vor dem Ortsende bog Bianca Stein nach links ab und wartete ab, was passieren würde. Ein paar Sekunden später kam der andere Wagen vorbei, fuhr jedoch auf der Hauptstraße weiter. Bianca atmete durch.

Sie fuhr den Wagen in eine Parkbucht und stellte ihn ab. Es war kein anderes Auto zu sehen. Sie stieg aus und ging zu Fuß auf dem kleinen Weg zum Friedhof mit der alten Pfarrkirche von Osterwarngau. In einem der Gräber lag Biancas Großvater. Jemand hatte ein

Totenlicht auf das Grab gestellt. Bianca nahm den roten Plastikbecher, in dem die Kerze stand, tastete mit den Fingern die Unterseite ab und förderte einen kleinen USB-Stick zutage.

Als sie zum Parkplatz zurückkam, stand dort ein weiterer Wagen. Bianca sah sich um. Etwas stimmte hier nicht. Ihr Herz schlug schneller. Sie versuchte, in der Dunkelheit zu erkennen, ob jemand am Steuer saß. Doch der Wagen war leer. Der Fahrer musste vor kurzem ausgestiegen und irgendwohin gegangen sein. Und in dem Moment, als sie das dachte, fiel ihr auf, dass sie kein Licht gesehen hatte. Irgendein Licht hätte sie sehen müssen, denn die Scheinwerfer des Wagens deuteten in Richtung Friedhof. Auch erinnerte sie sich, ein Motorengeräusch gehört zu haben, als sie am Grab kniete. Das konnte nur bedeuten, dass der Fahrer die Scheinwerfer ausgeschaltet hatte. Bianca wurde heiß, Schweiß brach ihr am ganzen Körper aus, und ihr Herz begann zu rasen. Sie ging mit wackeligen Knien auf ihren Wagen zu, der hinter dem anderen Fahrzeug stand. Aus dem Augenwinkel sah sie, dass sich etwas auf der anderen Straßenseite bewegte. Doch sie hatte nicht den Mut, hinzusehen. Stattdessen ging sie schneller und riss den Wagenschlüssel aus der Jackentasche. Sie tat es so hektisch, dass der Schlüssel auf den Boden fiel. Auf den Knien tastete sie im Schatten ihres Wagens danach. Gleichzeitig spielte sich etwas in ihrem Rücken ab. Sie spürte es mehr, als dass sie es sah: Jemand war aus dem Dunkel des gegenüberliegenden Gebäudes herausgetreten und kam mit schnellen Schritten auf sie zu. Biancas Finger ergriffen einen klirrenden Gegenstand, der Wagenschlüssel blitzte silbern. Sie sprang auf, ohne sich umzudrehen, drückte auf die Fernbe-

dienung, die Türknöpfe gingen nach oben, sie riss die Tür auf.
In diesem Augenblick legte sich von hinten eine Hand auf ihr Gesicht, darin ein weißes Tuch. Der chemische Geruch kam Bianca bekannt vor. Chloroform, schoss es ihr durch den Kopf. Sie versuchte, die Hand wegzudrücken, und duckte sich nach unten. Als sie auf allen vieren davonkriechen wollte, wurde sie an den Haaren gepackt und hochgerissen, sie griff nach der Hand an ihren Haaren, verlor das Gleichgewicht und schlug heftig mit dem Kopf auf.

2

Mangfalltal

Die Christl meint immer, an Zinksarg bräucht's net. Ja klar is der teuer, und dann steht er vielleicht jahrelang im Laden umeinand. Aber jetz stell dir vor, da kummt einer und sagt, er möcht seine Oma, also die sollt praktisch in die Familiengruft. Und ob er mal an Sarg anschauen kannt.« Florian Scheffler trank, durstig von seinem Vortrag, einen ordentlichen Schluck Bier und wischte sich den Schaum vom Mund. Seine Zunge ging schwer, es war die neunte Halbe. »Und dann hast du keinen Zinksarg. Den braucht's halt für a Gruftbesch… schattung. So was musst du anbieten können. Sonst bist du nicht … konkurrenzfähig.« Für den Schluss des Satzes brauchte Scheffler mehrere Anläufe. »Ja gut, ob des jetzt einer mit Fenster sein muss, da kann man drüber reden, net? Aber ha… haben musst du einen!«

Der in Zivil anwesende Polizeiobermeister Leonhardt Kreuthner gähnte heftig, und als er damit fertig war, sagte er: »Jetzt hör endlich mit dem Scheißzinksarg auf. Was is 'n mit dera G'schicht, wo du vorhin so halb ang'fangen hast? Wo mir uns wundern täten, was es alles gibt beim Beerdigen?«

»Die? Ja des is ja, des fällt ja praktisch unter meine Verschwiegenheitspflicht.« Auch für dieses Wort musste Scheffler mehrfach ansetzen. »Da kann ich gar nix erzählen. Aber um noch amal auf den Zinksarg zurückzumkommen: Des is nämlich so …«

»Na, Flori«, unterbrach ihn Kreuthner. »Es reicht. Und weißt was? Heut bist fällig!«

Was dann folgte, war die erste Gerichtsverhandlung, die je in den Mauern des Wirtshauses Zur Mangfallmühle abgehalten wurde. Und dass man überhaupt dort zu Gericht saß, hatte etwas ganz Eigenes.

Die Mangfallmühle galt zu Zeiten, als Peter Zimbeck die Geschäfte führte, als das am übelsten beleumundete Lokal im ganzen Landkreis. Das heruntergekommene Wirtshaus im Flusstal zog Gesindel an wie ein Kuhfladen die Fliegen. Nach Zimbecks unerwartetem Tod vor fünf Jahren war das Haus eine Zeitlang leer gestanden, bis Harry Lintinger, Schrottplatzbesitzerssohn und Kleinkrimineller, die Wirtschaft vor drei Jahren pachtete und es fertigbrachte, innerhalb kürzester Zeit den alten Ruf wiederherzustellen. Kreuthner war schon in der Zimbeckschen Mangfallmühle Stammgast gewesen und war es jetzt wieder.
Mit Harry Lintinger verbanden Kreuthner unter anderem gemeinsame Geschäftsinteressen. Ebenfalls vor drei Jahren war nämlich Kreuthners Onkel Simon gestorben und hatte seinem Neffen eine alteingesessene Schwarzbrennerei hinterlassen. Da hatte es sich zwanglos ergeben, dass Kreuthner die Mangfallmühle mit den Erzeugnissen seines Nebengewerbes versorgte, erdigen Destillaten, die ihre Geschmacksnote einem gediegenen Anteil an Fettsäureestern, Terpenen, Aldehyden und einigen anderen Substanzen verdankten, die gewöhnlich unter dem Begriff Fuselöl zusammengefasst wurden. Man könnte nun mit einigem Recht sagen, dass es Kreuthners Bränden an Finesse mangelte. Andererseits hatte das auch sein Gutes. Kreuthner füllte nämlich seinen aus diversen Obstsorten verschnittenen Einheitsbrand in die leeren Schnapsflaschen, die ihm Harry Lintinger aus der

Mangfallmühle mitgab. Vor dem Abfüllen spülte Kreuthner die Schnapsreste sehr behutsam aus, so dass die alten Etiketten (ebenso wie die den Flaschen anhaftenden Keime) unversehrt blieben. Infolgedessen lag es ganz im Walten des Zufalls, ob aus Kreuthners Brand eine Williams Birne, ein Zwetschgenwasser oder ein Schlehengeist wurde. Dank des rauhen Geschmacks war es unmöglich, festzustellen, dass etwas anderes in der Flasche war, als das Etikett vorgab, und in drei Jahren hatte es nicht eine Beschwerde von Lintingers Gästen gegeben.

Florian Scheffler übte den Beruf des Bestattungsunternehmers aus. Seine Zechkumpane in der Mangfallmühle waren sicher, dass die Branche so manche pikante oder deftige Geschichte hergab. Florian Scheffler jedoch machte allenfalls Andeutungen, berief sich im Weiteren aber auf seine berufliche Schweigepflicht. Stattdessen erzählte er öde Dinge über unterschiedliche Sargformen und dass die Stadt Tegernsee den Ausweis eines zusätzlichen Parkplatzes vor seinem Geschäft verlangte. Den Streit mit seiner Frau über das Thema Zinksarg etwa hatte er schon mehrfach zum Besten gegeben, und die Geschichte war nach allgemeiner Ansicht nicht nur langweilig, sondern das Langweiligste, was Florian Scheffler je erzählt hatte. Hinzu kam, dass man ihn schon mehrfach ermahnt hatte, keine langweiligen Geschichten zu erzählen. Objektiv betrachtet, mochte die Zinksargepisode nicht die allerlangweiligste seiner Geschichten gewesen sein. Aber an diesem Abend hatte Florian Scheffler den Bogen einfach überspannt.

Daher forderte Kreuthner eine harte Bestrafung, damit die Mangfallmühle künftig von Schefflers lang-

weiligen Geschichten verschont bleibe. Der Vorschlag wurde per Akklamation johlend angenommen. Allerdings meldete sich ein gewisser Schinkinger-Joe zu Wort und gab zu bedenken, dass man einen Mann, wie abscheulich seine Taten auch sein mochten, nicht ohne ordentliches Gerichtsverfahren bestrafen dürfe. Mit Strafprozessen hatten viele der Wirtshausgäste Erfahrung, wenn auch meist keine guten. Dennoch wurde dem Vorschlag zugestimmt, versprach er doch ein grandioses Spektakel. Schinkinger-Joe (seinen wahren Namen kannte allenfalls die Polizei) hatte in jungen Jahren ein paar Semester Jura studiert und sich damals etwas voreilig eine schwarze Anwaltsrobe gekauft, die er jetzt aus dem Wagen holte und anlegte. Er nahm am Ende eines langen Tisches Platz und erklärte sich zum Richter in der Causa Scheffler. Den Ankläger gab Kreuthner, dem es auch oblag, den Straftatbestand zu formulieren. Die Anklage lautete, Freunde, andere Anwesende und überhaupt jeden mit faden Geschichten zu Tode gelangweilt zu haben – ein schwerwiegender Vorwurf in einem Wirtshaus. Kreuthner war sich sicher, eine lückenlose Beweiskette präsentieren zu können. Sein Kollege und Freund Sennleitner wurde zum Verteidiger bestimmt und nahm das Amt gegen jede innere Überzeugung an. Zu viert schleiften sie den Angeklagten an den Richtertisch – nicht weil er widersetzlich war, sondern so betrunken, dass er die fünf Meter nicht mehr aus eigener Kraft zurücklegen konnte.
Im Laufe der Verhandlung bot Kreuthner mehrere Zeugen auf, die versicherten, kein Mensch auf Erden habe sie jemals so gelangweilt wie der Angeklagte. Auch Harry Lintinger, der Wirt, wurde in den Zeu-

genstand berufen und erinnerte an die Geschichte, wie Scheffler einmal einen Strafzettel bekommen hatte. Ein leidvolles Stöhnen ging durch die Zuschauer, und selbst der Vorsitzende Richter vergaß für einen Moment die Würde seines Amtes und verbarg sein schmerzverzerrtes Gesicht in den Händen. Die Bemühungen der Verteidigung erschienen nach dieser für den Angeklagten desaströsen Beweiserhebung als nachgerade sinnlos. Doch Sennleitner packte der Ehrgeiz, und er holte aus ferner Vergangenheit einen Abend hervor, an dem der Angeklagte eine Geschichte erzählt und tatsächlich jemand gelacht hatte. Zwar konnten sich einige der Anwesenden an dieses denkwürdige Vorkommnis erinnern, doch stellte sich heraus, dass der Lacher ein norddeutscher, des Bairischen unkundiger Gast war, der aus nicht nachvollziehbaren Gründen gedacht hatte, Scheffler habe einen Witz erzählt. Somit blieb Sennleitner nur, anzuführen, dass der Angeklagte so gut wie jeden Abend in der Mangfallmühle verkehre und nie unter zehn Halben die Heimfahrt antrete, sich folglich um den Erhalt des als Gerichtsstätte dienenden Gasthauses enorme Verdienste erworben habe, was bei der Strafzumessung nicht unberücksichtigt bleiben dürfe.

Der Zwischenruf »Das Maul soll er halten!« veranlasste den Vorsitzenden Schinkinger-Joe mit einem Hammer auf den Wirtshaustisch zu hauen. Dann fragte er den Angeklagten, der dem Prozess bislang mit stoischer Miene beigewohnt hatte, ob er noch etwas zu sagen wünsche. Der nickte mit glasigem Blick, und der Vorsitzende forderte ihn auf, sich kurz zu fassen. Hier handelte es sich freilich um ein Missverständnis. Florian Scheffler hatte nicht genickt, sondern der Kopf

war ihm auf die Brust gefallen, wie jetzt, da er seitlich vom Stuhl sackte, offenbar wurde. Und so kam es, dass der Angeklagte die Urteilsverkündung nicht bei Bewusstsein erlebte.
Das Strafmaß wurde ausgiebig diskutiert. Dabei war zu berücksichtigen, dass der Angeklagte sich seiner Bestrafung im Augenblick durch Ohnmacht entzogen hatte. Kreuthner plädierte dafür, die Strafe bei Wiedererwachen zu vollstrecken. Aber da keiner Lust hatte, so lange zu warten, beschloss man, Scheffler mitsamt seinem Leichenwagen in die Mangfall zu stellen. Kreuthner kannte ganz in der Nähe eine Stelle vor einer Wasserstufe, an der der Fluss nur knöcheltief war. Wenn man den Wagen mit der Fahrertür ganz nah an den Rand der Wasserstufe stellte, standen die Chancen gut, dass der verkaterte Scheffler morgens beim Aussteigen zwei Meter nach unten flog und im tiefen Wasser landete. Anschließend müsste er seinen Wagenschlüssel auslösen; über den Preis könnten sie in der Zwischenzeit beraten. Schefflers schlaffer Körper wurde unter Beteiligung fast aller Gäste hinausgetragen und in seinen Wagen gesetzt. Ein junger Mann, der stets mit Laptop in der Wirtschaft saß und allgemein als der Dude bekannt war, erbot sich, das Ganze ins Internet zu stellen. Die anderen Gäste erboten sich, dem Dude sämtliche Knochen zu brechen, falls er das tun sollte.

Die Nacht war dunkel. Nur eine dünne Mondsichel warf Licht auf den Leichenwagen, der schwarz und würdevoll im Fluss stand, am Rande eines kleinen Wasserfalls. Im Dunkel der Ufervegetation leuchteten rote Punkte. Das waren keine Glühwürmchen, das waren die Zigaretten der Männer, die den Wagen samt

Fahrer in den Fluss geschafft hatten. Es war nicht so einfach gewesen, wie sie gedacht hatten, sondern mühevoll und schweißtreibend. Umso zufriedener blickten sie auf ihr Werk.

3

Montag früh, acht Uhr zwanzig, feuchtkalte Aprilwitterung in Tegernsee. Kreuthner und Sennleitner standen in Uniform an dem einzigen Stehtisch vor einem Kiosk. Einer schwarzen Tafel war zu entnehmen, dass man hier *Coffee to go* kaufen konnte, darunter in etwas kleinerer Schrift: *auch zum Mitnehmen.* Am Straßenrand der Streifenwagen. Der Dienst hatte gerade begonnen, doch fühlten sich die beiden Beamten nach der anstrengenden Nacht noch nicht auf der Höhe ihrer Schaffenskraft. Kreuthner trank seinen Kaffee morgens ohne Milch und Zucker. Nicht dass er ihm so schmeckte. Aber er war überzeugt, dass er nur pur und schwarz seine volle Wirkung entfaltete. Und ein Hauch von Selbstkasteiung war auch dabei. Andere duschten morgens kalt. Aber so weit wollte Kreuthner dann doch nicht gehen. Schwarzer Kaffee musste genügen.

»Und?«, fragte Sennleiter mit halb geschlossenen Augen. »Ziehst es durch morgen, die …«, er senkte seine Stimme, »… Maibaumg'schicht?«

Kreuthner blickte sich um, ob jemand sie hören konnte. Dann nickte er mit einem verschmitzten Lächeln auf den Lippen.

»Und den … weißt schon.« Jetzt blickte sich Sennleitner um. Niemand war in der Nähe. Dennoch wagte er nicht, Klartext zu reden. »Den kriegst?«

»Logisch«, nuschelte Kreuthner mit geschlossenen Zähnen. »Vitamin B. B wie Bergwacht. Verstehst, was ich mein?«

»Du Sauhund!« Sennleitner lachte anerkennend. Aus dem Streifenwagen meldete sich der Funk.
Die Zentrale bat die beiden Polizisten, zu einer Christiane Scheffler zu fahren, wohnhaft in Tegernsee. Die wolle ihren Mann als vermisst melden. Sennleitner sagte, das gehe klar, sie seien eh gerade vor Ort.
»Hockt der immer noch in der Mangfall?«, wunderte sich Kreuthner.

Christiane Scheffler hatte ein Hämatom unterm linken Auge und sah auch sonst äußerst besorgt aus, als sie Kreuthner und Sennleitner die Tür öffnete.
»Servus, Christl. Was is 'n los?«
»Stell dir vor: Heut Morgen, wie ich aufwach, is der Flori net da. Und ans Handy geht er auch net.« Christl versagte kurz die Stimme, und sie musste weinen. »Ich hab gesagt, sie sollen euch schicken. Weil ihr seid's doch so oft in der Mangfallmühle.«
»Ja … so ab und zu mal.«
»Wisst's ihr, ob der Flori gestern da war?«
Kreuthner sah zu Sennleitner, zuckte mit den Schultern und versuchte, ein ratloses Gesicht zu ziehen. Sie wollten Christl nicht direkt anlügen. Die Sache mit der Gerichtsverhandlung musste sie aber auch nicht unbedingt wissen. »Mir fahren mal zur Mangfallmühle und schauen, ob mir ihn finden. Der is gewiss noch da.«
»Glaubst? Ich mach mir arg Sorgen, dass ihm was passiert is.«
»Dem is nix passiert«, sagte Sennleitner.
»Du Christl …« Kreuthner blickte auf das Hämatom unter Christls Auge. »Ich möcht ja nix sagen, aber … bist wirklich scharf drauf, dass er wieder heimkommt?«
»Das?« Christl fasste an die Stelle. »Na, da bin ich

versehentlich gegen an Türstock gelaufen. Hab einfach kurz net aufpasst.«
Kreuthner grunzte einen in seiner Bedeutung unklaren Laut, zuckte innerlich die Schultern und wandte sich zum Gehen. »Mir rufen dich an.«
Auf dem Weg zum Wagen hatte Kreuthner eine selbstlose Idee: Sie mussten ja noch eine Auslöse für Florian Schefflers Wagenschlüssel festlegen. Wie wäre es, wenn er die Christl einen Monat lang nicht verprügeln dürfe? Sennleitner hielt das im Prinzip für eine noble Idee, gab aber zu bedenken, ob ein ganzer Monat nicht zu hart wäre. Sie einigten sich auf zwei Wochen und bekamen ein bisschen feuchte Augen bei dem Gedanken, was für anständige Kerle sie waren.
»Ich fahr mit!«, sagte Christl, die plötzlich neben dem Streifenwagen stand.
»Des geht net. Des is versicherungstechnisch ... is des schwierig. Wenn was passiert und so«, erklärte Sennleitner.
»Red keinen Schmarrn. Sonst lasst's ja auch an jeden b'suffanen Deppen mitfahren.« Mit diesen Worten öffnete Christl die Hintertür und nahm im Fond des Wagens Platz.
»Wieso willst denn unbedingt mitfahren?«
»Ich trau euch net. Ich seh des, wenn jemand a schlechts Gewissen hat. Irgendwas war da gestern Abend.«
»Blödsinn«, sagte Kreuthner und fuhr los.

Die Mangfallmühle lag verschlafen im Morgennebel, als sie den Streifenwagen vor dem Wirtshaus parkten. Harry Lintinger kam mit Weißbier und Zigarette vor die Tür und machte einen stark übernächtigten Eindruck.

»Servus, Harry«, sagte Kreuthner. Und dann mit einer Grimasse, die Lintinger zur Vorsicht mahnen sollte: »Des is die Scheffler Christl.« Lintinger nickte verschlafen. Dann fragte Kreuthner, immer noch grimassierend: »Kannt des sein, dass der Flori hier bei dir is?«

»Der Flori? Na, des weißt doch, den hamma doch …«

»Weil die Christl sagt …«, fiel ihm Kreuthner laut ins Wort, »der Flori wär heut Nacht net heimkommen.«

Harry Lintinger sortierte seine Gedanken, schaute erst Kreuthner an, dann Christl Scheffler. »Ah, du bist die Christl … wo, wo …«

»Die Frau vom Flori. Richtig. Also der Flori is net da, oder?«

»Na, hier is er net.«

»Ja wo könnt er denn bloß sein?«, fragte Sennleitner mit erbärmlich gespielter Ratlosigkeit.

»Am End is der in der Mangfall«, schlug Lintinger vor. Christl Scheffler starrte den Wirt irritiert an. »In der Mangfall? Wie kommst jetzt da drauf?«

»Mei – vielleicht is er mitm Auto neig'fahren. So was passiert. Wennst an Weg schlecht siechst. Nachts … zum Beispiel.«

»Was er meint«, sprang Kreuthner ihm bei, »is, dass der Flori gern amal zur Mangfall fahrt. Einfach zum Schauen, verstehst? Der Flori, der is … der is regelrecht vernarrt in den Fluss, oder?« Aufmunternder Blick zu Sennleitner.

»Ja, ja.« Sennleitner gefiel sich langsam in der Rolle des Volksschauspielers. »Die Mangfall, des is ja sein Ein und Alles. Da lasst er nix drauf kommen.«

»Ich könnt mir sogar vorstellen, wo er steckt. Der hat doch so a Lieblingsplatzerl, net weit von hier.«

»Ach, du meinst diesen Platz an dem Wasserfall! Da hast du recht. Da ist er ganz gewiss.«

Nachdem inzwischen auch Sennleitners Mimik und Gestik beim Schmierentheater angekommen waren, beschloss Kreuthner, die Sache abzuschließen. »Pass auf, Christl: Du bleibst hier beim Harry. Der macht dir an guten Kaffee. Und mir zwei«, er deutete auf Sennleitner und sich selbst, »schauen amal zur Mangfall.«
»Ich will keinen Kaffee. Ich komm mit.«
Kreuthner überlegte kurz, wie er Christl vom Mitkommen abbringen könnte. Aber es war klar, dass sie nicht mit sich reden lassen würde. Letztlich war's egal. Dann sollte sie halt den Wagen im Wasser sehen mitsamt ihrem Mann drin, der wahrscheinlich immer noch seinen Rausch ausschlief. Er würde sich ohnehin nicht erinnern können, wie er da hingekommen war.

Der Weg zum Ufer war von Gestrüpp gesäumt, in dem freilich noch die Schneise sichtbar war, die Florian Schefflers Wagen gestern Nacht hinterlassen hatte. Kreuthner wies Christl auf die abgeknickten Zweige hin und meinte, man sei vermutlich auf der richtigen Spur. Wie sie dann am Ufer standen, war es doch etwas anders als erwartet. Da, wo gestern in mondbeschienener Dunkelheit Florian Schefflers Leichenwagen vor der Wasserstufe gestanden hatte, war jetzt – nichts. Kreuthner nahm die Dienstmütze ab und kratzte sich am Kopf. Auch Sennleitner musste sich kratzen. Es hatte inzwischen geregnet, und der Wasserstand war um einiges höher als gestern Nacht. Ein unbehagliches Gefühl überkam Kreuthner.
»Wo is er denn jetzt?«, fragte Christl ängstlich, denn es war mit Händen zu greifen, dass hier etwas nicht stimmte.
Kreuthner zuckte hilflos mit den Schultern und ging

das Ufer entlang flussabwärts. Der Anblick, der ihn hinter der Wasserstufe erwartete, war bemerkenswert. Räder, Auspuff und der untere Wagenteil bis zur Stoßstange ragten aus dem Wasser. Fahrerkabine und Frachtraum lagen vollständig darunter.

4

Clemens Wallner, Leiter der Kripo Miesbach, saß morgens bei Kaffee und Bienenstich in seinem Büro und hatte Zeit gefunden, seiner Frau Vera eine Mail zu schreiben. Viel war im Augenblick nicht los im Landkreis. Für ein bisschen Aufregung sorgte lediglich ein Wolf in den Bergen, der eine Hirschkuh gerissen hatte und nachts von einer Überwachungskamera in Rottach gefilmt worden war. Wallners Mail an Vera betraf die Übergabe der gemeinsamen Tochter Katja am übernächsten Wochenende. Das Paar hatte sich getrennt, und Vera war mit Katja nach Würzburg gezogen. Jedes zweite Wochenende kam Katja zu ihrem Vater nach Miesbach. Wallner litt darunter, dass er keine ganze Familie mehr hatte, und das Haus, in dem er jetzt alleine mit seinem Großvater Manfred lebte, kam ihm oft gespenstisch leer vor, wenn kein Kinderlachen die Stille füllte.

»Servus, Clemens«, sagte Mike am Telefon. Mike Hanke, Wallners engster Mitarbeiter, nahm im Gegensatz zu seinem Chef das Leben meist von der lockeren Seite. Aber in diesem Augenblick klang er angespannt.

»Was ist denn los?«

»Nix is los. Also nix Ernstes. Der … der Manfred is grad da.«

»Hier? Auf der Polizeistation?«

»Äh … ja. Ich weiß auch net, was genau passiert is. Aber die Kollegen haben seine Personalien aufgenommen.«

»Die haben meinen Großvater festgenommen? Was um Himmels willen soll er denn gemacht haben?«

Wallner begab sich in die Eingangshalle der Polizeistation. Manfred saß auf einer Besucherbank an der Wand, den Gehstock mit beiden Händen umklammert, um den Hals ein Fernglas. Er war schon Mitte achtzig, aber noch leidlich mobil. Als Wallner seinen Großvater von weitem sah, gab es ihm einen Stich ins Herz. Er sah traurig und einsam aus und gar nicht nach dem, was man ihm vorwarf.

»Ja was machst denn du für Sachen?«, sagte Wallner, als er an Manfreds Bank herantrat. Er bemühte sich um einen heiteren Tonfall.

»Des war a Irrtum. Hat sich aber aufgeklärt.«

»Es hat geheißen, du ... na ja, du hättest dich verirrt.«

»Hilf mir mal.« Wallner zog seinen Großvater am Oberarm von der Bank hoch. »Des war a ganz blöde G'schicht«, sagte Manfred ächzend und begann, sich mit kleinen Schritten Richtung Ausgang zu bewegen. »Mir is mein Stock in a Gebüsch gefallen. Und ich hab ihn nimmer g'funden.«

»Wie fällt denn ein Stock in ein Gebüsch?«

Manfred grunzte und ließ sich Zeit mit der Antwort. »Durch die Luft. Wie soll er sonst fallen?«

»Wie muss ich mir das vorstellen? Ich meine, Stöcke fallen senkrecht nach unten. Wenn du neben einem Gebüsch stehst, dann müsste der Stock ja waagerecht fallen, damit er im Gebüsch landet.«

»Nicht, wenn ich *im* Gebüsch steh. Wenn er mir da runterfällt, fällt er *ins* Gebüsch.«

»Was hast du in einem Gebüsch zu suchen?«

»Mei – was hab ich hier zu suchen? Was hab ich auf der Straß zu suchen? Was ham alte Leut überhaupts

noch auf der Welt zu suchen? Entschuldige, dass ich mich noch net in Luft aufgelöst hab.«
»Jetzt wirst gerade ein bissl unsachlich.« Wallner öffnete Manfred die Tür nach draußen. »Ich wollte doch nur wissen, warum du in einen Busch gegangen bist. Ist doch ziemlich ungewöhnlich, oder?«
»Hab ich doch g'sagt: Mir is mein Stock reingefallen, und ich hab ihn suchen müssen.«
»So wie ich dich verstanden habe, bist du zuerst in das Gebüsch gegangen und *dann* ist dir dein Stock runtergefallen. Also kannst du eigentlich nicht reingegangen sein, um den Stock zu suchen.«
»Was weiß ich, ob er mir vorher oder nachher runtergefallen is. Wenn ich g'wusst hätt, dass ich an Bericht abliefern muss, hätt ich's mir aufgeschrieben. Du bringst mich völlig durcheinand mit deiner Fragerei.«
»Tut mir leid. Das war nicht meine Absicht.« Wallner suchte seinen Wagen auf dem Parkplatz. »Wozu hattest du eigentlich das Fernglas dabei?«
»Fernglas? Ach so, *das* Fernglas.« Manfred nahm das Fernglas, das um seinen Hals hing, in die Hand und betrachtete es, als fiele es ihm zum ersten Mal auf. »Meine Augen werden halt immer schlechter. Es is a Elend, wennst alt wirst.«
Sie waren bei Wallners Wagen angekommen, doch er sperrte ihn noch nicht auf. »Okay, hören wir auf, um den heißen Brei herumzureden. Auf der anderen Seite von dem Gebüsch ist eine Grundschule. Ich denke, das weißt du.«
»Und?«
»Was glaubst du, denken die Leute, wenn du da mit einem Fernglas im Gebüsch sitzt?«
»Da is a alter Mann, werden s' denken. Wahrscheinlich hat er was verloren im Gebüsch.«

»Nein, das denken die nicht. Die denken: Ja da schau her! Das alte Ferkel beobachtet die Kinder mit dem Fernglas! Das denken die.«

Manfred lachte kurz auf und schüttelte scheinbar fassungslos den Kopf. »Ich? Mit dem Fernglas? Wieso sollt ich denn Kinder beobachten?«

Das Gespräch war jetzt an einem Punkt angelangt, der Wallner Angst machte. »Ich weiß es nicht«, sagte er und blickte um Aufklärung bittend zu Manfred.

»Ich hab meinen Stock g'sucht und zufällig das Fernglas dabeig'habt. Wie oft muss ich's denn noch sagen?«

Manfreds grobe Arbeiterhände spielten nervös mit dem Griff des Stocks. Seine Unruhe verriet Schuldbewusstsein. Da konnte er Wallner nichts vormachen. Herauszufinden, wer log und wer die Wahrheit sagte, war Wallners Beruf. Doch er war nicht sicher, was hinter Manfreds schlechtem Gewissen steckte. Dass sein Großvater pädophile Neigungen hatte, konnte sich Wallner beim besten Willen nicht vorstellen, auch wenn er gerne jungen Frauen hinterhersah. Aber richtigen Frauen eben, keinen Kindern.

»Ich weiß ja, dass du Kinder magst«, versuchte es Wallner vorsichtig. »Seit die Katja nur noch alle zwei Wochen kommt, geht dir vielleicht was ab.«

»Die Katja geht mir ab«, sagte Manfred und sah seinem Enkel in die Augen. »Glaubst, das wird besser, wenn ich andere Kinder anschau?«

»Nein«, sagte Wallner und schämte sich für die hässlichen und diffusen Gedanken, die in seinem Kopf herumgeisterten. Nein, Manfred war nicht abseitig veranlagt. Trotzdem war an der Sache etwas faul.

In diesem Augenblick kam ein alter Opel-Kombi auf den Parkplatz gefahren, bog in die Gasse ein, in der

Wallner und Manfred standen, und blieb neben den beiden stehen. Das Fenster wurde heruntergelassen. Als Erstes fielen Wallner die kurzen, roten Haare auf, dann die hellgrünen Augen im bleichen, aber ansprechenden Gesicht der Frau. »Hallo, Manfred«, sagte sie. »Jemand hat gesagt, die haben dich verhaftet?«
»Is nix weiter passiert«, sagte Manfred. Die Frau sah jetzt Wallner an. »Des is mein Enkel. Der Clemens.«
»Sehr erfreut«, sagte Wallner. »Und Sie sind?«
»Stefanie Lauberhalm. Sie sind der Kommissar?«
»Ja …« Wallner war irritiert, obwohl es ihn nicht wundern sollte, dass sein Großvater Bekanntschaft mit einer deutlich jüngeren Frau pflegte. »Manfred und Sie kennen sich woher?«
»Vom Klosterfest letztes Jahr.« Das Klosterfest war ein Mittelaltermarkt, den Manfred für sich entdeckt hatte.
»Die Stefanie is a Hex«, erklärte Manfred.
»Ah ja.« Wallner zog die Augenbrauen hoch. »Hexe!«
»Jetzt schauen Sie nicht so.« Stefanie Lauberhalm stieg aus ihrem Wagen. »Das ist heute nicht mehr strafbar.«
»Stimmt. Hab davon gehört. Und Sie … hexen also?«
»Ja. Natürlich. Ich kann zaubern. Nichts wo Kaninchen vorkommen oder Zylinder. Aber so Hexenzauber – das hab ich drauf.«
»Faszinierend. Ich bin ja selber so ein kleiner Hobbyzauberer.« Wallner schleuderte mit einer magischen Handbewegung Zauberkräfte auf sein Auto, und die Verriegelungsknöpfe sprangen hoch.
»Sie glauben mir nicht.«
»Doch, doch, wenn Sie's sagen.«
»Ich beweis es Ihnen. Ich kann zum Beispiel – Gedanken lesen.«
»Hören Sie …« Wallner sah auf seine Uhr.

»Ach kommen Sie, die Minute haben wir.« Sie nahm seine linke Hand zwischen ihre Hände. »Passen Sie auf.« Sie schloss die Augen und hielt weiterhin Wallners Hand. »Ihre Gedanken – sie liegen vor mir wie ein offenes Buch.«

»Dann lesen Sie wahrscheinlich Folgendes: Wie komme ich hier weg, ohne unhöflich zu werden?«

»Das sehe ich schon an Ihrem Gesicht. Aber ich sehe auch schlechte Gedanken über einen anderen Menschen.«

»Ja, ich hab manchmal schlechte Gedanken über andere. Aber dafür wollen Sie keinen Zauberorden, oder?«

»Die schlechten Gedanken beziehen sich auf Manfred. Und Sie schämen sich für Ihre schlechten Gedanken.«

»Tut mir leid, aber da liegen Sie ziemlich daneben. Wir müssen auch langsam.« Wallner entzog Stefanie seine Hand.

»Was denken Sie denn sonst darüber, dass Manfred in einem Busch sitzt und Kinder beobachtet?«

Wallner sah verwundert zu Manfred, der den Blick gesenkt hielt und sich an seinem Stock festklammerte. Wieso wusste diese Frau, was vorgefallen war? »Sie, das wird mir jetzt ein bisschen sehr privat. Ich denke nicht, dass Sie diese Sache was angeht.«

»Das sehe ich anders.« Sie lächelte Wallner auf merkwürdige Art an, und ihre grünen Augen hatten einen Moment lang etwas Unheimliches, als würde sich ihre Besitzerin in der nächsten Sekunde in ein anderes Wesen verwandeln. Das tat sie zu Wallner Erleichterung aber nicht. »Ich verstehe, dass Sie beunruhigt sind. Aber dazu gibt es nicht den geringsten Grund. Manfred ist ein großartiger Mensch und kein Spanner.« Sie wandte sich Manfred zu. »Steigst du ein?«

Manfred schlurfte zur Beifahrertür von Stefanies Wagen.
»Nein, nein. Ich fahr Manfred schon.«
Manfred hielt kurz an. »Ich fahr mit ihr.«
»Und wieso?«
»Sie is hübscher und netter wie du.« Manfred setzte sich in den alten Wagen.
»Er meint es nicht so.« Stefanie streichelte kurz Wallners Arm und stieg ebenfalls ein.
»Kleinen Moment. Kann mir mal irgendwer irgendwas erklären ...«
»Bis bald«, sagte Stefanie, schloss die Wagentür und fuhr ab. Wallner sah dem wegfahrenden Wagen mit zusammengezogenen Augenbrauen und fassungsloser Geste hinterher. Die Sache wurde interessant. Erst hockte Manfred in einem Busch und beobachtete heimlich Kinder. Dann kam eine Hexe ins Spiel, die über Manfreds Eskapaden anscheinend gut unterrichtet war. Wallner würde der Sache auf den Grund gehen müssen.
»He – wie wär's mal wieder mit Arbeiten?«, sagte eine Stimme von hinten. Es war Mike. »Wir vermissen dich.«
»Ihr habt mich noch nie vermisst«
»Stimmt. Späßle g'macht. Es gibt einen Toten in der Mangfall.«
»So tot, dass es die Kripo was angeht?«
»Wissen wir noch nicht. Aber wenn der Leo eine Leiche entdeckt, dann ...«
»Sollten wir hinfahren.« Wallner nickte und ging seine Daunenjacke holen.

5

Der Leichenwagen sah aus wie ein riesiger urzeitlicher Käfer, als man ihn, die Räder nach oben, mit einer Seilwinde aus der Mangfall zog. Als das Dach über den Kies knirschte, quoll Wasser aus den Ritzen der Fahrgastzelle. Wallner stand in seiner Daunenjacke in einiger Entfernung am Ufer der Mangfall, die hier (von der Wasserstufe abgesehen) durch naturbelassenes Gelände floss. Direkt am Fundort einer Leiche hatte er nichts zu schaffen. Der war zunächst der Spurensicherung vorbehalten, die in dem Fall Probleme genug haben würde, denn durch das Bergungsfahrzeug waren schon etliche Verwüstungen entstanden. Kreuthner, ehemals Taucher und aktives Mitglied der Wasserwacht, war am Fahrzeugwrack gleich nach seiner Entdeckung hinabgetaucht und hatte die schreckliche Gewissheit mit nach oben gebracht, dass sich Florian Scheffler noch im Wagen befand, und daraufhin die Kollegen von der Kripo verständigt. Nicht weil er von Mord ausging, sondern weil die Todesursache unklar war und daher die Todesermittler in Aktion treten mussten, wie bei jedem ungeklärten Todesfall. Wallner wäre unter normalen Umständen nicht mitgekommen. Aber die Sache erschien ihm gar zu merkwürdig. Allein, dass Kreuthner die Leiche entdeckt hatte, ließ aufhorchen. Er hatte einen mysteriösen Instinkt für das Auffinden von Mordopfern, eine Gabe, die ihm polizeiintern den Spitznamen Leichen-Leo eingetragen hatte. Auch der Umstand, dass der Wagen auf ungeklärte Weise in die Mangfall geraten war,

sprach für die Besonderheit des Falles. Und drittens lag der Fundort in unmittelbarer Nähe zum berüchtigten Wirtshaus Mangfallmühle.
Die Fahrertür des Wagens, der jetzt wieder auf den Rädern stand, wurde geöffnet, und ein Schwall Wasser ergoss sich vor die Füße der Spurensicherer. Unmittelbar darauf kippte der Leichnam aus dem Wagen.
»Ich hab mit dem Einsatzleiter von der Feuerwehr gesprochen.« Mike kam durch den Uferkies gestakst und war bemüht, seine teuren Halbschuhe nicht mehr als nötig zu verschmutzen. »So wie's aussieht, ist der Wagen ursprünglich da oben auf der Wasserstufe gestanden. Dann hat's heut Nacht geregnet, und der Wasserpegel ist gestiegen. Net dramatisch. Aber so weit, dass es den Wagen ein Stück hochgehoben und über die Kante geschwemmt hat.«
»Wie kommt der Wagen dahin? Ich meine, nach dem, was die Feuerwehr sagt, muss er ja eine Weile da gestanden sein. Und warum ist der Fahrer dringeblieben?«
»Der hat wahrscheinlich seinen Rausch ausgeschlafen«, mischte sich Kreuthner, der gerade dazugekommen war, in das Gespräch. Hinter ihm trottete Sennleitner mit hängendem Kopf. Beide sahen ungewöhnlich bedrückt aus.
»Servus Leo«, sagte Wallner und nickte auch Sennleitner zu, dessen Vornamen niemand kannte.
»Servus.« Kreuthner sah zerknirscht zu dem geborgenen Fahrzeugwrack. »Wahrscheinlich is er angetrunken von der Mangfallmühle hergefahren … also von der Straße abgekommen. Und dann is er da im Fluss irgendwie stehen geblieben und im Wagen eingeschlafen.«
»Da musst du erst mal durch das ganze Dickicht

fahren. Ich meine, selbst wenn ich betrunken bin – das merk ich doch, dass da keine Straße ist.«

»Mei – ich schätz, der war strack wie a Haubitz'n«, sagte Sennleitner. »Wer ma ja sehen, wenn ma die Blutwerte ham.«

»Wer ist der Tote?«

»Florian Scheffler hat er geheißen.«

An der Leiche machten sich jetzt zwei in weiße Schutzanzüge gekleidete Beamte zu schaffen. Es waren Oliver und Tina vom K3. Sie würden eine medizinische Voruntersuchung anstellen und entscheiden, ob man einen Staatsanwalt aus München anfordern musste.

Wallner fiel die ungewohnt zusammengesunkene Haltung der Kollegen Kreuthner und Sennleitner auf. »Das scheint euch ziemlich mitgenommen zu haben?«

»Mir ham ihn halt gekannt. Und seine Frau. Die Christl. Die beiden ham a Bestattungsunternehmen in Tegernsee.«

»Die Frau hat bei der Polizei angerufen?«

Kreuthner nickte und berichtete anschließend, wie sie den havarierten Wagen gefunden hatten.

»Wo ist die Frau jetzt?«

»In der Mangfallmühle. Eine Helferin vom KID is bei ihr.«

»Wart ihr beide gestern in der Mangfallmühle?«, fragte Wallner.

»Wie kommst da drauf?«

»Na ja, ihr seid doch öfter da, oder nicht?«

»Ab und zu. In letzter Zeit … eher selten.« Kreuthner sah nervös zu Sennleitner. Der stand wie paralysiert in der Landschaft, war bleich und schwitzte. »Oder?«

Sennleitner antwortete nicht, nahm nur seine Dienstmütze ab und wischte sich den Schweiß von der Stirn.

»Geht's dir nicht gut?«, fragte Wallner.

Sennleitner schien ihn gar nicht zu hören. Wie in Trance stierte er zu der Leiche hinüber und murmelte: »So a verdammter Scheiß das hat doch keiner ahnen können das hat doch keiner g'wollt so a elender Scheiß so a verdammter …«
Kreuthner nahm Sennleitner am Arm und versuchte, ihn wegzuziehen. »Komm, mir trinken jetzt an Kaffee. Dann geht des schon wieder.«
»Was hat er denn?« Mike war sichtlich verwirrt von Sennleitners Verhalten.
»Nix. Er is a bissl durch 'n Wind«, versuchte Kreuthner das Verhalten seines Kollegen zu erläutern. »Mei – wennst jemanden kennst, der grad …«
»Ich bin ja gar net schuld«, wurde er von Sennleitner unterbrochen, den offenbar ein hoffnungsvoller Gedanke gestreift hatte. »Ich hab 'n doch noch verteidigt. *Ihr* … *ihr* habt's des g'wollt! Den habt's *ihr* aufm Gewissen, net ich!« Sennleitner schwitzte und rollte mit den Augen und schien dem Wahnsinn nahe.
»Jetzt hör auf, Zefix! Es is eh schon schlimm genug!« Kreuthner versuchte Sennleitner aus der Schusslinie zu ziehen. Aber Wallner hielt ihn auf. »He, he, nicht so schnell! Was ist hier eigentlich los, verdammt noch mal?« Kreuthner schwieg. Sennleitner fing leise an zu weinen. »Habt ihr was damit zu tun?«
»Des is a Verkettung von unglücklichen Umständen. A tragischer Unfall, wo kein Mensch vorhersehen hat können.«
Kreuthner starrte auf den Boden und nahm jetzt ebenfalls die Dienstmütze ab, um den Schweiß abzuwischen, der ihm in Sturzbächen in die Augen floss. Wallner und Mike hatten noch keine Worte gefunden. Was um alles in der Welt hatten Sennleitner und Kreuthner da verbrochen?

»Wir müssen in München Bescheid sagen.« Eine Gestalt im weißen Schutzanzug kam auf die Vierergruppe zu. Es war Oliver, der jetzt die Kapuze seines Overalls vom Kopf streifte.

Wallner drehte sich um. »Aha? Wie sieht's aus?«

»Ertrunken ist er mit ziemlicher Sicherheit nicht.«

»Sondern?«

»Er hat drei Einschüsse in der Brust. Einer davon hat wohl das Herz erwischt. Als der Wagen über die Wasserstufe gespült wurde, war er schon tot.«

»Des gibt's ja net!«, kam es mit einem Mal von hinten. Kreuthner machte die Beckerfaust in Richtung Sennleitner, der wieder zum Leben erwachte und die Augen freudig aufriss. »Hast des g'hört? Erschossen ham s' ihn! Erschossen!!«

»Gott sei Dank!« Sennleitner fasste sich erleichtert an die Brust und schüttelte lachend den Kopf, und dann schrie er: »Des is ja der Wahnsinn!«

Die beiden Uniformierten lachten, umarmten sich und verfielen ganz generell in einen für Außenstehende kaum erklärbaren Freudentaumel. »Erschossen!«, rief Kreuthner noch einmal, und sie gaben sich High Fives. Überrascht blickte Oliver zu Wallner. Aber der fragte sich gerade selbst, was er von dem absonderlichen Schauspiel halten sollte.

6

Bianca sah die Hebamme. Im Halbdunkel schimmerte ihr schuldbewusstes Gesicht. Der Jutesack auf ihrem Arm war blutig und schrie. Eine Naht platzte auf, und ein Goldstück quoll hervor, wurde aus der Jute gepresst, bis es am rotbesudelten Stoff nach unten glitt. Die Hebamme versuchte den Fall aufzuhalten. Doch die Münze prallte an der weißen Sandale ab, hüpfte auf dem Parkettboden wie toll und unberechenbar umher, rollte dann geradeaus, legte sich schließlich auf die Seite, einen Kreis beschreibend, immer enger, zuletzt sich nur noch um sich selbst drehend. Bianca stürzte herbei, um wenigstens dieses eine Goldstück zu retten. Doch jemand trat mit einem weißen Schuh darauf. Es war der Arzt. In seiner Hand bemerkte Bianca eine Maschinenpistole, deren Lauf sich zu ihr herabsenkte. Angst schoss ihr in die Eingeweide, ein letzter Blick zur Hebamme. Immer noch umklammerte die den blutenden Sack, und ihr Gesicht bat um Verständnis. Doch hatte das keine Bedeutung mehr. Bianca musste laufen, denn schon machte es tack-tack-tack, Kugeln pfiffen durch die Luft und schossen Bianca seitlich durchs Haar. Eine Vitrine wurde getroffen, Glas fiel in sich zusammen. Sie rannte und rannte durch die Scherben aus dem Raum, doch das Tack-tack-tack hörte nicht auf. Immer weiter ging das hohle Hämmern und hallte durchs Haus. Am Ende des Flures, den sie entlangrannte, öffnete sich wie von Zauberhand die Tür. Licht flutete ihr entgegen …

Ihr Herz raste, als sie die Augen öffnete – und gleich wieder schloss, denn ein Lichtstrahl, der durchs Fenster fiel, blendete sie. Immer noch machte es tack-tack-tack. Irgendwo da draußen hämmerte ein Specht.
Sie öffnete erneut die Augen, wich dem Lichtstrahl aus und versuchte, sich aufzurichten. Doch etwas zog sie an den Haaren zurück auf das Bett, auf dem sie lag. Es war das Kopfkissen. Ihre Haare klebten daran. Als sie versuchte, das Kissen zu greifen, wurde ihre linke Hand zurückgehalten. Sie steckte in einer Handschelle, die wiederum hing an dem eisernen Bettgestell. Bianca starrte die Handschelle an und versuchte, ihre Gedanken zu ordnen und zu ergründen, was sich hier abspielte. Doch es gelang ihr nicht. Auch hatte sie heftige Kopfschmerzen. Wut stieg in ihr hoch, und sie setzte sich mit Gewalt auf. Haarbüschel rissen aus, als sich das Kissen von ihrem Kopf löste.
Sie saß auf dem Bettrand und hielt ihre freie Hand an die dröhnende Stirn. Der Anblick des Kopfkissens machte ihr Angst. Die ausgerissenen Haare und der schwarze Fleck, in dem sie klebten. Getrocknetes Blut. Blut aus ihrem Kopf. Wieso war es auf dem Bett?
Sie trug Lederjacke, Jeans und Joggingschuhe. An Jeans und Jacke klebte Blut. Sie konnte sich nicht erinnern, wie es dort hingekommen war. Wie war sie selbst hierhergekommen? Was war das für ein Ort? Jemand hielt sie gefangen. Doch wer war das, warum, und, vor allem, was hatte man mit ihr vor? Tränen stiegen ihr in die Augen. Nachdem sie eine Weile geschluchzt und geweint hatte, bemerkte sie durch den Tränenschleier hindurch, dass auf dem Nachttisch neben dem Bett ihre Handtasche lag. Bianca fand darin ein Papiertaschentuch, mit dem sie ihre Tränen trock-

nete und sich die Nase putzte. Sie zog den Schminkspiegel heraus und blickte in ein hübsches, aber verzweifeltes Frauengesicht, voller zerlaufener Schminke und Eyeliner, entdeckte blaue Flecken am Jochbein und ein Pflaster auf der Stirn über der Augenbraue. Bianca berührte es vorsichtig. Es schmerzte darunter. Nicht dumpf wie die Kopfschmerzen, sondern scharf wie ein Schnitt.
Sie drehte vorsichtig den Kopf. Sie befand sich in einer Hütte. Der Raum war schlicht und mit alten Möbeln eingerichtet. Keine teuren Antiquitäten. Billig alt. Die Tapete hing an manchen Stellen in Fetzen herunter. Es roch nach Moder. Bianca wurde übel. Teils von dem Geruch, teils durch die Kopfschmerzen, teils vor Entsetzen über ihre Lage. Sie machte sich erneut daran, ihre Handtasche zu erforschen. Neben Schminkutensilien fanden sich ein iPod nebst Ohrstöpseln, mehrere Kugelschreiber und ein Füllfederhalter, USB-Sticks, eine Modezeitschrift und eine Haarspange. Sie spürte erneut, dass etwas in ihrem Inneren vorhatte, ihre Augen zu fluten. Aber sie wollte nicht weinen. Sie musste nachdenken und dieser schrecklichen Situation entkommen.
An erster Stelle standen die Handschellen. Sie besaßen ein simples Schloss, dessen Schlüssel sich vermutlich weit außerhalb von Biancas Reichweite befand. Etwa in der Hose ihres Entführers. Bianca fand in der Handtasche die Haarspange. Die Schließvorrichtung bestand aus einem langen Edelstahlstift. Bianca versuchte, ihn mit der Hand zu verbiegen, aber der Stift gab nicht nach. Sie fluchte leise und überlegte. Das eiserne Bett, an das sie gefesselt war, besaß dort, wo man die Handschelle um das Kopfende gelegt hatte, sparsame Verzierungen. Zwischen zwei dieser

schmiedeeisernen Verzierungsbänder konnte sie den Stift stecken, um ihn zu biegen.
In einer Seitentasche der Handtasche steckte eine Flachzange. Pink mit weißen Blumen verziert. Die Lady-Edition, aber durchaus gebrauchstauglich. Mit Hilfe dieser Zange baute Bianca aus dem Stift einen einfachen Dietrich. Als Kind hatte sie mit ihrem Vater in dessen Werkstatt Schlösser zerlegt und wieder zusammengebaut, und er hatte ihr die unterschiedlichen Funktionsweisen erklärt. Schlösser wie jenes an den Handschellen verfügten über eine Sperrklinke und meist standardisierte Schlüssel. Dennoch war es nicht so einfach, den Schließmechanismus auszulösen.
Nach mehreren erfolglosen Versuchen hielt Bianca inne. Aber sie würde nicht aufgeben. Auch das hatte ihr Vater ihr beigebracht. Wie so viele Dinge, die ein Mann wissen musste. Wahrscheinlich wäre er mit einem Sohn glücklicher geworden.
Bianca strich mit der freien Hand über das Metall der Handschelle. Ein einziges Mal hatte sie gegen ihren Vater aufbegehrt und nicht Medizin studiert, sondern Betriebswirtschaft. Die Vorstellung, tote Körper zu sezieren, hatte sie geekelt. Ihrem Vater hatte sie etwas anderes gesagt. Aber es war der wahre Grund gewesen. Jetzt arbeitete sie im Management seiner Klinik. Aber diese Gedanken waren im Augenblick Zeitverschwendung. Irgendwann würde jemand kommen. Und dann?
Sie steckte den Edelstahlstift ins Handschellenschloss und machte sich wieder an die Arbeit. Der Stift klapperte leise, aber schnell im Schloss. Und so brauchte es eine Weile, bis Bianca auffiel, dass ein stetes Geräusch durchs Fenster kam. Das Geräusch wurde langsam lauter, und je lauter es wurde, desto deutlicher

konnte man hören, dass sich ein Auto näherte. Bianca trat Schweiß auf die Stirn. Ihr Zeitfenster wurde gerade rasant geschlossen. Hektisch stocherte sie in der Handschelle herum, begann zu zittern, und die Feinmotorik kam ihr abhanden. Sie fluchte laut und wütend vor Verzweiflung. Der Wagen war jetzt höchstens fünfzig Meter entfernt. Ein paar Sekunden später konnte sie ihn durch die geschlossene Tür hören. Dann erstarb das Motorengeräusch. Kurz darauf wurde eine Autotür zugeschlagen. Schritte kamen auf die Hütte zu. Jemand steckte einen Schlüssel ins Türschloss, als im Inneren der Handschelle etwas nachgab.

7

Christiane Scheffler hatte nach der Entdeckung der Leiche einen Nervenzusammenbruch erlitten und wurde von einer Mitarbeiterin des Kriseninterventionsdienstes betreut. Nach einer Stunde war sie so weit gefestigt, dass sie zumindest einige grundlegende Fragen der Polizei beantworten konnte. Die Ermittler hatten sich in der Mangfallmühle eingerichtet, was Harry Lintinger ein bisschen unheimlich war eingedenk seiner üblichen Kundschaft, andererseits aber auch unverhofften Umsatz versprach.

Wallner und Mike hatten zuvor Kreuthner und Sennleitner getrennt über die Vorkommnisse des vergangenen Abends vernommen. Sennleitner verfügte nur partiell über Kreuthners kriminelle Veranlagung und reichte nicht annähernd an dessen geniale Virtuosität und Chuzpe heran, wenn es darum ging, zu lügen. Die Ereignisse waren schnell aufgeklärt, und Wallner konnte Sennleitner beruhigen. Soweit seine Strafrechtskenntnisse reichten, hatten sie sich weder wegen Körperverletzung noch wegen Freiheitsberaubung und schon gar nicht wegen der Tötung von Florian Scheffler strafbar gemacht, denn Letzteres hatte jemand anderer erledigt, bevor Scheffler in seinem eigenen Wagen ertrinken konnte. Andernfalls würde man hier natürlich über fahrlässige Tötung reden. So aber war es beim Versuch geblieben, und der war bei Fahrlässigkeitsdelikten nicht strafbar.

Christiane Scheffler führte mit zitternder Hand eine Tasse Kamillentee zum Mund und rauchte eine Zigarette. Sie hatte nicht die entfernteste Ahnung, aus welchem Grund jemand ihren Mann erschossen hatte. Er habe niemals jemandem etwas zuleide getan und sei ein herzensguter Mensch gewesen.

»Es kann nicht sein, dass es mit irgendjemandem Ärger gab? Beruflich zum Beispiel?«, fragte Wallner.

Christl Scheffler blies Rauch aus Mund und Nase und schüttelte den Kopf.

»War Ihr Mann in letzter Zeit verändert?«

Die Frau zuckte die Achseln. »Glaub nicht. Er war angespannt. Weil das Geschäft is net so gelaufen.«

»Ihr Bestattungsunternehmen?«

»Das hat er noch von seinem Vater übernommen. Damals im Jahr zweitausend.«

»Woran lag es, dass das Geschäft nicht mehr lief?«

Christl Scheffler überlegte lange, wischte eine Träne weg und betrachtete die Zigarette in ihrer Hand. »Mein Mann hat ein Alkoholproblem gehabt. Da ist gelegentlich was schiefgelaufen. Einmal war der Sarg net da zur Beerdigung. Das spricht sich natürlich herum.« Ihr Kinn fing an zu zittern, und Tränen ergossen sich über ihre Wangen. Wallner reichte ihr ein Papiertaschentuch, bedankte sich und entließ die Frau für heute.

Anschließend bat er noch einmal Kreuthner und Sennleitner zu sich und Mike.

»Irgendeine Idee, wer ihn erschossen haben könnte? Oder warum jemand etwas gegen einen Bestattungsunternehmer haben könnte?«

»Der hat keinem was getan«, sagte Sennleitner. »Des war a gutmütiger Schwätzer. Nur über seinen Job hat er net g'redt. Nur mal so Andeutungen. Aber als Bestatter machst dir doch keine Feinde. Ich mein, es bringt dich doch keiner um, weil bei der Beerdigung der Kranz fehlt.«

»Manche Leut san da empfindlich«, warf Mike ein. »Vielleicht war's a Geheimnis, wo er dahintergekommen is.«

»Du meinst, er hat bei einer Leiche was entdeckt, was jemanden in Schwierigkeiten bringen würde – zum Beispiel.«

»Zum Beispiel. Der Arzt schreibt Herzversagen in den Totenschein. Und du siehst, dass der Bursche ermordet worden is.«

»Könnte sein. Das heißt, wir müssen sämtliche Leute durchchecken, die Scheffler in letzter Zeit unter die Erde gebracht hat.« Wallner zog das Handy aus der Daunenjacke.

»Des gibt an Spaß.« Mike zückte seinen Notizblock und schrieb etwas auf.

Während Wallner mit dem Polizeipräsidium in Rosenheim telefonierte und für die einzurichtende Sonderkommission drei Beamte mehr anforderte, weil der Ermittlungsaufwand vermutlich hoch werden würde, besprachen sich Kreuthner und Sennleitner leise.

»So«, sagte Wallner. »Ich fürchte, das gibt einiges an Arbeit. Ich danke euch erst mal.« Das war an die uniformierten Kollegen gerichtet.

»Mir hätten da noch was«, sagte Kreuthner.

»Nämlich?«

»Der Scheffler hat tatsächlich so a paar Andeutungen gemacht. Ich weiß es jetzt nimmer wortwörtlich. Aber des war so in der Richtung: Bei mir im G'schäft, da war was, da könntst a Buch drüber schreiben. Irgendwas is da scheinbar passiert, da war er selber fassungslos.«

»Ich hab ihn mal zum Spaß g'fragt«, ergänzte Sennleitner, »ob's die Polizei was angeht. Weil dann möchte ich's gar net wissen. Und da hat er so ganz komisch reagiert. Des müsst er sich noch überlegen. Und er tät rechtzeitig Bescheid sagen.«

»Und ob mir ihm da an Rat geben könnten – wenn's amal so weit wär.« Kreuthner lachte. »Ich hab g'sagt: Bleib mir vom Leib mit deinem Scheiß. Des gibt nur Ärger.«

»Ist aber nicht die bürgerfreundliche Art.«

»Du, ich hab keine Lust, dass er mir irgendan Schmarrn erzählt und ich muss 'n dann in 'n Knast bringen.«

Wallner bestellte noch einen Kaffee bei Harry Lintinger. »Versucht, euch noch mal zu erinnern. Hat er irgendetwas gesagt, das uns ein bisschen die Richtung geben könnte?«

Kreuthner massierte sich beim Nachdenken die Nasenwurzel. »Ja, er hat glaub ich mal gesagt, er hätt da selber Mist gebaut. Aber das tät er wiedergutmachen. Oder?« Er blickte zu Sennleitner.

»Mh, irgendwas in der Art. Aber der Typ war die meiste Zeit betrunken. Der hat so viel Unsinn verzapft – ob des jetzt grad wahr gewesen is, des weiß kein Mensch.«

In diesem Augenblick betrat Tina im weißen Schutzanzug die Wirtsstube. Sie hatte eine Plastiktüte der Spurensicherung in der Hand.

»Hallo, Tina – schön, dass du uns besuchst. Kaffee?«

»Gerne.«

Wallner machte Harry Lintinger ein Zeichen. Tina kam zu den vier Beamten an den Tisch und hielt ihre Plastiktüte hoch. »Ratet mal, was wir im Handschuhfach gefunden haben?«

8

Der Umschlag war braun und vollständig durchnässt, an zwei Stellen auch gerissen. Darin befanden sich Geldscheine, Fünfzig- und Hunderteuronoten. Insgesamt fünftausend Euro. Tina ließ sie in der Plastiktüte, um keine Spuren zu verwischen.

»Glaubst du, da sind noch Spuren dran?« Mike betrachtete das Geldbündel mit einer gewissen Faszination.

»Kann schon sein. Die Scheine waren nur ein paar Stunden im Wasser. Außerdem sind sie aufeinandergelegen. Einige haben sogar trockene Stellen. Vielleicht holen wir einen Fingerabdruck oder eine DNA-Spur raus.«

»Gibt's Leute, die eine Beerdigung in bar bezahlen?«, fragte Wallner in die Runde.

»Könnt schon sein.« Kreuthner hatte inzwischen einen Cappuccino vor sich stehen. »Bestattungskosten kannst normal eh net absetzen. Der Kunde spart sich die Mehrwertsteuer, und der Scheffler kriegt's schwarz.«

»Wär trotzdem ungewöhnlich. Bei Beerdigungen schauen die meisten nicht aufs Geld, sondern zahlen einfach. Und so ein Gemauschel ist ja auch pietätlos.«

»Geh Schmarrn! Vor drei Jahr, wie mir den Onkel Simmerl eingedost ham, was glaubst, was ich da für an Deal rausgeholt hab. Da derfst dir nix scheißen, sonst ziehen s' dir's Hemd aus, die ruacherte* Bande.«

---

* Ruach = gieriger Mensch

»Simmerl? Ist das der, wo nachher die Urne verschwunden ist?«
»Äh – ja. Genau der.« Kreuthner schwieg und schien das Thema, das er selbst angeschnitten hatte, nicht weiter vertiefen zu wollen.
»Vielleicht hängt's mit der G'schicht zusammen, die der Scheffler euch gegenüber angedeutet hat«, schlug Mike vor. »Schweigegeld, weil er irgendetwas entdeckt hat.«
»Oder er hat jemanden wieder aus dem Grab geholt«, schlug Kreuthner vor. »Es gibt ja Verwandte, die wollen die Asche vom Verstorbenen irgendwo verstreuen. Soll vorkommen.«
»Wie beim Simmerl?«
»Keine Ahnung, was die mit der Asche gemacht haben. Aber denkbar wär's.« Die Urne von Kreuthners Onkel Simon, ehemals Betreiber einer florierenden Schwarzbrennerei, war im Jahr 2011 unter nie geklärten Umständen aus ihrem Grab verschwunden. Damals fiel der Verdacht auf Kreuthner, dem allerdings nichts nachgewiesen werden konnte, zumal ein Motiv für den Urnenraub fehlte. Tatsächlich hatte er seinem Onkel auf dem Sterbebett versprochen, seine Asche auf dem Wallberg zu verstreuen – was auf legale Weise nicht möglich war.
»Vielleicht ist es auch nur Geld für einen Gebrauchtwagen. Die muss man ja meistens bar bezahlen«, sagte Tina. »Wenn er's von der Bank abgehoben hat, finden wir es in den Kontoauszügen.«
»Ich bin mir ziemlich sicher, dass wir nichts finden«, sagte Mike.

Ein Schild informierte potenzielle Kunden der Firma Scheffler darüber, dass wegen eines Trauerfalls geschlossen war, was an der Tür eines Bestattungsunter-

nehmens irgendwie seltsam wirkte. Vor dem Geschäft befand sich ein Parkplatz, auf dem mehrere Polizeifahrzeuge mit Blaulicht standen. Man hatte das Areal mit Flatterband abgesperrt, um die schaulustigen Tegernseer abzuhalten, die das unverhoffte Unterhaltungsangebot in großer Zahl nutzten.
Wallner und Mike standen mit Gerda Spielmann, einer Angestellten von Scheffler, im Verkaufsraum zwischen diversen Sargmodellen, während sich die Spurensicherung mit dem Büro der Firma beschäftigte. Frau Spielmann war gut einen Meter achtzig groß und auch sonst von kräftigem Körperbau. Sie war um die fünfzig Jahre alt und stark geschminkt. Offenbar trachtete sie danach, den maskulinen Eindruck abzumildern, den ihre Statur machte. Sie trug einen dunkelblauen Hosenanzug und hatte tränengerötete Augen. Die Nachricht vom Tod ihres Chefs hatte Frau Spielmann sichtbar zugesetzt. Sie konnte sich nicht erklären, warum jemand Florian Scheffler erschossen hatte.
»Im Wagen Ihres Arbeitgebers lagen fünftausend Euro in bar«, begann Wallner den interessanten Teil der Befragung. »Wissen Sie, wo das Geld her ist?«
»Fünftausend Euro?« Frau Spielmann wirkte ehrlich überrascht. »So viel haben wir nie in der Firma. Die Rechnungen werden von den Kunden ja nicht bar bezahlt.«
»Wo könnte das Geld herstammen?«
Frau Spielmann zuckte mit den Achseln.
»Gab es irgendwelche Geschäfte, die – sagen wir – außerhalb der Norm waren? Irgendetwas, wofür jemand bar bezahlen würde?«
Die Frau zögerte, verschränkte die Arme und blickte an Wallner vorbei auf die ausgestellten Urnen.

»Sie müssen die Frage nur beantworten, wenn sie sich damit nicht selbst belasten. Also: Gab es so etwas? Oder verweigern Sie die Aussage?«
Gerda Spielmann kaute auf ihrer Unterlippe. »Also ich weiß davon nichts. Wir haben schon zwei Wochen lang keine Beerdigung mehr gehabt. Es lief nicht so gut.« Sie wischte sich ein paar aufkeimende Tränen weg. »Und Gehalt bekomm ich auch noch für zwei Monate.«
»Ist Ihnen an Ihrem Chef in letzter Zeit etwas aufgefallen? Hat er sich merkwürdig verhalten?«
Nach einigem Zögern beugte sich Gerda Spielmann zu Wallner vor und sagte mit gesenkter Stimme: »Ich glaub, er hat sich mit einer Frau getroffen.«
»Was heißt, Sie glauben?«
»Gesehen hab ich ihn nicht mit einer Frau. Aber er ist zwei oder drei Mal tagsüber weg gewesen, und davor hat er sich die Zähne geputzt. Das hat er sonst nie getan.«
»Haben Sie eine Ahnung, wer die Frau gewesen sein könnte?«
Gerda Spielmann schüttelte den Kopf.

Wallner gab Tina einen von den sechs Bechern Kaffee, die er in einem Fastfood-Lokal hatte besorgen lassen.
»Danke«, sagte Tina. »Du bist ein Schatz.«
Sie standen auf dem Parkplatz vor einem Transporter der Polizei. Tina hatte im Büro von Scheffler eine Kamera entdeckt. Die benutzte er nach Auskunft von Frau Spielmann dazu, die Gesichter der Verstorbenen aufzunehmen – und zwar vor und nach dem Schminken. Zum einen als Selbstkontrolle, zum anderen, um Kunden am Beispiel der Aufnahmen näherzubringen, welch erstaunliche Fortschritte im Erscheinungsbild

selbst bei Toten noch möglich waren. Florian Scheffler habe immer gescherzt, die meisten hätten im Leben nicht so gut ausgesehen, wobei er das Wort Leben betont habe. Frau Spielmann musste kurz lachen über dieses makabre, dennoch irgendwie geistreiche Wortspiel, um im gleichen Augenblick wieder in Tränen auszubrechen.

Tina gab Wallner und Mike ein Zeichen, ihr in den Transporter zu folgen. Im Laderaum war ein Tisch installiert. Tina zog Plastikhandschuhe über, holte die Kamera aus dem Spurensicherungsbeutel und schloss sie an einen Laptop an. Nach wenigen Sekunden leuchtete der Bildschirm auf, Tina klickte einen Ordner an und öffnete einige der darin enthaltenen Bilder. Es waren Gesichter mit geschlossenen Augen, jeweils mehrere von jedem – vor und nach dem Schminken.

»Ich hab die Leichenfotos auf dem Kameradisplay überflogen. Also ich kann da nichts erkennen. Aber da müsste man jedes einzelne Foto überprüfen – oder zumindest jeden Toten –, ob es Auffälligkeiten gibt. Vielleicht hat Scheffler ja Vergiftungsspuren weggeschminkt oder Würgemale. Aber das soll sich ein Rechtsmediziner ansehen.« Sie klickte einen anderen Ordner an. »Die Fotos sind alle mindestens zwei Wochen alt.«

»Seitdem haben die keine Beerdigung mehr gehabt«, sagte Mike und trank aus Tinas Kaffeebecher.

»Das ist meiner.« Tina zog den Becher zu sich und öffnete ein Foto aus dem neuen Ordner. »Das hier hat offenbar nichts mit Beerdigungen zu tun.« Einige Fotos erschienen auf dem Bildschirm. Ein dunkelhaariges Mädchen war zu sehen, etwa zehn Jahre alt, daneben eine Frau, möglicherweise die Mutter. Wallner starrte mit offenem Mund auf den Bildschirm und brachte keinen Ton heraus.

9

Die Frau hatte eine Mütze auf und spielte anscheinend mit ihrem Kind im Garten eines Bauernhofs. Einige Kunstobjekte sowie die Gartengestaltung ließen vermuten, dass hier keine Bauern mehr wohnten, sondern esoterisch umwehte Stadtmenschen. Dann kam eine Nahaufnahme des Kindergesichts. Wallner war aus einem Grund, den er nicht recht benennen konnte, auf seltsame Weise davon berührt. Das Mädchen war hübsch, mit Sommersprossen, ernst in das versunken, was es gerade tat. Die letzte Aufnahme war es freilich, die Wallner so erstaunt hatte. Sie zeigte die Mutter aus der Nähe. Das Foto war, wie schon das Mädchengesicht, mit einem Teleobjektiv geschossen worden. Die Frau hatte die Mütze abgenommen und blickte geradewegs in die Kamera. Sie hatte kurzes rotes Haar und hellgrüne Augen. Es war Stefanie Lauberhalm, die Hexe.

»Eine was?«, fragte Tina nach, als Wallner von seiner jungen Bekanntschaft mit Stefanie Lauberhalm berichtete.

»Sie nennt sich Hexe. Keine Ahnung, was das genau bedeutet. Ich nehme an, sie zieht den Leuten für magische Elixiere und anderen Unsinn Geld aus der Tasche.«

»Die heißt wie?«

»Stefanie Lauberhalm oder Lauberhain. So genau hab ich das nicht verstanden. Warum?«

»Weil wir jetzt mal schauen, was die Dame so treibt.«

Tina hatte *Hexe* und *Stefanie* bei Google eingegeben

und bekam 340 000 Ergebnisse, von denen wie üblich 339 992 nicht wirklich etwas mit dem Suchbegriff zu tun hatten. Den Rest teilten sich eine Kartenlegerin aus Berlin und die Website www.hexestefanie.de. Tina klickte die Website an und drehte den Laptop, so dass alle den Bildschirm sehen konnten. Darauf war die gleiche Frau mit den kurzen roten Haaren zu sehen, die Florian Scheffler fotografiert und die Wallner heute Morgen auf dem Polizeiparkplatz getroffen hatte. Auf ihrer Website bot Stefanie Kurse zum Thema Grundwissen Magie, Kräuterkunde, Heilen mit Steinen sowie Zaubersprüche für jeden Anlass an. Außerdem konnte man Stefanies magische Fähigkeiten individuell buchen, um gegen Krankheiten, Depressionen oder böse Geister im Garten vorzugehen.
»Klingt nach interessanten Ermittlungen«, sagte Tina. »Pass auf dich auf.«
»Die Frau hat was.« Mike starrte fasziniert auf den Computer. »Ich nehm des gern in die Hand. Ich schätz, mir werden s' vernehmen müssen.«
»Nett von dir, dass du es anbietest. Aber nachdem ich die Frau bereits kennengelernt habe, ist es wohl sinnvoll, wenn ich das selber mache.«
»Des ist ja der Punkt – du kennst sie privat. Verstehst? Du bist befangen.«
»Das Problem ist, dass dir schon beim Anblick ihrer Website Speichelfäden aus den Mundwinkeln hängen. Nenn mich verschroben, aber das halte *ich* für befangen.«
Mike setzte zu einer weiteren Duplik an, wurde aber durch eine Handbewegung von Wallner abgewürgt.
»Schluss jetzt. Überlegen wir lieber, warum ein Beerdigungsunternehmer heimlich eine Hexe fotografiert.«

»Woher wissen wir, dass er es heimlich getan hat?«, wollte Mike wissen.
»Wie du siehst, ist der Hintergrund sehr nah und leicht unscharf«, antwortete Tina für ihren Chef und zeigte auf eines der Fotos. »Das bedeutet, die Aufnahmen sind mit Teleobjektiv gemacht worden. Ich schätze mal ein Dreihunderter. So was verwendet man sonst für Tieraufnahmen in der freien Wildbahn.«
»Ja, okay. Hat er also heimlich fotografiert. Aber was interessiert ihn an der Frau? Als Schminkmodel is sie definitiv zu lebendig.«
»Ich habe nicht die geringste Ahnung«, sagte Wallner. »Wir werden sie fragen. Aber jetzt sollten wir uns erst mal um die Soko kümmern.«

Bei vielen Tötungsdelikten wird der Täter relativ schnell ermittelt. Nicht selten handelt es sich um Beziehungstaten. Im Fall Florian Scheffler war der Kreis der Verdächtigen jedoch gar nicht abzusehen, da kein Motiv erkennbar war. Das bedeutete einen Ermittlungsaufwand, der von einer Handvoll Polizisten nicht zu bewältigen war. Eine Sonderkommission mit etwa dreißig Beamten musste eingerichtet werden. Die Kripo Miesbach verfügte insgesamt nur über fünfzehn, die fehlenden Kräfte wurden vom Polizeipräsidium aus Rosenheim entsandt, manchmal auch aus München.
Wallner hatte die erste Besprechung für den frühen Nachmittag anberaumt. Inzwischen waren die externen Kollegen mit Arbeitsmitteln und Kaffee versorgt worden. Die seltsamen Umstände des Mordfalles hatten sich schnell herumgesprochen, und Gerüchte blühten auf in der Polizeistation Miesbach. Hartnäckig hielt sich etwa, dass Kreuthner seit neuestem

selbst für die Toten sorge, die er auf wundersame Weise finde. Dass er ein »Händchen für Leichen« habe, müsse ganz neu interpretiert werden. Auch schlugen manche vor, die alten Mordfälle unter diesem Gesichtspunkt noch einmal aufzurollen. Kreuthner und Sennleitner fanden es gar nicht lustig. Der Schreck steckte ihnen noch in den Knochen, und die Erleichterung darüber, dass jemand Florian Scheffler rechtzeitig erschossen hatte, bevor er ertrinken konnte, wurde von dem Wissen überschattet, dass es auch anders hätte ausgehen können.

Aus München war Staatsanwalt Jobst Tischler angereist. Er war schon am Tatort gewesen und nahm jetzt im Soko-Raum neben Wallner Platz, der die Besprechung leitete. Jobst Tischler war Ende dreißig und litt darunter, dass seine Vorgesetzten ihm kaum Gelegenheit gaben, sich in der Öffentlichkeit zu profilieren. Vor Fernsehkameras durfte er nicht, das war der Oberstaatsanwältin vorbehalten, und selbst ein lausiges Zeitungsinterview wurde nur selten genehmigt. Seine gramgefurchte Miene erklärte sich jedoch nicht allein aus der Verbitterung über diese Zurücksetzung. Die Hauptursache für Tischlers verdruckste Mimik durfte in einer allgemeinen Veranlagung zur Misanthropie zu suchen sein.

Nachdem Wallner die auswärtigen Kollegen begrüßt und die wichtigsten Beteiligten vorgestellt hatte, gab er einen Überblick über die bisherigen Ermittlungsergebnisse. Nach den Personalien des Opfers und den Umständen des Auffindens durch Kreuthner und Sennleiner am Morgen ging es an die Details des (vermuteten) Tathergangs.

»Wir wissen, dass der Wagen letzte Nacht gegen ein Uhr dreißig in der Mangfall oberhalb der Wasserstufe abgestellt wurde. Offenbar handelte sich um einen Scherz, den Gäste des Wirtshauses Zur Mangfallmühle gemacht haben.« Unruhiges Gemurmel setzte ein. Einige der örtlichen Beamten erklärten den Auswärtigen, soweit die es noch nicht wussten, die pikanten Hintergründe des »Scherzes«.

»Hal-lo! Können wir uns mal wieder beruhigen«, griff Wallner durch. »Mehr müssen die auswärtigen Kollegen an dieser Stelle nicht wissen. Ihr habt nachher genug Zeit für Kaffeeklatsch.« Der Lärmpegel senkte sich wieder. Wallner fingerte in seinen Papieren. »Kurz nach zwei setzte starker Regen ein. Vermutlich gegen vier war der Wasserstand der Mangfall so hoch, dass der Wagen über die Kante der Wasserstufe gespült wurde. Das bedeutet für den Tatzeitpunkt: irgendwo zwischen halb zwei und vier. Die Obduktion war da, glaube ich, auch nicht genauer, oder?« Tina saß rechts von Wallner und schüttelte den Kopf. »Tina wird uns jetzt über den vorläufigen Obduktionsbefund und die Ergebnisse der Spurensicherung informieren.« Damit übergab er das Wort an seine Mitarbeiterin.

»Oliver war in München bei der Obduktion dabei und ist auf dem Weg zurück«, begann Tina ihren Bericht. »Er hat mich aber schon mal telefonisch informiert. Der Todeszeitpunkt lässt sich tatsächlich nicht genauer bestimmen. Das Opfer lag einige Stunden im kalten Wasser. Das verlangsamt die Verwesungsprozesse. Das Opfer ist nicht ertrunken, sondern war schon tot, als der Wagen mit Wasser volllief.«

»Na, Buama – da habt's Schwein g'habt!«, rief jemand in Richtung Kreuthner und Sennleitner. Kurzes Gekicher im Raum.

»Auf das Opfer wurden drei Schüsse abgegeben, al

le vermutlich aus sehr geringer Entfernung. Ist aber schwer zu sagen, weil die Schmauchspuren an der Kleidung durch Wassereinwirkung verfälscht sind. Die Schüsse wurden – vom Opfer aus gesehen – von oben links in den Brustkorb abgegeben. Direkt von vorn ging nicht, weil das Opfer auf dem Fahrersitz saß, und da ist das Lenkrad im Weg. Die Einschüsse liegen relativ weit auseinander. Entweder hat der Täter wenig Erfahrung mit Schusswaffen, oder er war aus anderen Gründen daran gehindert, genauer zu zielen.«

»He, Leo!«, rief Mike. »Hast an rechten Rausch im G'sicht g'habt?« Der folgende Heiterkeitsausbruch war beachtlich.

»Mike«, sagte Tina, »keine Witze auf Kosten von Tatverdächtigen.« Es folgte weiteres Gelächter. Allerdings wollte die heitere Atmosphäre nicht so recht auf Kreuthner und Sennleitner überschwappen.

»Da wir beim Thema Alkohol sind: Das Opfer hatte zur Tatzeit mindestens zwei Komma acht, wahrscheinlich über drei Promille im Blut. Als der Wagen in die Mangfall geschoben wurde, war er Zeugenaussagen zufolge …« Wieder drehten sich alle Köpfe zu Kreuthner und Sennleitner, die mit vor der Brust verschränkten Armen vor sich hin stierten. »… Zeugenaussagen zufolge bewusstlos. Man kann wohl davon ausgehen, dass sich daran bis zu seinem Tod nichts geändert hat.« Tina räumte den Obduktionsbericht zur Seite und legte ein anderes Schriftstück vor sich auf den Tisch. »Was weitere Beweismittel betrifft, sieht es eher bescheiden aus. Spuren wie Fingerabdrücke sind im Wasser praktisch vollständig vernichtet worden, wenn sie je da waren. Einzig auf den Geldscheinen, die wir im Handschuhfach gefunden haben, sind ein

paar Fingerabdrücke erhalten. Sie werden gerade gesichert und dann ausgewertet. In der Vegetation am Ufer haben wir ein paar Faserreste gefunden. Die können aber auch von den Leuten stammen, die den Wagen ins Wasser geschoben haben. Der Kollege Kreuthner wird uns noch eine vollständige Liste der Beteiligten geben.« Kreuthners Miene versteinerte. »Tatwaffe war eine Pistole, Neun-Millimeter-Parabellum. Also nichts Markantes. Die Projektile wurden teilweise deformiert, weil sie mit Knochen kollidiert sind. Die Ballistiker sind nicht besonders optimistisch, dass man damit noch die Tatwaffe identifizieren kann. Das war's erst mal von meiner Seite.«
»Danke, Tina«, übernahm Wallner wieder das Wort. »Was also wissen wir über die Tat und den Täter? Zunächst ist es schon recht sonderbar, dass jemand mitten in der Nacht mitten in einem Fluss erschossen wird. Da kommt ja niemand zufällig vorbei und erschießt jemanden, weil's gerade so günstig ist. Wahrscheinlich ist folgender Ablauf: Der Täter verfolgt das Opfer bis zur Mangfallmühle und wartet, dass Scheffler rauskommt. Es läuft aber anders als erwartet: Der ohnmächtige Scheffler wird von seinen Zechkumpanen aus dem Gasthaus getragen, ins Auto gesetzt und in die Mangfall verfrachtet. Wenn der Täter vorhatte, Scheffler umzubringen, ist das die ideale Gelegenheit. Scheffler ist wehrlos, und es gibt – nachdem die Kneipenbesucher abgezogen sind – weit und breit keine Zeugen. Der Täter geht durch das flache Wasser zum Wagen, gibt drei Schüsse auf Scheffler ab und verschwindet. Denkbare Variante: Einer der Wirtshausgäste ist der Täter.« Wieder zogen Kreuthner und Sennleitner Blicke und Gekicher auf sich. »Jetzt lasst die beiden mal in Frieden«, mahnte Wallner. »In je-

dem Fall fragt sich: Was war das Motiv? Im privaten Umfeld haben wir bis jetzt wenig gefunden, was auf einen Täter hindeuten würde. Es scheint, dass Scheffler gelegentlich gegen seine Frau gewalttätig wurde. Man kann nicht ausschließen, dass hier ein Motiv liegt, und wir werden natürlich auch in die Richtung ermitteln. Möglicherweise kommt das Motiv aber aus dem beruflichen Umfeld des Opfers. Florian Scheffler hatte ein Bestattungsunternehmen. Und er hat wohl mal angedeutet, dass es da Unregelmäßigkeiten gab oder dass er in Ausübung seines Berufes irgendetwas entdeckt hat. Was genau das war, wissen wir noch nicht. Scheffler hat sich etwas nebulös ausgedrückt. Deshalb müssen wir sämtliche Bestattungen checken, die Scheffler im letzten halben Jahr durchgeführt hat. Das heißt die Todesumstände erfragen, mit dem Arzt reden, der den Totenschein ausgestellt hat, prüfen, ob ein Beteiligter polizeilich erfasst ist. Das ist eine Menge Arbeit. Aber leider nötig, solange wir das Ganze nicht enger eingrenzen können.« Wallner schlug einen Aktendeckel auf und entnahm ihm mehrere Fotoausdrucke. Er hielt die Aufnahmen hoch, so dass alle sie sehen konnten. »Das sind Fotos, die Scheffler vor ein paar Tagen gemacht hat. Eine Frau mit einem Kind. Die Frau heißt Stefanie Lauberhalm und gibt als Beruf Hexe an. Einfach *Hexe Stefanie* als Suchbegriff eingeben, dann könnt ihr euch die Website ansehen. Vielleicht fällt euch ja etwas auf, das uns weiterbringt. Es wäre natürlich interessant, wenn im Zusammenhang mit einer Bestattung der Name Stefanie Lauberhalm auftaucht. Wir werden die Frau natürlich befragen, konnten sie bislang aber nicht erreichen.«
Nach der Sitzung verabschiedeten sich die meisten Mitarbeiter in den Feierabend. Auch Wallner ging zu-

rück in sein Büro, sah kurz seine Mails durch, packte seine Sachen zusammen und nahm die Daunenjacke von der Garderobe. Da klingelte das Telefon. Es war Mike.

»Willst du im Büro übernachten?«, fragte er.

»Ich bin auf dem Weg nach Hause. Aber danke, dass du nachfragst.«

»Wenn du eh auf dem Weg nach unten bist, dann schau doch kurz in der Telefonzentrale vorbei. Da ist ein ziemlich seltsamer Anruf reingekommen.«

10

Der Anruf war um achtzehn Uhr sechs in der Zentrale der Polizeistation Miesbach eingegangen. Franziska, die Beamtin, die ihn entgegengenommen hatte, war nervös geworden und unsicher, wie sie damit umgehen sollte. Schließlich bat sie Mike, der gerade vorbeikam, um Rat. Zwei Minuten später traf Wallner in der Zentrale ein und ließ sich die Aufzeichnung des Telefonats vorspielen. Die Anruferin war eine Frau mittleren Alters, der Stimme nach zu urteilen, und einigermaßen aufgeregt. Sie befand sich anscheinend im Freien.

Anruferin: »Grüß Gott, verbinden Sie mich bitte mit … Wie heißt die Abteilung, die verschwundene Leute sucht? Vermisstenstelle oder so ähnlich?«

Beamtin: »Tut mir leid, da ist heute keiner mehr. Aber ich kann Ihre Anzeige aufnehmen. Wenn Sie mir …«

Anruferin (hektisch): »Meine Tochter Bianca. Es geht um … sie ist allerdings schon erwachsen. Aber sie hat sich seit vorgestern Abend nicht mehr gemeldet. Ich habe Angst, dass … dass ihr etwas zugestoßen ist …«

Beamtin: »Sagen Sie mir bitte Ihren Namen und wie wir Sie erreichen können. Und dann den vollständigen Namen der vermissten Person.«

Anruferin: »Ja natürlich. Ich bin … warten Sie kurz.« Im Hintergrund hörte man ein Knacken, möglicherweise das Geräusch einer sich öffnenden Tür. Dann eine männliche Stimme, die näher kam.

Mann (aufgebracht): »Mit wem telefonierst du?!«
Anruferin (aggressiv): »Das geht dich gar nichts an.«
Mann: »Hör auf mit dem Unsinn!«
Es folgte ein unartikulierter Schrei der Frau, aus dem zu schließen war, dass sie den Mann abwehren musste.
Mann: »Gib mir das verfluchte Handy!« Kampfgeräusche »Du machst alles kaputt, Herrgott noch mal!«
Anruferin (hysterisch): »Fass mich nicht an! Das ist die Polizei. Die hören alles mit!« Ein Schrei der Frau, ein gurgelnd-erstickter Laut, gefolgt von einem klackernden Geräusch. Das Handy schien auf den Boden gefallen zu sein. Noch ein erstickter Schrei. Dann brach die Verbindung ab.
Mike blickte Wallner an wie jemand, der glaubt, ein besonders schönes Geschenk gemacht zu haben, und jetzt auf die Reaktion des Bedachten wartet.
»Scheiße«, sagte Wallner schließlich und atmete durch. »Die Handynummer haben wir nicht?«
»War unterdrückt«, sagte die Beamtin. »Auf die Schnelle können wir das nicht zurückverfolgen.«
»Hört sich schon brutal an«, bemerkte Mike.
Wallner dachte eine Weile nach. »Was, glaubst du, war das?«
»Schätze mal ein Ehepaar. Die Tochter weg. Die Mutter will eine Vermisstenanzeige aufgeben. Und ihm passt das nicht?«
»Vielleicht gab es Streit in der Familie, und ihm ist die Sache unangenehm.«
»Er glaubt, sie macht alles kaputt, wenn sie mit der Polizei redet. Was meint er damit?«
Wallner trommelte mit den Fingern gegen den Türrahmen, an dem er stand, und sah zu Franziska. Auch sie schien ratlos und betroffen. »Wärst du noch mal so

nett?«, sagte Wallner und deutete auf das Abspielgerät.
Die Beamtin drückte zwei Knöpfe. Erneut kam die erregte Stimme der Frau aus dem Lautsprecher. Während sie berichtete, dass ihre Tochter sich nicht gemeldet hatte, war im Hintergrund erst eine Art Pfiff, dann ein brausendes Geräusch zu hören. Sie hörten die Aufzeichnung aufmerksam bis zum Ende an. Dann sagte Mike: »Dieses Rauschen im Hintergrund – des war a Zug, oder?«
Kurz darauf erschien der Fahrplan der Bayerischen Oberlandbahn auf Franziskas Computerbildschirm. Im Landkreis betrieb die BOB zwei Strecken. Eine von München über Holzkirchen nach Tegernsee, von der in Schaftlach eine Nebenlinie nach Bad Tölz abzweigte, die zweite führte ebenfalls über Holzkirchen nach Miesbach, Schliersee und Bayrischzell. Um achtzehn Uhr sechs, dem Zeitpunkt des Anrufs, waren ausweislich des Fahrplans zwei Züge der BOB im Landkreis unterwegs. Einer zwischen Warngau und Schaftlach. Der andere zwischen Gmund und Tegernsee. Wallner nahm aus einer Bleistiftablage ein kleines Lineal und farbige Markierungsnadeln und stellte sich vor die Karte des Landkreises, die an der Wand hing.
»Wann fährt der Zug von Warngau ab?«
Mike fuhr mit dem Finger die Spalte entlang. »Achtzehn Uhr fünf. Der war vielleicht noch im Ort.«
»Schlecht. Da sind ganz schön viele Häuser. Was ist mit Tegernsee?«
»Abfahrt Gmund achtzehn Uhr zwei. Ankunft Tegernsee neun nach.«
»Da müsste er«, Wallner versuchte, in etwa vier Siebtel der Strecke Gmund–Tegernsee abzumessen, »ungefähr in Sankt Quirin gewesen sein.«

»Was machen wir?«, fragte Mike.
»Schwierig. Wenn ich da Streifenwagen hinschicke – was soll ich denen sagen?«
Nachdenkliches Schweigen füllte den Raum. Schließlich sagte Wallner: »Was war das eigentlich für ein Pfiff am Anfang des Telefonats?«

11

Franziska spielte die Stelle noch einmal vor. Wallner schloss die Augen und konzentrierte sich. »Das ist kein Pfeifen. Der Ton fällt hinten ab. Eher eine Art Schrei.«

»Stimmt. A Vogelschrei.« Mike nickte nachdenklich.

»Ich find auch, des is a Vogel. A Mäusebussard – die schreien so.«

»Die Viecher kenn ich«, sagte Mike. »Da ham mir a Pärchen nebenan auf der Wiese. Mach noch mal.«

Mike schüttelte entschieden den Kopf, als er den Vogelschrei ein weiteres Mal gehört hatte. »Nein, nein. Der Mäusebussard, der pfeift richtig. Des hier is mehr so a schnarrendes Geräusch. A Schwan oder Ent'n?«

»Na – weißt, was des is?« Franziska ließ den Schrei noch einmal hören. »Des is a Möwe.«

»Ich weiß net. Is Möwe net spitzer?«

»Schwan, Möwe, Blesshuhn, Haubentaucher. Irgendwas in der Richtung. Genau könnt ich's auch nicht sagen«, mischte sich Wallner in die Diskussion. »Aber wenn's kein Bussard ist, dann bleiben nur Wasservögel. Und Warngau liegt nicht an einem See.«

»Stimmt«, pflichtete Mike bei. »Aber Sankt Quirin.«

Sankt Quirin war der südlichste Ortsteil von Gmund und lag auf der Ostseite des Tegernsees an der B 307 zwischen Wasser und Berg. Da Mike und Wallner das Telefonat mehrfach gehört hatten und am ehesten in der Lage sein würden, die Stimme der Frau wiederzuerkennen, begaben sie sich selbst nach Sankt Qui-

rin. Dort trennten sie sich, um die in Frage kommenden Häuser in der Nähe der Bahnlinie zu überprüfen. Wallner hatte sich eine parallel zur Bundesstraße verlaufende Seitenstraße vorgenommen. Hier reihte sich Grundstück an Grundstück, meist Einfamilienhäuser, aber auch ein Bauernhof. Als Wallner gerade überlegte, wie er vorgehen sollte, hörte er Stimmen. Sie kamen aus dem Haus, vor dessen Tor er stand. Der Garten war sorgsam gepflegt, der Rasen kurz, und in den Staudenbeeten wucherten Gänsekresse und Fingerkraut. Das Küchenfenster war gekippt. Deswegen konnten auch Passanten auf der Straße verstehen, dass die Bewohner des Hauses sich über Sinn und Unsinn des reversen Bratens stritten, bei dem Fleisch erst am Ende des Garvorgangs angebraten wird. Wallner stutzte. Die männliche Stimme kam ihm bekannt vor. Ein Blick auf das Klingelschild erhellte, warum. Hier wohnte Dr. Reinholt, ehemaliger Amtsrichter in Miesbach. Der Mann war kein unangenehmer Mensch, neigte aber zu weitschweifigen Belehrungen, in deren Genuss nach seiner Pensionierung jetzt offenbar seine Frau kam. Wallner klingelte.
Edith Reinholt, eine sportlich wirkende Frau Ende sechzig, öffnete in Küchenschürze. Noch während Wallner sich vorstellte, kam Dr. Reinholt, ebenfalls in Küchenschürze mit dem Aufdruck »Born to Grill«, dazu, stutzte kurz, um dann euphorisch zu werden.
»Ja, Herr Wallner! Das ist ja kolossal nett. Was führt Sie denn zu uns?«
»Tut mir leid, dass ich so hereinplatze. Ich glaube, ich störe beim Kochen?«
»Überhaupt nicht«, sagte Frau Reinholt. »Wenn Sie meinen Mann brauchen – verfügen Sie über ihn.«

»Es dauert nicht lange, nur ein paar Auskünfte.«
»Lassen Sie sich Zeit. Er wird in der Küche nicht gebraucht.«
Dr. Reinholt lachte auf, als habe seine Frau einen köstlichen Scherz gemacht. »Liebes, ich komm gleich. Wenn ich mit Herrn Wallner gesprochen habe.« Er wandte sich dem unverhofften Gast zu: »Möchten Sie nicht reinkommen?«
»Vielen Dank. Aber es wäre besser, wenn wir im Garten blieben. Sie müssten mir vielleicht etwas zeigen.«
»Ich muss in die Küche zurück«, sagte Frau Reinholt und lächelte Wallner zum Abschied zu.
»Du wirst aber nicht das Fleisch scharf anbraten, während ich weg bin?« Dr. Reinholt klang besorgt.
»Du kümmerst dich um Herrn Wallner, ich kümmer mich ums Fleisch.«
»Eeedith!«, rief Reinholt seiner Frau nach, als sie Richtung Küche verschwand, und wirkte unschlüssig, was er tun sollte.
»Wenn Sie noch mal reinmüssen, um das Schlimmste zu verhindern ...« Wallner wies mit der Hand ins Haus.
Reinholt lachte kurz und gequält: »Egal. Sie macht ja doch, was sie will. Wie kann ich helfen?«
Während Reinholt immer wieder nervös in Richtung Küche blickte, berichtete Wallner von dem Anruf, der die Polizeistation um kurz nach sechs erreicht hatte. »Sie wohnen doch schon lange hier und kennen die Leute. Außerdem weiß ich, dass Sie ein guter Beobachter sind. Vielleicht haben Sie ja eine Vermutung, wer uns angerufen hat.« Dass der ehemalige Richter gutes Beobachtungsvermögen besaß, war frei erfunden. Die Hoffnung, die Wallner in Dr. Reinholt setzte,

gründete sich eher auf einen anderen seiner Charakterzüge, nämlich Reinholts lebhaftes Interesse an Dingen, die ihn nichts angingen.
»Ach, wissen Sie, Herr Wallner, was die Nachbarn machen, interessiert mich nicht. Und ich will mich schon gar nicht an irgendwelchem Getratsche beteiligen. Vor allem wenn es um strafrechtlich relevante Vorwürfe geht. Das verstehen Sie sicher.«
»Nun, ich will ja keine Zeugenaussage, sondern eine – sagen wir – kollegiale Empfehlung, wo ich mit den Ermittlungen anfangen soll.«
»Natürlich.« Reinholt legte seine Hand auf Wallners Schulter. »Ich lass Sie doch nicht hängen. Man hat ja nicht umsonst über Jahre gut zusammengearbeitet. Nicht wahr?«
Wallner machte eine Handbewegung, die vage Zustimmung signalisierte.
Reinholt erforschte noch ein paar Sekunden sein Gewissen und sagte schließlich: »Na gut. Im Dienste der Gerechtigkeit – und um Schlimmeres zu verhindern.« Dann deutete er über den Gartenzaun. »Da gegenüber, das sind die Gerberts, honorige Leute. Da will ich gar nichts gesagt haben. Er macht irgendwie in Armierungsstahl. Netter Mann. Aber …« Dr. Reinholt senkte die Stimme und rückte näher an Wallners Ohr. »Und ich sag das nur, weil Sie mich ausdrücklich fragen: Vor drei Tagen haben die derart gestritten – mein lieber Herr Gesangsverein! Zum Schluss ist sie aus dem Haus gerannt, hat sich in den Wagen gesetzt und ist nach fünfzig Metern gegen die nächste Laterne geknallt, so geladen war die.« Er nahm Wallner an der Hand und zog ihn zum Gartenzaun. »Da vorne der Mast. Kann man immer noch sehen.«
»Haben die eine erwachsene Tochter?«

»Die Gerberts? Nee. Die haben zwei Söhne. Fünfzehn und siebzehn. Voll in der Pubertät. Die möchten Sie nicht geschenkt haben. Nur Mist im Kopp. Dass der Alte die noch nicht mit 'nem nassen Lappen erschlagen hat, grenzt an ein Wunder.«

»Gibt es noch andere Ehepaare?«

»Zwei Häuser weiter in Nummer sechzehn. Die Muschniks. Ach du meine Güte! Da knallt's regelmäßig.« Reinholts Stimme wurde vertraulich. »Kann's irgendwo verstehen. Sie behumpst ihn ja bei je-der Gelegenheit. Sogar mit dem Gärtner. Ungelogen! Mit – dem – Gärtner! Un-terste Schublade. Andererseits – wenn du dir mit sechzig 'ne Dreißigjährige holst. Muss man sich hinterher nicht wundern, oder?«

»Mit dreißig hat die aber noch keine erwachsene Tochter?«

»Nein! Die doch nicht. Kinder – das ist doch Arbeit. Das ist nichts für Madame Muschnik!« Ein kurzes, dafür um so verächtlicheres Lachen entwich Dr. Reinholt.

»Noch jemand?«

In diesem Moment kam ein sattes, brutzelndes Zischen aus dem gekippten Küchenfenster. Gram legte sich über Dr. Reinholts Miene. »Jetzt hat sie's getan.«

»Tut mir wirklich leid«, sagte Wallner, der keine Ahnung hatte, was schlimm daran war, Fleisch anzubraten, aber einen leidenden Mann erkannte, wenn er vor ihm stand.

Der Ex-Richter ging mit festen Schritten zum gekippten Küchenfenster und schrie: »Bist du jetzt zufrieden, ja?!«

»Reg dich nicht auf. Warum erzählst du Herrn Wallner nicht von den Steins. Die Stein hat vor einer halben Stunde geschrien, dass man's bis Wiessee gehört hat.«

»Wollte ich ja gerade. Misch dich bitte nicht in meine Unterhaltung ein!«

»Misch du dich nicht in meine Kocherei ein!« Das Küchenfenster wurde rumpelnd zugeklappt.

»Stein?«, fragte Wallner.

12

Das Haus der Steins lag etwas erhöht, mit Blick auf den See. Kies knirschte, als Wallner vor dem Haus aus seinem Wagen stieg. Das Einfahrtstor stand offen. Einen Augenblick verweilte er, um auf den See zu blicken, und versuchte noch einmal, Mike zu erreichen. Aber der ging nicht an sein Handy. Vielleicht hatte er keinen Empfang. Wallner sprach ihm auf die Box, dass er nachkommen sollte. Als er auf die Haustür zuging, sah er sich nach Spuren einer gewalttätigen Auseinandersetzung um, konnte aber nichts entdecken. Alles machte einen geordneten Eindruck, ein Kiesstreifen lief ums Haus, der Gehbereich davor glatter Granit, die Außenbeleuchtung Edelstahl und Glas, kein Schmiedeeisen wie bei den benachbarten Häusern.

Wallner betrachtete das Namensschild an der Haustür. Es besagte nur, dass Isabell und Alexander Stein hier wohnten. Kein Hinweis, dass Alexander Stein Professor für Psychiatrie war und eine Privatklinik betrieb, wie Dr. Reinholt berichtet hatte. Wallner klingelte. Wartete. Klingelte wieder. Lauschte und versuchte, durch die Milchglasscheibe neben der Eingangstür zu sehen, ob sich im Haus etwas bewegte. Es blieb still. Auch auf ein drittes Klingeln gab es keine Reaktion.

Er ging den Granitpfad entlang um das Haus herum zur Südseite, wo sich, wie Wallner vermutet hatte, die Terrasse befand. Die Wand war auf der Westseite um einen Windschutz verlängert worden, so dass man auch im Winter in der Sonne sitzen konnte, ohne von

der kühlen Westbrise belästigt zu werden – eine Vorrichtung, die kälteempfindlichen Menschen wie Wallner unmittelbar einleuchtete. Im Windschutz war ein Fenster eingelassen. Doch es war niemand zu sehen. Als Wallner die Terrasse betrat, hatte er einen guten Blick auf die Eisenbahngleise weiter unten. Und in dem Moment, als er sie sah, zerriss ein schriller Pfiff die Abendluft. Wallner blickte nach oben. Es war aber keine Möwe in der Luft. Unten im See schwammen welche. Ein paar zogen Kreise über dem Wasser. Ein erneuter Pfiff. Wallner drehte sich um und staunte: Auf einer Eiche, die gerade zartgrün austrieb, saß ein großer Vogel von dunklem, metallischem Blau. Wallner brauchte einige Zeit, um zu begreifen, dass es ein Pfau war. Er erinnerte sich an den Pfiff, der bei der Aufzeichnung des Telefonats dem Zuggeräusch unmittelbar vorausgegangen war. Es musste dieser Pfau gewesen sein. Wallner ging zu der großen Panorama-Fensterscheibe, um ins Innere des Hauses zu schauen.
»Ist das nicht etwas indiskret?«
Auf der Terrasse stand ein Mann, graue Haare, Ende fünfzig, Anzughose und blaues Businesshemd mit hochgekrempelten Ärmeln, keine Krawatte. Er hatte in jeder Hand ein Glas Weißwein.
»Entschuldigen Sie«, sagte Wallner. »Ich habe geklingelt, aber niemand hat geöffnet.«
»Interessante Logik«, sagte der Mann. »Wenn ich vor einem Haus stehe und man macht mir nicht auf, würde ich denken, es ist entweder niemand zu Hause. Oder aber, jemand ist zu Hause, legt aber keinen Wert auf meine Gesellschaft.«
»Ja, tut mir leid. Welches Szenario trifft hier zu?«
»Nummer zwei. Aber da Sie schon beschlossen haben,

den Wunsch der Hausbewohner nach Privatsphäre zu ignorieren, können Sie mir auch sagen, was Sie herführt. Weißwein?«

Wallner zögerte einen Augenblick. Dann nahm er das angebotene Glas an. Gleichzeitig holte er seinen Dienstausweis aus dem Jackett. »Mein Name ist Wallner. Kripo Miesbach. Ihre Frau hat bei uns angerufen.«

»Hat sie das?«

»Sie wollte ihre Tochter Bianca als vermisst melden. Dabei wurde sie von einem Mann unterbrochen, der etwa Ihre Stimme hatte. Es hörte sich offen gesagt ziemlich dramatisch an. Was war hier los?«

»Wann soll das gewesen sein?«

»Vor etwa einer halben Stunde.«

»Da haben Sie sich aber Zeit gelassen. Angenommen, meine Frau hätte tatsächlich bei Ihnen angerufen, warum haben Sie dann nicht sofort einen Streifenwagen geschickt?«

»Wir mussten noch klären, von wo der Anruf kam. Könnten Sie mich jetzt aufklären, was sich hier abgespielt hat?«

»Sie wissen überhaupt nicht, ob der Anruf von hier kam, nicht wahr?«

»Morgen werden wir es wissen. Und es wäre nett, wenn Sie mich nicht zwingen würden, zwei Mal zu kommen.«

»Auch mir reicht ein Mal. Ja, meine Frau hat angerufen. Aber es ist nichts passiert, über das ich Ihnen Rechenschaft ablegen müsste. Es war ein Irrtum.«

»Erklären Sie es mir ein bisschen genauer?«

»Das sind private Dinge, familienintern.«

Wallner sah Stein eine Weile an und wartete ab. Aber es kam nichts mehr. »Das muss ich dann wohl erst mal

akzeptieren«, sagte Wallner. »Ich würde allerdings gern noch mit Ihrer Frau reden.«
»Meine Frau ist indisponiert. Ich werde ihr ausrichten, dass Sie da waren. Wenn Sie möchten, wird sie morgen anrufen.«
»Was heißt indisponiert?«
Stein überlegte kurz, trank einen Schluck Wein und sagte: »Wenn ich's recht bedenke, geht Sie das eigentlich nichts an.«
Wallner ging auf der Terrasse umher. »Es gibt hier ziemlich viel, was mich nichts angeht. Wollen wir nicht aufhören mit dem Theater?«
Stein trat zu Wallner, der mittlerweile am Rand der Terrasse stand. »Meine Frau hat psychische Probleme, über die ich ungern mit Fremden rede. Ihr Anruf vorhin hängt mit diesen Problemen zusammen.«
»Wird Ihre Tochter vermisst oder nicht?«
»Meine Tochter und ich haben uns gestritten. Deswegen hat sie sich zwei Tage lang nicht bei uns gemeldet. Sie werden zugeben, dass das bei einer dreißigjährigen Frau kein Grund ist, sie als vermisst zu melden. Ich nehme auch nicht an, dass die Polizei bei dieser Sachlage überhaupt suchen würde.«
»Wenn das alles ist, nein. Trotzdem würde ich gerne mit Ihrer Frau reden.«
Stein sah nach Westen auf den See in die schon schräg stehende Sonne. »Wie finden Sie die Aussicht bei uns?« Wallner schwieg. Stein auch. »Na gut«, sagte er schließlich. »Sie wollen mit meiner Frau reden. Nehmen wir an, ich sage Ihnen: Das geht nicht. Was werden Sie unternehmen?«
»Es gibt verschiedene Möglichkeiten, den Anruf Ihrer Frau zu interpretieren. Ich könnte zu dem Verdacht gelangen, dass ein Gewaltverbrechen begangen wur-

de. In dem Fall würde ich zwei Streifenwagen anfordern und mit den uniformierten Kollegen nach dem mutmaßlichen Opfer suchen. Ihre strikte Weigerung, mich mit Ihrer Frau sprechen zu lassen, würde das Vorliegen eines Sachverhalts nahelegen, der Gefahr im Verzug begründet. In diesem Fall bräuchte ich keinen Durchsuchungsbeschluss, um Ihr Haus auf den Kopf zu stellen.«
Stein sog das Bouquet aus dem Glas in seine Nase und ging zum Haus. »Kommen Sie.«

13

Isabell Stein trug enge rote Jeans, ein Designer-T-Shirt und Sportschuhe. Sie war Anfang fünfzig und hatte sich gut gehalten, wie viele Frauen am Tegernsee, die Zeit und Geld hatten, um das breitgefächerte Wellnessangebot im Tal zu nutzen. Sonne fiel durch das kleine Westfenster des Wohnzimmers. Der gut fünfzig Quadratmeter große Raum war mit dunklem Parkett ausgestattet, ein moderner Teppich in der Mitte. Das restliche Mobiliar war hell und bestand teilweise aus Bauhaus-Klassikern. Isabell Stein saß in einem ausladenden, blütenweißen Sessel und hielt einen Becher in der Hand, aus dem ein weißer Faden mit einem Teeetikett hing. Wallner konnte die Worte »Schlaf« und »Nerven« erkennen. Die rechte Gesichtshälfte der Frau lag in der Sonne. Mit halb geschlossenen Lidern sah sie Wallner an. Ihre Sprache war ruhig und etwas schleppend. Sie stand, so vermutete Wallner, unter dem Einfluss von Valium oder einem anderen Sedativum. Er stellte sich kurz als Kriminalkommissar vor. Isabell Stein bot ihm einen Platz an, während Alexander Stein sich gegen den Stock der Küchentür lehnte.
»Sie haben vorhin bei uns angerufen?«
Isabell Stein nickte.
»Bei Ihrem Anruf sagten Sie, Ihre Tochter Bianca sei verschwunden.«
»Ja«, sagte sie. »Das habe ich wohl gesagt.«
»Das heißt, Sie würden es jetzt nicht mehr sagen?«
»Doch.« Sie blies auf ihren Tee, von dem Dampfschwaden wegzogen.

»Sie wollen also weiterhin Vermisstenanzeige erstatten?«
Isabell Stein schwieg zunächst, wandte ihren Kopf nach rechts und sah in die Sonne. »Sie müssen verzeihen«, sagte sie schließlich. »Ich habe Medikamente genommen. Es dauert alles etwas länger bei mir.«
»Warum nehmen Sie Medikamente?«
Isabell Stein überlegte. »Weil ich sonst Angst habe.«
»Wovor?«
»Vor nichts Bestimmten.« Sie drehte ihr Gesicht aus der Sonne und starrte Wallner an. »Ich habe einfach Angst.« Der letzte Satz kam verzögert über ihre Lippen, und sie ließ wie in Gedanken die Teetasse sinken. Der heiße Tee ergoss sich über ihren Arm und plätscherte von dort, immer noch dampfend, auf das weiße Sesselleder. Isabell Stein zuckte zurück, schien aber nicht so recht zu realisieren, was geschehen war. Ihr Mann schoss von der Küchentür herbei und riss ihr den Becher aus der Hand.
»Herrgott, was machst du denn wieder!« Er zog Isabell, die es apathisch geschehen ließ, aus dem Sessel und führte sie in die Küche. Dort hielt er ihren geröteten Arm unter kaltes Wasser. Er schien es nicht zum ersten Mal zu machen. Wallner blieb in der Küchentür stehen. Während Stein seiner Frau den Arm abtrocknete, sah Isabell Wallner an, sichtlich bemüht, sich zu konzentrieren.
»Tut mir leid.«
»Kein Problem.« Sein Blick verfing sich in ihrem. »Ist Ihre Tochter jetzt verschwunden oder nicht?«
»Sie hat eine SMS geschrieben. Darin sagt sie, dass sie ein paar Tage … weggefahren ist.« Der schleppend gesprochene Satz versickerte. »Ich würde gerne wissen, wo sie ist. Aber ich nehme nicht an, dass Sie sie suchen werden?«

»Unter diesen Umständen natürlich nicht.« Wallner überlegte, ob er sich die SMS zeigen lassen sollte, entschied dann, lieber nicht zu weit zu gehen. Die Frau hatte ganz offensichtlich psychische Probleme. Es war daher schwer, Ihren Anruf einzuordnen. Nach Abwägung aller Umstände schien es sich hier um eine familieninterne Krise zu handeln. Fast wollte sich Wallner schon verabschieden. Doch dann zwang ihn ein piksendes Gefühl in der Magengegend, den Satz zu sagen: »Könnte ich die SMS vielleicht sehen?« Schweigen. »Sie müssen Sie mir nicht zeigen. Das wissen Sie.«
»Warum wollen Sie sie dann sehen?«, fragte Alexander Stein.
»Beruflich bedingte Neugier. Wenn ich schon mal da bin.«
Stein überlegte, und Wallners Hoffnung, die Textmitteilung zu Gesicht zu bekommen, schwand. Unvermutet griff Stein in seine Hemdtasche und förderte sein Smartphone zutage, tippte ein paar Mal auf das Display und gab es Wallner. Der Text lautete: »Fahre für einige Tage nach Italien. Geht auf Resturlaub. Melde mich wieder. Kuss Bianca«.
Wallner bemerkte die Uhrzeit neben der Meldung. »Viertel nach sechs«, sagte er und gab das Handy zurück.
»Ja«, sagte Alexander Stein, während sich seine Frau auf einen Küchenstuhl sinken ließ und Wallner aus halb geschlossenen Augen beobachtete. »Es war kurz nach dem Anruf meiner Frau. Das wollten Sie vermutlich damit sagen?«
»Interessant, oder?« Wallner verschränkte die Arme vor der Brust. »Sie wussten aber schon vorher, dass kein Grund zur Sorge bestand.«

»Wissen? Nein. Aber ich kenne meine Tochter. Sie kann sehr stur sein, wenn wir streiten.«
»Ihre Frau kennt Ihre Tochter nicht so gut?«
Stein lächelte. »Dieser Satz impliziert gleich mehrere Unverschämtheiten. Können wir draußen weiterreden?« Stein ging Richtung Küchentür. Dabei legte er im Vorbeigehen seine Hand auf Isabells Schulter. »Ich mach dir gleich einen neuen Tee.«
Auf der Terrasse wartete Stein, bis Wallner neben ihm stand und blickte zurück ins Wohnzimmer, ob Isabell ihnen nicht doch gefolgt war. »Hören Sie.« Stein reichte Wallner das Weißweinglas, das er auf dem Terrassentisch hatte stehen lassen. »Sie wollten mich gerade dazu zwingen, vor meiner Frau über deren psychische Probleme zu sprechen. Tun Sie das nie wieder. Ich war bis jetzt vielleicht nicht kooperativ, doch immerhin freundlich. Das kann sich aber schlagartig ändern. Sie werden jetzt bitte mein Haus verlassen, ohne weitere Fragen zu stellen. Sollte meine Tochter weiterhin nicht auftauchen, sagen wir Bescheid.«
»Halten Sie uns auf dem Laufenden«, sagte Wallner und wollte sein Weinglas abstellen.
»Sie können in Ruhe austrinken. Wäre wirklich schade. Der Wein in Ihrem Glas ist etwa acht Euro wert.«
»Tatsächlich? Wär mir gar nicht aufgefallen. Sie sehen: Ob ich ihn trinke oder ob Sie ihn wegkippen, macht eigentlich keinen Unterschied. Schönen Abend noch.«

Sie stand gegen die Wand gelehnt, als er zurückkam, ein Weinglas in der verbundenen Hand.
»Oh!«, sagte er. »Doch wieder Wein?«
»Kommt jetzt auch nicht mehr drauf an.«
Beide standen sich eine Weile gegenüber und überleg-

ten, wie das Gespräch weiterlaufen sollte. Man konnte zur Tagesordnung übergehen oder über den Besuch reden. Oder über Biancas Verschwinden. Man konnte auch über Grundsätzliches sprechen.
»Ich bin dir lästig, stimmt's?«, sagte Isabell schließlich.
»Nein.«
»Wirklich nicht?«
»Ich sag nicht alles zwei Mal.«
Isabell ging zum Tisch, stellte ihr Glas ab, lehnte sich gegen die Tischkante und verschränkte die Arme. »Warum bist du immer noch mit mir zusammen?«
»Weil du jemanden brauchst, der dich beschützt. Darin bin ich gut. Und ich mache es gern.«
»Natürlich. Und ich bin im Schwach-Sein gut. Nur mach ich es nicht so gerne.«
Er ging auf sie zu, streichelte ihr übers Haar und gab ihr einen Kuss. »Es ist gut, so wie es ist. Ich werde immer für dich da sein.«
»Ich bin stärker, als du denkst. Eines Tages wirst du es erkennen.« Sie sah ihm in die Augen, und es war ein Augenblick erwartungsgespannter Stille zwischen ihnen.

14

Es war gegen acht, als Wallner zu dem kleinen Haus kam. Manfred hatte es nach dem Krieg erbaut, und es war trotz eines Anbaus immer noch klein. Die Türen waren auf die Größe von Manfred zugeschnitten, der auch in jungen Jahren nie die eins fünfundsechzig überschritten hatte. Wallner musste sich bücken, aber daran hatte er sich in mehr als vierzig Jahren gewöhnt. Wallner war hier bei seinen Großeltern aufgewachsen, nachdem in den siebziger Jahren seine Mutter im Tegernsee ertrunken und später sein Vater in Südamerika verschollen war. Jetzt lebte er nur noch mit Manfred, seinem Großvater, in dem Haus. Bis vor nicht allzu langer Zeit hatten auch Vera und Katja hier gewohnt. Jedes Mal wenn Wallner nach Hause kam, dachte er mit Wehmut an die Zeit, als sie zu viert beim Abendessen saßen und sich erzählten, was der Tag gebracht hatte.

Manfred hatte das Gulasch vom Vortag aufgewärmt. Er wärmte in letzter Zeit öfter Gerichte auf, denn das Kochen strengte ihn zusehends an. Es ging ihm alles langsamer von der Hand als früher.

»Und? Wie war dein Tag, nachdem er so aufregend angefangen hat?« Wallner betrachtete seinen Großvater, der den Löffel bedächtig und mit leichtem Zittern zum Mund führte.

»Wie soll er schon sein, mein Tag? Ich wach halt auf, und alle Knochen tun mir weh, und wenn ich ins Bett geh, tun s' mir immer noch weh.«

»Das wird sich wohl nicht mehr ändern.«
»Net bis ich im Grab lieg. Angeblich tut einem da nix mehr weh. Aber weiß man's?«
»Kann ich dir auch nicht sagen. Das Gulasch hast heut wirklich super hingekriegt.«
»Gell! Ich hab extra Gemüsezwiebeln rein. Die kosten das Kilo a Fuchzgerl mehr. Und? Schmeckt man, oder?«
»Jeden Cent.« Wallner löffelte den sämigen Brei mit den Fleischstücken in sich hinein und überlegte, ob er nicht lieber morgen mit Manfred reden sollte. Aber es half ja nichts. »Sag mal, diese Sache von heute Morgen, die geht mir irgendwie nicht aus dem Kopf.«
»Ich hab's dir doch gesagt, wie's passiert is.«
»Jetzt mal ohne Schmarrn: Du wolltest was beobachten. Deshalb bist du mit dem Fernglas in das Gebüsch gegangen.«
Manfred starrte auf seinen Teller und stocherte mit dem Löffel herum, als habe er etwas Wichtiges entdeckt in seinem Gulasch.
»Ich weiß, dass du keinen Kindern nachstellst. Es interessiert mich nur.« Keine Reaktion. »Unter anderem, weil du so ein Geheimnis draus machst.«
»Des is meine Sache. Können mir jetzt über was anderes reden?«
»Okay.« Wallner schüttete noch ein bisschen saure Sahne in seinen Teller. »Wer ist eigentlich diese Frau? Stefanie, oder wie war ihr Name?«
»Die Stefanie? Die is a Hex.«
»Da würde ich mich aber nicht auf Mittelaltermärkten herumtreiben.«
»Da hat keiner was dagegen. Heut is des doch …«
»War ein Scherz.« Manfred sah nicht so aus, als hätte er den Scherz verstanden. »Was macht eine Hexe heutzutage?«

»Hexen halt. Aber net bös, verstehst? Wenn einer an kranken Hund hat, oder der Apfelbaum tragt net, oder er is hinter einer Frau her, und die zieht net – dann geht er zur Stefanie.«

»Wie lange kennst du die Frau schon?«

»Seit letzten Sommer. Am Klosterfest samma ins Reden gekommen.«

»Wieso weiß ich nichts davon? Ich meine, du bist mir keine Rechenschaft über deine Bekanntschaften schuldig. Aber das hört sich fast so an, als hättest du sie vor mir geheim gehalten.«

Manfred hatte seinen Teller leer gegessen und legte den Löffel mit einer finalen Geste hinein. »Weil du da eh nix von hältst. Weil du so schlau bist und weißt, dass des alles a Kas is. Und da hab ich keine Lust, dass ich mit dir drüber diskutier.«

»Ist Stefanie verheiratet?«, sagte Wallner, um ein unverfänglicheres Thema anzuschneiden.

»Jetzt stellst endlich mal a vernünftige Frage.«

»Wie darf ich das denn verstehen?«

»Seit die Vera weg is, rührt sich wieder gar nix mehr bei dir. Wennst so weitermachst, wirst noch völlig einrosten da unten. Vor allem in deinem Alter is des gefährlich. Bei Nichtgebrauch wird die Prostata so groß wie a Pampelmuse, hat mein Urologe gesagt. Dann kannst jeden Tag zwei Stunden fürs Pinkeln einplanen.«

»Und inwiefern könnte mir Stefanies Mann dabei behilflich sein?«

»Jetzt red doch net so an Schmarrn. Ich hab nur gemeint, dass du mal wieder zum Schuss kommen musst mit die Weiber. Und der Stefanie hast gefallen.«

»Ist sie jetzt verheiratet oder nicht?«

»Ja, schon. Aber die meisten Ehen san doch eh im

Eimer. Da muss nur a anderer kommen, und schon kracht's im Gebälk. Hat man doch bei euch g'sehen.«

»Da ist kein anderer gekommen. Ich wollte nur nicht meine Arbeit hier aufgeben, um mit meiner Frau nach Würzburg zu gehen.«

»Und jetzt hat s' an anderen.«

»Keine Ahnung, ob die was mit diesem Sebastian hat. Aber das geht mich auch nichts an. Und wenn ja, dann war's nach unserer Trennung.«

»Wer's glaubt.«

Wallner stand genervt auf. Bei dem Thema war er ungewohnt dünnhäutig. »Bist du fertig?« Wallner deutete auf Manfreds Teller. Manfred nickte. Wallner räumte die Teller in die Spülmaschine.

»Der Mann von ihr heißt Ansgar. Des is auch so a Typ wie du. Ingenieur. Der hält des alles für Quatsch. Und wenn's dann doch funktioniert mit der Zauberei, dann is es a Zufall gewesen.«

»Vielleicht kann mir dein Hexchen einen Zaubertrank gegen dicke Prostata machen.«

»Besser wär was, wo du mal auf Trab kommst. Ich, wie ich so alt war wie du …«

»Warst du seit über zwanzig Jahren mit der Oma verheiratet. Und ich hoffe, du hast dich anständig benommen.«

»Nach zwanzig Jahren wird man sich ja mal unverbindlich woanders umschauen dürfen.«

»Ist gut. Wir wissen ja, wie das geendet hat.« Wallner füllte Klarspüler und ein Tab in die Spülmaschine und schaltete ein. »Wie heißt das Kind von ihr?«

Manfred zog die Augenbrauen hoch. »Woher willst du wissen, dass die Stefanie a Kind hat?«

»Ich weiß es. Ein Mädchen. Ungefähr zehn Jahre alt. Dunkle Haare. Hübsches, freches Gesicht.«

»Gibst mir a Bier ausm Kühlschrank?« Wallner fiel auf, dass die angriffslustige Haltung seines Großvaters mit einem Mal abgeebbt war und einer etwas traurig wirkenden Nachdenklichkeit Platz gemacht hatte. Er holte ein Weißbier aus dem Kühlschrank und füllte es in Manfreds Spezialglas. Es war ein Weißbierglas mit einer ungewöhnlichen Zusatzausstattung: einem Henkel – damit es ihm nicht aus der Hand fiel. Denn Manfred zitterte altersbedingt.

»Ist was mit dem Kind?« Wallner schüttelte die Flasche und ließ die Hefe ins Glas nachlaufen.

»Sie heißt Olivia.« Manfred zog das Glas vorsichtig zu sich, nachdem es Wallner auf den Küchentisch gestellt hatte. »Sie haben sie der Stefanie weggenommen.«

»Weggenommen?«

»Das Jugendamt.«

Wallner erinnerte sich an die Fotos von Scheffler, auf denen Mutter und Kind zusammen zu sehen waren.

»Wann war das?«

»Vorgestern.«

Wallner sah seinem Großvater beim Trinken zu. Wie hing das alles zusammen? Die Hexe Stefanie mit ihrer Tochter wird von einem Bestattungsunternehmer verfolgt und heimlich fotografiert. Zwei Tage später nimmt man der Mutter das Kind weg, und der Bestatter sitzt erschossen in seinem Wagen. Das war eine so massive Häufung von ungewöhnlichen Ereignissen, dass irgendein Zusammenhang bestehen musste.

»Wieso ist das Jugendamt eingeschritten?«

»Die Stefanie kämpft schon seit Jahren mit denen. Weil sie die Olivia nicht auf die Schule schicken will.«

»Sie will nicht, dass ihre Tochter was lernt?«

»Doch, schon. Nur net auf der Schule. Sie unterrichtet sie selber.«

»Hat das religiöse Gründe?«
»Sie sagt, dass die Kinder in der Schul nur schlimme Dinge lernen. Internet und Pornografie und Drogen und all das. Sie will, dass die Olivia a schöne Kindheit hat.«
»Ich versteh das ja irgendwo. Aber ob deine Kindheit so schön ist, wenn du nicht mit anderen Kindern zusammenkommst?«
»Mei.« Manfred wischte sich den Schaum vom Mund und sah nach den paar Schlucken Weißbier irgendwie zufriedener mit sich und der Welt aus. »Uns ham die Lehrer noch g'schlagen. Und stramme Nazis wollten s' aus uns machen. Mir ham's überlebt. Und du hast's auch überlebt. Ich versteh die Frau da net.«
Wallner nahm Manfreds Glas und genehmigte sich einen Schluck. Dabei kam ihm ein Gedanke, der einiges in Zusammenhang und auch ins Reine brachte.
»Heut Morgen ... hast du da die Olivia beobachtet?«
Manfred zögerte, dann nickte er. »Die Stefanie darf sich net in der Nähe von der Schule aufhalten. Da gibt's an richterlichen Beschluss. Deswegen hat sie mich gebeten, dass ich schau, wie's der Kleinen geht.«
»Und? Wie geht's ihr?«
»Am Anfang is sie mit den anderen zum Eingang gelaufen und hat auch mit einem Kind geredet. Aber dann ist sie noch mal kurz in der Tür stehen geblieben und hat geweint.«
Manfreds Stimme klang belegt, und es schien Wallner, als habe er feuchte Augen. Er legte eine Hand auf die Schulter seines Großvaters. »Es tut mir sehr leid für die Kleine.«
Manfred umklammerte sein Glas mit beiden Händen. »So ist das Leben.«

15

Der Himmel war grau, nur ab und zu brach die Frühjahrssonne durch. Die trockene Zeit schien zu Ende zu gehen, ein feuchter Mai kündigte sich an. Den Weg ins Büro ging Wallner oft zu Fuß. Er war kein Morgenmensch und hatte Mühe, um acht Uhr klare Gedanken zu fassen. Da aber die Dienstzeiten von Frühaufstehern gemacht worden waren, musste er etwas tun, um arbeitsfähig zu werden. Frische Luft und Kaffee hatten sich über Jahre bewährt. Auch heute Morgen machte Wallner den Spaziergang – der sibirischen Kälte von dreizehn Grad mit seiner Daunenjacke trotzend, die er dieses Jahr, so wie es aussah, wohl erst Ende Mai würde einmotten können.

Für zehn hatte Wallner eine Besprechung anberaumt, auf der er über den Ermittlungsstand informiert werden wollte. Um halb neun traf er sich mit Mike in der Teeküche. Auch Mike war alles andere als fit und klammerte sich ebenso wie sein Chef an seine Kaffeetasse. Mikes Müdigkeit rührte allerdings eher von Schlafmangel, denn er trieb sich mehrfach die Woche in Münchner Kneipen herum, um Frauen anzusprechen. Dass dabei immer noch nichts Festes herausgekommen war, wurde langsam zum Thema auf den Fluren der Miesbacher Polizeistation. Vor allem weil Mike schon Mitte vierzig war.

»Und? Schönen Abend gehabt?«, fragte Wallner.

»Ging so. Ich war im Schumann's.« Mike war eigentlich immer im Schumann's.

»Wen kennengelernt?«

»Ja«, grunzte Mike, schüttete einen Löffel Zucker in den Kaffee und rührte in Zeitlupe um.
»War das die ganze Auskunft?«
»Sehr hübsches Ding. So fünfundzwanzig. Lief ganz nett, und irgendwie kommen mir auf das Thema: Wie wird eigentlich Caipirinha geschrieben? Um's zu klären, nehmen wir die Cocktailkarte, und sie sagt, sie hätte grad keine Kontaktlinsen drin. Ich soll schauen. Und ich versuch zu schauen und halt das Ding immer weiter von mir weg. Aber keine Chance. Und da hat sie dann schon Verdacht geschöpft, dass ich net dreißig bin, wie sie gemeint hat.«
»Na ist doch ein Kompliment, dass sie dich für dreißig hält.«
»Weil die keine Kontaktlinsen dringehabt hat! Die war praktisch blind.«
»Wie schreibt man jetzt Caipirinha?«
»Keine Ahnung. Sie hat's plötzlich eilig gehabt, dass sie nach Hause kommt.«
»Tut mir echt leid. Vielleicht kommt dir dann meine Bitte gelegen ...«
»Die da wäre?«
»Nachforschen, wo eine junge Frau abgeblieben ist.«
»Die von gestern?«
»Ja. Bianca Stein.«
»Ich denk, die ist in Urlaub gefahren?«
»Ja. Aber irgendwie lässt mir das keine Ruhe. Dieser merkwürdige Anruf, die gestörte Mutter, und der Vater war auch nicht ganz sauber. Na gut, vielleicht war er mir nur unsympathisch.«
»Aber es muss ja irgendeinen Anhaltspunkt dafür geben, dass der Frau was passiert ist.«
»Ich hab gestern Abend und heute Morgen versucht sie anzurufen. Das Handy ist abgeschaltet, und auf

dem Festnetz ist auch nur der Anrufbeantworter dran – gut, vielleicht ist sie wirklich in Italien. Bis jetzt hat sie jedenfalls nicht zurückgerufen. Bei den Eltern hat sie sich bis auf die SMS nicht gemeldet, ebenso wenig wie bei ihrem Ehemann, der gerade auf einem Segeltörn in der Karibik ist. Normal ist das nicht.«

»Suizidgefahr?«

»Nach Angaben ihres Vaters nein. Der ist Psychiater und sollte es wissen. Aber die Leute sind ja nicht immer ehrlich.«

»Ich kümmer mich drum.«

Um zehn trafen sich Mike, Tina, Oliver und Janette bei Wallner im Büro. Oliver hatte sich eine Thermoskanne mit Kamillentee mitgebracht, weil er seit einiger Zeit von dem Kaffee auf den ständigen Besprechungen Magenprobleme hatte. Alle anderen erschienen mit Kaffeetasse, zumeist personalisierte Exemplare mit Aufdruck, die kein anderer benutzen durfte. Das war das Erste, was man neuen Mitarbeitern einschärfte.

»Und? Was rausbekommen wegen der Vermissten?«, fragte Wallner Mike, während die anderen sich noch hinsetzten.

»Erzähl ich dir nachher.«

Tina begann die Berichtsrunde mit einem Papier, das sie kopiert hatte und an alle verteilte. Es zeigte eine Landkarte von Südbayern mit etlichen Punkten darauf.

»Das ist das Bewegungsprofil von Florian Schefflers Handy. Wir vermuten, dass es größere Lücken enthält, in denen das Handy ausgeschaltet war. Da ist wenig Auffälliges dabei. Oder, anders gesagt: Wir wissen zu wenig, um beurteilen zu können, ob was Auffälliges dabei ist. Das Einzige, was ein bisschen heraussticht, ist eine Fahrt nach München-Giesing vor ein paar Tagen. Wir checken gerade, was sich da in der Gegend befindet. Es ist jedenfalls eine Straße mit Bürohäusern. Mal sehen, wie genau wir es hinbekommen. Dann haben wir einen Ausflug nach Darching gemacht, wo Scheffler die Fotos von der Frau gemacht hat. Er hat sie wohl vor dem Bauernhof fotografiert, auf dem sie mit Mann und Kind wohnt.« Tina deutete auf einen entsprechenden Punkt auf der Karte. »Und hier, nicht weit von Darching, war er zwei Mal in den letzten sieben Tagen: in Osterwarngau. Und zwar bei der Pfarrkirche. Merkwürdigerweise beide Male abends.«

»Du meinst, da ist die Kirche nicht auf.«

»Richtig. Natürlich ist um die Kirche herum ein Friedhof. Vielleicht war's ja beruflich, hab ich mir gedacht. Ich habe also Frau Scheffler angerufen. Aber die hatte keine Ahnung, was ihr Mann in Warngau zu suchen hatte. Sie kann sich nicht erinnern, dass da jemals eine Beerdigung war.«

»Vielleicht hat er jemanden getroffen«, schlug Mike vor. »Ich mein, Osterwarngau nach acht – da hast deine Ruhe, wennst ungestört sein willst.«

»Kann sein.« Tina steckte das Bewegungsprofil wieder weg. »Vielleicht hat es auch nichts mit dem Mord zu tun. Aber es ist in jedem Fall ungewöhnlich. Was seine Telefonate anbelangt – auch da wissen wir zu wenig. Gespräch mit seiner Frau, mit zwei Leuten, die auch in seiner Kundenkartei sind, mit Ämtern und einigen anderen. Wir legen die Liste Frau Scheffler vor und schauen, wen die kennt. Beim Rest werden wir recherchieren müssen, um rauszufinden, was Scheffler von denen wollte. Wenn wir Glück haben, ist einer dabei, der irgendwie verdächtig wirkt.« Tina blätterte in ihren Unterlagen. »Das waren die Telefondaten. Die Analyse des Computers hat nicht viel gebracht. Scheffler war wenig im Internet unterwegs.«

»Sind denn da wenigstens die Verträge mit seinen Kunden drin?«, wollte Wallner wissen.

»Ja«, sagte Oliver. »Wenn sie vollständig sind, haben wir einen guten Überblick, wen Scheffler in den letzten Jahren unter die Erde gebracht hat. Im Augenblick checken vier Leute alle Kunden des letzten Jahres. Das kann eine Zeitlang dauern.«

»War vielleicht schon einer dabei, wo es einen Bezug zu dieser Hexe gibt?«, fragte Janette.

»Bis jetzt nicht. Kommt vielleicht noch.«

»Gut so weit. Gibt es schon irgendwelche Zeugenaussagen?«

»Jawoll«, sagte Mike. »Und zwar zum Tatzeitpunkt.«

»Ah ja?«

»Und zwar auf die Minute. Einen halben Kilometer entfernt gibt es einen Bauernhof. Da hat der alte Bauer die Schüsse gehört. Der kann nachts nicht schlafen und hat auf seinem Klo einen Funkwecker mit Radio. Er verbringt nämlich den größten Teil der Nacht auf der Toilette und hört angeblich interessante Wortsendungen.«

»Ach, der ist das«, sagte Wallner.

»Jedenfalls hat er auf seinen Funkwecker geschaut, als die Schüsse fielen, weil er gedacht hat: Vielleicht kommt da morgen die Polizei und fragt, ob wer Schüsse gehört hat. Und da war es genau zwei Uhr neunundvierzig.«

»Na, ist doch mal was.«

»Leider das Einzige im Augenblick. Wir versuchen gerade, die Gäste der Mangfallmühle zu vernehmen.

Aber die waren entweder gar nicht da oder haben nichts gesehen oder waren betrunken und können sich an nichts erinnern. Die Hälfte von denen war schon im Knast und hat a Bewährung laufen. Des ist wirklich rausgeschmissene Zeit.«

»Ich weiß. Wir müssen's trotzdem machen. Hat sich schon was in Sachen Stefanie Lauberhalm ergeben?« Wallner hatte Janette angesprochen.

»Nicht viel: Sie wohnt mit Ehemann Ansgar und Tochter Olivia auf einem ehemaligen Bauernhof in Mitterdarching.«

»Kleine Korrektur: Die Tochter wurde den Eltern vor zwei Tagen vom Jugendamt entzogen, weil die sich weigern, sie in die Schule zu schicken. Finde doch bitte raus, wo die Tochter im Augenblick ist.«

»Das stand natürlich nicht in den Akten.« Janette notierte sich etwas.

»Kein Problem. Ich hab's gestern Abend durch Zufall erfahren.«

»Der Mann von Frau Lauberhalm«, setzte Janette ihren Bericht fort, »also Ansgar Lauberhalm, arbeitet als Ingenieur am Fraunhofer-Institut für Bauphysik in Valley.«

»Die haben ein Fraunhofer-Institut in Valley?«, wunderte sich Mike.

»Haben sie. Und noch so was Hightechmäßiges. Fluglabor, glaube ich. Na, jedenfalls arbeitet sie als Hexe. Die Website kennt ihr ja. Vielleicht hat Scheffler irgendwas über die Frau rausgekriegt, was ihr nicht gepasst hat.«

»Ich glaub net, dass die den Scheffler totgehext hat«, meinte Mike. »Dem hat jemand drei Kugeln verpasst. Des is irgendwie net hexenlike.«

»Das glaub ich auch nicht. Aber wer weiß – vielleicht

hat's mit der Hexerei nicht geklappt. Da ist man dann nicht so wählerisch. Ein interessantes Detail hab ich noch – Stefanie Lauberhalm hat schon einmal Ärger mit dem Jugendamt gehabt.«

»Wegen der Schule?«

»Nein. Ihre Tochter Olivia ist vor vier Jahren an Leukämie erkrankt. Ihre Mutter hat sich geweigert, das Kind ärztlich behandeln zu lassen, und darauf bestanden, es durch eigene Methoden zu heilen.«

»Eigene Methoden?«

»Magie. Es gab daraufhin etliche Gerichtsverfahren. Die Sache hat sich dann dadurch erledigt, dass Olivia gesund wurde.«

»Dann hat's ja doch geholfen.« Mike grinste aus verschlafenen Augen.

»Das war auch Frau Lauberhalms Argumentation. Kann man sehen, wie man will. Das war's von meiner Seite.«

Noch während Janette sprach, fing Mike, den Blick auf seinem Handydisplay, an zu kichern.

»Sagst du uns allen, was dich so erheitert?«

Mike lachte, schüttelte den Kopf und schob das Handy zu Wallner über den Tisch. Der beugte sich über das Telefon, und auch Tina und Janette rollten auf ihren Bürostühlen herbei. Auf dem Display war eine Mail zu sehen. Der Text lautete: »Ja scheiß die Wand an!« Wallner öffnete das angehängte Foto. Es erzeugte Laute des Unglaubens und der Verwunderung bei denen, die etwas sehen konnten.

»Und?«, grinste Mike.

Wallner blickte auf das Handy, wie um sich zu vergewissern, ob er auch richtig gesehen hatte. »Was ist das?«

16

Mike zuckte die Schultern. »Keine Ahnung. Das hat der Sennleitner scheint's vor a paar Minuten in der Nähe von Siebenhütten g'schossen.«

»Ist das ein Baumstamm, der da drinsteckt?«

»Schaut so aus, oder?«

Das Foto zeigte einen BMW, silbermetallic, auf einem Fahrweg im Gebirge. Ein kleiner Fluss war im Hintergrund zu sehen. Senkrecht im Dach des Wagens steckte ein entasteter und entrindeter Baumstamm, der sich durch das Metalldach und den Innenraum des Fahrzeugs geschoben hatte. Der Stamm überragte den Wagen um gut das Zehnfache, so dass der BMW wie ein aufgespießtes Insekt in einer Museumsvitrine wirkte und auch als Kunstinstallation mit zivilisationskritischer Botschaft (»Die Natur schlägt zurück« oder Ähnliches) hätte durchgehen können. »Wieso schickt uns der Sennleitner das Foto?«

»Keine Ahnung. Weil's geil ausschaut? Und wer weiß – vielleicht war's a Mordversuch. Also ich find, wir müssen uns des vor Ort anschauen.«

Die Originalskulptur des aufgespießten Wagens wirkte noch imposanter als das Handyfoto. Mittlerweile hatten sich etwa zwei Dutzend Wanderer, Mountainbiker und Paraglider um das Schaustück versammelt, das auf einem Schotterweg im Weißachtal stand, unweit von Siebenhütten. Von dort aus gelangte man über die Wolfsschlucht auf die Blauberge.

Sennleitner und sein Kollege Benedikt Schartauer

hatten den Tatort großräumig mit rot-weißem Flatterband abgesperrt. Wallner und Mike schoben sich durch die Gaffer und begrüßten die beiden Polizisten. Unwillkürlich zog die lange Holzstange den Blick der Kommissare in die Senkrechte.

»Wo ist der Fahrer?«, fragte Wallner.

»Gibt's keinen. Mir ham jedenfalls keinen gesehen. Vielleicht ist er weg, Hilfe holen. Oder sie.«

»Des gibt's doch net!«, mischte sich Mike ein, der auf das Display seines Smartphones blickte. »Wieso hat der Fahrer net die Polizei angerufen? Der Empfang is super.«

»Vielleicht hat er kein Handy dabeigehabt. Oder er hat Schiss gehabt, weil des hier für Autos gesperrt is. Wahrscheinlich war's eh a Fahrerin. Der Halter is jedenfalls a Frau.«

»Ich nehme an, ihr habt sie nicht erreicht.«

Sennleitner schüttelte den Kopf.

»Wie kommt dieses Teil in den Wagen? Das muss doch jemand reingerammt haben.« Mike ging nah an das Fahrzeug und inspizierte die Stelle im Wagendach, in der der Holzstamm steckte.

»Da brauchst ganz schön Kraft«, sagte Sennleitner. »Des Teil wiegt bestimmt a Tonne.«

»Es gibt so Maschinen zum Holzfällen, Harvester«, beteiligte sich Schartauer an der Diskussion. »Mit dene kannst an ganzen Baum hochheben und entasten und entrinden. Und mit so was könntest auch an Baumstamm in a Auto stecken.«

»In einen nagelneuen BMW? Wozu?«, wandte Mike ein.

»Zur Gaudi halt«, sagte Sennleitner. »Geil ausschauen tut's ja.« Er betrachtete mit verschränkten Armen den Wagen. »Teuer is des schon. Da hast natürlich recht.«

Wallner hatte sich mittlerweile etwas vom Wagen entfernt und betrachtete die Umgebung, die Gaffer und die dunkle Nordseite der Blauberge. Dann ging sein Blick zum Himmel, der gerade zuzog. »Dass der Stamm durch die Luft gekommen ist, könnte nicht sein, oder?«, sagte Wallner, als er wieder zu der Gruppe zurückgekehrt war.
»Ich hab schon mal gelesen, dass Flugzeuge gefrorene Scheiße aus der Toilette abwerfen und die dann in Häuser einschlägt. Aber wer schmeißt einen zwanzig Meter langen Baumstamm aus einem Flugzeug?«
»Keine Ahnung.« Wallner wandte sich wieder an Sennleitner. »Was hat der Leo gesagt, was er heute macht?«
»Was meinst du damit?«
»Hat er nicht gesagt, er hat was vor, wo wir noch lange drüber reden werden – oder so was in der Art?«
»Du meinst, das war der Leo?« Sennleitner blies die Backen auf. »Also ich weiß von nix. Ehrlich.«
»Na gut«, sagte Wallner und kratzte sich am Kopf. »Wir müssen auf alle Fälle die Fahrerin finden. Die wird ja wissen, was passiert ist. Wie heißt die Dame?«
Sennleitner zückte sein Handy, das er seit einiger Zeit als Notizblock benutzte. In diesem Moment machte Schartauer die anderen auf etwas aufmerksam, das sich auf der Schotterstraße näherte. Es war ein riesiges Fahrzeug von urzeitlicher Anmutung. »Was ist das denn?«, fragte Mike.
Schartauers Antlitz strahlte vor Ergriffenheit. »Ein Valmet Harvester!«
Mike und Wallner sahen ihn fragend an, bekamen aber keine Erklärung.

Das Ungetüm hatte sechs ballonartige Räder und in der Mitte eine fast vollständig verglaste Fahrerkabine sowie einen stählernen Gelenkarm, an dessen Ende eine mechanische Zyklopenfaust bedrohlich darauf wartete, aktiviert zu werden. Die Gaffer machten ehrfürchtig Platz, und das Fahrzeug rollte, das Flatterband niederwalzend, bis dicht vor die Polizistengruppe. Zur allgemeinen Überraschung entstieg Kollege Leonhardt Kreuthner der Fahrerkabine und lächelte lässig. Ein gewisser Stolz auf seine Maschine war nicht zu verkennen. Er trug Lederhose und Trachtenhemd.

»He, du Sack! Wo hast denn den her?«, rief Sennleitner.

»Vitamin B.« Kreuthner zwinkerte seinem Kollegen zu und beließ es bei der Andeutung. »Ich hab gehört«, wandte er sich an Wallner und Mike, »es gibt a kleines Problem. Hier wär die Lösung.« Er deutete auf den Harvester.

»Woher wissen wir denn von dem Problem?«

»Mei – spricht sich rum.«

Wallners Stirn umwölkte sich. Eigentlich war klar, dass Kreuthner mit den Geschehnissen etwas zu tun hatte. Das war genau die Art von Vorkommnis, bei dem Kreuthner wahrscheinlich irgendeinen Unsinn angestellt hatte. »Wieso beschleicht mich jetzt das Gefühl, dass du den Baum in den Wagen gesteckt hast?«

»Ich?!«

»Ja. Du. Was bitte hat das Ganze hier zu bedeuten?«

»Die Bäume fliegen tief – vielleicht gibt's bald Regen?«

Kreuthner und Sennleitner brachen in Heiterkeit aus.

»Köstlicher Scherz. Was hast du mit dem Gerät da vor?«

»Des Stangerl aus dem Wagen ziehn.« Kreuthner

schwang sich wieder auf den Harvester. »Vorsicht bitte!«
»He, verdammt! Du wirst gar nichts machen! Sag mir erst, was hier passiert ist!«
Aber Kreuthner hörte Wallner nicht mehr, denn er hatte bereits in der Kabine Platz genommen und die Maschine angelassen.
»Tut irgendwas!«, schrie Wallner Sennleitner und Schartauer zu, denn der Harvester war sehr laut. »An den Wagen muss erst die Spurensicherung dran.«
»Was sollen mir denn machen?«, schrie Sennleitner zurück. »Des Ding kannst net stoppen!«
In diesem Moment kamen ein alter VW-Bus sowie ein Kleinwagen den Weg herauf. Das war insofern ungewöhnlich, als die Straße für Kraftwagen gesperrt war und nur mit Sondergenehmigung befahren werden durfte. Und die beiden Fahrzeuge sahen nicht so aus, als hätten sie eine.
Währenddessen steuerte Kreuthner das Gerät in Richtung des durchbohrten Autos und scheuchte die Gaffer, die in den abgesperrten Bereich eingedrungen waren, mit zwei Stößen aus einer schiffshornartigen Hupe beiseite. Dann fuhr der Greifarm aus, die Zyklopenfaust legte sich um den Baumstamm und ruckte nach oben. Kreuthner musste mehrfach rütteln, bis er den Stamm aus dem Wagen ziehen konnte. Anschließend machte er kehrt und steuerte den Harvester die Straße zurück. Mit dem Baumstamm im Greifarm sah es aus, als würde die Maschine einen riesigen Rohrstock schwingen. Aus der anderen Richtung kamen der VW-Bus und der Kleinwagen auf Kreuthner zu. Sie stellten sich nebeneinander auf den staubigen Weg und versperrten ihm die Weiterfahrt. Die Straßensperre war gut gewählt, denn sie lag an einem Punkt, an dem es auf der einen

Seite steil den Berg hinaufging, auf der anderen fiel das Gelände zum Flusslauf ab. Selbst der geländegängige Harvester würde umkippen, wenn er außen vorbeifahren wollte, vor allem mit dem tonnenschweren Stamm im Greifarm. Aus dem VW-Bus stieg ein bulliger junger Mann in Lederhosen und Trachtenhemd und baute sich vor Kreuthners Maschine auf. »Gib den Maibaum her! Ihr habt's es verschissen. Der g'hört wieder uns.«
»A Schell'n kannst ham«, kam Kreuthners verzerrte Stimme aus dem Bordlautsprecher des Harvester. »Högl, schaff die Rostlauben ausm Weg. Sonst mach ich's selber.« Der Stahlarm reckte sich ein Stück weiter nach oben, und es sah aus, als würde das Monster den Mann in der Lederhose in wenigen Augenblicken wie eine Fliege zerklatschen.
Wallner schüttelte fassungslos den Kopf und setzte sich mit schnellen Schritten in Bewegung, um Schlimmeres zu verhindern.
Währenddessen drohte der Trachtenbursche dem Harvester mit der Faust. »Des traust dich net!«, schrie er. Wallner verzog das Gesicht und sog Luft durch die Zähne. »Das war jetzt sehr unvorsichtig«, sagte er im Grunde zu sich selbst, denn Högl konnte ihn beim besten Willen nicht hören.
»Schaun mer mal!«, polterte der Harvester-Lautsprecher.
Wallner rannte jetzt und schrie: »Leo, verdammt! Hör auf mit dem Scheiß!«
Kreuthner konnte Wallner, eingehüllt vom Motorlärm, nicht hören, und selbst wenn – es hätte vermutlich nichts geändert. Was jetzt geschah, sollte in den nächsten Tagen zu einem der international meistgeklickten Videos auf YouTube werden. Was die Internetgemeinde besonders entzückte, war die Passage, in der der Arm

des Harvester-Monsters mit dem Baumstamm wie mit einem Baseballschläger auf den VW-Bus eindrosch. Mit dem ersten Hieb brachte das sechsrädrige Ungeheuer dem Bus eine Delle bei, die sich über das gesamte Autodach zog und dem Fahrzeug gewissermaßen einen Mittelscheitel verpasste. Unmittelbar darauf quollen ein halbes Dutzend verschreckte junge Menschen aus dem Wagen, um sich vor dem rasenden Androiden in Sicherheit zu bringen. Mit dem zweiten Schlag wurde der Wagen vom Schotterweg gefegt und kullerte mit einem Überschlag den Abhang zur Weißach hinunter. Wallner hielt sich die Hände vor die Augen.

»Nehmt die Sache auf und schickt mir eine Kopie«, sagte er zu Sennleitner, nachdem Kreuthner mit dem Baumstamm im Greifarm weggerast war. Dann rief er Kreuthners Handy an und sprach auf die Box, dass er ihn in zwei Stunden in Miesbach sehen und eine verdammt gute Erklärung erwarte. Ansonsten könne Kreuthner seinen Arsch diesmal selber retten. Als Sennleitner und Schartauer zu der Gruppe junger Leute aufbrechen wollten, die im VW-Bus gesessen waren, hielt Wallner sie auf. »Gib mir doch grad noch die Daten von der Fahrzeughalterin.«

Sennleitner rief die Notizzettelfunktion auf seinem Handy auf. »Die Frau heißt – Bianca Stein, Telefon …«

»Stein? Bianca Stein?«, unterbrach Wallner.

»Ja, wieso?«

»Und ihr konntet die nicht erreichen?«

»Mir ham's überall probiert. Handy, Festnetz, Mail, WhatsApp. In der Arbeit ham s' gesagt, sie wär heut net da.«

Wallner starrte auf den Wagen mit dem Loch im Dach und sagte schließlich: »Planänderung. Wir brauchen noch ein paar Leute.«

17

Siebenhütten bestand nur noch aus drei malerischen Holzhäusern, eines davon eine Gastwirtschaft, die den hungrigen Wanderer mit herzhaft bayerischer Küche lockte. Wallner saß vor einer der Almhütten und hatte auf einem Holztisch eine Karte des Gebiets ausgebreitet. Der Ort lag im Tal der Hofbauernweißach, umgeben von hohen Bergen. Das Gelände war teilweise schwer zugänglich.

Inzwischen war Oliver zu ihnen gestoßen, der sich jetzt mit dem durchbohrten Fahrzeug beschäftigte. Tina war bei der Soko geblieben und ging weiter der Spurensicherung im Mordfall Scheffler nach. Zusätzlich waren vier Streifenwagen eingetroffen, eine Hundeführerin sowie freiwillige Helfer der Bergwacht einschließlich eines Hubschraubers der Polizeihubschrauberstaffel Neubiberg. Alle Beteiligten hatten sich vor der Hütte aufgestellt und erwarteten die Anweisungen des Mannes, der vor ihnen saß und die Landkarte studierte.

»Hat er net mitkriegt, dass Frühling is? Oder wieso tragt der immer noch die Daunenjacke?«, raunte ein uniformierter Kollege Mike zu.

»In drei Wochen wird er rausoperiert«, raunte Mike zurück. Der Kollege kicherte verdruckst.

»Ich hoffe, dass jetzt alle Daunenjackenscherze ausgetauscht wurden«, wandte sich Wallner an die Anwesenden, »und begrüße euch ganz herzlich zu unserer Suchaktion. Und um es gleich vorwegzusagen: Wir wissen noch nicht, wie der Baumstamm in das

Auto gekommen ist. Also bitte keine weiteren Fragen dazu.«

»Hab gehört, der Leo hätt schon wieder wen umbracht«, rief einer von hinten.

»Der Wagen«, ignorierte Wallner den Zwischenruf, »gehört einer Frau namens Bianca Stein aus Holzkirchen. Sie wird seit zwei Tagen vermisst. Warum sie nicht beim Wagen war, wissen wir nicht. Wir wissen auch nicht, ob sie ihn überhaupt gefahren hat.«

»Ein bisschen mehr wissen wir schon.« Oliver bahnte sich seinen Weg durch die auf der Terrasse stehenden Polizisten. »Wenn ich kurz ein paar erste Ergebnisse beisteuern darf?«

»Bitte.«

»Also«, begann Oliver mit hörbarer Berliner Färbung. »Auf dem Beifahrersitz ist keiner gesessen. Der ist vollständig von dem Baumstamm zermanscht worden. Der Fahrersitz wiederum war relativ weit nach hinten geschoben. Wir schätzen, der Fahrer war um die eins neunzig groß. Die Vermisste ist aber nur eins fünfundsechzig. Die ist also mit ziemlicher Sicherheit nicht gefahren. Ob sie überhaupt im Auto war? Keene Ahnung. Wenn, dann auf dem Rücksitz. Aber wieso sitzt einer aufm Rücksitz, wenn der Beifahrersitz noch frei ist? Macht wenig Sinn, wa? Der Wagen wurde im Übrigen mit dem Zündschlüssel angelassen. Das heißt, er wurde nicht aufgebrochen. Also kein klassischer Autodiebstahl.«

»Interessant.« Wallner übernahm wieder das Wort. »Danke dir, Oliver. Was heißt das für unsere Suchaktion?«

»Ursprünglich hatten wir ja gedacht, die Frau ist im Schock aus dem Wagen gestiegen und irrt hier irgendwo rum«, sagte Mike. »So war's dann wohl nicht.«

»Nein. Aber jemand ist mit dem Wagen von Bianca Stein hierhergefahren. Warum? Da gibt es viele Möglichkeiten: Er hat ihn gestohlen und einen Ausflug gemacht. Er hat die Besitzerin umgebracht und ist so an den Wagen gekommen. Dann fragt sich wiederum, was er hier zu suchen hatte?«

»Vielleicht hat er die Leiche entsorgt«, mutmaßte Schartauer.

»Möglich. Dann sollten wir sie schnellstens finden. Vielleicht ist der Fahrer aber auch mit der lebenden Bianca Stein hier gewesen, und sie haben sich getrennt – gestritten, oder sie wollte eine Bergtour machen oder sich hier vor irgendwem verstecken. Wir können endlos spekulieren. Tatsache ist: Es besteht die Möglichkeit, dass die Frau in der Gegend ist – tot oder lebendig. Wir werden so vorgehen: Der Hubschrauber sucht die Gegend von oben ab. Ihr habt da was Schickes an Bord, hab ich gehört?«

»A Wärmebildkamera. Wenn die irgendwo im Gelände liegt, dann sehen mir des. Unter Umständen auch die Leiche. Kommt drauf an, wie warm die noch is.«

»Das berechtigt doch zu Hoffnungen. Die Evelyn und der Max«, Wallner deutete auf die Frau mit dem Suchhund, »warten noch, bis die Eltern der Vermissten da sind. Ich habe sie gebeten, ein gebrauchtes Kleidungsstück ihrer Tochter mitzubringen. Sie müssten demnächst eintreffen. Dann schauen wir, ob vom Auto Spuren der Frau irgendwohin führen. Der Rest sucht zu Fuß das Gebiet ab, und zwar flussaufwärts und flussabwärts. Zwei Streifenwagen fahren alle Hütten ab, die man auf den Forstwegen erreichen kann. Mehr Leute können wir leider nicht einsetzen. Wie ihr wisst, müssen wir noch einen Mord aufklären.« Man hörte, dass sich ein Wagen näherte. Kurz darauf sah Wallner eine schwarze Limousine hinter einer Kurve auftauchen. »Ich seh gerade, da kommt jemand für mich. Der Mike sagt euch jetzt, wer genau was macht. Und wenn ich noch mal das Wort Daunenjacke höre, gibt's echt Ärger.«

18

Das Gesicht des Mannes war unter einer Skimaske versteckt. Bianca konnte nur die grünbraunen Augen und den Mund, schmal, auf der Oberlippe schwarze Stoppeln, sehen. Er hatte eine Art Anglerjacke mit zahlreichen Außentaschen an, eine Schrotflinte in der Hand und einen Hund an der Leine. Es war ein Husky mit blassblauen, fast weißen Augen. Er machte kaum Geräusche, zog nicht an der Leine und sah Bianca unentwegt an. Auch der Mann betrachtete sie mit intensivem Interesse, als hätte er im Moment seines Eintretens gespürt, dass etwas nicht in Ordnung war. Bianca saß auf dem Bett, eine Hand ans Bettgestell gefesselt, die andere lag zur Faust geballt neben ihrem Bein auf der Matratze. Langsam ging der Mann auf sie zu, der Lauf der Schrotflinte schwenkte zu ihrer freien, zur Faust geballten Hand und tippte auf den Handrücken.

»Machen Sie die Hand auf.«

Bianca schwitzte, ihre Lippen bebten.

»Wird's bald?«

Zögernd öffnete Bianca die Faust. Die Haarspange mit dem verbogenen Edelstahlstift kam zum Vorschein. Der Mann streckte ihr seine Handfläche entgegen. Bianca gab ihm die Spange. Hinter der Skimaske verengten sich die Augen des Mannes, während er den Stift betrachtete und überlegte, was er bedeuten mochte. Dann wanderte sein Blick auf die Handschelle. Der Mann schlug mit dem Gewehrlauf auf Biancas Arm, der zuckte weg, und die Handschelle öffnete sich.

»Des gibt's ja wohl net.« Der Mann schleuderte die

Haarspange in eine Zimmerecke, griff nach Biancas Handtasche und wühlte darin herum, um zu sehen, ob ihm weitere Gegenstände gefährlich werden könnten.
»Kann ich wenigstens ein paar Sachen behalten? Die Zahnbürste und den iPod. Und vielleicht …« Der Mann öffnete, noch während Bianca redete, die Tür und warf die Handtasche nach draußen, was offenbar bedeuten sollte, dass er ihrer Bitte nicht entsprechen würde, aber auch, dass er sich ganz allgemein nicht auf Verhandlungen einlassen wollte. Dann fingerte er aus einer der vielen Außentaschen seiner Anglerjacke eine Packung Tabletten.
»Haben Sie Geld von meiner Familie gefordert?«, fragte Bianca.
Sie erhielt keine Antwort. Stattdessen warf ihr der Mann die Tablettenschachtel in den Schoß. Sie nahm die Schachtel und las die Beschriftung. Es war ein stark wirkendes Schlafmittel. Der Mann bedeutete ihr mit einer Kopfbewegung, die Schachtel zu öffnen. Bianca überlegte kurz, dann schleuderte sie die Schachtel auf den Boden.
»Sagen Sie mir, was das Ganze hier soll. Ich will nur wissen, ob Sie es auf Geld abgesehen haben.«
»Ich lass Sie wieder laufen. Wenn alles gutgeht und wenn S' keinen Ärger machen. Wenn S' Ärger machen …« Der Mann strich mit der Hand über den Flintenlauf. »Ich krieg mein Geld auch, wenn Sie tot sind.«
Bianca schluckte, und ihre Hand fing an zu zittern. Sie atmete tief ein und nahm ihre ganze Kraft zusammen.
»Warum … warum bin ich hier?«
»Sie san doch a Oberschlaue.« Der Mann deutete auf die Handschellen. »Vielleicht kommen S' da selber drauf.« Das Handy des Mannes klingelte. Er hielt es ans Ohr. »Ja?! Was ist passiert?«

Bianca konnte sehen, dass der Mann unter der Skimaske eine Grimasse zog. »Ein Baumstamm? Willst mich verarschen?« Der Anrufer schien eine längere Erklärung abzugeben. »Des is mir ehrlich gesagt völlig wurscht, wo des Teil herkommt. Lass die Kist'n stehn und hau ab. Und lass nix im Wagen. Die Bullen werden den untersuchen.« Der Mann drückte fluchend das Gespräch weg, verstaute das Handy wieder in der Jacke und entnahm einer anderen Tasche eine Zigarettenschachtel und ein Sturmfeuerzeug.
»Probleme?«, fragte Bianca.
Der Mann zündete sich eine Zigarette an und kickte die Pillenschachtel mit dem Fuß zu Bianca zurück. »Zwei Stück. Auf geht's!« Aus einer dritten Jackentasche förderte er eine kleine Flasche Mineralwasser zutage und warf sie Bianca zu.
Sie steckte sich zwei der Tabletten in den Mund und nahm einen Schluck Wasser, schraubte die Flasche zu, saß auf dem Bettrand und starrte den Mann an.
»Schau auf den Boden!« Er setzte sich auf einen Holzstuhl, schlug die Beine übereinander und sog konzentriert den Rauch in seine Lungen.
»Was machen wir jetzt?« Bianca bohrte ihren Blick in die Bodendielen.
»Wir warten, bis Sie schlafen. Ich kann im Augenblick eh net weg.«
Sie schwiegen und Bianca wartete, dass sie müde wurde. »Und wenn ich nur so tu, wie wenn ich schlafe?«
Der Mann beugte sich nach vorn und hielt Bianca die Zigarettenglut unter die Nase. »Schluck die Scheißpillen runter. Ich krieg's raus, ob du schläfst.«
Kurz darauf wurde Bianca müde. Im Halbschlaf war ihr, als hörte sie draußen ein Auto.

19

Der Streifenwagen rollte über Schotterwege. Sennleitner steuerte, und Schartauer hielt Ausschau nach der vermissten Frau. Aber hier war nichts zu sehen. Nur Landschaft. Gebirgslandschaft mit Frühjahrsvegetation. Ab und an eine geschlossene Hütte. Der Almbetrieb würde erst in ein paar Wochen beginnen.

Schartauer stutzte. Etwas war hier anders als bei den anderen Almhütten, an denen sie bislang vorbeigekommen waren. Er brauchte einen Moment, bis ihm klarwurde, was es war: Neben der Hütte stand ein Auto.

Der Mann war um die vierzig und hatte eine Art Anglerjacke mit vielen Taschen an. »Grüß Gott! Des is aber a seltener Besuch«, sagte er, als er die Polizisten sah, und zog die Tür hinter sich zu.

»Habe die Ehre«, gab Sennleitner zurück. »Mir suchen eine Frau. Circa dreißig Jahre alt, dunkle Haare.«

»Hier? In der Hütt'n?«

»Hier in der Gegend.« Es fing an zu regnen, und ein stürmischer Wind kam auf. »Könne mir kurz reinkommen?«

Der Mann sah die beiden Polizisten leicht verunsichert an und lächelte. »Es is net sehr gemütlich da drin.«

»Hier draußen aber auch net«, sagte Schartauer, dem der Regen ins Gesicht peitschte. »Oder ham S' a Problem damit, dass mir reinkommen?«

»Nein, nein. Es ist wie gesagt nur unaufgeräumt.«
Schartauer trat einen Schritt an den Mann heran, um dem Regen ein wenig zu entkommen. »Also bitte dann …« Er deutete auf die Tür. Der Mann drehte sich um, öffnete die Tür und betrat die Hütte. »Bitte schön. Herein in die gute Stube.«
Im Inneren der Hütte war es dunkel, weil die Fensterläden zu waren. »Warum machen S' denn die Fensterläden net auf?«
»Hab's gern a bissl schummerig.«
Sennleitner sah sich um. Ein Bett stand im Raum, die alte Matratze wies eine Vertiefung auf. Der Mann bemerkte Sennleitners Blick. »Ich hab mich grad a bissl hingelegt.«
»Ah so? Was machen S' eigentlich hier?«
»Nach dem Rechten sehen. Ob alles in Ordnung is nachm Winter.«
»Verstehe«, sagte Schartauer und betrachtete die Wasserflasche auf dem Nachttisch.
»Ich hab a lange Nacht gehabt und bin a bissl müd geworden. Und da hab ich denkt, haust dich a bissl aufs Ohr. Is schön ruhig hier.«
»Bestimmt.« Sennleitner setzte sich aufs Bett. Ihm schien der Gedanke an ein Nickerchen nicht unangenehm zu sein. »Also noch mal wegen der Frau: Es könnt sein, dass die orientierungslos is und hier umeinandläuft. Sie ham da nix gesehen, oder?«
»Nein. Da is mir nix aufgefallen. Aber ich hab a Auge drauf. Wenn ich was seh, dann weiß ich jedenfalls Bescheid. Schwarze Haare ham S' gesagt?«
»Schwarze Haare. Dreißig Jahre alt.«
»Okay.« Der Mann wartete, dass die Polizisten sich verabschiedeten. »Anbieten kann ich Ihnen leider nichts.«

»Kein Problem«, sagte Schartauer. »Können wir uns grad a bissl umsehen?«
»Net dass ich was dagegen hab. Aber … wieso?«
»Vielleicht is sie ja hier.«
»Hier? Wieso das denn?«
»Wie g'sagt, vielleicht ist die Frau orientierungslos. Und sie ham ja geschlafen. Des ham S' unter Umständen gar net mitgekriegt, wenn die hier rein is.«
»Wo geht's denn da hin?« Sennleitner deutete auf eine Tür im hinteren Bereich des Zimmers.
»Des is a Rumpelkammer. Da is nur altes G'lump drin.«
Sennleitner stand vom Bett auf, ging zu der Tür und griff nach der Klinke.
»Ich glaub, ich hab noch a Bier im Wagen. Also wenn Sie vielleicht …« Der Mann lächelte verbindlich, aber irgendwie angespannt, wie es den beiden Polizisten erschien.
»Danke«, sagte Sennleitner. »Is wirklich net nötig.« Er drückte die Türklinke nach unten und schob die Tür auf. Die Angeln quiekten. In der Kammer war es noch dunkler als in dem Zimmer mit dem Bett. Sennleitner schaltete die Taschenlampe an und leuchtete durch den Raum. Wie der Mann gesagt hatte, waren hier nur alte Möbel gelagert. Der Staub stieg Sennleitner in die Nase, und er musste niesen. Der Mann wünschte Gesundheit, und Sennleitner nahm es als Zeichen, die Inspektion zu beenden. Hätte er sich etwas Zeit genommen, wäre ihm möglicherweise aufgefallen, dass unter einem verstaubten Tisch die Spitze eines Joggingschuhs hervorragte.

20

Alexander Stein kam allein. Wallner hatte ihn ausdrücklich gebeten, seine Frau mitzubringen. Aber die hatte auf die Mitteilung, dass Biancas Auto gefunden worden war, mit einem Nervenzusammenbruch reagiert und befand sich in ärztlicher Behandlung – in Steins eigener Klinik. Wallner hatte das Gefühl, dass die Steins ein dubioses Spiel mit ihm spielten, und war genervt. Immerhin hatte Stein eine Wollmütze seiner Tochter dabei, und die Hundeführerin konnte ihre Arbeit aufnehmen, was leider zu wenig führte. Der Hund schien zwar im Auto Spuren zu wittern, nicht aber außerhalb; offenbar war Bianca Stein bei der Kollision mit dem Maibaum nicht im Wagen gesessen.

Wallner und Alexander Stein hatten in der Wirtshütte Platz genommen. Später gesellte sich auch Mike dazu. Man trank Kaffee, und die Kommissare aßen Kuchen aus hütteneigener Herstellung. »Tut mir leid, dass ich Ihnen keinen Wein anbieten kann. Aber der Staat möchte, dass wir bei Befragungen nüchtern bleiben.«

»Kein Problem. Mir ist Kaffee ohnehin lieber.«

»Lieber als der Wein, den sich der Staat leisten kann?« Stein schwieg, und Wallner schilderte ihm kurz die Umstände, unter denen der Wagen seiner Tochter aufgetaucht war. Das war schwer zu begreifen, und Stein fragte mehrfach nach.

»Ja, es ist sehr skurril. Aber wie es aussieht, ist niemand verletzt worden. Mit ziemlicher Sicherheit saß Ihre Tochter nicht im Wagen. Trotzdem meine Frage:

Gibt es irgendeinen Bezug zu Siebenhütten? Hat sie hier zum Beispiel Wanderungen gemacht?«
»Nicht dass ich wüsste. Wir waren eigentlich nie in Siebenhütten. Geht's hier nicht zur Wolfsschlucht?«
»Unter anderem. Warum fragen Sie?«
»Ist mir gerade eingefallen. Vielleicht, weil dieser Wolf in der Gegend gesehen wurde.«
Mike holte seinen kleinen Notizblock hervor und blätterte geschäftig darin. Da er seine Brille nicht aufsetzte, ging Wallner davon aus, dass es Mike in erster Linie darum ging, den Eindruck von Wichtigkeit zu vermitteln. »Wann haben Sie Ihre Tochter das letzte Mal gesehen?«, begann Mike schließlich die eigentliche Befragung.
»Letzten Samstag. Nachmittags in der Klinik. Sie ist von dort ins Krankenhaus nach Agatharied gefahren.«
»Hat sich Ihre Tochter danach noch einmal gemeldet?«
»Ja. Bei meiner Frau. Das war so gegen halb neun Uhr abends.«
»Haben Sie das Gespräch mitbekommen?«
»Ich bin aus dem Zimmer gegangen. Meine Frau kann Ihnen sicher mehr sagen, wenn es ihr wieder bessergeht. Soweit ich mich erinnern kann, hat Bianca von zu Hause aus angerufen.«
»Aus Holzkirchen?«
»Ja.«
»Weshalb ist Ihre Tochter nach Agatharied gefahren?«
»Sie war gestürzt und hatte sich am Kopf verletzt.«
»Wo ist sie hingefallen?«
»Im Büro.«
»Haben Sie mitbekommen, wie das passiert ist?«
»Ja, ich war dabei. Sie trägt Schuhe mit sehr hohen Absätzen. Meine Tochter ist umgeknickt und unglück-

lich mit der Stirn gegen die Schreibtischkante geprallt. Eine Platzwunde. Das ist nicht gefährlich, blutet aber stark.«

»Hatte der Sturz etwas mit dem Streit zu tun, von dem Sie mir erzählt haben?«, schaltete sich Wallner in das Gespräch ein.

»Wie kommen Sie darauf?«

»Sie sagten gestern, der Streit wäre der Grund gewesen, warum sie sich nicht gemeldet hat.«

»Sagte ich das?«

»Ja. Das sagten Sie.«

»Aber Sie gehen offenbar davon aus, dass Bianca etwas zugestoßen ist. Mein Streit mit ihr ist demnach nicht der Grund für ihr Verschwinden.«

»Hören Sie – ich will mir ein vollständiges Bild machen. Und ich verstehe nicht, warum Sie mir mit diesen Sophistereien kommen. Ich an Ihrer Stelle würde alles tun, damit meine Tochter wiedergefunden wird.«

»Was wollen Sie damit andeuten?«

Wallner sah kurz zu Mike. Dessen Blick bekundete Mitgefühl. Normalerweise war es Mike, der bei nervenden Zeugen aus der Haut fuhr. Aber Wallner hatte im Gegensatz zu Mike schon eine kleine Historie mit Alexander Stein.

»Ich wäre Ihnen sehr dankbar, wenn Sie einfach meine Frage beantworten.«

Stein dachte nach. Wallner hatte den Eindruck, dass er seine Strategie überprüfte. Schließlich sagte Stein: »Es ging um eine betriebliche Sache. Wir sind da oft nicht einer Meinung. Es kann vorkommen, dass sich Bianca aufregt. Sie ist sehr impulsiv und läuft dann im Büro auf und ab und gestikuliert und wird laut. Dabei ist sie gestern umgeknickt und unglücklich gefallen. Das ist alles.«

»Warum haben Sie sie nicht ins Krankenhaus gefahren?«
»Sie wollte selber fahren. Außerdem hatte ich noch einen wichtigen Termin. Das mag Ihnen vielleicht herzlos erscheinen. Aber es ging schließlich nicht um Leben und Tod.«
»Haben Sie irgendeine Idee, warum sich Ihre Tochter nicht meldet?«
Alexander Stein zuckte mit den Schultern.
»Ist sie suizidgefährdet?«
»Nein. Sie ist eine etwas verwöhnte junge Frau. Aber psychisch robust. Sie ist überhaupt nicht der Typ, sich etwas anzutun. Warum auch? Wegen dem Streit? Das ist lächerlich. Wir haben schon oft gestritten. Außerdem hat sie sich ja gemeldet.«
»Sie meinen die SMS?«
»Ja. Sie haben sie gesehen.«
»Die muss nicht von ihr stammen.«
»Von wem sonst?«
»Von jemandem, der uns auf eine falsche Fährte setzen will.«
»Sie meinen, jemand will uns glauben machen ...«, Stein zögerte, »... dass Bianca noch lebt?«
»Das ist nur eine von vielen Möglichkeiten. Vielleicht wurde sie entführt. Vielleicht ist sie wirklich in Italien. Aber warum meldet sie sich nicht auf all unsere Anrufe und Mails?«
Stein schüttelte unwillig den Kopf. »Ich glaub das alles nicht.«
»Was glauben Sie denn?«
»Dass sie ... dass sie ein paar Tage weggefahren ist. Vielleicht mit dem Zug. Und jemand hat ihren Wagen gestohlen. Das erscheint mir immer noch die wahrscheinlichste Variante.«

»Offen gesagt, sind wir da anderer Meinung. Der Wagen Ihrer Tochter wurde mit dem Zündschlüssel angelassen. Diebstahl sieht anders aus.«

Alexander Stein sah die beiden Polizisten weiterhin skeptisch an. Aber er schien nachzudenken.

Wallners Handy klingelte. Er entschuldigte sich und ging vor die Hütte. Es war Tina.

»Wie du heute angerufen und das von dem aufgespießten Wagen erzählt hast, da ist mir eingefallen, dass ich den Namen Bianca Stein letztens irgendwo gelesen habe. Und weiß du wo? Er stand auf der Liste der Leute, mit denen Scheffler telefoniert hat.«

»Wie oft haben die beiden telefoniert?«

»Drei Mal in den letzten zehn Tagen.«

»Drei Mal?«, sagte Wallner. »Das sind ja mal interessante Neuigkeiten.«

21

Stein wollte sich gerade verabschieden, als Wallner wieder in die Gaststube kam.
»Oh, Sie wollen gehen?«, sagte Wallner. »Sie haben sicher viel zu tun. Und grüßen Sie mir Ihre Frau. Nur eine Frage hätte ich noch.«
»Bitte«, sagte Stein eher unwillig.
»Kennen Sie Florian Scheffler, den Beerdigungsunternehmer?« Wallner schien, als würde sich Stein ein wenig verkrampfen.
»Ja. Vom Namen her. Er hat sein Geschäft in Tegernsee.«
»Sonst haben Sie nichts mit Scheffler zu tun?«
»Nein.« Stein wischte sich die Hände an seiner Hose ab. »Wieso sollte ich? Ist … ist er nicht tot?«
»Ja. Florian Scheffler wurde vorletzte Nacht ermordet.« Das stand bereits in der Lokalzeitung. »Er hat in den Tagen vor seinem Tod drei Mal mit Ihrer Tochter telefoniert.«
»Tatsächlich?«
»Dem entnehme ich, dass Sie davon nichts wussten. Haben Sie eine Idee, warum die beiden telefoniert haben?«
»Tut mir leid, da kann ich Ihnen nun gar nicht weiterhelfen. Ich habe nicht die leiseste Ahnung.«

»Was meinst du?« Stein war fort, und Wallner und Mike saßen in der Hütte zusammen.
»Der hat auf die Frage nach Scheffler definitiv komisch reagiert. Irgendwie nervös.« Die Bedienung brachte Mike ein weiteres Stück Erdbeerkuchen.

»Danke. Und wenn's vielleicht doch noch a Sahne hätten.«
Die Bedienung versprach, welche zu bringen, und ging.
»Das verdoppelt die Kalorien von dem Teil«, merkte Wallner an.
»Des is mir wurscht. Ich find eh keine Frau mehr. Da kann ich auch fressen.« In der Küche wurde der Mixer angeworfen. Ein Lächeln legte sich über Mikes Gesicht.
»Vielleicht haben Scheffler und Stein ja mehr miteinander zu tun, als uns Stein erzählen will.«
»Ich hab da eine Idee.« Mike holte sein Handy hervor und wählte. »Hi, Tina. Wie geht's immer? ... Nein, der Professor weiß auch nicht, was seine verschwundene Tochter von einem Bestatter wollte. Aber wir glauben, dass er uns da nicht ganz die Wahrheit erzählt.«. Die Bedienung stellte ein Schüsselchen mit einer üppigen Portion frischer Schlagsahne auf den Tisch. »Danke!«, flüsterte Mike mit leuchtenden Augen und wandte sich wieder dem Telefon zu. »Mir ist jetzt folgende Idee gekommen: Wenn die Stein auf der Telefonliste auftaucht – warum nicht mal den Namen in die Kundendatei von Schefflers Computer eingeben? ... Ja, wir warten.« Mike stellte das Telefon laut, legte es neben sich und machte sich über den Erdbeerkuchen her, den er zunächst unter der Schlagsahne begrub.
»Da kann ich gar nicht zusehen.« Wallner schüttelte den Kopf.
»Dann nimm dir 'ne Gabel.«
Tinas Stimme kam verzerrt aus dem Smartphone. Mike, der mit dem Kuchen beschäftigt war, ließ es auf dem Tisch liegen. »Wir haben tatsächlich was.«
»Nämlich?« Wallner und Mike beugten ihre Köpfe über das Telefon auf dem Tisch.

»Wenn ich das richtig lese, gab es zweitausendvier eine Beerdigung, und ein Alexander Stein war der Auftraggeber.«
»Wer wurde beerdigt?«
»Ein Johann Stein.«
»Vielleicht der Vater von Alexander Stein. Also der Großvater der Vermissten.«
»Ich muss kurz den Vertrag durchsehen, Augenblick … Ah, da haben wir's. Äh … nein, das ist nicht der Großvater.«
»Sondern?«
»Ein Kind.«

Wallner sah die Bedienung in der Tür zur Küche stehen. Es war nicht klar, wie lange sie da schon stand. Aber dass sie etwas von dem Telefonat mitbekommen hatte, war offensichtlich. Und das war schlecht. Frische Ermittlungsergebnisse in einem Mordfall waren nicht zu jedermanns Kenntnis bestimmt.
»Wart mal kurz«, sagte Wallner ins Telefon und wandte sich an die Bedienung. »Hätten Sie vielleicht einen Nebenraum?«
Die Bedienung nickte, irgendwie peinlich berührt, und deutete auf eine Tür.
Der Nebenraum war klein und ungeheizt, so dass Wallner wieder seine Daunenjacke anziehen musste, aber er bot einen Blick auf die Blauberge. Mike legte das Handy auf den Tisch. »Wir sind wieder unter uns. Also – was war mit dieser Beerdigung?«
»Das war im Jahr zweitausendvier. Bianca Stein hat damals ein Kind bekommen, das anscheinend bei der Geburt gestorben ist.«
»Die genaueren Umstände des Todes stehen wohl nicht drin?«

»Nein. Das ist nur der Vertrag für die Bestattung. Da kann ich sehen, dass Geburts- und Todestag identisch sind. Also entweder war das Kind bei der Geburt schon tot oder es ist kurz danach gestorben.«
»Na gut. Da müsste noch mal jemand im Geburtenregister nachsehen.«
»Nicht eher im Sterberegister?«
»Wenn es eine Totgeburt war, ist das im Geburtenregister erfasst«, sagte Wallner.
»Hat der Stein nicht gesagt, dass er den Scheffler nur vom Namen her kennt?« Mike war irritiert. »Ich mein, der hat seinen Enkel beerdigt. Das wird der Stein ja wohl noch wissen.«
»Ja, das hat er uns wohl verschwiegen.«

Der Suchaktion war kein Erfolg beschieden. Die Streifenwagen berichteten, dass die meisten Hütten verschlossen auf den Beginn der Almsaison warteten. In zweien hatte man Leute angetroffen, die Instandsetzungsarbeiten machten. Der Suchhund hatte ebenfalls keine Spur von Bianca Stein gefunden. Stattdessen, und weil er schon mal da war, hatte man ihm eine Baseballkappe aus dem zerschmetterten Wagen vor die Nase gehalten. Diesen Geruch hatte der Hund aufgenommen und war ihm bis zur Bundesstraße gefolgt, wo die Spur an einer Bushaltestelle endete.
Jede Menge Wild hatte die Wärmebildkamera des Hubschraubers geortet sowie den einen oder anderen Wanderer, darunter aber niemanden, der Bianca Stein ähnlich gesehen hätte. Entsprechend orientierungslos war die Suche der Teams gewesen, die zu Fuß die Gegend abgesucht hatten. Zu zahlreich waren die Wege, die die Vermisste hätte nehmen können. Wallner entschied gegen siebzehn Uhr, die Suche abzubrechen.

Während Wallner die Beteiligten verabschiedete, telefonierte Mike mit der Klinik von Professor Stein sowie mit Dennis Brendl, dem Mann von Bianca Stein, der sich in der Karibik aufhielt.
Zwei Mal hatte Wallner Alexander Stein angerufen und ihm auf die Box gesprochen, ohne dass ein Rückruf erfolgt wäre. Auf dem Weg nach Miesbach rief Wallner aus dem Wagen die Klinik an und bekam von einem Assistenzarzt die Auskunft, dass Frau Stein noch nicht in der Lage sei, Besuch zu empfangen. Jedenfalls keinen, der sie aufregen würde.
»Machen wir noch eine Besprechung?«, fragte Mike.
»Hatte ich eigentlich vor. Warum?«
»Ich hab a Date um acht.«
»Ah geh? Wer denn?«
»Die Kleine aus dem Schumann's.«
»Die ohne Kontaktlinsen?«
»Ja. Hat sich gemeldet.«
»Ich dachte, die ist beim letzten Mal vor dir geflohen?«
»Die musste tatsächlich nach Hause. Aber es war ihr unangenehm, mir zu sagen, weshalb.«
»Weshalb denn?«
»Also das ist echt schräg. Sie ...« Mike stockte und schüttelte lachend den Kopf.
»Was denn jetzt?«
»Sie musste zurück, weil der Babysitter nur bis zwölf konnte.«
»Es war ihr unangenehm, dass sie ein Kind hat? Das findest du schräg?«
»Nein, es ... es war ihr Enkelkind.«
Wallner kratzte sich am Kopf. »Dann war die aber keine fünfundzwanzig.«
»Dreiundvierzig. Sieht aber jünger aus. Jedenfalls

wenn's dunkel ist und der Kerl, mit dem sie redet, keine Brille aufhat.«
»Na gut.« Wallner sah auf die Uhr. »Die meisten sind wahrscheinlich eh schon weg. Wir machen es kurz.«

Gegen achtzehn Uhr hatte Wallner sämtliche noch anwesenden Mitarbeiter der Soko zu einer Lagebesprechung versammelt. Einige waren sogar freiwillig geblieben, denn inzwischen kursierte ein Handyvideo auf YouTube, auf dem Kreuthners Maibaumepisode zu sehen war. Die Gerüchte kochten, und viele erhofften sich eine Erklärung zu den absurden Geschehnissen.
»Gibt es jemanden, der das Video mit dem aufgespießten Wagen noch nicht gesehen hat?«, begann Wallner seine Einführung. Keiner hob die Hand. »Ihr erwartet sicher eine Erklärung dazu. Da muss ich euch leider enttäuschen. Ich bin bis jetzt noch nicht dazu gekommen, mit dem Leo zu reden. Ich hab's auf morgen früh verschoben und bin gespannt, was er zu erzählen hat.« Misslauniges Raunen durchwaberte den Raum.
»Sind wir jetzt enttäuscht, oder was? Ihr habt doch nicht geglaubt, dass ich euch wegen einem YouTube-Video herbestelle?«
»Irgendwo schon«, rief einer von hinten.
»Nein, liebe Kollegen. Der Grund, warum wir hier sind, ist ein anderer: Dieser aufgespießte Wagen gehört einer Frau namens Bianca Stein. Sie saß selbst nicht am Steuer, als das mit dem Baumstamm passierte. Und sie ist seit Samstag verschwunden – genauer gesagt, da hat das letzte Mal jemand mit ihr gesprochen. Das ist zwar interessant, würde aber diese Soko erst mal nichts angehen – wären da nicht ein paar merkwürdige Koinzidenzen: Wie wir herausgefunden

haben, hat die Vermisste in den Tagen vor ihrem Verschwinden mehrfach mit Florian Scheffler telefoniert. Sie dürfte so etwa vierundzwanzig Stunden vor dem Mord an Scheffler verschwunden sein. Zweite Merkwürdigkeit: Im Jahr zweitausendvier hat Bianca Stein ein Kind bekommen. Das starb aber vor, während oder kurz nach der Geburt. Der Bestatter, der es damals beigesetzt hat, war wiederum Florian Scheffler. An sich nicht sonderlich verdächtig. So viele Bestatter gibt es hier ja nicht. Allerdings hat Alexander Stein, der Vater der Verschwundenen, bei unserer Frage nach Scheffler ausgesagt, er kenne ihn nur dem Namen nach. Das ist ein bisschen eigenartig, wenn Scheffler vor ein paar Jahren Steins Enkel beerdigt hat. Noch dazu war Alexander Stein damals selbst der Auftraggeber. Wir vermuten daher, dass Bianca Steins Verschwinden und der Mord an Florian Scheffler zusammenhängen. Damit erweitert sich die Zuständigkeit dieser Sonderkommission auf die Suche nach Bianca Stein und auf die Aufklärung der Umstände und Hintergründe ihres Verschwindens.«

Während Oliver der Runde von der Untersuchung des durchbohrten Wagens berichtete, checkte Wallner sein Handy. Er hatte eine SMS bekommen, deren Telefonnummer ihm nichts sagte. Der Text lautete: *Wollen Sie mehr über Bianca Stein erfahren? Ich kann Ihnen helfen. Ihre Hexe Stefanie.*

22

Als Bianca erwachte, war es dunkel um sie herum. Nur spärliches Nachtlicht drang durch die schadhaften Fensterläden. Ihr Schädel war schwer und schmerzte an der Stirn, wo das Pflaster klebte, und am Hinterkopf. Bianca lag auf der Seite, ihre Hände waren auf den Rücken gefesselt. Ihre Fingerspitzen ertasteten weichen, glatten Kunststoff mit Struktur. Es musste Gaffer Tape sein. Auf der Innenseite des linken Unterarms pochte ein brennender Schmerz. Die Lederjacke hatte man ihr ausgezogen, um die Arme hinter dem Rücken zusammenbinden zu können. Jetzt lag die Jacke über ihrem Oberkörper. Dennoch fror Bianca. Die Nacht da draußen musste kalt sein.

Schmerz und Wut stiegen in Bianca hoch und trieben ihr die Tränen in die Augen. Sie wusste, dass sie jetzt ruhig und besonnen bleiben müsste. Aber die Verzweiflung war groß, und sie weinte lang und hemmungslos.

Schließlich ließ der Weinkrampf etwas nach, und sie atmete tief in den Bauch, um sich zu beruhigen. Dann nahm sie ihre ganze Kraft zusammen und zerrte an dem Tape, mit dem man ihre Handgelenke über Kreuz zusammengebunden hatte. Es war sinnlos. Nicht umsonst wurde das Produkt im Volksmund Panzerband genannt. Bianca ließ die Fingerspitzen über das Tape gleiten. An einer Stelle spürte sie einen leichten Widerstand: eine Naht. Es war das Ende des Bandes. Jetzt waren ihre langen, spitzen Fingernägel von Nutzen. Langsam, ganz langsam konnte sie das Bandende lösen und nach einiger Zeit den Streifen ein wenig anheben. Es kam jetzt darauf an, ein möglichst großes Stück freies Tape zu bekommen. Als sie der Meinung war, es sei so weit, schwang sie die Füße aus dem Bett und setzte sich auf. Sie klebte das freie Bandende an den Pfosten des eisernen Bettgestells. Jetzt musste sie nur noch vorsichtig und in einem optimalen Winkel am Tape ziehen, so dass es sich langsam vom Untergrund löste und der freie Teil immer größer wurde. Nach einer weiteren halben Minute war sie frei.

Bianca rieb sich die Handgelenke und betrachtete die brennende Stelle an ihrem Unterarm. Dort waren drei runde Brandmale. Der Mann mit dem Gewehr hatte sich vergewissert, dass sie ihm nichts vorspielte. Während Bianca versuchte, die Stellen mit Speichel zu kühlen, zuckte ein Lichtstrahl durch das Zimmer – ein Scheinwerferkegel.

Bianca zog hastig die Lederjacke an. Auf dem Nachttisch sah sie die Flasche Wasser und zwei Schokoriegel, die anscheinend als Proviant für sie gedacht waren. Sie packte die Schokoriegel in ihre Jacke, dazu die Wasserflasche und stürzte zu der Tür, die in den Nebenraum führte, zögerte kurz und drückte die Klinke nach unten.

Das Zimmer dahinter war dunkel und fensterlos. Soweit sie das bei der Dunkelheit erkennen konnte, stand es voller alter Möbel und Matratzen, staubüberzogen und von Spinnweben verhüllt. Ekel überkam Bianca und der Wunsch, umzudrehen. Aber sie sah ein, dass Empfindsamkeiten in der gegebenen Situation gänzlich unangebracht waren. Draußen vor der Hütte rasselte ein Schlüsselbund. Sie trat in den staubigen Raum ein und zog die Tür hinter sich zu. Erst jetzt fragte sie sich, welchen Plan sie eigentlich ver-

folgte. Hier saß sie in der Falle, es war unwahrscheinlich, dass der Mann mit dem Gewehr so beschränkt war, nicht hinter dieser Tür nach ihr zu suchen.
Bianca bemerkte ein schwaches Licht, das unter den Möbeln hervorkam. Ein Luftzug wehte um ihre Hände, als sie auf die Knie ging, um nach der Lichtquelle zu suchen. Im Nebenzimmer fluchte jemand. Ihr blieben nur noch Sekunden. Auf dem Boden liegend, sah Bianca zwischen den Stuhlbeinen eine Öffnung in der Hauswand. Wozu sie dienen mochte, blieb rätselhaft. Entscheidend war, ob sie durch die Lücke hindurchpassen würde. Bianca robbte durch den Staub nach vorn auf das schwache Licht zu, Spinnweben legten sich auf ihr Gesicht, sie wischte sie panisch mit der Hand weg, kroch weiter, eine Maus lief ihr fiepend über die Hand. Bianca musste ihre Arme nach vorne strecken und sich mit den Füßen am Sockel eines der eingelagerten Möbelstücke zum Loch drücken. Schon hörte sie, wie jemand die Klinke zur Rumpelkammer drückte. Sie hatte einen Stuhl davorgestellt, der das Öffnen für einige Sekunden verzögerte, Sekunden, die sie nutzte, um die hölzerne Umfassung des Lochs zu ergreifen und sich nach draußen zu ziehen.
Die Nacht war nahezu sternenklar, die Luft feucht und kalt. Steil und schwarz standen die Berghänge vor dem Sternenhimmel. Furchterregend hoch. Bianca rannte vom Haus weg auf die Berge zu und kam nach etwa hundert Metern an einem verwitterten Wegweiser aus Holz vorbei, dessen Schriftzug halb abgeblättert war. Vor vielen Jahren hatte jemand das Schild an einen Ahornstamm genagelt. Das Wort, das Bianca aus den noch leserlichen Buchstaben zusammensetzen konnte, war: WOLFSSCHLUCHT.

Einige Minuten schon war sie gelaufen, so schnell es ging in der Dunkelheit, war auf einen Bachlauf gestoßen, der wenig Wasser führte, denn der April hatte bis jetzt kaum Regen gebracht. Immer wieder hatte sie sich umgedreht zu dem Haus, aus dem sie geflohen war, hatte gesehen, dass jemand mit einer Taschenlampe ums Haus ging. Auch den Hund hatte sie gehört, den Husky mit den bleichen Augen.
Sie stolperte, rutschte von einem Stein ab und trat in den Bach. Ihre Sportschuhe sogen kaltes Wasser auf, sie rannte weiter, bis der Untergrund wieder trocken wurde, drehte sich um, sah Licht im Haus. Der Mann mit dem Gewehr würde keinen Anhaltspunkt haben, wohin sie geflohen war. Und mitten in der Nacht auf gut Glück in eine Richtung gehen? Wer tat so etwas? Selbst wenn – die Wahrscheinlichkeit, dass er sie finden würde, war minimal. Nein, sagte sich Bianca leise vor – er hatte keine Ahnung, wo sie war. Da schoss ihr jäh Adrenalin ins Gesicht wie ein Schwall kochendes Wasser. Nein, der Mann wusste es nicht. Aber der Hund …
Sie hörte das Kläffen von fern durch die Nacht hallen. Hatte der Mann ihn schon losgeschickt? Der Geruch am Bettlaken würde der empfindlichen Hundenase reichen. Sie spürte, wie ihre Knie weich wurden. Wieder hörte sie Gebell. Es klang näher als vor einer halben Minute – oder war es die Angst, die es immer lauter werden ließ? Bianca rannte weiter. Was keinen Sinn machte. Der Hund rannte schneller und würde sie finden. Und dann? Sie lief dennoch weiter, immer weiter auf die dunklen Berghänge zu. Wenn sie die Felsen erreichte, bevor der Hund hier war, dann müsste sie klettern. Bianca war noch nie geklettert. Aber dass Hunde es nicht konnten, das wusste sie. Was es

hieß, nachts in einer Felswand zu stecken, das wusste sie nicht.

Das Gebell wurde lauter. Deutlich lauter. Das war keine Einbildung. Das war der Husky, der nicht mehr lange brauchen würde, bis er bei ihr war. Bianca stockte der Atem, sie sah nach vorn, schwer auszumachen, wie weit es bis zu den Felsen war, aber es war weit, zu weit. Sie nahm sich noch einmal zusammen, rannte so schnell, wie es die letzten Kräfte in ihrem Körper hergaben. Ihr wurde schwindelig und übel vor Anstrengung, und die Felsen immer noch unerreichbar. Bianca war am Ende. Sie konnte nicht mehr, nicht einen Schritt weiter. Sie würde einfach zusammenbrechen, wenn sie es versuchte. Keuchend ließ sie sich auf einen Felsblock sinken und wartete.

Als der kläffende Hund hinter dem Busch hervorschoss, blieb er ruckartig stehen, selbst überrascht, seine Beute plötzlich vor sich zu sehen. Auch der Husky hechelte vor Anstrengung und starrte Bianca mit seinen hellblauen Augen an, deren Pupillen jetzt weit geöffnet waren. Nach den ersten Schrecksekunden, in denen der Hund still war, nahm er das Gebell wieder auf, um seinem Herrn anzuzeigen, wo er war. Nach wenigen Augenblicken aber verstummte er.

Der Wind rauschte durch das nächtliche Gestrüpp, und wenn er nachließ, hörte man ein Brummen. Dann rauschte es wieder, und das Rauschen überdeckte jeden anderen Laut. Wieder ließ der Wind nach, und was blieb, war ein leises Grollen in der Nacht. Sie war nicht sicher, wo es herkam. Der Hund war es, der ihr den Weg wies. Das Grollen war links von ihr, dort blickte der Hund hin. Und sein Gesicht bekam, soweit Bianca das in der Dunkelheit erkennen konnte, einen furchtsamen Ausdruck. Doch es war nicht nur sein

Hundegesicht. Der ganze Körper drückte Angst aus. Der Rücken krümmte sich, der Schwanz bewegte sich unter den Bauch, gleichzeitig eine tastende Rückwärtsbewegung. Schließlich ein jämmerliches Fiepen. Bianca blickte dahin, wo der Hund hinstarrte, und sah eine Bewegung in der Dunkelheit. Sehr langsam kam etwas hinter einem Felsbrocken hervor. Es war größer als der Hund und kleiner als Bianca. Ein anderer Hund? Bianca erinnerte sich an die Zeitungsmeldungen in den letzten Tagen – es war der Wolf.

23

Das Bauernhaus stand im kalten Nachtwind. Wallner setzte sich eine Wollmütze auf, als er aus dem Wagen stieg. Durch das Rauschen in den Bäumen drangen andere Geräusche: das Klirren und Klingeln von Windspielen, ab und an das schiffshornartige Grollen eines Wallner unbekannten Windinstruments, das in den tiefen Frequenzbereichen tönte. Hinter zwei Fenstern brannte Licht. Es erhellte Teile des Gartens, dessen Gewächse gezaust wurden, im Hintergrund ragte ein mannshoher Drudenfuß aus Holz aus der Nacht, an dem sich Bohnen hochrankten.

Sie stand in der Tür, als Wallner auf das Haus zuging, trug Jeans und eine cremefarbene Bluse, ihre roten Haare loderten im Wind wie eine Zündholzflamme.

»Guten Abend«, sagte Wallner.

Stefanie Lauberhalm ließ sich Zeit mit der Erwiderung und unterzog Wallner einer gründlichen Betrachtung. So lange, dass es ihm unangenehm wurde. Dann sagte sie: »Hallo«, bat Wallner aber nicht ins Haus. Stattdessen sagte sie: »Warte!« und holte eine Wolldecke, die sie sich umlegte.

»Komm mit und nenn mich Stefanie.« Sie nahm Wallner an der Hand und führte ihn wortlos über eine Wiese, die im Dunkeln lag, bis sie an den Ort über dem Erdstall kamen, fünfzig Schritte vom Haus, zwölf bis zur alten Esche. Auf dem Gras lagen zwei Sitzkissen. Stefanie deutete auf eines davon. »Setz dich dahin.«

Wallner nahm etwas verwundert Platz und ließ die

Dinge auf sich zukommen. Anscheinend hatte Stefanie Lauberhalm eine genaue Vorstellung, was jetzt passieren sollte. Als sie sich auf das zweite Kissen gesetzt hatte, sagte sie: »Ich hoffe, es ist in Ordnung, wenn wir uns duzen. Manfred ist ein guter Freund, und du bist sein Enkel.«

»Die Freunde meines Großvaters dürfen mich natürlich duzen. Ich bin allerdings dienstlich hier.«

»Ändert das etwas?«

Wallner zögerte einen Moment und sagte dann: »Es wird kein Gespräch unter Freunden. Ich ermittle. Das sollte klar sein.«

»Du ermittelst!« Stefanie nickte nachdenklich. »Im Fall Bianca Stein?«

»Du weißt, dass sie verschwunden ist?«

»Ja.«

»Woher?«

»Ich hab sie verschwinden lassen.«

Wallner war erstaunt und brauchte eine Weile, bis er Worte fand. Währenddessen entzündete Stefanie ein Windlicht. Und stellte es zwischen sie. Jede Bewegung war von großer Präzision und gleichzeitig leicht und selbstverständlich. Stefanie zuzusehen berührte Wallner auf seltsame Weise. Er war kein Freund von Zauberei und Ritualen. Als er Stefanie aber zusah, bekam er eine Ahnung davon, was Rituale bedeuteten. Etwas, das so oft getan worden war, stets in der gleichen Abfolge, konnte glauben machen, dass es in alle Ewigkeit fortbestehen würde. Und diese unzerstörbare Sicherheit war der Fels in der Brandung des Lebens, das kleine Stück unverrückbare Erde, an dem sich die Menschen festhielten, um nicht unterzugehen.

Stefanie warf Wallner einen Blick zu, der ihn verunsicherte. Ein Teil von ihm fühlte sich hingezogen zu dieser Frau. Der andere war noch nicht über Vera hinweggekommen. Wallner wischte den Gedanken eilig aus seinem Kopf.

»Wo ist Bianca Stein?«

»Das weiß ich nicht. Aber wenn ich sie verschwinden lassen kann, kann ich sie auch wieder auftauchen lassen.« Der flackernde Widerschein des Windlichts gab ihrem Gesicht im Zusammenspiel mit dem zerzausten Rotschopf etwas Wildes, Unwirkliches. Wallner musste anerkennen, dass die Frau Sinn für Effekte hatte. Aber davon lebte sie wahrscheinlich.

»Wie hast du sie verschwinden lassen?«

»Genau hier habe ich sie verschwinden lassen. Du musst wissen, das ist ein Kraftort, auf dem wir sitzen. Unter uns ein uralter Erdstall.«

»Diese Gänge, von denen niemand weiß, wozu sie dienten?«

»Ich weiß, wozu sie dienten. Aber das soll jeder sehen, wie er will. Jedenfalls laufen hier Kraftlinien zusammen. Und das kann man nutzen.«

»Um Menschen verschwinden zu lassen.«

Stefanie zuckte mit den Schultern. »Ich bin nicht stolz drauf. Es war … ich hab mich hinreißen lassen. Hexen sollten nie schwarze Magie anwenden. Aber ich hatte keine andere Wahl. Die Frau hat mich bedroht.«

»Womit?«

»Das kann ich dir nicht sagen.« Sie starrte in die Nacht hinaus und schien aufgewühlt. Sie schloss die Augen und atmete durch den offenen Mund, vermutlich auch das ein Ritual, um schlechte Gefühle niederzuringen.

»In deiner SMS stand, du könntest helfen.«

»Stand das da?«

»Ja. Warum hätte ich sonst kommen sollen?«

Stefanie nahm Wallners linke Hand zwischen ihre

Hände und schloss die Augen. »Wo habt ihr sie gesucht?«
»Wir haben ihren Wagen bei Siebenhütten gefunden. Entsprechend haben wir die Gegend da abgesucht. Auch mit Hubschrauber und Wärmebildkamera.«
Stefanies Hände waren kräftig und warm, trotz des kalten Windes. Aber vielleicht waren es nur Wallners Hände, die so kalt waren. Jedenfalls war es angenehm zwischen ihren Händen, und es ging ein Wärmestrom von ihr durch seine Hand, den Arm hinauf bis zum Herzen. Sie hatte die Augen immer noch geschlossen und wiegte den Oberkörper vor und zurück, ihre Lippen bewegten sich, und Wallner sah an ihrem Hals die Arterie pochen. Auch er schloss die Augen und konzentrierte sich auf das Gefühl ihrer Hände und was es mit ihm machte und fand, dass es lange her war, dass ihn eine Frau so intensiv berührt hatte. An Magie mochte er nicht glauben, doch etwas hatte Besitz von ihm ergriffen. Er war nicht mehr unumschränkter Herr in seinem Körper, etwas war in ihn eingedrungen und saugte Energie ab und führte andere, fremde Energie zu. Sein Atem ging schneller, und die Luft wurde dünner und schien mit einem Mal ganz verschwunden zu sein. Er zuckte, entriss ihr seine Hand und starrte sie atemlos an.
»Angst?«, fragte sie mit halb geschlossenen Augen.
»Ja.«
Sie nahm Wallner die Brille ab und strich ihm über die Schläfen. »Das ist normal.« Als sie ihm die Brille zurückgab, waren Wassertropfen auf den Gläsern. Wallner merkte erst jetzt, dass es zu regnen angefangen hatte. Dafür hatte der Wind nachgelassen. Stefanie sah ihn mit einem Gesicht an, das er nicht entschlüsseln konnte. Es war kein Lächeln, es war nicht müde,

nicht forschend, es war eigentlich nichts von alledem. Es war ein Gesicht, das ihr Geist zurückgelassen hatte, um sich irgendwo anders im Universum für eine Weile mit tiefen Dingen zu beschäftigen. Die Augen, schwarz jetzt, denn die Pupillen waren groß geworden in der Nacht, gewährten einen Blick in die Unendlichkeit.

»Ihr habt nicht gründlich genug gesucht«, sagte Stefanie nach einer Weile und kehrte wieder in ihr Gesicht zurück, das von Regentropfen bedeckt war. Sie wischte das Wasser mit der Hand fort.

»Du meinst, sie ist dort irgendwo? Woher weißt du das?«

Stefanie lächelte Wallner an, strich ihm flüchtig über die Wange und stand auf.

»Okay, falsche Frage«, sagte er. »Aber du bist dir sicher, dass sie noch lebt?«

»Lass uns ins Haus gehen.« Sie reichte Wallner eine Hand und half ihm auf. »Nimm die Kissen mit.« Sie ging ein paar Schritte zum Haus, drehte sich zu Wallner um und sagte: »Sie wird bald auftauchen. So oder so ...«

24

Der Hausflur war angefüllt mit Spiegeln und goldenen Bilderrahmen und dem erkalteten Duft von Räucherstäbchen. Spielsachen lagen auf dem Boden. Stefanie öffnete die Tür zur Wohnstube. Die Wand zur Küche hatte man durchbrochen, so dass ein großer Wohn- und Essraum entstanden war. Die Wände waren in Ocker gestrichen. Ansonsten gab es viel helles Holz. An der Wand stand ein Sofa.

»Möchtest du einen Tee?«

»Tee? Ja, gern.«

Stefanie hatte Wallners Zögern bemerkt. »Ich tu dir keine Zauberkräuter rein. Dafür müsstest du bezahlen.«

Der Tee wurde im Wintergarten eingenommen, einem Raum, der in Weiß und Chrom eingerichtet war. Die grazile Nüchternheit des Raumes wurde durch fünf Kerzen, die Stefanie entzündete, in glitzernde Märchenhaftigkeit verwandelt.

»Das ist Ansgars Reich. Ich finde, mit Kerzenlicht kann man's ertragen.«

Wallner blickte sich um, und es gefiel ihm, was er sah. »Schätze, auch ohne.«

Sie nahmen in zwei mit weißem Leder bespannten Marcel-Breuer-Sesseln Platz. »Werdet ihr die Frau noch einmal suchen?«

»Das weiß ich nicht. Die Prophezeiung einer Hexe dürfte ein bisschen dünn sein, um noch einmal ein paar tausend Euro Kosten zu verursachen.«

Stefanie schwieg und blies über ihren Tee.

»Kennst du einen Mann namens Florian Scheffler?«
»Nein.«
»Er hatte ein Bestattungsinstitut.«
»Ist das der, der ermordet wurde?«
»Ja.«
Wallner wartete auf eine Reaktion. Aber außer einem Schulterzucken gab Stefanie nichts zu erkennen.
»In Schefflers Kamera haben wir einige Fotos gefunden. Es waren auch Fotos von dir und deiner Tochter dabei.«
Stefanie ließ die Teetasse sinken und sah Wallner irritiert an.
»Der Mann war hier auf dem Hof oder zumindest nicht weit weg, als er die Fotos gemacht hat. Ich könnte mir vorstellen, dass dich das beunruhigt.«
»Allerdings.« Stefanie wirkte äußerst beunruhigt. »Wann war das?«
»Vor etwa einer Woche. Hast du irgendeine Vermutung, warum sich Scheffler für euch interessiert hat?«
»Nein. Ich kenn den Mann ja nicht.« Sie sah durch die Scheiben des Wintergartens in die Nacht hinaus. Regentropfen patschten gegen die Scheibe. »Vielleicht hat sich jemand von mir bedroht gefühlt. Die Leute haben manchmal komische Vorstellungen von Hexen.«
»Ich glaube nicht, dass er sich von dir bedroht fühlte.«
»Warum?«
»Du bist nie allein auf den Fotos. Deine Tochter ist immer dabei. Vielleicht kam es Scheffler auf Olivia an. So heißt sie doch?«
Stefanie nickte schweigend. Wallner konnte sehen, dass die Erwähnung des Kindes sie quälte.
»Es tut mir leid wegen Olivia. Wo ist sie jetzt?«
»In einer Pflegefamilie.«

Stefanie versank in Gedanken und sagte nichts mehr. Wallner wusste nicht so recht, ob und was er sagen sollte. Schließlich sagte er: »Warum schickst du sie nicht auf die Schule? Ist das so schlimm?«
»Schule ist nicht schön für ein Kind. Heute nicht mehr. Früher wahrscheinlich auch nicht. Habe ich als Mutter nicht das Recht, mein Kind vor Drogen zu schützen? Vor Pornografie und Gewalt? Soll das strafbar sein?«
»Wenn's nach mir ginge, könnte das jeder selbst entscheiden. Ich persönlich finde, dass man Kinder nicht von allem fernhalten kann, was schlecht ist. Das gehört zum Leben. Irgendwann werden sie damit konfrontiert.«
»Aber vielleicht erst, wenn sie stark genug sind, sich dagegen zu wehren.«
»Sie werden nicht stark, wenn man sie vor allem beschützt.«
Stefanie wirkte mit einem Mal müde. »Ja, ich kenne diese Diskussionen.«
»Ist auch deine Sache. Entschuldige, ich wollte keine Ratschläge geben.« Wallner roch an seinem Tee. »Wo ist eigentlich dein Mann?«
»Auf Dienstreise.«
»Ah ja?«
»Wieso fragst du?«
»Weil ich weiß, dass du verheiratet bist. Und weil ich mich frage, ob ihm das recht ist, wenn ich hier abends …«
»Überlass das mir. Ich kenne ihn besser als du.«
Wallner nickte, rührte versonnen in seinem Tee und legte schließlich den Löffel auf die Untertasse. »Tja, denn werde ich mal …«
Als Wallner hinausgehen wollte, nahm Stefanie seine

Hand und sagte: »Warte! Ich muss dir noch etwas sagen.«
Wallner hielt inne, und Stefanie sah ihn an, als würde sie in seinem Gesicht etwas Bestimmtes suchen.
»Stimmt was nicht?«, sagte er schließlich.
»Versteh mich nicht falsch, da … da ist etwas mit deinem Gesicht.« Sie starrte ihn weiter an, und eine Falte bildete sich zwischen ihren Augenbrauen. »Und ich habe mich die ganze Zeit gefragt, was es ist.«
Wallner lachte verlegen und hob die Hände.
»Es sind deine Augen.« Sie fixierte Wallner. »Faszinierend«, sagte sie leise.
Wallner wurde heiß. Sollte das eine Liebeserklärung werden? Er musste weg von hier. »Schön, das zu hören. Aber sie sind, glaube ich, einfach braun und eher unspektakulär.«
»Für mich sind sie sehr spektakulär. Weißt du, warum?«
Wallner zuckte die Schultern und sah nervös zur Tür. Er wollte fort, bevor er Dummheiten machte.
»Es sind die Augen meines Kindes.«
Der letzte Satz traf Wallner unvorbereitet. »Wie bitte?«
»Du hast Olivias Augen.«
Wallner lachte fassungslos und ein bisschen erleichtert. »Okay. Das ist originell.« Er befreite sich von Stefanies Hand. »Also, danke für den Tee. Sollte dir doch noch etwas zu Herrn Scheffler einfallen …«
Stefanie unterbrach ihn mit einer unwirschen Geste, griff nach einem der zahlreichen Fotos, die im Wintergarten auf einem Tisch standen, packte Wallner mit erstaunlicher Kraft am Arm und zog ihn vor einen Spiegel. »Sieh es dir an!«
Wallner wurde von der Attacke überrascht und fragte sich, ob Stefanie gefährlich war. Er beschloss, ihr

keinen weiteren Anlass zur Aufregung zu geben, und betrachtete das Porträtfoto von Olivia, das Stefanie ihm in die Hand drückte. Dann sah er in den Spiegel. Ein Stich fuhr ihm durchs Herz, kurz nur, aber glutheiß: Die Augen in dem Kindergesicht waren seine eigenen.

25

In der Ferne schimmerte ein schwacher Lichtschein über die nächtliche Vegetation des Talgrundes. Bianca hatte sich hinter einen Felsbrocken gekauert und starrte angestrengt in die Richtung, aus der sie gekommen war. Eine Stunde war es her, dass sich der Wolf auf den Husky gestürzt hatte. Der Hund war geflohen, aber nicht schnell genug. Hinter dem Busch musste der Wolf ihn erwischt haben. Fiependes Jammern und Kampfgeräusche belegten, dass jemand schwere Prügel bezog. Es hatte nicht lange gedauert, ein paar Sekunden nur, danach war der Verlierer winselnd durch die Nacht geschossen, zu seinem Herrn, der sich gefragt haben mochte, was einen kräftigen Hund in unseren Breiten wohl so in Panik versetzt hatte. Wie auch immer – der Mann hatte offenbar Stellung bezogen und schien auf Biancas Rückkehr zu warten. Der Weg zur Hütte war versperrt.

Und hier? Am Fuß der Blauberge? Mitten in der Nacht? Der Weg nach oben war mühsam und lang. Ein Wegweiser zeigte an, dass es vier Stunden bis zur Halserspitze waren. Von da aus vielleicht noch einmal drei bis zur nächsten Berghütte in Tirol, wenn sie Glück hatte. Machte sieben Stunden in die Freiheit. So gesehen eine erträgliche Zeitspanne. Doch die Wolfsschlucht, über die der Weg führte, war gefährlich. Das wusste Bianca. Welcher Art die Fährnisse waren, die dort warteten, das wusste sie nicht, denn sie war keine Bergsteigerin. Zu den sonst üblichen Gefahren war in jedem Fall noch eine hinzugekommen: der Wolf. Seit-

dem er den Hund in die Flucht gebissen hatte, war er nicht mehr aufgetaucht. Aber sie war in seinem Revier. Bianca versuchte, sich zu erinnern, was sie über Wölfe wusste. Waren sie für Menschen gefährlich? Eigentlich nicht, hatte sie mal irgendwo gelesen, sie würden Menschen aus dem Weg gehen. Aber wurden nicht immer wieder Menschen von Wölfen getötet? Kamen sie nicht in die Städte, wenn die Zeiten schlecht und die Winter hart waren, im Mittelalter, wenn die Pest das Land entvölkerte? Dann holten sie sich die Kadaver der Pestopfer, oder was machten sie sonst in den Städten?
Bianca sah sich um und lauschte in die Dunkelheit, die in der letzten Stunde etwas heller geworden war, denn die Wolken hatten Löcher bekommen, und die Sterne warfen ihr Licht über den Talboden. Nur der Mond ließ sich nicht blicken. Überall waren diffuse Schatten von Büschen, jungen Bäumen und Felsen. Und über allem das stetige Glucksen des Gebirgsbachs. Bianca starrte ins Dunkel, ob sich etwas bewegte. Aber die Schatten standen still. Immer wieder kamen Geräusche aus der Nacht. Von Vögeln und Rehen, Igeln, Gemsen – oder vom Wolf. War er ein Wolf, der Menschen aus dem Weg ging, wie es sich für seine Art gehörte? Er war jedenfalls ein einsamer Wolf, der sich von seinem Rudel getrennt hatte, oder er war aus ihm verstoßen worden. Warum?, fragte sich Bianca. Was hatten sie gegen ihn? War er gemein zu den anderen Wölfen? Hatte er sich mit dem Rudelführer angelegt? Irgendetwas war mit diesem Wolf, der eine lange, einsame Reise hinter sich hatte. Von Slowenien oder Italien. Bianca kämpfte mit ihrer Angst.
Was sollte sie tun? Warten, bis es Tag war, und hoffen, dass Wanderer vorbeikamen? Aber gab es hier

um diese Jahreszeit Wanderer? Sie blickte in Richtung der Berge, die nah und schwarz hinter ihr aufragten. In einiger Entfernung sah sie etwas Helles auf dem Boden. Als sie darauf zuging, war es die Markierung des Wanderweges, die jemand auf einen Felsbrocken gemalt hatte. Von den paar Bergwanderungen, die sie in ihrem Leben unternommen hatte, wusste Bianca, dass es in kurzen Abständen immer wieder solche Markierungen geben würde. Das Licht war schwach, aber ausreichend, um sie zu sehen. Sie würden Bianca über die Berge führen. Sieben Stunden, vielleicht acht oder neun. Die würde sie durchhalten. Zwei Schokoriegel waren kein üppiger Proviant, aber sie würde nicht verhungern. Und der Wolf würde sich kaum auf Kletterpartien einlassen, sondern im Flachen bleiben, wo er jagen konnte. Hoffte sie.

Der Weg schlängelte sich durch spärliche Vegetation und felsigen Untergrund. Es war anstrengend, im Dunkeln die Markierungen zu erkennen. Bianca atmete laut ein und aus, um andere Geräusche aus der Dunkelheit zu übertönen. Nach etwa zwanzig Minuten wurde es steiler, kurz darauf zeigte ein Wegweiser an, dass jetzt der alpine Teil des Weges begann: die Große Wolfsschlucht. Etwas abseits war ein altes Hinweisschild aus Holz in Weiß und Blau. In Frakturschrift stand dort zu lesen:

Ende des Weges – Lebensgefahr

Schon die ersten Meter des Anstiegs waren so steil, dass Bianca die Hände zu Hilfe nehmen musste, um voranzukommen. Immer wieder hielt sie inne, um nach Markierungen Ausschau zu halten. Aber die waren spärlich. Meist blieb ihr nichts anderes übrig, als den dunklen Boden nach Spuren abzusuchen, die langjähriger Gebrauch durch andere Wanderer hinterlassen hatte, oder, wenn das nicht half, sich irgendwie nach oben zu kämpfen auf einem Weg, der halbwegs sicheren Tritt versprach. Der Pfad wurde felsig und glatt und immer noch steiler. Nach ein paar Minuten hielt sie auf einer flacheren Stelle an und sah nach unten. Es kam ihr vor, als stehe sie in einer Felswand, so steil war es, und am Ende des Tales sah sie immer noch das Licht der Hütte. Zu ihren Füßen lag der Talboden in zerklüfteter Finsternis. Schwaches Licht und Schatten wechselten. Und mit einem Mal war Bianca, als bewegte sich da unten etwas. War es der Wolf, der seine nächtlichen Runden zog? Hier oben hatte sie das Gefühl, dass sie aus seiner Welt entwichen war, und das gab ihr Hoffnung, ihm nicht mehr zu begegnen. Gleichzeitig war es gut, zu wissen, dass er da unten wachte und ihr den Hund vom Leib hielt. Noch ein paar Stunden, und ich bin frei, dachte Bianca, als sie sich zum Weitermarsch umwandte. Und wie sie das dachte, fiel ihr unversehens ein Tropfen auf die Nase. Sie blickte zum Sternenzelt auf und sah, dass es nur noch zur Hälfte da war. Die andere Hälfte war von einer Wolkenfront verdeckt.

Nach wenigen Minuten fielen die Tropfen dicht und beharrlich. Keine Sturzfluten, aber ergiebiger Dauerregen. Die Lederjacke hielt ihn einige Zeit ab, dann drang die Feuchtigkeit durch. Doch das war zu ertragen. Durch das Rauschen des Regens drangen keine furchterregenden Geräusche mehr zu Bianca. Das linderte ihre Angst. Doch der felsige Bergpfad wurde jetzt nass und rutschig. Zweimal glitt Bianca aus, und sie musste sich am Gestrüpp festhalten, um nicht in die Tiefe zu stürzen. Die Hände waren aufgeschürft, und Bianca zitterte am ganzen Leib. Sie blickte nach oben in den schwarzen Himmel, aus dem unablässig Wassertropfen fielen, und ihr wurde klar: Der Weg war fast unpassierbar geworden. Doch Abstieg war keine Option. Was blieb, war die Hoffnung, dass es irgendwann weniger steil werden und der Regen aufhören würde.

Nach einer Viertelstunde waren Biancas Lederjacke, Jeans und Joggingschuhe durchnässt, und sie war kaum vorangekommen. Bianca steckte ihre klammen, nassen Hände zwischen Jacke und Bauch, um sie ein wenig zu wärmen. Ihr war einmal mehr zum Heulen zumute. Sie würde die ganze Nacht brauchen bis zum Gipfel, wenn sie überhaupt je dort ankam.

Es wurde immer kälter. Was, wenn es anfing zu schneien? Das war in dieser Höhe nicht einmal unwahrscheinlich. Bianca fing an zu zittern, halb vor Kälte, halb vor Angst, und gestand sich ein, dass die Flucht über die Berge ihre Kräfte bei weitem überstieg. Sie hatte sich auf etwas eingelassen, das furchterregend größer war als sie selbst. Die Haare klebten kalt an ihrer Stirn und den Wangen. Berg und Regen hielten sie in ihrer Gewalt. Und das war schlimmer als die Gefangenschaft, aus der sie geflohen war. Es hatte keinen Sinn. Sie musste zurück ins Tal. Eine Almhütte finden, in der sie unterkommen konnte. Und wenn es sein musste, zurück zu dem Mann mit dem Gewehr. Es war alles besser, als hier oben elend zu erfrieren oder am Ende doch vom Wolf gerissen zu werden.

Der Weg nach unten war noch schwieriger als der Aufstieg. Bianca ertastete mit ihren nassen Joggingschuhen vorsichtig jeden Tritt. Zu sehen war jetzt nichts mehr, es war rabenschwarze Nacht. Immer wieder rutschte sie aus und musste mit den Händen zusätzlichen Halt suchen, griff in Heidelbeersträucher und Latschenkiefern, manchmal auch in Gras und Geröll. Längst waren ihre sorgsam gepflegten Fingernägel abgebrochen.

Immerhin – der Talboden kam näher. Doch der Fels war wie mit Schmierseife überzogen. Als Bianca einen unbedachten Schritt machte, vorher nicht den Tritt geprüft hatte, glitt die Gummisohle ihres Joggingschuhs unter ihr weg, warf sie auf den Hintern, ihr Kopf schlug hinten auf, und sie rutschte mehrere Meter nach unten, wo sie von einem Busch aufgehalten wurde. Sie atmete durch und zog sich an den wassertriefenden Zweigen des Busches hoch. In diesem Moment hörte sie einen Schrei, sah einen Schatten über sich, der von hinten auf sie zukam, Bruchteile von Sekunden später war der Vogel da, flatterte und senkte seine Krallen in ihre Kopfhaut. Bianca schrie auf und verlor das Gleichgewicht. Hastig griff sie nach dem nassen Busch, bekam aber nur das Ende eines Zweigs zu fassen, rutschte mit beiden Füßen auf dem Fels ab und wurde von der Schwerkraft mit erstaunlicher Wucht nach unten gezogen, überschlug sich, ein Latschenkiefernast peitschte gegen ihren Hals, sie überschlug sich erneut, prallte mit dem rechten Knöchel gegen einen Felsbrocken. In einer Ansammlung junger Fichten, die das Regenwasser ihrer Nadeln über sie ergossen, kam sie zum Liegen.

Mit großer Anstrengung richtete sie ihren Oberkörper auf und tastete den Knöchel ab. Er war geschwollen. Vielleicht gebrochen. Sie spürte nichts. Der Knöchel war taub. Das war ein schlechtes Zeichen. Bianca wurde kalt im Gesicht, und das war nicht der Regen, sondern der Schock, der jetzt sein Regiment über ihren Körper führte. In spätestens einer Stunde würde der Schmerz kommen, und sie würde erst unterkühlen, dann langsam erfrieren – wenn nicht der Wolf die Sache abkürzte.

26

Der Morgen war regnerisch und hektisch, und Wallner hatte unruhig geschlafen. Ihn beschäftigten Olivias Augen. Dass sie den seinen so ähnlich waren, lag offensichtlich an einer Laune der Natur. Mit dieser Erklärung hätte Wallner sich unter normalen Umständen zufriedengegeben. Aber irgendetwas ließ ihn nicht in Ruhe. Vielleicht lag es daran, dass er als Polizist tiefes Misstrauen gegen Zufälle hegte – erfahrungsgemäß waren die meisten Koinzidenzen keineswegs zufällig.
Wallner machte seine morgendlich Runde durch die Soko, begrüßte jeden Mitarbeiter persönlich und erkundigte sich nach dem Fortgang der Ermittlungen. Erfolge waren im Augenblick rar gesät. Im Mordfall Scheffler hatten Kreuthner und Sennleitner eine Liste mit allen Wirtshausgästen angefertigt, die ihrer Erinnerung nach an dem Abend vor dem Mord in der Mangfallmühle anwesend waren. Diese Liste wurde seit gestern von mehreren Beamten unter großen Schwierigkeiten abgearbeitet. Denn es waren keine einfachen Zeugen. So gab es drei Hinweise auf verdächtige Fahrzeuge, die an dem Abend auf dem Parkplatz vor dem Wirtshaus gestanden haben sollten. Es handelte sich um drei verschiedene Autos, deren Besitzer zwar ermittelt werden konnten, die sich jedoch als Gäste herausstellten, mit denen die Denunzianten anscheinend noch Rechnungen offen hatten. Keiner der Polizeibeamten hatte je mit einem derartigen Sumpf aus Lügen und falschen Bezichtigungen zu tun gehabt.

Im Fall Bianca Stein waren die Zeugen zuverlässiger, aber brauchbare Hinweise fehlten auch hier. Immerhin hatte jemand einen Mann von etwa einem Meter neunzig Größe zu Fuß und ohne Wanderausrüstung in Richtung B 307 gehen sehen. Der Beschreibung nach war der Mann Mitte zwanzig. Es gab also viel Arbeit und wenige Ergebnisse. Die Stimmung war gedämpft.

Zu allem Überfluss war der Dienststellenleiter der Polizeiinspektion kurz nach acht vom Polizeipräsidenten aus Rosenheim angerufen worden, der wiederum eine SMS des Staatssekretärs im Innenministerium erhalten hatte, worin Letzterer um Aufklärung der Vorgänge bat, die seit gestern Abend auf YouTube zu sehen waren. Kurz darauf fanden sich Wallner und sein Kollege Höhnbichler, der Leiter der Schutzpolizei in Miesbach und Kreuthners Vorgesetzter, im Büro des Dienststellenleiters ein, um ihm zu erklären, was sie in der Angelegenheit zu tun gedachten. Insbesondere die Schutzpolizei war durch die Vorfälle in die Schusslinie geraten, denn das Video vermittelte, den Eindruck, als sei den Uniformierten die Sache aus dem Ruder gelaufen. Wallner bat um eine Stunde Zeit, denn aus München hatte sich Staatsanwalt Jobst Tischler angesagt, gelockt von der ungewöhnlichen Öffentlichkeitswirkung des Videos (es war bis zu diesem Zeitpunkt weltweit über eine halbe Million Mal angeklickt worden). Er wollte mit Wallner und Höhnbichler über die strafrechtliche Aufarbeitung der Sache reden. Darüber hinaus behauptete er, sich auch für die Fortschritte bei den Mordermittlungen zu interessieren, was Wallner allerdings bezweifelte.

Um halb neun wurde Kreuthner zu seinem Chef Höhnbichler ins Büro zitiert. Höhnbichler und Wallner wollten wissen, was sich genau abgespielt hatte, um für die Besprechung mit Tischler gewappnet zu sein.

»Habt's des Video gesehen?«, fragte Kreuthner beim Hereinkommen mit dem Stolz eines frischgebackenen Popstars. In der Tat hatte er an diesem Morgen schon viele Hände schütteln müssen, war mit Applaus empfangen worden, und manch einer hatte ihm auf die Schulter gehauen.

»Was glaubst, warum du hier bist«, sagte Höhnbichler, und er wirkte gar nicht stolz auf Kreuthner, sondern ziemlich gereizt. »Gleich ham mir einen Termin mit Staatsanwalt Tischler. Der wird uns einige unangenehme Fragen stellen. Wennst uns net alles haarklein erzählst, kannst deine Suppe diesmal selber auslöffeln. Ist das klar?«

»Ja, alles klar. Ich sag nur vorweg: Es is nix passiert. Gar nix. Und ohne meine Aktion hätten mir den Wagen von der Vermissten nie gefunden.«

27

Der Brauch des Maibaumstehlens ist vermutlich so alt wie der Maibaum selbst und folgt diversen Regeln, die engagierte Brauchtumspfleger sorgsam aufgeschrieben und ins Internet gestellt haben. Eine der Regeln besagt etwa, dass der eigentliche Entwendungsvorgang gewaltlos zu erfolgen hat. Diese Konvention mag in vielen Gegenden des Freistaats Gültigkeit haben. Ganz bestimmt aber nicht in Enterbach. Genauso wenig wie in Scharling. Zwischen diesen beiden Ortsteilen der Gemeinde Kreuth galten andere, archaischere Gesetze, Relikte aus Zeiten, in denen ein Fingerglied gar nichts und ein abgehauener Arm eine halbe Sau wert waren.

An den Beginn der Fehde konnten sich selbst hochbetagte Bewohner nicht mehr erinnern. Aber dass sie schon immer mit Leidenschaft ausgetragen wurde und von Zeit zu Zeit Blutzoll forderte, das wusste jeder im Dorf. Die Legenden um vergangene Schlachten waren Legion. Der diesjährige Raubzug freilich sollte, wenn es nach den Enterbachern ging, alles Dagewesene in den Schatten stellen und für mindestens hundert Jahre jede Maibaumlegenden-Hitliste anführen.

Angefangen hatte alles Rosenmontag auf dem Lumpenball in Bad Wiessee. Es war in den frühen Morgenstunden, und die Band spielte »A Whiter Shade of Pale«, als Kynast Mooseder seine Freunde aus Enterbach mit einem als Wilderer kostümierten Mann bekannt machte. Der Leo, so sagte Mooseder, sei der hinterkünftigste Sauhund im ganzen Oberland. Also genau der Mann, den sie bräuchten. Die Runde verzog sich unter gedämpftem Scherzen und Gelächter an einen abseits stehenden Tisch und steckte die Köpfe zusammen. So, so, kam es von mehreren Seiten, ein Mann mit Ideen, wie? Erwartungsvoll gafften ein Dutzend Augenpaare den Wildschützen an, etwas glasig schon die meisten, aber hellwach.

Die Enterbacher befanden sich in einem unangenehmen Dilemma. Dieses Jahr waren die Scharlinger wieder an der Reihe, einen Maibaum aufzustellen. Und selbstverständlich musste der ihnen von den Enterbachern unter allen Umständen gestohlen werden. Das allein reichte in diesem Fall aber nicht. Es musste so spektakulär wie nur möglich vonstattengehen. Denn der letzte Enterbacher Maibaum war den Scharlingern unter ausgesprochen demütigenden Umständen zum Opfer gefallen. Folgendes hatte sich begeben:

Von den Maibaumbewachern hatte Ende April vor zwei Jahren jeder ein gleichlautendes Schreiben in seinem Briefkasten gefunden. Darin wurde dem Adressaten mitgeteilt, dass er eine Busreise nach Prag inklusive des Besuchs eines Saunaclubs gewonnen habe. Die Reise sollte in München ihren Anfang nehmen. Keiner der Angeschriebenen unterrichtete die anderen von seinem Gewinn. Denn die Sache mit dem Saunaclub war zwar reizvoll, aber doch etwas pikant. Und da jeder meinte, einen Bewacher mehr oder weniger könne man am Maibaum schon verschmerzen, begegneten sich am späten Nachmittag des 29. April zehn verwunderte Burschen aus Enterbach in der Nähe des Münchner Hauptbahnhofs – dort, wo der Bus nach Prag, der freilich nirgends zu finden war, losfahren sollte. Wie dann jeder die verdrucksten Gesichter der anderen sah, wurde schnell klar, dass man einer perfiden Finte der Scharlinger aufgesessen war. Beim Durchzählen erwies sich, dass zwei Männer aus dem Bewachungstrupp dem Gewinnschreiben widerstanden hatten. Es wurde versucht, sie per Handy zu warnen. Aber einer lag mit Grippe im Bett. Und der andere konnte nicht ans Telefon gehen. Er musste zum Zeitpunkt des Anrufs gefesselt und geknebelt mit ansehen, wie die Scharlinger Dorfjugend unter Absingen von Spottliedern den Enterbacher Maibaum abtransportierte.

Diese Schmach schrie nach einer Lektion, die den Scharlingern den Rest ihrer Tage aufs Gemüt schlagen würde. Nicht ganz klar war freilich, wie der Racheplan genau aussehen sollte. Um das herauszufinden, wurden intensive Brainstormings abgehalten. Ganze Nächte lang dachten sie in Enterbach darüber nach, wie man den Scharlingern beikommen könnte. Kühne Pläne wurden geboren, wie etwa ein unterirdischer Tunnel. Aber nichts davon konnte sich auch nur annähernd mit der leider genialen Idee einer Saunaclubreise messen. Und je mehr Bier sie tranken und je mehr sie sinnierten, desto weniger wollte ihnen einfallen. Schließlich war es Mooseder, der, müde und vom Saufen und Nachdenken gezeichnet, aufstand und verkündigte: »Huift ja nix, mir miassen die Kreativabteilung outsourcen.« Der Vorschlag wurde wenig begeistert, aber mangels anderer Alternativen angenommen, und so kam es zu der folgenschweren Begegnung auf dem Lumpenball.

An jenem Rosenmontag sollten sich Leonhardt Kreuthners Gedanken als von teuflischer Schärfe erweisen. Bevor er freilich auch nur eine einzige Idee preisgab, verlangte er nach einer Caipirinha, die ihm unverzüglich gebracht wurde. Und dann kam auch schon ein erster Gedankenblitz: Der Feind, verkündete Kreuthner, muss an seinem eigenen Verderben mitarbeiten, und zwar ohne dass er es merkt. Bereits dieser rudimentäre Ansatz erzeugte schrillen Jubel am Tisch, der aus der Ferne von zwei Indianern, einem Harlekin und König Ludwig II., alle vier wohnhaft in Scharling, argwöhnisch beobachtet wurde. Von Caipi zu Caipi nahm Kreuthners Plan konkretere und offen gesagt auch phantastischere Formen an. Jetzt, da der Zug angefahren war, taten auch die anderen sich leicht, aufzuspringen und Ideen beizusteuern. Am Fuße des fünften Glases Caipirinha, dem auf Geheiß von Mooseder ein Extraschuss Pitú beigemischt worden war, hatte der Plan seine endgültige Gestalt und die Euphorie am Tisch ekstatische Formen angenommen. Wieder und wieder malte man sich die dummen Gesichter der Scharlinger aus, wenn sie merkten, dass man sie über den Leisten gezogen hatte, und am Ende verfiel Mooseder in einen nicht enden wollenden Lachkrampf, der ihm fast den Atem raubte, so dass er nur noch ein ersticktes »I schiff mi o, he!«* hervorröchelte – in dem Fall keine leere Floskel.

In der Fastenzeit verbreitete sich das Gerücht, die Enterbacher hätten dieses Jahr einen besonders hinterhältigen Plan ausgebrütet, um sich in den Besitz des Scharlinger Maibaums zu bringen. Nervosität machte sich breit in Scharling. Dass die Enterbacher eine Mordswut im Bauch hatten, war klar. Aber hatten sie auch genug Hirnschmalz, um die Scharlinger auszutricksen? Man versuchte, sich auszumalen, was die Gegenseite wohl ausgeheckt hatte, um probate Maßnahmen zu entwickeln. Aber da stocherte man

* »Ich bin dabei, mich einzunässen!«

zwangsläufig im Nebel. Es gab einfach zu viele Möglichkeiten. Eines Abends, als die Scharlinger einmal mehr mit sorgenvollen Gesichtern in der Wirtschaft saßen und darüber brüteten, wie man den Maibaum vor dem feindlichen Zugriff sichern könnte, meldete sich ein Mann vom Nebentisch. Es war, wie sich herausstellte, der Hausmeister des Ringbergschlosses, das hoch über den beiden Ortschaften lag. Er wisse zwar nicht, sagte der Hausmeister, was die Enterbacher planten. Aber wenn die Scharlinger einen sicheren Ort suchten, wo sie ihren Maibaum bis zum Aufstellen lassen könnten – da sei er der richtige Mann. Gegen angemessene Gegenleistung, verstehe sich. Was denn das für ein sicherer Ort sei, wollte man wissen. Na der Innenhof vom Schloss, sagte der Mann.

Das Ringbergschloss, Anfang des 20. Jahrhunderts hoch über dem Tegernsee erbaut und dem Erscheinungsbild nach eher eine Art Burg, gehörte einer Einrichtung zur Pflege und Förderung der Wissenschaft, die es als Tagungsstätte nutzte. Allerdings nicht das ganze Jahr hindurch. Wie es der Zufall wollte, war Ende April dieses Jahres keine Veranstaltung geplant. Da könne man im Innenhof für zwei Tage auch mal einen Maibaum aufbewahren, so der Hausmeister.

Das Angebot sorgte für einen ungeheuren Stimmungsaufschwung in Scharling. Allein die Vorstellung, wie die Enterbacher verzweifelt nach dem Maibaum suchen würden, verursachte schrillen Jubel. Am nächsten Tag wechselten einige Kästen Bier und eine gewilderte Gams den Besitzer, und der Maibaum wurde in einer Nacht-und-Nebel-Aktion ins Schloss verbracht. Der Schlosshof war mit einer hohen Mauer umgeben, die man nur mit großem physischem Einsatz überwinden konnte. Selbst wenn sie es aber über die Mauer in den Burghof schafften – wie sollten sie den fast eine Tonne schweren Maibaum über die Burgmauer wieder hinausbekommen? Der Plan war narrensicher. Fast. Denn eins hatten die Scharlinger nicht auf ihrer Rechnung: Kreuthners diabolische Gerissenheit.

28

An einem Frühlingstag Ende April zogen ein Dutzend Burschen und auch drei junge Frauen aus Enterbach, angeführt von Kynast Mooseder und Leonhardt Kreuthner, die Straße zum Ringbergschloss hinauf. Einige hatten Lederhosen an, andere zumindest ein Trachtenhemd zur Jeans, die Mädchen Dirndl mit Bergschuhen, für den Fall, dass es sportlich zugehen würde. Vor der Schlossmauer traf man auf eine etwa gleich große Abordnung aus Scharling, deren Wortführer ein kräftiger, vollbärtiger, in kurze Lederhose und rot-weiß kariertes Hemd gewandeter Bursche namens Winfried Högl war. Mooseder führte seine Leute bis zwanzig Meter vor das Tor, um das sich die Scharlinger jetzt scharten. Högl trat vor, ebenso Mooseder, und sie gingen aufeinander zu, bis sie sich auf Griffweite gegenüberstanden.

»Servas, Högl«, begann Mooseder die Verhandlungen. »Dass es euch aber a grad heut daher verschlagt, wo mir vorg'habt hätten, dass mir hier Brotzeit machen.«

»Ja«, entgegnete Högl und hielt sein Gesicht in die Sonne. »Is a scheens Platzl. Halt a weng eng für alle. Aber nett, dass mir mal wieder g'redt ham. Habe die Ehre und tschüss!«

»Samma recht kurz angebunden heut?«

»Mehra gibt's net zum Reden. Passiert ja nix bei uns am Land.«

»Sag des net. A bissl was is immer los«, sagte Kreuthner, der sich zu Mooseder gesellt hatte. »Ich hab zum Beispiel g'hört, es wär a Maibaum verschwunden.«

»Was d' net sagst!«
»Ja, hat irgendwer g'sagt. So a paar oberschlaue Dorfdeppen hätten den ins Ringbergschloss g'schafft, hat's geheißen, und die täten meinen, da wär er sicher.« Kreuthner lachte Högl mit offenem Mund stumm an, blickte zur Seite auf Mooseder und zwinkerte dem erheitert zu.
»Wer is 'n der Clown?«, wollte Högl von Mooseder wissen.
»Des is der Leo. A sehr guter Freund und Ehrenbürger von Enterbach.«
»Ah geh! Braucht's jetzt schon Ehrenbürger! Find sich nimmer gnua Hirn in Enterbach, dass es selber hinkriegts?«
»Hö, höh! ...« In Mooseders Miene kämpften Spott und Verachtung miteinander, aber auch ein Gutteil Aggression, und er legte den Kopf nach hinten, um auf diese Weise auf Högl herabsehen zu können. »Du Högl – i moan oiwe, du werst dir glei so a Mordstrumm Bockfotz'n außetaucha.«*
»Habts es g'hört?« Högl drehte sich zu seinen Mitstrei-

* »Ich habe den Eindruck, du stehst kurz vor einer gewaltigen Maulschelle« – der Begriff »Fotz'n« bedeutet im Bairischen Maulschelle, Gesicht oder Mund, nicht aber das, was er im restlichen deutschen Sprachraum bedeutet, was schon zu unschönen interkulturellen Missverständnissen geführt hat. Interessant an der Satzkonstruktion ist die Verwendung des Wortes »oiwe« (= »immer«) in einer eindeutig einmaligen, nichkontinuierlichen Situation. Das mag dem Hochdeutsch Sprechenden als innerer Widerspruch erscheinen, ist jedoch Ausfluss der Wertschätzung, die der Bayer dem Althergebrachten entgegenbringt. Wenn etwas immer ist und war, birgt das eo ipso die Vermutung von Güte und Richtigkeit und wird im oben wiedergegebenen Satz vom Sprecher als Beleg dafür dienstbar gemacht, dass sich die Vorahnung des die Ohrfeige Androhenden mit hoher Wahrscheinlichkeit als zutreffend erweisen wird. Ferner ist auch das Bild des »Heraustauchens« zu beachten. Wer zunächst auf den Grund eines Sees oder Flusses tauchen muss, um an etwas zu gelangen, wendet außergewöhnlich viel Mühe auf. In diesem Sinne dient das Bild dazu, dem Angesprochenen die Schwere seiner Provokation und damit die Angemessenheit der bevorstehenden Maßnahme vor Augen zu führen.

tern. »Er droht Gewalt an! Des windige Zigarettenbürscherl.« Die Scharlinger kamen ein paar Schritte nach vorne, um ihrem Anführer den Rücken zu stärken. Der hatte sich wieder Mooseder zugewandt. »Von mir aus. Gemma ums Eck auf a Lacke Bluat!«*

Högl wollte Mooseder am Hemdkragen packen, als Kreuthner deeskalierend dazwischentrat. »Jetzt amal ruhig Blut, net. Mir san ja in friedlicher Absicht gekommen.«

»Hast net g'hört, was dein Chef g'sagt hat?«

»Des is eahm rausg'rutscht. Also von uns aus müss ma nett schlägern.«

»Wo bleibt dann der Spaß?«, rief einer von Högls Männern aus dem Hintergrund und löste Heiterkeit aus.

»Da hat er recht«, sagte Högl. »Wär auch's erste Mal, dass mir mit alle Zähn im Maul hoam gengan.«

»Ruckt's den Maibaum raus, dann wird der Tag so friedlich enden, wie er ang'fangen hat.«

»Maibaum? Was für a Maibaum?« Högl drehte sich um. »Hat wer an Maibaum g'sehen?« Die Frage löste Gelächter aus.

»So, Wurzelsepp!«, sagte Kreuthner und zupfte Högl kurz am Vollbart. »Gib Obacht. Ich sag dir, wie's läuft: Ihr macht's jetzt des Tor da auf und gebt's uns des jämmerliche Stangerl, wo ihr vorgestern Nacht ins Schloss g'schleppt habt's. Oder mir holen's uns.«

»Da bin i g'spannt. Da müsst's nämlich erst amal an Schlüssel haben.«

»Den kriegen mir schon.«

»Net von uns. Von uns könnt's a paar hinter d' Leffe haben. Davon abgesehen hamma den Schlüssel gar net dabei.«

---

* Lacke = Lache, hier: Blutlache

»Aber mir!«, höhnte Mooseder und hielt den Torschlüssel, den er an einer Kette um den Hals trug, in die Höhe, und vielstimmiger Enterbacher Jubel brach hinter ihm aus. Högl fiel das Gesicht zusammen.
»Wie kommt's ihr an den Schlüssel?« Eine düstere Ahnung stieg in ihm auf.
»Habt's ihr gedacht, ihr könnt's den Hausmeister schmieren?« Kreuthner grinste Högl an. »Dankschön auch noch mal für den Gamsbraten.« Jetzt war die Heiterkeit bei den Enterbachern grenzenlos.
Vor Kreuthner stand ein Mann, der betrogen, verraten und verkauft worden war und sich jetzt auch noch verhöhnen lassen musste. »Das habt's euch sauber ausdacht«, knurrte er gepresst. »Aber es wird euch nix nützen. Noch is der Maibaum da drin. Und da wird er auch bleiben. Da hilft euch der Schlüssel gar nix.«
»Den brauchen mir auch net«, sagte Kreuthner.
Es folgte gespanntes Schweigen. In den Köpfen der Scharlinger arbeitete es. Was hatten die Enterbacher vor? Gespannte Unruhe ergriff die Scharlinger Abordnung. Deren Anführer Högl hätte eigentlich fragen müssen, was die Gegenseite vorhatte. Aber offenbar wollte er sich diese Blöße nicht geben. Und so stand man sich eine Weile stumm gegenüber – bis von weit her ein Geräusch durch die Luft kam, das schnell lauter wurde und sich zu einem dröhnenden Flapp-flapp entwickelte. Eine Ahnung überkam Högl und seine Scharlinger. Alle blickten nach oben. Einige Baumwipfel bogen sich im Luftzug, und es war nicht mehr zu leugnen, dass der Lärm von einem Hubschrauber stammte. Kreuthner grinste, dass ihm die Backen weh taten.
»Ich an eurer Stelle hätt den Schlüssel ja mitgenommen«, raunte er Högl zu, dem jetzt, da der Hubschrau-

ber über den Baumkronen erschien, klarwurde, dass er kaum noch eine Möglichkeit hatte, den Diebstahl aus dem Schlosshof zu verhindern. Zwanzig Meter über ihnen verharrte der Helikopter, dröhnte und wirbelte Luft auf, dass es allen die Haare zerzauste. Dann wurde von oben ein Stahlseil herabgelassen, an dessen Ende durch einen Karabinerhaken eine Schlaufe geformt war. Kreuthner lief in gebückter Haltung und eine Hand vor dem Gesicht, um den herumfliegenden Staub abzuhalten, zu dem Stahlseil und stellte seinen Fuß in die Schlaufe. Dann gab er durch kurzes Rucken dem Hubschrauberpiloten das Zeichen, nach oben zu steigen. In diesem Moment kam Högl auf Kreuthner zugeschossen und rammte ihn in der Manier eines Footballspielers. Kreuthner verlor das Gleichgewicht und stürzte zu Boden. Das hatte der Pilot des Hubschraubers jedoch nicht bemerkt und zog sein Fluggerät nach oben. Kreuthners Schuh steckte noch in der Schlinge, die sich durch die Bewegung des Seils zugezogen hatte. Und so wurde er an einem Bein nach oben gerissen, Kopf und Oberkörper hingen nach unten. Högl wollte so schnell nicht aufgeben und versuchte, den davonfliegenden Kreuthner zu packen. Was ihm in die Hände geriet, war jedoch nur Kreuthners Trachtenhemd. Darin freilich verkrallte sich Högl, wodurch das Hemd aus Kreuthners Lederhose und über dessen Kopf gezogen wurde, an dem es hängenblieb. Der Pilot setzte jetzt zum Flug über die Schlossmauer an. Allerdings konnte er nicht sehen, was sich am Ende des Stahlseils abspielte, das senkrecht unter dem Helikopter hing. Zum Überfliegen der Mauer hatte der Pilot einen gewissen Sicherheitsabstand berücksichtigt, jedoch unter der Annahme, dass Kreuthner aufrecht in der Schlinge stehen und nicht

kopfüber darin hängen würde. Schon gar nicht war der an Kreuthners Hemd hängende Högl in den Berechnungen des Piloten enthalten. Das führte dazu, dass das aus Kreuthner und Högl bestehende Gebilde gegen die Schlossmauer klatschte, als der Hubschrauber darüber hinwegflog. Im weiteren Verlauf wurden beide Männer sehr unsanft über die Mauer geschleift, bis schließlich Högl, der bei der Kollision einen Schlag auf den Hinterkopf erhalten hatte, ohnmächtig wurde und Kreuthners Hemd losließ. Zu seinem Glück landete er in einer Buchenhecke, so dass ihm weitere Blessuren erspart blieben. Kreuthner hingegen prallte erst noch gegen den im Schlosshof aufgebockten Maibaum, bevor der Helikopter ihn zu Boden ließ.
Kreuthner aber ließ sich nicht beirren. Zunächst befreite er seinen Fuß aus der Stahlseilschlinge und legte sie um den Maibaum. Ein weiteres Stahlseil wurde aus dem Helikopter herabgelassen, das Kreuthner an einer anderen Stelle um den Maibaum schlang. Da inzwischen Högl wieder zu Bewusstsein gekommen war und Anstalten machte, Kreuthners Aktivitäten zu unterbinden, geriet Kreuthner gegen Ende seiner Arbeiten in Hektik, was dazu führte, dass er den zweiten Karabinerhaken nicht ordnungsgemäß verschloss. An einer ebenfalls aus dem Hubschrauber herabgelassenen Strickleiter konnte Kreuthner gerade noch rechtzeitig in die Maschine klettern, bevor Högl den Maibaum erreichte. Kreuthner rief ihm zu: »Den könnt's euch am Plankenstein abholen«, dann entschwanden Hubschrauber und Maibaum Richtung Himmel.
Der Plan hatte vorgesehen, den Maibaum der Scharlinger auf dem Plankenstein aufzustellen, einem Berg, der nur über eine Klettertour zu bezwingen war. Man hätte also auch zum Abtransport einen Hubschrauber

benötigt. In der Zwischenzeit wären die Bilder des Schandbaumes im Internet um die ganze Welt gegangen. Die mangelhafte Befestigung des Maibaums am Stahlseil, zu der Kreuthner durch den Zeitdruck gezwungen gewesen war, durchkreuzte den zweiten Teil des Plans. Der schlampig befestigte Karabinerhaken löste sich, die Schlinge öffnete sich, und der Baum sackte, jetzt nur noch von der zweiten Schlinge gehalten, senkrecht nach unten. Der Stamm rutschte durch die zweite Schlinge und schoss mehrere hundert Meter in die Tiefe. Späteren Berechnungen zufolge durchschlug er das Wagendach mit etwa dreihundert Stundenkilometern.

29

Viertel nach neun saßen Tischler, Wallner und Höhnbichler vor einem Computer und betrachteten das YouTube-Video, auf dem ein wild gewordenes Robotermonster zu sehen war, bestehend aus sechs Ballonreifen, einem Glaskasten und einem stählernen Greifarm, in dessen Faust es einen zwanzig Meter langen Baumstamm schwang und wie mit einem Baseballschläger auf einen VW-Bus eindrosch.

Tischler schüttelte mehrfach den Kopf und lachte fassungslos. »Ich nehme an, Sie haben den Wahnsinnigen verhaftet?«

»Bislang noch nicht«, sagte Höhnbichler.

»Wie bitte?!«

»Es lag kein Haftgrund vor.«

»Was ich da sehe«, Tischler fuchtelte mit den Armen vor dem Bildschirm herum, »ist versuchter Mord.«

»Das sieht ein bisschen dramatischer aus, als es in Wirklichkeit war«, sprang Wallner seinem Kollegen bei.

»Entschuldigung! Der Kerl hat versucht, mehrere Menschen mit einem Baumstamm zu erschlagen.«

»Nein, hat er nicht.« Wallner ließ das Video, das Höhnbichler an der Stelle angehalten hatte, als der VW-Bus den Abhang hinunterrutschte, weiterlaufen. Man konnte sehen, dass der Harvester mit dem Baumstamm in der Stahlfaust langsam an dem Kleinwagen vorbeirollte, der zusammen mit dem VW-Bus den Weg blockiert hatte, und anschließend weiter Richtung Tal fuhr. »Er wollte den VW-Bus nur aus

dem Weg haben. Es kam ihm auf den Baumstamm an.«
»Auf den Baumstamm?«, quiekte Tischler. »Das kann ja wohl nicht sein. Was kostet ein Baumstamm? Hundert Euro?«
»Zwei- bis fünfhundert. Je nach Qualität und Größe.«
»Egal. Für fünfhundert Euro veranstalte ich doch keinen Amoklauf.«
»Das ist ja nicht irgendein Baumstamm«, erläuterte Höhnbichler. »Das ist ein Maibaum.«
»Ich dachte, die sind blau-weiß.«
»Erst mal nicht. Bevor sie angemalt werden, darf man sie stehlen. Die Leute, die im VW-Bus saßen, sind aus dem Ort, aus dem der Maibaum geklaut wurde. Und in der Maschine sitzt einer der Maibaumdiebe.«
»Mag ja sein. Das ändert aber nichts am Vorliegen der Straftatbestände.«
»In gewisser Weise schon«, sagte Wallner. »Das Ganze läuft unter der Überschrift Spaß und Brauchtum. Ein bisschen derb, zugegeben. Aber Tötungsvorsatz wird uns kein Richter abnehmen. Im Übrigen hat auch keines der Opfer Anzeige erstattet. Wenn Sie die als Zeugen vor Gericht laden, werden sie aussagen, dass alles ein harmloser Spaß war.«
»Das wollen wir erst mal sehen. Der Bursche hat ihnen immerhin den Wagen zertrümmert.«
»Solche Geschichten machen die untereinander aus. Die Polizei ist da unerwünscht.«
»Und der VW-Bus«, ergänzte Wallner, »wird gerade bei eBay versteigert. Was man so hört, wird ein Vielfaches vom Zeitwert rauskommen.«
Tischler war tief enttäuscht. Seit Jahren wartete er auf einen Fall, der sein Gesicht vor nationale Fernsehkameras befördern würde. Vorliegend hatte er sogar

die Hoffnung gehegt, dass ausländische Fernsehstationen an den Ermittlungen gegen den Amok laufenden Roboter interessiert wären. Nach dem, was er von den beiden Polizisten zu hören bekam, schien es schwierig, in der Sache zu ermitteln, ohne sich zu blamieren. Immerhin blieb der erste Teil des Videos. Darauf war der von dem Baumstamm aufgespießte, von Schaulustigen umringte Wagen zu sehen.

»Wie kommt der Maibaum in den Wagen?«, wollte Tischler wissen.

»Er ist versehentlich bei einem Hubschraubertransport heruntergefallen.«

»Die haben den Maibaum mit dem Helikopter geklaut? Für einen Hubschrauberflug braucht man doch bestimmt eine Genehmigung.«

»Sie werden es nicht glauben«, sagte Höhnbichler, »der Flug war tatsächlich angemeldet. Allerdings wurde von ein paar Angaben in der Anmeldung abgewichen.«

»Da haben wir's doch. Darf ich mal?« Tischler griff nach der Taschenbuchausgabe des Strafgesetzbuches, die auf Höhnbichlers Schreibtisch stand, und blätterte darin. »315 a: Gefährdung des Luftverkehrs. Der Pilot hat Menschenleben in Gefahr gebracht.« Tischler deutete auf den Bildschirm mit dem aufgespießten Wagen als Standbild.

»Dazu müssten wir wissen, ob zum Zeitpunkt des Einschlags tatsächlich jemand im Wagen saß«, entgegnete Wallner.

»Das wissen Sie nicht?« Tischler machte heute einen ausgesprochen gereizten Eindruck.

»Als unsere Leute zu dem Fahrzeug kamen, war niemand da. Wir wissen weder, ob jemand zum Zeitpunkt des Unfalls im Wagen saß, noch, wer den Wagen gefahren hat. Angemeldet ist er auf eine Frau namens Bianca Stein. Aber gefahren hat ihn vermutlich ein Mann von über eins neunzig.«

»Und die Halterin?« Tischler machte eine zappelige Geste, die Wallner zu weiteren Erläuterungen aufforderte.

»Die Frau wird seit Sonntag vermisst.«

»Das wird ja immer bunter.«

»Wir haben natürlich die gesamte Gegend um den Wagen herum abgesucht. Allerdings ohne Ergebnis. Die Frau ist inzwischen zur Fahndung ausgeschrieben.«

Während Tischler überlegte, ob er Wallner aus der Sache irgendwie einen Strick drehen könnte, klingelte Höhnbichlers Telefon. Es war Mike, der mit Wallner sprechen wollte.

»Wir haben was in Sachen Bianca Stein. Willst du's dir ansehen?«

»Ich bin auf dem Weg.« Wallner legte auf. »Ich denke, wir sind erst mal durch, oder?«

Es kam kein Widerspruch.

30

Mike teilte sich ein Büro mit Janette und hatte die Füße auf seinem Schreibtisch, als Wallner hereinkam. Janette saß am Computer. Der Bildschirm zeigte das Gesicht eines jungen Mannes.

»Nur kurz«, sagte Wallner. »Ich muss zur Soko-Besprechung.« Er deutete auf Mikes Füße. »Lässt du ihm das durchgehen?«

Janette legte ihre Füße ebenfalls auf den Schreibtisch. »Er hat mich überzeugt. Es ist bequem und fördert die Durchblutung.«

»Es fördert den Verfall der Sitten. Wärt ihr so nett, eure Füße auf den Boden zu stellen, solange ich da bin?«

Mike kam der Bitte nach und zog etwas aus dem Chaos auf seinem Schreibtisch. »Hör auf, rumzuspießern. In unserem Büro sitzen wir, wie's uns Spaß macht. Hier – das haben wir letzten Samstag um einundzwanzig Uhr vierzig in Kreuth gemacht. Es ist der BMW von Bianca Stein.«

Wallner betrachtete das Foto. Es zeigte einen Wagen, der wegen Geschwindigkeitsüberschreitung geblitzt wurde. Hinter dem Steuer ein Mann, der in dem Augenblick, als das Foto geschossen wurde, nach unten sah, so dass man sein Gesicht nicht erkennen konnte.

»Habt ihr den Fahrer identifiziert?«

»Selbstverständlich.« Janette deutete auf den Bildschirm, der jetzt das Blitzfoto zeigte, allerdings um einiges vergrößert. Man konnte erkennen, dass auf den Fingern der rechten Hand des Fahrers jeweils ein

Buchstabe eintätowiert war. Zusammen ergaben die vier Finger das Wort FUCK. »Netterweise haben Kriminelle ein Faible für ordinäre Tattoos. FUCK ist jetzt nicht allzu originell. Aber wir konnten den Personenkreis eingrenzen. Die Tätowierung gibt es unter *besondere Kennzeichen* bei sechs Männern, die in unseren Systemen erfasst sind. Bei zweien ist sie links, zwei weitere sitzen gerade. Und einer ist aus Nigeria. Bleibt noch …« Janette klickte mit der Maus, und das Foto von vorhin ploppte wieder auf den Bildschirm. Es zeigte einen Mann in den Zwanzigern mit verschmitztem Gesicht, nicht unsympatisch, aber von ganz und gar unsolider Ausstrahlung. »… Nico Wackersberg. Mehrfach vorbestraft wegen Autodiebstahls. Wohnt in Miesbach.«

»Sehr schön. Sagt Bescheid, wenn er da ist.«

Als Wallner aus dem Büro gehen wollte, hielt ihm Mike einen Aktendeckel hin.

»Du wolltest doch, dass wir Schefflers Frau unter die Lupe nehmen. Ob die was mit dem Mord an ihrem Mann zu tun hat.«

»Ach ja. Was ist da rausgekommen?«

»Alibi hat sie keins. Aber die Nachbarn haben gesehen, wie in der Tatnacht kurz vor Mitternacht das Licht in ihrem Wohnzimmer aus- und im Schlafzimmer angegangen ist.«

»Schönes Gefühl, wenn die Nachbarn ein Auge auf einen haben.«

»Manchmal hat's Vorteile. Die Schefflerin scheint also um Mitternacht ins Bett gegangen zu sein. Theoretisch hätt sie natürlich später noch mal aufstehen und zur Mangfallmühle fahren können. Ist aber unwahrscheinlich, schon weil sie kein Auto hatte.«

»Die haben nur den Leichenwagen?«

»Ja.«
»Vielleicht hat sie einen Mörder beauftragt.«
»Auch da gibt's keine Hinweise. Wir haben die Kontobewegungen gecheckt: keine höheren Barabhebungen oder Überweisungen. Und von den Leuten, mit denen sie telefoniert hat, ist keiner polizeibekannt oder sonst wie verdächtig. Mir ham natürlich net jeden auf Herz und Nieren überprüfen können.«
»Ist klar. Aber ich würde mal sagen: Aus dem Kreis der dringend Tatverdächtigen können wir sie ausschließen«, sagte Wallner und verabschiedete sich.

Wallner hatte eine Sondersitzung der Soko einberufen und auch einige Kollegen von der Schutzpolizei dazugebeten. Der Raum war entsprechend voll und die Luft stickig. Ein auswärtiger Kollege ging zu einem der Fenster, um es zu öffnen, wurde allerdings von Tina gewarnt.
»Ich weiß nicht, ob das eine gute Idee ist«, sagte sie mit Blick zu dem Tisch, an dem Wallner saß.
»Ja logisch is des a gute Idee. Mir dersticken doch sonst da herin.« Der Mann hatte die Hand schon am Fenstergriff, da besann er sich und rief Wallner zu: »Ich mach amal 's Fenster auf! Is recht, oder?«
»Wenn die Sitzung vorbei ist«, beschied ihn Wallner.
Der auswärtige Kollege glaubte, nicht richtig gehört zu haben. »Wie – nicht aufmachen, oder was?«
»Es hat draußen vierzehn Grad. Die Heizungsanlage hier drin ist auf dreiundzwanzig eingestellt. Wir müssen ja nicht für draußen mitheizen, nur weil der Frühling im Augenblick etwas schleppend vorankommt. Wenn die Sitzung vorbei ist, machen wir eine Stoßlüftung. Okay?«
Der Sauerstoffliebhaber setzte sich etwas verunsichert

auf einen Stuhl und forschte in den Gesichtern der heimischen Kollegen nach Zeichen, dass man sich mit ihm gegen den Wahnsinnigen da vorne solidarisierte. Aber niemand sah ihn an. Anscheinend war das hier normal.

»Ich habe euch zusammengerufen, weil ich das Gefühl habe, dass wir gestern bei der Suche nach der Vermissten etwas übersehen haben. Frage an die Kollegen in Uniform: Ihr habt doch da hinten bei Siebenhütten nach der Frau gesucht. War da irgendetwas Auffälliges – so rückblickend betrachtet?«

Es dauerte eine Weile, bis sich zögernd Benedikt Schartauer meldete. »Mir waren in so einer Almhütt'n, Richtung Wolfsschlucht. Und da war jemand. Der hat g'sagt, er tät die Hütt'n herrichten, Winterschäden reparieren und so.«

»Is doch net ungewöhnlich«, warf Sennleitner ein, der mit Schartauer dort gewesen war.

»Na, an sich net. Aber der hat einfach net ausg'schaut, wie wenn er was reparieren tät. Da hast auch nirgends a Werkzeug g'sehen. Ich hab mir denkt: Mei, des hat er vielleicht noch im Wagen. Aber wenn ich 'n jetzt noch amal so vor Augen hab – der war irgendwie nervös. Oder?« Die Frage war an Sennleitner gerichtet. »Der war doch komisch, der Typ.«

»Wennst meinst. Dann war er halt komisch. Mir is da nix aufg'fallen.«

»Na gut. Die Situation ist heute eine andere als gestern. Wir wissen inzwischen, dass Bianca Stein mit Florian Scheffler in Kontakt war, kurz bevor er ermordet wurde. Es scheint so, als gebe es einen Zusammenhang zwischen dem Mord und dem Verschwinden von Frau Stein. Außerdem hat ein Mann namens Nico Wackersberg den Wagen der Vermissten gefahren – am

Abend ihres Verschwindens wurde er bei Kreuth geblitzt. Der Mann ist mehrfach vorbestraft. Wenn wir das alles zusammennehmen, müssen wir befürchten, dass Frau Stein einem Verbrechen zum Opfer gefallen ist. Nun – ihr Wagen ist bei Siebenhütten aufgetaucht. Auch wenn sie ihn nicht selbst gefahren hat, ist sie möglicherweise irgendwo da in der Gegend. Vielleicht war der letzte Fahrer ihr Mörder. Also müssen wir noch mal ran. Das ist im Augenblick der einzige Hinweis, den wir haben.« Wallner zog das Foto von Nico Wackersberg aus seinen Unterlagen und reichte es Schartauer. »War das der Mann in der Hütte?«
Schartauer betrachtete das Foto eine Weile, dann schüttelte er den Kopf und reichte es an Sennleitner weiter. Auch der schüttelte den Kopf. »Der war's g'wiss net. Der in der Hütt'n war älter.«
»Schade«, sagte Wallner und steckte das Foto wieder in seine Unterlagen. »Aber vielleicht kennt er den Mann in der Hütte. Sobald wir ihn hergeschafft und vernommen haben, bekommt ihr Bescheid.«

31

Ein Bergsteiger mit großen Arbeitshandschuhen hatte Biancas Fuß gepackt und verdrehte ihn mit ungeheurer Kraft, der Schmerz war dumpf und stechend zugleich. Der Bergsteiger sagte, das müsse sein, so wäre das eben in den Bergen. Dabei war er so nüchtern und sachlich, dass auch Bianca der schmerzende Fuß richtig und unvermeidlich vorkam. Aber es tat so abscheulich weh. Ach, wäre ich nur nicht in die Berge gegangen!, rief sie dem Mann zu. Schließlich hielt sie den Schmerz nicht mehr aus und wachte auf.
Über ihrem Kopf der Zweig einer Latschenkiefer, Wassertropfen an jeder Nadel. Aber es regnete nicht. Im Augenblick. Sie lag am Hang, immer noch. Die Latschenkiefer hatte ihren Sturz abgefangen. Als sie sich bewegte, spürte sie, wie nass die Lederjacke war, vollgesogen mit dem Regen der Nacht und kalt an den Stellen, an denen sie den Körper bislang nicht berührt hatte. Ihr war schwindelig und flau im Magen, der Schmerz im linken Fuß fast unerträglich. Nur wenn sie sich still hielt, war es auszuhalten. Auch am Hals spürte Bianca eine Verletzung. Als sie an die schmerzende Stelle fasste, war Blut an ihren Fingern. Irgendetwas hatte beim Sturz die Haut am Hals aufgerissen und die Arterie erwischt. Zu Biancas Glück war der Schnitt auf Höhe des Kragens der Lederjacke, der die Wunde in den Stunden ihrer Ohnmacht verschlossen hatte. Dennoch musste sie viel Blut verloren haben. Bianca drückte mit einem Finger auf die blutende Wunde. Sie hatte Angst. Angst vor dem Tod, Angst

davor, dass es wieder regnete und noch kälter würde – davor eigentlich noch mehr als vor dem Tod. Biancas Blick streifte durch das ihr zugängliche Sichtfeld. Grün, Braun und Grau um sie herum, in allen Schattierungen, Fels und karge Bergvegetation, darüber der Himmel in Hellgrau. Und dann war da noch ein grauer Flecken. Er hatte weniger scharfe Konturen als die Felsen. Und er bewegte sich. Ganz sachte. Er wandte Bianca einen Kopf mit spitzen Ohren und honigfarbenen Augen zu. Es war der Wolf.

O ja – den hatte sie beinahe vergessen. Ihren Retter. Irgendwie war er Bianca sympathisch, weil er den Hund vertrieben hatte. Sie hätte ihrem Entführer dadurch entkommen können. Sie hatte die Chance nicht genutzt. Sie hatte es verbockt.

Der Wolf war bei aller Sympathie nicht ihr Freund. Er hatte den Hund weggebissen, um sein Revier zu verteidigen. Nicht weil er Bianca zugetan war. Jetzt schienen ihn andere Gedanken zu beschäftigen: Dort vor ihm lag ein Stück Fleisch. Es war nicht ganz das, was der Wolf gewöhnt war. Deswegen hatte er sich wohl nicht herangewagt, solange das Fleisch sich noch bewegte. Aber der Instinkt sagte ihm, dass dieses Tier unter der Latschenkiefer gerade verendete. Es lag hilflos auf dem Boden, es blutete, und es roch nach Angst. Es würde nicht mehr lange dauern.

Bianca hob den Kopf, um den Wolf besser zu sehen. Das strengte sie an, und weil der Kopf jetzt etwas höher war als der restliche Körper, entwich mehr Blut durch die Halswunde. Es wurde schwarz um Bianca.

Als sie wieder aufwachte, war der Wolf ein Stück näher gekommen. Er saß jetzt keine zwanzig Meter entfernt oberhalb von ihr auf einem kleinen ebenen Fleck am Fels. Sofort registrierte er Biancas Erwachen und

sah sie an. In seinen Honigaugen schimmerte Enttäuschung. Die Sache schien sich länger hinzuziehen als erhofft. Aber vielleicht war das nur Biancas Interpretation.
Eine unbändige Wut stieg mit einem Mal aus ihrem Bauch auf. Sie wollte nicht sterben. Nicht so. Nicht jetzt. Nicht so sinnlos. Sie hatte noch so viel Leben vor sich. Wenn sie nur lange genug durchhielt, würde sie irgendjemand finden und sie ins Warme bringen, in ein Krankenhaus, und sie würde noch siebzig Jahre auf dieser Welt sein und Kinder bekommen. Wann immer ihre Stunde schlagen sollte – jetzt nicht! Bianca drückte den Finger wieder fester auf die blutende Wunde. Dann umfasste sie den Stein, auf dem die andere Hand lag, mit allem Lebenswillen, der in diesem Moment in ihr aufloderte, und warf ihn in Richtung des Wolfes. Der Wurf geriet gut, der Stein klatschte über dem Tier an den Felsen und zerbarst in mehrere Stücke. Das irritierte den Wolf so sehr, dass er sich einige Meter zurückzog und verwundert und vorsichtig, wie es Bianca schien, seine Steine werfende Beute beäugte.
Als Bianca das nächste Mal erwachte, stand der Wolf nur mehr zehn Meter von ihr entfernt und machte keine Anstalten, sich hinzulegen. Glaubte er, das werde sich für die kurze Zeit nicht lohnen? Bianca hielt weiter die Wunde zu, fühlte aber den Schwindel im Kopf, fühlte, dass ihr Bewusstsein sich abermals davonstehlen wollte. Sie rüttelte mit einer Hand an der Latschenkiefer, und ein Schwall Wasser ergoss sich aus den Nadeln auf ihr Gesicht, machte sie wach.
Doch der Wolf wurde immer wagemutiger. Er stand nur noch wenige Meter entfernt. Würde er seine Zurückhaltung aufgeben und zuschlagen, noch bevor sie

tot war? Bianca zu töten würde ihm nicht schwerfallen. Der Unterschied zwischen ihr und einer Hirschkuh war so groß nicht. Sie sah dem Wolf direkt in die Augen, in der Hoffnung, das würde ihn irritieren. Und das tat es auch. Er wandte seinen Blick ab, drehte sich einmal um sich selbst und sah sie wieder an. Als sie den Wolf immer noch fixierte, drehte er ab. Doch er ging nicht. Er stand nur da und reckte ihr seinen buschigen Schwanz entgegen. Vielleicht wartete er ab, bis sie ihn nicht mehr ansehen konnte. Sie musste die Augen offen halten. Das war alles, was nötig war, um zu überleben. Aber der Schwindel wurde stärker, und mit einem Mal wurde ihr warm, wo es doch so kalt war in der durchnässten Lederjacke. Aber nein, es war wohlig warm, und sie spürte die Sonne auf ihrer Haut. Aus halb geschlossenen Augen sah sie zum Himmel, der immer noch grau war und gar nicht sonnig. Aber es fühlte sich so an. Es fühlte sich so unglaublich gut an, und ihre Augenlider sanken nach unten, obwohl sie wusste, dass sie die Augen offen halten sollte. Aber das war mit einem Mal nicht mehr wichtig, denn es war warm hinter den Augenlidern und hell und friedlich. Bianca entschwebte in eine andere Welt.

32

Nico Wackersberg, der Mann, der mutmaßlich als Letzter Bianca Steins Wagen gefahren hatte, saß im Vernehmungsraum. Er war unrasiert und hielt einen Becher Kaffee mit beiden Händen umklammert. Ihm gegenüber saßen Wallner und Mike. Wackersberg war sechsundzwanzig Jahre alt und arbeitete eigenem Bekunden nach bei Konzerten als Aufbauhelfer und Security. Er trug eine teuer aussehende Lederjacke und hatte im Hemdausschnitt ungeachtet des herrschenden Regenwetters eine Sonnenbrille stecken. Nachdem man sich vorgestellt hatte, warf Mike das Foto aus der Radarfalle vor Wackersberg auf den Tisch.

»San des Sie?«

Wackersberg beugte sich vor und betrachtete das Foto. Er verzog den Mund und schüttelte den Kopf. »Nie im Leben. Des sieht man doch.«

»Woran?«

»Mei … der hat schwarze Haare. Ich bin blond.«

»Sagen wir dunkelblond. Andere würden das brünett nennen. Kommt auf den Fotos immer schwarz rüber.«

»Geh Schmarrn. Sie wollen mir des anhängen. Da gibt's doch Druck von oben wegen dem Video auf YouTube. Da brauchen S' schnell an Täter. Ich kenn mich aus, wie des läuft.«

Wackersberg lockerte ein wenig die Umklammerung seines Kaffeebechers, und Wallner erkannte das Motiv auf dem Becher. Es bestand aus einem großen Paragrafenzeichen. »Ich kenne mich besser als Sie in diesen

Dingen aus«, sagte Wallner. »Und ich versichere Ihnen, es läuft anders. Darf ich mal die Tasse sehen?«
Etwas verblüfft nahm Wackersberg die Hände von der Kaffeetasse. Wallner und Mike konnten das Motiv sehen.
»Wer hat ihm die Tasse gegeben?«, fragte Wallner.
»Keine Ahnung. Ich glaub, des war a Neuer, der hat des wahrscheinlich net gewusst.«
»Sie trinken aus meiner Tasse«, sagte Wallner. »Das ist nicht Ihre Schuld. Aber ich mag es nicht, wenn andere Leute aus meiner Tasse trinken.« Er zog die Tasse mit spitzen Fingern zu sich. »Es geht hier nicht um Bakterien oder so was. Es ist … mein Großvater hat sie mir geschenkt. Sie kriegen eine neue. Wo waren wir?«
»Herr Wackersberg sagt, er ist das nicht auf dem Foto. Und dass wir ihm was anhängen wollen.«
»Richtig.« Wallner hatte den Hörer des Tischtelefons in der Hand und eine Nummer gewählt. »Sind Sie so nett und bringen uns noch ein Tasse? Bitte nicht die aus dem Hängeschrank. Die Gästetassen befinden sich unter der Arbeitsplatte. Danke.« Er legte auf und holte aus einer Akte ein Foto, das er zu Wackersberg schob. Es zeigte die Baseballkappe, die man im Wagen gefunden hatte. »Ist das Ihre?«
»Mir geht jedenfalls keine ab.«
»Denken Sie nach. Wir haben sie im Wagen gefunden, und es waren Haare dran. Morgen wissen wir, ob sie Ihnen gehört. Es wäre günstiger für Sie, wenn Sie uns heute sagen, wie Sie in den Besitz des Wagens gekommen sind.«
»Ich hab den Wagen net …«
Wallner unterbrach ihn mit einer Handbewegung. »Nachdenken, dann reden. Okay?«
Wallner und Mike lehnten sich zurück, verschränkten

die Arme und betrachteten Wackersberg. Man konnte sehen, dass es hinter seiner Stirn arbeitete. Das Schweigen wurde unterbrochen, als eine Beamtin eine neue Kaffeetasse brachte. Wallner bedankte sich und gab ihr die Paragrafentasse mit.

»Also?« Mike hatte beschlossen, dass Wackersbergs Bedenkzeit um war. Wallner schenkte Kaffee in die neue Tasse.

»Der Wagen war offen, und der Schlüssel ist gesteckt. Ich wollt nur a Spritztour machen.« Wackersberg war vermutlich aus Erfahrung bekannt, dass es einen eigenen Paragrafen im Strafgesetzbuch für die unbefugte Ingebrauchnahme von Fahrzeugen gab. Das wurde milder bestraft als Autodiebstahl und war außerdem ein Antragsdelikt. »Des ham S' doch gesehen, dass der Wagen net aufgebrochen war.«

»Wo haben Sie den Wagen entwendet, und wo sind Sie mit ihm hingefahren?«

»Der is in …« Wackersberg dachte kurz nach, ob es Sinn machte, zu lügen, und kam wohl zu dem Schluss, dass die Polizei schon einiges wusste. »In Warngau. Osterwarngau. Bei der Kirch is er gestanden.«

»Das war wann genau?«

Wackersberg zuckte mit den Schultern. »Samstagabend. Um halb zehn vielleicht.«

»Und dann?«

»Bin ich a bissl rumgefahren. Übern Achenpass. In Kreuth ham s' mich anscheinend geblitzt.« Wallner und Mike sagten nichts dazu. Wackersberg sollte seine Geschichte zusammenhängend erzählen. Wallner notierte sich einige Punkte. »Mei – dann bin ich irgendwann nach Hause, und gestern hab ich gedacht, ich mach noch an kleinen Ausflug nach Siebenhütten, und dann hätt ich den Wagen wieder nach Warngau gebracht. Aber da ist des dann mit dem Baumstamm passiert.« Er schüttelte – immer noch ungläubig – den Kopf. »Ich hab gedacht, ich spinn, wie des Teil in den Wagen gerauscht ist. Ich hätt genauso gut tot sein können.«

»Was machen Sie abends in Warngau? Sie wohnen doch in Miesbach.«

»Was mach ich schon? … Ins Wirtshaus gehen. Schaun, was abgeht.«

»In Osterwarngau?«

Wackersberg zuckte mit den Schultern.

Wallner klappte seinen Block zu. »Ihre Geschichte ist gar nicht gut, Herr Wackersberg.« Er legte den Füllfederhalter sorgsam in die Mitte des Notizblocks. »Wer soll denn das glauben? Dass nachts vor der Kirche in Osterwarngau ein teurer Wagen steht, in dem der Schlüssel steckt? Dass Sie von Miesbach nach Osterwarngau fahren, um sich dort ins Nachtleben zu stürzen? Dass Sie zufällig den BMW sehen und mit ihm eine Spritztour nach Österreich machen und am nächsten Tag nach Siebenhütten fahren? Sie sind wegen Autodiebstahls vorbestraft. Sie fahren nicht mit geklauten Autos auf Straßen, die für Autos gesperrt sind. Sie fahren mit geklauten Autos überhaupt nicht zwei Tage in der Gegend herum. So dumm sind Sie nicht.«

Wackersberg schob genervt seine Tasse zur Seite. »Rauchen is hier net, oder?«

Mike sah Wackersberg an, als hätte der einen abgedroschenen Witz gemacht.

»Das Ganze macht eigentlich nur Sinn«, setzte Wallner seinen Vortrag fort, »wenn sich die Geschichte so abgespielt hat: Sie töten Bianca Stein und finden den Wagenschlüssel in ihrer Handtasche. Mit Steins

Wagen schaffen Sie die Leiche weg und können relativ sicher sein, dass der Wagen am nächsten Tag noch nicht als gestohlen gemeldet ist. Denn das macht in der Regel die Halterin. Aber die ist ja tot.«
»Die ist tot?!« Das Entsetzen in Wackersbergs Augen war entweder echt oder sehr gut gespielt.
»Sie ist jedenfalls seit Samstag verschwunden«, sagte Wallner. »Sollten wir ihre Leiche finden, wird's eng für Sie.«
»Ich hab die net umgebracht. Es war so, wie ich's sag.«
»Versetzen Sie sich doch mal in einen Richter. Welche Geschichte würde er glauben? Ihre oder meine?«
»He, Scheiße. Ich lass mir doch keinen Mord anhängen.«
»Im Augenblick sieht die Sache ziemlich danach aus, dass Sie einen begangen haben. Falls nicht, wäre es klug, uns zu helfen, den Täter zu finden.«
Wackersberg lachte fassungslos auf. »Ich war's net, Zefix!«
»Wer dann?«
Wackersberg überlegte eine Weile. »Irgendein Typ. Ziemlich muskulös. Ich hab den vorher noch nie gesehen. Hat wohl von jemandem an Tipp kriegt, dass er mich fragen soll. Aber ich hab echt net gewusst, worum's da geht.«
»Was hat er Sie denn gefragt?«
»Der hat gesagt, er hätt an Job für mich. Ich müsst nur a Auto wohin fahren. Des war eben der BMW in Osterwarngau. Ich hab mich da von am Spezl hinfahren lassen und die Kist'n nach Siebenhütten gefahren. Schlüssel is gesteckt. Deswegen hab ich mir auch nix dabei gedacht.«
»Wann war das?«
»Letzten Samstag. Nachts zwischen neun und zehn.

Und am Dienstag sollt ich den Wagen von Siebenhütten abholen, irgendwo nach Italien fahren und da stehenlassen. Aber da is mir dann der Baum ins Auto gerauscht.«
»Und dann sind Sie zur Bushaltestelle gelaufen und heimgefahren.«
Wackersberg nickte unmerklich.
»Würden Sie den Mann wiedererkennen?«
»Denk schon.«
In diesem Moment klingelte Wallners Handy. »Ja? ... Okay, wir kommen sofort.« Wallner ignorierte Mikes fragenden Blick und sah Wackersberg an. »Sie können gehen. Wir melden uns, wenn wir Sie brauchen.« Er gab dem anwesenden uniformierten Kollegen ein Zeichen und ließ Wackersberg nach draußen führen.
»Was war das für ein Anruf?«, wollte Mike wissen, als sie noch einen Augenblick allein im Vernehmungsraum saßen.
»Sie haben Bianca Stein gefunden.«

33

Die Wärmebildkamera des Polizeihubschraubers war dieses Mal fündig geworden. Man hatte Bianca Stein an einem schwer zugänglichen Hang in der Wolfsschlucht entdeckt. Als sich der Hubschrauber näherte, sah man ein großes Tier von der hilflos im Gelände liegenden Frau weglaufen. Der Hubschrauberpilot, der in Neubiberg bei München wohnte, wo die Hubschrauberstaffel stationiert war, wusste nicht, dass seit einigen Tagen ein Wolf durchs Mangfallgebirge streifte. Der Flugtechniker klärte ihn auf.

Des Weiteren wurde die Hütte, in der Sennleitner und Schartauer am Vortag gewesen waren, durchsucht. Es fanden sich Gegenstände aus Bianca Steins Handtasche unter dem Bett und etliche andere Spuren von ihr. Ein Beamter der Soko erhielt den Auftrag, die Besitzer der Hütte ausfindig zu machen.

Zwei Stunden später war Bianca Stein geborgen und wurde im Schockraum der Notaufnahme des Krankenhauses Agatharied ärztlich versorgt.

Agatharied lag nur fünf Autominuten von der Polizeistation Miesbach entfernt. Es war später Nachmittag, und der Frühjahrsregen wollte nicht nachlassen. Als Wallner auf dem Krankenhausparkplatz aus dem Wagen stieg, nahm er die Brille ab, hielt sein Gesicht in den böigen Wind und war mit sich zufrieden. Die Entscheidung, die Daunenjacke nicht schon Ostern auf den Dachboden zu hängen, war richtig gewesen. Er hatte sich von den sommerlichen Temperaturen nicht narren lassen. Mike hingegen ruinierte sich gerade sein Designerjackett, weil er halsstarrig an der Vorstellung festhielt, es sei Frühling.

Zur Intensivstation führten lange, moderne Flure, auf deren große Fensterscheiben der Regen einprasselte. Wallner versuchte sich vorzustellen, wie es sein mochte, bei so einem Wetter einen ganzen Tag hilflos im Gebirge zu liegen. Dort oben war es noch einige Grade kälter als im Tal. Als sie sich der Intensivstation näherten, hörte Wallner eine Stimme, die ihm vage bekannt vorkam. Es war Alexander Stein, der mit seinem Handy an einem der riesigen Fenster stand und telefonierte. Er gab seinem Gesprächspartner soeben Anweisungen, irgendetwas vorzubereiten. Dann bemerkte er die Kommissare und beendete das Gespräch.

»Herr Stein, ich grüße Sie. Wie geht es Ihrer Tochter?« Wallner reichte Stein die Hand und deutete auf Mike. »Das ist mein Kollege Mike Hanke.«

»Sehr erfreut.« Stein drückte beiden kurz und kräftig die Hand. »Bianca geht es den Umständen entsprechend. Sie ist stark unterkühlt und hat Prellungen und Schürfwunden. Aber das heilt wieder. Viel schlimmer ist …« Stein zögerte.

»Ja?«

»Ich habe den Eindruck, sie ist stark traumatisiert. Haben Sie etwa vor, mit ihr zu reden?«

»Der behandelnde Arzt sagte, wir könnten mit ihr sprechen.«

»Ach – hat er das gesagt? Nun gut. Er muss es entscheiden.«

Wallner sah sich um. »Ist Ihre Frau bei Ihrer Tochter?«

»Nein. Isabell geht es leider immer noch nicht gut.

Aber sie war überglücklich, dass Sie Bianca gefunden haben.« Er besann sich einen Augenblick. »Verzeihen Sie. Ich habe mich noch gar nicht bei Ihnen bedankt.«

»Müssen Sie nicht. Wir haben nur unseren Job gemacht und sind dabei im warmen Büro gesessen. Aber ich richte es den Kollegen aus, die in der Wolfsschlucht dabei waren.«

»Sie haben angeordnet, dass die Suche noch einmal aufgenommen wird – hat man mir gesagt.«

»Es gab neue Hinweise.«

»Hätten Sie das nicht getan, wäre Bianca jetzt tot.«

»Möglich.« Wallner sah zu Mike. »Bist du so nett und schaust mal nach dem Arzt?« Mike nickte und ging auf eine große Glastür zu. »Da wir gerade zusammenstehen: Wir haben doch von Florian Scheffler gesprochen. Dem Bestattungsunternehmer.«

»Kann sein.«

»Nein, das haben wir ganz bestimmt. Sie sagten, Sie würden ihn nur dem Namen nach kennen.«

»Wenn Sie es so in Erinnerung haben, wird's stimmen.«

»Doch, doch, so sagten Sie. Vielleicht lag es ja an der emotional angespannten Situation gestern. Mit dem Wagen Ihrer Tochter, dem Baumstamm und so weiter. Kann es sein, dass Ihnen da etwas entfallen ist?«

Stein dachte nach oder tat zumindest so. »Sie meinen …« Stein schien noch nicht so recht entschieden zu haben, ob und was er antworten sollte und ob es richtig war, einen Fehler einzugestehen.

»Ja?«

»Es gab vor zehn Jahren eine Beerdigung, bei der ich mit Herrn Scheffler zu tun hatte.«

Wallner nickte und senkte die Stimme, der Tragik des

Themas angemessen. »Mhm. Die Beerdigung von … Johann Stein, nicht wahr?«
»Ja, die Beerdigung meines Enkels. Es bereitet mir heute noch Schmerzen, daran zu denken. Aber das ist nicht der Grund, weshalb ich es nicht erwähnt habe.«
»Sondern?«
»Es geht einfach niemanden was an.« Steins Miene hatte jetzt provokante Züge, der Blick war angriffslustig. So als wollte er den Kampf um seine Privatsphäre um jeden Preis ausfechten.
Wallner nickte abermals. »Ich sehe das naturgemäß anders. Ich muss nämlich so viel wie möglich in Erfahrung bringen, um einen Mord aufzuklären. Und da ist es wenig zweckmäßig, wenn andere entscheiden, was mich was angeht.«
»Es ist für Ihre Ermittlungen wirklich ohne Belang.«
»Oh – Sie scheinen nicht nur die Ermittlungsakten zu kennen, sondern auch noch Dinge zu wissen, die wir erst noch rausfinden müssen.«
Mike näherte sich in Begleitung eines Oberarztes, den Wallner auf Mitte dreißig schätzte. Sein junges Gesicht war von Überforderung gezeichnet. Er winkte zunächst höflich Stein zu, dessen Bekanntschaft er offensichtlich schon gemacht hatte. Dann stellte er sich Wallner vor.
»Das ist ja sehr erfreulich, Dr. Breitner«, wandte sich Stein an den Oberarzt. »Geht es meiner Tochter schon so gut, dass sie von der Polizei vernommen werden kann?«
»Nur ganz kurz natürlich. Eine Viertelstunde vielleicht. Vielleicht eher zehn Minuten.« Der Oberarzt schien unter Stress zu stehen und sah Stein an. »Oder was würden Sie sagen? Ich meine, Sie kennen Ihre Tochter am besten.«

»Sie entscheiden das. Sie sind der behandelnde Arzt. Ich werde mich da nicht einmischen.«

»Kommen Sie«, sagte der Oberarzt zu den Kommissaren und steckte einen Finger in seinen Hemdkragen, um ihn zu weiten. »Aber machen Sie es bitte so kurz wie möglich.«

34

Bianca Stein war müde und benommen, ihr Gesicht bleich mit etlichen Kratzern und einem Bluterguss an der linken Schläfe. Die Körpertemperatur war während ihrer Ohnmacht auf fast zweiunddreißig Grad gesunken. Es hatte Stunden gedauert, sie wieder auf Normalmaß zu bringen. Die Ärzte hatten vor allem darauf achten müssen, dass das kalte Blut aus den Gliedmaßen nicht zu schnell ins Körperinnere zurückströmte. Das hätte zu einem Herzstillstand führen können. Die Verletzung an ihrem Knöchel hatte sich als schmerzhafte Stauchung erwiesen, aber es war nichts gebrochen.

»Sind Sie in der Lage, uns einige Fragen zu beantworten?«, sagte Wallner, nachdem er sich und Mike vorgestellt hatte. Bianca Stein nickte.

»Ich kann mir denken, dass man das erst einmal verarbeiten muss, was Sie mitgemacht haben. Aber da sind Sie bei Ihrem Vater ja in besten Händen. Können Sie sich erinnern, was passiert ist?«

»Nicht an alles. Ich bin in dieser Hütte aufgewacht, und von da an weiß ich so ziemlich jedes Detail.« Sie ließ ihren Blick von Wallner zu Mike wandern, der in seinem teuren, regennassen Jackett und mit Sonnenbrille im Haar auf einem Stuhl im Hintergrund saß, und bedeutete ihm mit einem schwachen Winken ihrer Finger, dass er näher kommen sollte.

»Sie wollen mir etwas sagen? Also – *mir?*« Mike war ein wenig verwundert.

Bianca Stein nickte, Mike stand auf, ging zum Bett

und beugte sich zu Bianca hinunter. »Sie sehen so aus«, sagte sie, »als hätten Sie einen Spiegel dabei.«
»Wie kommen Sie darauf?«
Bianca Stein lächelte Mike wehmütig an. »Die haben versprochen, mir einen zu geben, und es dann vergessen. Oder sie wollen nicht. Wahrscheinlich sehe ich furchtbar aus.«
»Nein. Sie sehen umwerfend aus. Ich meine, wenn Sie schon so aussehen, nachdem Sie einen Tag im Schlamm gelegen sind, wie sehen Sie dann sonst aus? Mir würde bei dem Anblick wahrscheinlich das Herz stehenbleiben.«
»Hören Sie auf zu flirten und geben Sie mir Ihren Spiegel.« Bianca Stein schien verlegen und gleichzeitig amüsiert.
Aus der Innentasche seines Sakkos förderte Mike einen kleinen Spiegel zutage.
»Du hast einen Spiegel im Sakko?« Wallner war nachgerade erschüttert, dass er dieses Geheimnis seines engsten Mitarbeiters in über zwanzig gemeinsamen Jahren noch nicht gelüftet hatte.
»Ja, Mann. Ich bin Polizist. Da … da braucht man manchmal einen Spiegel.«
»Ah ja? Wozu?«
»Um … keine Ahnung …« Mike gab den Spiegel an Bianca Stein weiter. »Um festzustellen, ob jemand noch lebt – zum Beispiel.«
»Verstehe.« Wallner sah Mike immer noch konsterniert an. »Ich bin ja so naiv und glaub das, wenn die mir sagen, einer ist tot.«
»O nein!«, kam es aus dem Bett. Bianca Stein warf den Spiegel frustriert auf die Bettdecke. »Sie haben da ein Foto von Frankensteins Monster draufgeklebt, oder?«

Wallner nahm den Spiegel von der Bettdecke, sah hinein und sagte: »Stimmt.« Dann gab er ihn Mike zurück, der ihn wieder in seinem Sakko verschwinden ließ. »Okay. Es wird ein bisschen dauern, bis Sie wieder aussehen wie früher.« Wallner bemühte sich um einen mitfühlenden Gesichtsausdruck. »Aber zurück zum eigentlichen Thema. Sie wollten uns gerade sagen, an was Sie sich erinnern. Fangen wir von vorn an. Wie sind Sie in die Hütte gekommen?«

»Das weiß ich nicht. Ich war wohl eine Zeitlang bewusstlos.«

»Was ist das Letzte, woran Sie sich erinnern?«

»Vorletzten Samstag habe ich meinen Mann verabschiedet. Er ist in die Karibik geflogen. Das weiß ich noch. Die Woche danach fehlt mir komplett.«

»Und dann?«

»Dann bin ich in dieser Hütte aufgewacht.« Sie fasste sich unwillkürlich an die Stirn und ertastete die Naht über ihrer Augenbraue. »O Gott, das ist diese Stirnwunde. Mit so einer Naht, genau wie bei Frankensteins Monster.«

»Wissen Sie noch, wo Sie die Wunde herhaben?«

»Nein. Aber ich hatte sie schon in der Hütte. Sie ist nicht von meinem Absturz.«

»Sie hatten einen Streit in der Klinik. Mit Ihrem Vater.«

»Er hat mich doch nicht geschlagen?« Ihr Gesicht verriet, dass sie die Möglichkeit für sehr abwegig hielt.

»Nein. Sie sind wohl versehentlich gegen einen Schreibtisch geprallt und mussten im Krankenhaus genäht werden.«

Bianca Stein nickte benommen.

»Sie wissen nicht, worum es bei dem Streit gegangen sein könnte? Vielleicht gab es den Grund dafür ja schon länger.«

Die Kommissare ließen ihr Zeit. Sie kaute auf der Unterlippe und schien sehr angestrengt ihre Erinnerung zu erforschen. Schließlich sagte sie: »Tut mir leid. Ich komm nicht drauf. Irgendwas war wohl. Aber ich krieg's nicht mehr zusammen. Es ist wie hinter einer Firewall.«

»Es wird Ihnen schon noch einfallen. Bleiben Sie dran. Kommen wir auf den Abend Ihrer Entführung zurück. Sie haben ein Telefonat mit Ihrer Mutter geführt.«

Bianca Stein dachte wieder ein paar Sekunden nach und zuckte dann mit den Schultern.

»Außerdem hatten Sie in der Woche, an die Sie sich nicht mehr erinnern, mehrfach Telefonkontakt mit einem Mann namens Florian Scheffler. Das ist ein Bestattungsunternehmer.«

»Ah ja ...« Es schien sich etwas abzuzeichnen in der nebelverhangenen Erinnerung von Bianca Stein. »Kommt mir bekannt vor. Aber ich wüsste jetzt nicht ...« Sie schüttelte den Kopf und zuckte erneut mit den Schultern.

»Gut, machen Sie da weiter, wo Sie sich wieder erinnern können. Sie sind also in der Hütte aufgewacht.«

Bianca Stein berichtete den Kommissaren von ihrem Bewacher und seinem Hund und ihrer Flucht in die Wolfsschlucht. Sie beschrieb den Mann so genau, wie es ihr möglich war. Mike ließ ein Aufnahmegerät mitlaufen. Als sie ihren Bericht beendet hatte, dachte Wallner eine Weile über dieses und jenes nach und versuchte es in einen sinnhaften Kontext zu bringen mit dem Tod von Florian Scheffler. Aber das war schwierig.

»Ich hatte vorhin Florian Scheffler erwähnt. Der Mann, der Sie nach dem Telefonat mit Ihrer Mutter angerufen hat. Sie kennen ihn?«

»Ja. Ich weiß, wie er aussieht, und ich habe bestimmt schon mit ihm geredet. Vielleicht bei einer Beerdigung?« Sie sah zur Decke und kramte offensichtlich in den Tiefen ihres Gedächtnisses. »Tut mir leid, ich komm nicht drauf.«
»Im Jahr zweitausendvier wurde ein Kind von Ihnen beerdigt.«
Bianca Stein verharrte einen Moment in völliger Starre, und ihr Gesicht gefror zur Maske. »Ja, stimmt. Ich hatte ein Kind.« Sie schluckte, und ihre Augen füllten sich mit Tränen, die ihr schließlich an den Schläfen nach hinten liefen. »Das war Scheffler? Der Bestatter?«
»Ja«, sagte Wallner und reichte Bianca Stein ein Papiertaschentuch. Eine Träne war inzwischen bei den Ohren angekommen. »Sie haben vor Ihrer Entführung wie gesagt mehrfach mit ihm telefoniert. Entschuldigen Sie. Ich habe noch nicht erwähnt, dass Scheffler tot ist. Er … er wurde erschossen. Und wir vermuten, dass sein Tod und Ihre Entführung irgendwie zusammenhängen.«
Bianca Stein war sichtlich geschockt und sagte: »Oh …«
»Das ist sicher sehr beunruhigend für Sie. Aber offenbar hat man es nicht auf *Ihr* Leben abgesehen. Sonst wären Sie bereits tot. Die Frage ist aber: Was wollte der Entführer? Es wurde nämlich keine Lösegeldforderung gestellt.«
»Ich habe dem Mann gesagt, dass meine Eltern in finanziellen Schwierigkeiten stecken und kein Lösegeld bezahlen können.«
»Und Sie nehmen an, das hat ihn davon abgehalten, Ihre Eltern zu erpressen? Und was ist mit Ihrem Mann?«
»Der hat natürlich Geld. Aber … egal. Ich glaube auch, es ging nicht um Geld bei meiner Entführung.«

»Sondern?«
»Ich sollte einfach nur entführt werden. Und der Mann mit dem Gewehr hat gedacht, dass mir klar ist, warum. Aber ich weiß es einfach nicht. Ich weiß auch nicht, wie viel der Entführer selbst wusste. Er hat wahrscheinlich nur im Auftrag von jemandem gehandelt.«
»Vielleicht hat es was mit Scheffler zu tun.«
Sie schloss die Augen und flüsterte: »Scheffler … Florian Scheffler …« Dann öffnete sie die Augen, zog die Brauen zusammen und blickte schräg nach oben, als würde eine Erinnerung wach werden.
Ein lautes Klopfen an der Tür vernichtete die Spannung, die sich im Raum aufgebaut hatte. Dr. Breitner betrat das Zimmer. Im Hintergrund konnte Wallner Alexander Stein auf dem Gang erkennen. Es hatte den Anschein, als habe Stein den Oberarzt hereingeschickt. Dr. Breitner deutete auf seine Uhr. »Ich muss Sie jetzt wirklich bitten zu gehen.« Wallner und Mike waren über eine halbe Stunde im Zimmer gewesen.
»Könnten wir noch ganz kurz …«
»Morgen. Das war schon weit mehr, als ich eigentlich vertreten kann.«
Wallner nickte. »Tut mir leid.« Er wandte sich an Bianca Stein. »Denken Sie drüber nach. Ich glaube, Sie werden sich wieder erinnern.«

35

Am späten Nachmittag setzte sich Wallner mit Mike, Tina und Oliver zusammen und besprach die Ergebnisse des Tages. Janette wollte später dazustoßen. Die Erwartungen, die die Soko-Mitarbeiter in Bianca Stein gesetzt hatten, waren hoch gewesen. Wallner musste sie enttäuschen. Dass sich die Frau weder an ihre Entführung erinnern noch den Zusammenhang mit Florian Scheffler erklären konnte, war frustrierend, vor allem weil es auch an anderen Fronten nicht so recht vorwärtsging.

Immerhin konnte Oliver berichten, dass auf einigen der Geldscheine Fingerabdrücke gesichert worden waren. Neben Abdrücken von Scheffler selbst waren die von mindestens einer weiteren Person darunter. Ein Abgleich mit gespeicherten Straftätern war leider ohne Ergebnis geblieben. »Wir sollten ein paar Leuten die Fingerabdrücke abnehmen«, schlug Oliver vor. »Ich würde vorschlagen, die gesamte Familie Stein, also Vater, Mutter, Tochter.«

»Mit welcher Begründung?«, wollte Wallner wissen.

»Hmm – keene Ahnung. Die Tochter hat mit Scheffler Kontakt gehabt und kann oder will sich nicht erinnern. Das reicht doch schon mal.«

»Bei der sehe ich auch kein Problem. Interessanter wird es bei den Eltern. Da gibt es kaum eine Verbindung zu Scheffler. Außer der Beerdigung vor zehn Jahren. Eine erkennungsdienstliche Behandlung werden wir da nicht erzwingen können. Wenn sie sich weigern ...« Wallner dachte kurz nach. »Was

soll's! Wäre auch eine Aussage. Okay, Oliver. So machen wir's.«
In diesem Augenblick stand Kreuthner in der Tür. »Habe die Ehre«, sagte er und hielt dabei zwei Finger an den Schild seiner Dienstmütze. »Und? Gibt's was Neues bei – ich sag mal: bei meinen Fällen?«
»Kommt drauf an, welche Fälle du meinst. Ich kann dir nur Auskunft über *unsere* Fälle geben. Der Mord an Scheffler und die Entführung von Bianca Stein.«
»Ja, das sind die Fälle, wo ich mein. Ich sag halt *meine* Fälle, weil ohne mich gäb's die gar net.«
»Ah ja?«
»Bei aller Bescheidenheit, aber wer hat denn die Leiche vom Scheffler entdeckt?«
»War ja nicht so schwer«, sagte Tina. »Der Scheffler war genau da, wo du ihn am Abend vorher abgestellt hattest.«
»Du, des war gar net so leicht, dass ich mich noch hab erinnern können. Bei dem Rausch, wo mir alle im G'sicht gehabt haben. Und des Mädel aus der Wolfsschlucht – mal ganz ehrlich: Hätt da irgendwer in der Gegend gesucht, wenn des mit dem Wagen net passiert wär? Die tät jetzt noch da umeinandflacken*.«
»Da hast du recht«, mischte sich jetzt Wallner ein. »Wenn du uns aber Baumstämme aus der Luft abwerfen als zielorientierte Ermittlungsarbeit verkaufen willst – da hätte ich dann doch das eine oder andere Verständnisproblem.«
»Okay. Des war Zufall. Aber des Dusel musst auch erst mal haben. Des is a Begabung. Oder, besser g'sagt: eine Gabe! Und da erwart ich schon a bissl mehr Respekt und eine Einbindung in die Ermittlungen.«

* Flacken = herumliegen, faulenzen

»Ich würde an deiner Stelle den Ball lieber flach halten. Herr Tischler ist ziemlich scharf darauf, aus der Maibaumgeschichte ein Strafverfahren zu machen.«
»Ja wenn er sonst keine Erfolge hat, kommt er auf so an Schmarrn.«
»Oho! Gut gegeben, Leo.« Wallner lachte. »Aber ich versprech dir, wir tun alles, damit er Ablenkung hat. Im Augenblick stockt es ein bisschen. Wir müssen einfach noch Geduld haben.«
»Ja hängt jetzt der Mord mit der Entführung zusammen, oder wiss ma des net?«
Wallner deutete auf einen freien Bürosessel. »Setz dich doch erst mal.« Kreuthner nahm mit erfreuter Miene Platz. Tina schien Kreuthners Einbeziehung in die Runde eher wenig abzugewinnen und schaute skeptisch drein. »Ist schon okay. Er hat die Leiche und den Wagen gefunden. Da sollten wir nicht undankbar sein.«
»Du, nichts gegen den Leo persönlich …« Tina suchte an der Zimmerdecke nach einer geschmeidigen Formulierung. »Aber rein formal gehört er in der Schefflergeschichte zu den Tatverdächtigen. Ich meine, beteiligen wir sonst auch Verdächtige an den Ermittlungen?«
»Jetzt komm, Tina, entspann dich mal«, sagte Wallner.
»Entspann dich mal?« Tina lachte auf und blickte in die Runde. »Habt ihr das gehört? Er hat *Entspann dich mal* gesagt. Clemens Wallner hat *Entspann dich mal* gesagt!«
»Ja, ja«, sagte Oliver gespielt irritiert. »Ich hab den Satz auch gehört. Und ja: Zur gleichen Zeit hat er seine Lippen bewegt. Aber sorry – wir alle wissen, dass er den Satz nie gesagt haben kann.«
»Er? Entspann dich mal? Des wär ja so, wie wenn ich

sagen tät: Hör 's Saufen auf.« Mike schüttelte lachend den Kopf.
Wallner sah fassungslos in die heitere Runde. »Ihr habt ja wohl alle einen Knall, euern Vorgesetzten zu mobben.« Das Lachen ging in ersticktes Prusten über. »Ich bestimme, was hier passiert: wann die Fenster geöffnet werden, wer Kaffee macht und wer gemobbt wird, okay? Jetzt zum Beispiel wird die Tina dem Kollegen Kreuthner die bisherigen Ermittlungsergebnisse vortragen. Und Oliver – der Leo hätte gern einen Kaffee.«
»Is dit jesichert?«
Kreuthner nickte. Oliver machte sich auf den Weg in die Teeküche.
»Bitte, Tina.« Wallner lehnte sich mit hinter dem Kopf gefalteten Händen in seinem Bürosessel zurück.
Tina nahm ihre Sache durchaus ernst. Denn sie wusste, dass es sich dabei nicht um reine Beschäftigungstherapie handelte, sondern Wallner überzeugt war, dass Reden enorm beim Denken helfe. Und die Erfahrung hatte Tina gezeigt, dass ihr Chef damit richtiglag. Nachdem sie noch einmal alle Ermittlungsergebnisse referiert hatte, kam der Teil, den sie bislang ausgelassen hatten: die Hypothesen.
»Ehrlich gesagt, gibt es bis jetzt noch keine Hypothese, die alles unter einen Hut bringt«, fasste Tina den Stand der Dinge zusammen. »Vor allem sind noch viele Fragen offen. Irgendwie vermutet zwar jeder, dass zwischen der Entführung und dem Mord ein Zusammenhang besteht. Aber Beweise gibt es dafür nicht. Der einzige Anhaltspunkt ist, dass Scheffler und Bianca Stein vor dem Mord beziehungsweise der Entführung Kontakt miteinander hatten. Möglicherweise sind beide hinter irgendetwas gekommen, das für jemand anderen gefährlich war.«

»Irgenda Leiche im Keller«, sinnierte Kreuthner. »Aber warum bringt der Täter dann den Scheffler um, und des Mädel entführt er nur?«
»Vielleicht wollte er sie auch noch umbringen«, gab Oliver zu bedenken.
»Dann kann er's doch gleich machen.«
Wallner kam in seinem Bürosessel wieder in die Senkrechte. »Nach dem, was uns Bianca Stein im Krankenhaus gesagt hat, wollte der Täter sie nicht umbringen. Er wäre nach ihrem Eindruck dazu imstande gewesen, wenn es hätte sein müssen. Aber das war wohl nicht der Plan. Angeblich wollte der Mann sie später wieder freilassen.«
»Aber warum entführt man jemanden – ohne dass man etwas erpresst oder Emotionen im Spiel sind?«
»Vielleicht will man den Betreffenden aus dem Weg haben.«
Tina spielte nachdenklich an ihrer Unterlippe. »Das wär doch ein Ansatz. In der Zeit sollte vielleicht irgendetwas passieren, bei dem Bianca Stein gestört hätte. Aber was könnte das sein?«
Keiner wusste darauf eine Antwort.
»Und wie passt jetzt die Hex da rein?« Kreuthner schlürfte hörbar genüsslich an seinem Kaffee.
»Du meinst die Frau, die bei Scheffler auf dem Fotoapparat war? Stefanie Lauberhalm? Das kann Zufall gewesen sein.« Erneutes Schlürfen ließ Tina zusammenzucken. »Geht's ein bisschen leiser?«
Kreuthner machte eine entschuldigende Geste, die gleichzeitig auf subtile Weise zum Ausdruck brachte, dass er den Grund für die Aufregung nicht wirklich nachvollziehen konnte. »Vielleicht stand er einfach auf die Frau, und sie hat gar nichts mit unserem Fall zu tun.«

»Da kann ich vielleicht etwas Licht ins Dunkel bringen«, sagte Janette, die in der Tür aufgetaucht war und Papiere in der Hand hielt, die sie Wallner reichte. »Die Telefonverbindungsdaten von Bianca Stein.«

»Dürfen wir die ohne ihre Einwilligung erheben? Ich meine, die Frau ist wieder aufgetaucht.«

»Der Gerichtsbeschluss ist noch aus der Zeit, als sie gesucht wurde. Du kannst jetzt natürlich gründlich prüfen, ob du da reinschauen darfst. Und ich sag dir auch nicht, was ich da drin gefunden habe, wenn du es nicht hören willst.«

Wallner zögerte eine Sekunde, dann sagte er: »Na gut, dann komm ich halt ins Gefängnis. Sag's mir!«

»Bianca Stein hat in den letzten sieben Tagen zweimal mit Stefanie Lauberhalm telefoniert. Was sagt uns das jetzt?«

Mike hatte beschlossen, seinen linken Fuß auf dem rechten Oberschenkel abzulegen, dagegen konnte Wallner schwer was einwenden. »Das sagt uns, dass sie mit drin ist.« Er blickte zu Wallner. »Fragst du sie, was sie mit Frau Stein zu bereden hatte?«

»Mach du das mit Tina. Die Frau ist mit meinem Großvater befreundet. Ich glaube, ich bin da nicht objektiv.« Wallner rollte zu seinem Schreibtisch und schob die Telefonliste, die ihm Janette gegeben hatte, in eine Akte. »Ihr fahrt morgen früh zu Frau Lauberhalm. Ich nehm mir noch mal Bianca Stein vor. Und jetzt verschwindet aus meinem Büro.«

36

Auf dem Heimweg war Wallner in Gedanken. Die diversen Puzzlesteine, die die Ermittlungen zutage gefördert hatten, setzte er im Geiste wieder und wieder zusammen, ohne dass sich ein stimmiges Bild ergab. Morgen würde er noch einmal Bianca Stein befragen. Vielleicht löste der Name Stefanie Lauberhalm etwas in ihr aus. Er hatte für sich beschlossen, die Finger von der Frau zu lassen, die sich als Hexe bezeichnete. Es ging eine Faszination von ihr aus, die ihm ungelegen kam. Dass sie zaubern konnte, hielt Wallner für Unfug. Aber sie hatte eine gewisse Wirkung auf Menschen. Das mochte man als Magie bezeichnen oder als was auch immer. Aber es war da, und er konnte es nicht kontrollieren. Allein deswegen war es ihm unheimlich. Hinzu kam, dass Manfred mit der Frau befreundet war, die wiederum auf ungeklärte Weise in einen Mordfall verwickelt war.
Um diese Dinge kreisten Wallners Gedanken, als er die kleine Straße entlangging, die zu seinem Haus führte. Ihm war heiß, denn die Daunenjacke war tatsächlich etwas warm, wenn man sich bewegte. Als er die Straße überqueren wollte, schoss ein Gefährt an ihm vorbei und gab ein trötendes Hupen von sich. Wallner fuhr erschrocken zurück und sah dem Fahrzeug nach. Es war ein dreirädriges Elektromobil ohne Motorgeräusch. Darauf saß ein Mann im Lodenmantel und mit einem Integralhelm in Rotmetallic. Das Fahrzeug bewegte sich zwar nur mit der Geschwindigkeit eines trainierten Joggers. Aber es hätte Wallner fast

gerammt, und der Fahrer hielt es nicht für nötig, anzuhalten oder sich auch nur umzusehen, ob er irgendwelchen Schaden angerichtet hatte. Wallner war einigermaßen fassungslos.
Das Elektromobil fuhr auf die Einmündung einer Straße zu. Aus dieser Seitenstraße wiederum bog von rechts langsam ein Wagen älteren Baujahrs ein. Wieder machte der Fahrer des Dreirades keine Anstalten, zu bremsen, betätigte aber mehrfach die Tröthupe an seinem Gefährt. Der einbiegende Wagen stoppte abrupt und versperrte dem Dreirad den Weg. Der Dreiradfahrer musste anhalten und hupte mehrfach, woraufhin ein mit Adiletten, Jogginghose und Unterhemd bekleideter Fahrer aus dem Wagen stieg und dem Dreiradfahrer entgegenrief: »He, du oider Depp! Schon mal was von rechts vor links g'hört?« Der Angesprochene rief zurück: »I gib dir glei an oiden Depp! Pass g'fälligst auf, wennst wo neifahrst!«
Die Stimme kam Wallner vertraut vor, und er ging schnellen Schrittes zum Ort des Geschehens, wo gerade ein heftiger Wortwechsel stattfand. »Hallo! Können wir uns jetzt mal beruhigen!«, ging Wallner dazwischen.
»Sagen S' des net mir. Sagen S' des dem oiden Zausel da. Der is ja a öffentliche Gefahr.«
»Es besteht kein Grund, beleidigend zu werden, okay?«
»Der wär mir fast neig'fahren! Und dann wird er auch noch frech.«
»Hören Sie: Auch wenn Sie Vorfahrt haben – Sie sind gesetzlich verpflichtet, auf schwächere Verkehrsteilnehmer Rücksicht zu nehmen und mit Fehlern anderer zu rechnen.«
»Vorfahrt?! Was redst denn da?«, meldete sich der

Integralhelm, dessen Polsterung die Backen in Manfreds zornigem Gesicht nach vorne schob. »Des is a Seitenstraß. Seit wann hat a Seitenstraße Vorfahrt?«

»Das erklär ich dir später.«

»Sei-ten-straße!«, schrie Manfred in Richtung Autofahrer. »Des hier is a Haupt-straß, verstehst?! Hauptstraße hat Vorfahrt! Net Seitenstraße, du hirnamputierter Gloifi*!«

»Hören S' des?« Der Autofahrer zeigte mit beiden Händen auf Manfred. »Der Giftzwerg hat keinen Schimmer von Verkehrsregeln. Und so was hat an Führerschein!«

»Für das Teil brauchen Sie keinen Führerschein. Und wenn Sie den Mann noch einmal beleidigen, werden Sie mich kennenlernen.«

»Sei-ten-straße!«, rief es aus dem Integralhelm. »Der g'hört eing'sperrt, der Wahnsinnige!«

»Ja, ist gut. Der Mann hatte immerhin Vorfahrt und ist deswegen ein bisschen aufgebracht. Und wenn sich jetzt alle genug aufgeregt haben, steigt vielleicht jeder in seinen Wagen und fährt weiter, in Ordnung?«

Der Autofahrer trat einen Schritt an Wallner heran und legte den Kopf nach hinten. »Hören S' amal zu, Sie aufgeblasenes Arschloch: Ich brauch niemand, der mir sagt, dass ich mich net aufregen soll. Ich reg mich auf, wenn ich Bock hab. Und grad hab ich Bock. Und wennst noch einen blöden Spruch bringst, dann fangst dir oane. Hamma uns?«

Wallner trat einen Schritt zurück und warf einen Blick auf das Nummernschild. »Kann das sein, dass Ihr TÜV vor drei Monaten abgelaufen ist?«

---

* Gloifi, auch Gloifel = Rüpel, grober Kerl, geht etymologisch auf das ehemalige bayerische Herrscherhaus der Agilolfinger zurück und legt Rückschlüsse auf deren Regierungsstil nahe.

»Was geht denn dich des an?«
Wallner zog seinen Dienstausweis und hielt ihn dem Autofahrer vors Gesicht. »Eigentlich müsste ich jetzt einen Streifenwagen rufen, und dann werden die Kollegen das aufnehmen und das Fahrzeug aus dem Verkehr ziehen. Wenn Sie in zehn Sekunden verschwunden sind, überleg ich es mir vielleicht.«
Der Mann glotzte Wallner verunsichert und wütend an, schwankte ein, zwei Sekunden, stieg in seinen Wagen, murmelte »Arschloch« und gab Gas.
»Ich geb Ihnen bis Ende nächster Woche für den TÜV!«, rief Wallner ihm hinterher und notierte das Kennzeichen in seinem Handy. »Dann schick ich zwei Beamte vorbei!«
Wallner steckte das Handy ein und wandte sich Manfred zu. »Und jetzt zu dir: Was bitte ist das?« Er deutete auf das Elektromobil.
»Du weißt doch, der Froscheder hat an Schlaganfall gehabt und braucht 'n nimmer. Da hab ich zug'schlagen. Achthundertfuchzig. Neupreis über zwei fünf.«
»Ich weiß nicht, ob das eine gute Idee ist. Bist du sicher, dass du das Teil fahren kannst?«
»Hast doch gesehen.«
»Allerdings.« Wallner betrachtete das Elektromobil mit gewissem Interesse. Es hatte drei kleine Räder, einen komfortabel gepolsterten Sitz mit Armlehnen und eine Art Fahrradlenker. »Wie schnell ist der?«
»Offiziell fuchzehn. Aber der Froscheder is a alter Bastler.«
»Auch das noch.« Er sah seinen Großvater an, der in seinem metallicroten Helm aussah wie ein Formel-1-Pilot. »Schicker Helm. Heut Abend frischen wir mal deine StVO-Kenntnisse auf.«

Das warme Abendessen fiel dem Elektromobil zum Opfer, für dessen Anschaffung Manfred den ganzen Nachmittag gebraucht hatte. Ersatzweise gab es Brotzeit. Wurst, kalter Leberkäse, Emmentaler mit Salz und Pfeffer, Gewürzgurken, dazu ein Butterbrot als Grundlage. Manfred gönnte sich ein Weißbier aus seinem Henkelweißbierglas, das er ein wenig zittrig zum Mund führte.
»Sag mal – die Stefanie, die Hexe, siehst du die oft?«
»Ab und zu. Warum?«
»Nur so. Ich war ja neulich bei ihr.«
»Ja. Hat sie mir erzählt. Dieser Totengräber hat sie fotografiert.«
»Ja. Eigenartig. Sie sagt, sie hat keine Ahnung, warum.«
»Glaubst du, sie lügt?«
»Keine Ahnung. Es ist nur seltsam. Wusstest du, dass ihre Tochter Leukämie hatte.«
Manfred schnitt bedächtig ein Wurstbrot in mundgerechte Happen und sagte nichts.
»Sie hat sich geweigert, Olivia ärztlich behandeln zu lassen. Sie wollte es lieber mit Zauberei versuchen.«
»Hat ja scheint's geholfen.«
Wallner zog die Augenbrauen hoch. »Das glaubst du doch nicht im Ernst.«
»Sie ist kein schlechter Mensch. Sie wird schon Gründe gehabt haben.«
»Was gibt es für Gründe, ein krebskrankes Kind nicht behandeln zu lassen?«
Manfred zuckte mit den Schultern.
»Na gut«, sagte Wallner. »Dann wollen wir mal mit dem Unterricht beginnen. Und morgen Abend machen wir Fahrtraining.«

Manfred schob sich einen mit Gurke garnierten Happen Wurstbrot in den Mund. »Schaun mir mal«, sagte er und kaute genussvoll, ohne Wallner über den tieferen Sinn dieser vielsagenden Floskel aufzuklären.

37

Dennis war braun gebrannt und sah irgendwie verwegen aus, obwohl er den Zehntagebart vom Segeltörn schon abrasiert hatte. Seine Sorge schien Bianca aufrichtig, wie er da auf ihrem Krankenbett saß und ihre Hand hielt. Sie war froh gewesen, ihn zu sehen, und hatte ein warmes Gefühl im Bauch gespürt, als er ins Zimmer gekommen war. Es war die Gewohnheit. Im Grunde verband sie nur ein Stillhalteabkommen mit Dennis, der Monate auf sogenannten Expeditionen verbrachte, die wenig mehr waren als Abenteuerurlaub. Und was er dort sonst noch trieb, interessierte sie nicht. Es war offensichtlich, dass er andere Frauen hatte. Auf den Facebook-Fotos tauchten immer wieder exotische Schönheiten im Hintergrund auf, die Dennis recht eindeutig anblickten.

Als sie geheiratet hatten, war Bianca zwanzig gewesen, Dennis sechsunddreißig, ein smarter Draufgänger vom Typ eines Jean-Paul Belmondo, der die meiste Zeit in Ländern verbrachte, die am Äquator lagen. Das hatte sie fasziniert. Gewiss. Und sie war in Dennis verliebt gewesen. Irgendwie. Aber eigentlich war er ihr zu alt und das Gesicht eine Spur zu zerknautscht, was in Dennis' Fall leider nicht durch Belmondo-Charme aufgewogen wurde. Im Lauf der Jahre war auch das Abenteurerimage verblasst. Bianca begriff: Dennis war einfach reich und posierte gerne auf Segelyachten, die von bezahlten Skippern und Crews gesteuert wurden. Dass sie Dennis geheiratet hatte, war, wenn sie ehrlich war, nicht ihre eigene Entscheidung gewesen. Ihr Vater hatte es entschieden und sie mit gar nicht mal so sanftem Druck zur Ehe mit Dennis überredet. Seine Sympathie für Dennis hatte einen bestimmten Grund, den Bianca erst später erfuhr: Die Klinik stand zum Zeitpunkt ihrer Hochzeit kurz vor der Insolvenz, und Dennis hatte versprochen, als Gesellschafter einzusteigen.

Das alles ging ihr durch den Kopf, während Dennis ihre Hand hielt und von seinem Segeltörn erzählte. Biancas Geschichte hatte er sich höflich angehört und war dann rasch zum einzigen Thema übergegangen, das ihn interessierte: seine eigene Person. Schließlich sagte er: »Es ist furchtbar, was du mitgemacht hast. Ich denke, ich werde eine Zeitlang hierbleiben.«

»Das wäre schön«, sagte sie und fragte sich, was er damit meinte. Drei Tage? Eine Woche? Ein ganzer Monat? An seinen Augen konnte sie sehen, dass er in Gedanken schon wieder unterwegs war.

Alexander Stein hatte auf dem Gang vor dem Zimmer gewartet und gelegentlich auf die Uhr gesehen, während sein Schwiegersohn bei seiner Tochter war. Ein unbefangener Beobachter hätte Stein eine gewisse Nervosität attestiert, die sich mit zunehmender Länge des Besuchs zu steigern schien. Als Dennis schließlich aus dem Zimmer kam, war der Blick seines Schwiegervaters ungewöhnlich angespannt, und seine Augen suchten in Dennis' Gesicht nach irgendwelchen Hinweisen.

»Und? Was erzählt sie?« Stein lächelte verkrampft und steckte die Hände in die Hosentaschen.

»Was halt passiert ist. Mit der Hütte und ... ich kann mich nicht mehr an alle Einzelheiten erinnern. Warum fragst du?«

»Hätte ja sein können, dass ihr noch was eingefallen ist. Oder … vergiss es. Es war einfach eine Frage.« Stein zeigte Anzeichen von Entspannung. Der Krampf in den Schultern ließ nach, und auch die Bauchpartie wurde anscheinend lockerer. »Wie lange bist du noch da?«
»Ein bisschen. Ich muss mich um Bianca kümmern.«
»Ja, ich denke, das wird sie ein bisschen stabilisieren.« Er griff sich ans Kinn. »Ach, noch was anderes: Du weißt, übermorgen ist der Notartermin.«
»Notartermin?«
»Die Holding GmbH für die Klinik. Den Termin hatten wir schon vor deiner Abreise vereinbart.«
»Ach so, stimmt.« Dennis sah aus dem großen Gangfenster in die Nacht hinaus und sagte nichts.
»Das steht doch noch, oder?«
»Ja, ja. Ich hab nur überlegt, dass ich dafür ein paar Papiere verkaufen muss. Gut, dass du mich erinnerst.«
»Okay, dann werd ich mal reingehen.« Er gab Dennis einen Klaps auf den Oberarm. »Wir sehen uns morgen.«
»Sag mal …«
Stein hielt noch einmal inne.
»Ich wollte ja nächste Woche nach Indonesien. Ich hab das erst mal um eine Woche verschoben. Ich kann's auch erst in einem Monat machen.«
»Nein, fahr nur. Ich werde mich um Bianca kümmern. Ich glaube, du kannst da eh nicht viel machen, wenn sie bei mir in der Klinik ist.«
»Okay.« Dennis nickte dankbar, gab Stein seinerseits einen Klaps auf die Schulter und ging.

»Wann kommt eigentlich Mama?« Bianca betrachtete ihr Gesicht in einem großen Handspiegel, den ihr Vater mitgebracht hatte, und stellte fest, dass die Kratzer

Anzeichen von Heilung zeigten und die Naht über der Augenbraue, die auf fatale Weise an Boris Karloff als Frankensteins Monster erinnerte, etwas blasser war als gestern.
»Es geht ihr nicht so gut. Vielleicht schafft sie es morgen.«
»Es geht ihr nie gut, wenn ich sie brauche.« Bianca ließ den Spiegel sinken und starrte finster vor sich hin. »Sag ihr, sie soll sich keinen Stress machen.«
»Sei nicht ungerecht. Sie ist krank.«
»Ja, ich weiß. Ich bin mit einer kranken Mutter aufgewachsen, in deren Welt es nur einen Menschen gab, dem es schlechtgehen durfte: sie selber.«
Alexander Stein zuckte mit den Schultern.
»Weißt du, was mich beunruhigt?«
»Nein.«
»Diese Erinnerungslücken. Eine ganze Woche fehlt mir.«
»Das ist normal. Du hast einen Schlag auf den Kopf bekommen und warst bewusstlos. Das führt oft zu einer retrograden Amnesie.«
»Das heißt, ich werde mich nie daran erinnern können, was bei meiner Entführung passiert ist?«
»Möglicherweise nicht. In vielen Fällen kommt aber nach einiger Zeit die Erinnerung wieder.«
Bianca spielte nachdenklich mit dem Handspiegel und strich mit der Fingerkuppe über die Stiche der Naht über ihrem Auge. »Darf ich dich was fragen?«
»Natürlich.«
»Wir hatten an dem Tag einen Streit in meinem Büro, sagt die Polizei.«
»Streit ist übertrieben. Eine unserer hitzigen Diskussionen.«
»Worüber?«

»Das Übliche. Es ging um die Höhe des Marketingetats der Klinik. Und mach dir keine Sorgen, du kriegst, was du möchtest.«

»Schön.« Bianca versuchte zu lächeln, aber das zog an den Wunden in ihrem Gesicht. »Warum habe ich das dann vergessen?«

Alexander Stein versuchte aus dem Mienenspiel seiner Tochter zu erfahren, was sie ihm nicht sagte. Aber das war nicht so einfach. »Ich habe keine Ahnung. Das menschliche Gedächtnis ist immer noch ein Rätsel. Aber das ist vielleicht ganz gut so.«

»Kann es sein, dass wir über Dennis gesprochen haben?«

»Kann sein. Vielleicht hast du irgendwas über seinen Segeltörn erzählt.«

»Nein, nein. Es muss was anderes gewesen sein. Irgendwie habe ich das Gefühl, dass Dennis der Grund für unseren Streit war.«

»Tut mir leid. Wenn das so ist, dann habe ich es auch verdrängt.« Stein lachte. »Nein, Spaß beiseite. Wir haben über den Marketingetat diskutiert. Mehr war da nicht.«

Bianca ließ sich in ihr Kissen zurücksinken. »Wenn du es sagst. Vielleicht kommt die Erinnerung ja wieder.«

Als sie ihren Vater ansah, erblickte sie für einen kurzen Moment ein sorgenzerfurchtes Gesicht, das sich im gleichen Augenblick in ein Lächeln zurückverwandelte.

38

Der Morgen war sonnig, wenn auch nicht warm. Das Krankenhaus machte im Gegensatz zu gestern einen geschäftigen Eindruck. Morgens wurden Patienten entlassen und Zimmer aufgeräumt. Die Frühstücksausgabe war schon erfolgt, jetzt wurden die Tabletts aus den Zimmern eingesammelt. Als Wallner und Mike zu Bianca Steins Zimmer kamen, stand die Tür offen. Wallner klopfte, und jemand sagte »Ja«. Es war eine Schwesternhelferin, die das Bett neu überzog. Sonst war niemand im Raum.

»Entschuldigen Sie«, sagte Wallner. »Wir suchen Frau Stein. Die lag gestern noch hier.«

»Die ist verlegt worden.«

»In ein anderes Zimmer?«

»In ein anderes Krankenhaus.«

»In welches?«

»Das weiß ich nicht. Aber da unten geht sie.« Die Frau deutete aus dem Fenster. Auf dem Parkplatz stand der große Mercedes von Alexander Stein, auf den er und seine Tochter in diesem Augenblick zugingen, Bianca mit einer Krücke. Wallner bedankte sich, und die Kommissare rannten los.

Alexander Stein machte sich gerade daran, seinen Wagen zu besteigen, als Wallner und Mike reichlich atemlos auf der Fahrerseite anlangten. »Guten Morgen, Professor Stein«, keuchte Wallner. »Gut, dass wir Sie noch erwischen. Wie geht es Ihrer Tochter?« Wallner bückte sich zum Beifahrersitz hinunter. Dort saß Bianca Stein, wie Wallner in eine Daunenjacke gehüllt, und hielt ihre

Hand zum Gruß hoch. Sie machte einen wachen, wenn auch erschöpften Eindruck. »Hallo, Frau Stein!«
»Ich darf Ihnen leider keine Auskunft über den Zustand meiner Patientin geben. Nur so viel: Ihr Zustand lässt eine Befragung im Augenblick nicht zu. Außerdem haben Sie sie doch gestern ausführlich verhört.«
»Ein paar Fragen sind noch ungeklärt. Und ich hatte die Hoffnung, dass es ihr heute bessergeht. Vor allem als ich erfahren habe, dass sie das Krankenhaus schon verlassen kann.«
»Sie wird lediglich verlegt, weil in meiner Klinik eine bessere Betreuung gewährleistet ist.« Stein blickte auf seine Armbanduhr. »Wir müssen langsam.«
»Kleinen Moment. Nachdem Ihre Tochter nicht entmündigt ist, hat sie immer noch selber zu entscheiden, ob sie mit uns reden möchte.« Wallner ging um den Wagen herum zur Beifahrerseite. Bianca Stein ließ die Scheibe herunter. »Es tut mir leid, dass wir Sie schon wieder belästigen. Aber wir müssen noch mal mit Ihnen reden.«
»Kommen Sie doch heute Mittag in die Klinik nach Wiessee. Dann können wir reden.«
»Bianca!« Alexander Stein warf seiner Tochter einen unwilligen Blick zu.
»Ich krieg das schon hin«, sagte Bianca Stein und sah ihren Vater mit entschuldigender Miene an.
Noch bevor sie die Scheibe hochgefahren hatte, gab Alexander Stein Gas und verließ den Krankenhausparkplatz.

Auf der Polizeistation herrschte geschäftiges Treiben. Die Soko-Ermittler waren mit vielfältigen Aufgaben beschäftigt. Zeugen wurden befragt, Überwachungskameras überprüft, der Herkunft von Faserspuren im

Wagen des ermordeten Scheffler nachgegangen und Alibis von zwei Dutzend Personen überprüft. Zu allem Überfluss war Staatsanwalt Tischler aus München angereist. Ihm war zu Ohren gekommen, dass der Arzt einer Privatklinik mit prominenter Kundschaft in den Mordfall verwickelt war, was die Sache zwar weder kriminaltechnisch noch juristisch interessanter, aber gesellschaftlich relevanter machte, wie Tischler es ausdrückte. Wallner traf ihn auf dem Gang. Er war gerade im Soko-Raum gewesen, hatte etliche Beamte mit überflüssigen Fragen genervt und wollte nach diesem Ausflug an die Basis jetzt mit dem leitenden Personal reden.

»Dieser Arzt«, sagte Tischler nach kurzer Begrüßung auf dem Weg zu Wallners Büro, »der betreibt die Kampen-Klinik in Bad Wiessee?«

»Richtig.«

»Das ist doch so eine Entziehungsklinik für Promis, oder?«

»Es ist eine private psychiatrische Klinik. Alkoholentzug gehört wohl zum Programm.« Janette kam ihnen entgegen. Sie streckte Wallner einen Aktendeckel entgegen.

»Das dürfte dich interessieren. Ein Auszug aus dem Geburtenbuch in Tegernsee.« Sie übergab Wallner die Akte und schenkte dem Staatsanwalt ein kurzes Lächeln. »Hallo, Herr Tischler.«

Tischler lächelte eine halbe Sekunde zurück.

»Danke, Janette, ich seh's mir gleich an. Habt ihr inzwischen rausbekommen, wem die Hütte gehört?«

»Wo diese Frau gefangen gehalten wurde?«, sagte Tischler.

Janette ignorierte ihn. »Ich kümmer mich drum.« Janette stöckelte weiter.

»Dann schauen wir mal, was es Interessantes gibt.« Wallner wedelte mit dem Aktendeckel. »Hier rein bitte.« Er deutete auf sein wie üblich offen stehendes Büro. »Wollen Sie einen Kaffee?«
»Danke. Gegen eine gute Tasse Kaffee hätte ich nichts einzuwenden.«
»Tut mir leid. Wir haben nur den aus der Kaffeemaschine.«
»Den meinte ich.«
Wallner nahm das Telefon zur Hand und orderte einen Kaffee für den Staatsanwalt, während er gleichzeitig die Akte öffnete. Sie enthielt zwei Blätter. Wallner ging den Text durch und zog die Augenbrauen hoch.
»Darf ich mal?«, sagte Tischler, und seine Finger tentakelten nach der Akte. Wallner gab sie ihm. »Oh«, sagte Tischler, nachdem er einen Blick auf das Papier geworfen hatte, »die Frau hatte zweitausendvier eine Totgeburt. Das ist die Entführte, ja?«
»Richtig. Das Kind wurde von dem ermordeten Florian Scheffler bestattet. Die interessante Neuigkeit steht auf Seite zwei ziemlich am Ende.«

39

Tischler hielt sich die beiden Kopien am ausgestreckten Arm vor die Augen. »Das ist doch das Geburtenbuch und nicht das Sterberegister?«

»So ist es«, sagte Wallner. »Totgeburten werden im Geburtenbuch erfasst.«

»Gut. Dann entnehme ich diesem Papier, dass Professor Dr. Alexander Stein den Tod seines eigenen Enkels bestätigt.«

»Ein bisschen eigenartig, wenn man bedenkt, dass der Mann Psychiater ist.«

»Psychiater sind Fachärzte mit Medizinstudium. Das ist an sich kein Problem. Wenn er schon mal da war …«

»Aber was hat er bei der Geburt eines Kindes zu schaffen? Er mag ja Arzt sein. Aber Gynäkologe ist er ganz sicher nicht.«

Tischler studierte noch einmal die Papiere. »Keinerlei Hinweise auf eine Hebamme oder einen anderen Arzt. Scheint eine Hausgeburt gewesen zu sein. Die Adresse …?«

»Ist die von Alexander und Isabell Stein in Sankt Quirin. Vermutlich hat die Tochter damals noch bei ihren Eltern gewohnt.«

»Und was sagt uns das jetzt?« Tischler legte die Papiere in den Aktendeckel zurück, den er mit seinen langen Fingern über den Schreibtisch zu Wallner schob. Ein junger Beamter kam herein und brachte ein Tablett mit zwei Tassen Kaffee und Gebäck.

»Ja, was sagt uns das jetzt?« Wallner richtete den

Aktendeckel mit viel Sorgfalt parallel zur Schreibtischkante aus. »Ich habe den Eindruck, dass Professor Stein nicht möchte, dass wir mit seiner Tochter reden.«

Wallner berichtete von seinem Besuch im Krankenhaus, von Bianca Steins Erinnerungslücken und der ungeklärten Beziehung zum ermordeten Scheffler.

»Was könnte das große Geheimnis sein?«

»Schwer zu sagen. Vielleicht hat es wirklich mit der Totgeburt zu tun. Stein spielt Geburtshelfer, und es unterläuft ihm ein tödlicher Fehler. Vielleicht etwas, das Spuren am toten Säugling hinterlässt, was wiederum der Bestatter Scheffler bemerkt, als er die Leiche für die Beerdigung vorbereitet. Scheffler erpresst Stein, bekommt fünftausend Euro, was ihm aber nicht genug ist. Er will mehr. Stein kann oder will nicht mehr zahlen und bringt Scheffler um.«

»Mag sein. Fragt sich: Warum erst jetzt, zehn Jahre später? Und wie passt die Entführung von Steins Tochter da rein?«

»Das ist die Schwachstelle der Hypothese. Was wir brauchen, sind die Fingerabdrücke von Bianca Stein und ihren Eltern. Wie ich Professor Stein kenne, wird er es nicht freiwillig machen.«

Tischler klopfte mit den Fingern der rechten Hand auf der Tischplatte, als würde er Klavier spielen. »Schwierig. Stein hat mit Scheffler ja eigentlich keine Verbindung, oder?«

»Bis auf die Beerdigung seines Enkels zweitausendvier. Und das hat uns Stein verschwiegen, als wir ihn fragten, ob er Scheffler kennt.«

»Na ja, kann vorkommen. Und die Geschichte, dass Stein erpresst wurde und Scheffler umgebracht hat, ist mir zu vage. Das können wir so, glaube ich, keinem

Richter verkaufen. Aber wir machen Folgendes: Nachdem sich Bianca Stein an nichts erinnert, könnte ja *sie* von Scheffler erpresst worden sein. Und vielleicht hat der Vater ihr finanziell ausgeholfen.«

»Warum sollte das den Richter eher überzeugen?«

»Weil wir Stein damit keine Straftat vorwerfen. Selbst ein Richter tut sich schwer, jemandem auf gut Glück einen Mord zu unterstellen. Sind auch nur Menschen.« So unsympathisch er Tischler auch fand, von Zeit zu Zeit musste Wallner anerkennen, dass er gut war in dem, was er machte. Bis jetzt hatte er noch jeden richterlichen Beschluss besorgt, den Wallner haben wollte. Und da waren ein paar dabei, die Wallner selbst nicht erlassen hätte.

Das Telefon klingelte. »Entschuldigen Sie, das ist Janette. Die ruft nur an, wenn's wichtig ist.« Er nahm den Hörer ab.

»Hallo, Clemens«, kam Janettes leicht heisere Stimme aus dem Hörer. »Du wolltest wissen, wem die Hütte gehört, in der Bianca Stein gefangen gehalten wurde.«

»Kennen wir den Besitzer?«

»Nein. Ist ein Werbemensch aus München namens Wotan Grosser. Macht nicht den Eindruck, als wenn er Frauen entführt, und war bis vorgestern auf einer Messe in Cannes. Seine Frau ist gerade in den USA.«

»Okay. Trotzdem überprüfen, ob das stimmt. Wir brauchen eine Liste von allen Leuten, die Zugang zum Hüttenschlüssel hatten. Inklusive der Personen, die Gelegenheit hatten, einen Nachschlüssel anzufertigen. Hausmeister, Putzfrau, Babysitter etc. Alle, die regelmäßig im Haus von Grosser verkehren. Und wenn er die Hütte noch nicht lange hat, brauchen wir den Namen des Vorbesitzers.«

»Und der soll uns die gleiche Liste machen.«

»So ist es.« Wallner blickte zu Tischler, der ostentativ gelangweilt seine Fingernägel inspizierte. »Ich muss Schluss machen. Herr Tischler ist bei mir.«
»Warte. Ich hab dir noch was zu sagen.«
»Ja?«
»Schau mal aus dem Fenster. Auf den Parkplatz.«
Wallner reckte den Hals und warf einen Blick nach draußen. Dort war soeben ein grüner Polizeitransporter angekommen. Ein Polizist in Uniform, es war Sennleitner, öffnete die Schiebetür, während sein Kollege Schartauer um den Wagen ging. Dann halfen beide Beamte einer dritten Person beim Aussteigen. Die Person war klein und wirkte gebrechlich, das Gesicht wurde von Sennleitner verdeckt. Als der zur Seite trat, konnte Wallner die kleine Person erkennen. Es war sein Großvater.
»Was ist denn jetzt schon wieder?«, sagte Wallner sehr leise ins Telefon.
»Genaues weiß ich auch nicht. Irgendwer hat was von einem Amoklauf gesagt.«

40

Wallner hatte sich wegen dringender Aufgaben entschuldigt und Mike den Staatsanwalt aufs Auge gedrückt. Manfred hatte man in den Vernehmungsraum gebracht, wo er von Sennleitner und Schartauer bewacht wurde. Als Wallner den Raum betrat, blickte Manfred an ihm vorbei auf einen imaginären Fleck an der Wand und knetete den Griff seines Gehstocks.

»Du bist ja in letzter Zeit recht häufig bei uns«, begann Wallner das Gespräch.

»Is halt a Polizeistaat, wo's du wegen jeder Kleinigkeit verhaftet wirst. Hacklstecken im Gebüsch verlieren – zack, verhaftet. Hab gar net gewusst, dass des strafbar is. Mitm Elektromobil übern Randstein fahren – zack, verhaftet.«

»Übern Randstein gefahren?«

»Ich war an Augenblick unachtsam, und da bin ich von der Straß abgekommen. Wie wenn dir des noch nie passiert wär.«

Wallner sah Sennleitner an.

»Mei«, sagte der und verschränkte die Arme vor seiner Brust. »A halbes Dutzend Marktstände hat er zerlegt. Außerdem hat er einer Rentnerin den Rollator weggefahren. Die alte Dame hat daraufhin das Gleichgewicht verloren und is in den Honigstand gefallen. Dabei is a offener Honigtopf umg'fallen und ihr drübergelaufen.«

»Übern Rock, oder wie?«

»Na, übern Kopf. Die is ja volle Möhre in den Stand

neig'rauscht. Und dann hockt s' am Boden in den Trümmern, und in dem Moment kippt dieser Einlitertopf um – genau auf sie drauf. Die war schon achtzig und is nimmer wegkemma.«

Wallner sah seinen Großvater an.

»Ich hab Obacht gerufen. Aber die is einfach net zur Seit'n ganga, die oide Zuchtel. Was hätt ich denn machen sollen?«

»A zusätzliche Gefahrenquelle«, ergänzte Schartauer, »war halt dieser Wespenschwarm. Der Honiggeruch hat die scheint's angelockt. Und die Viecher natürlich alle drauf auf die alte Frau.«

»Aber da hat die sehr gut reagiert«, übernahm wieder Sennleitner. »Weil die hat nämlich a Perücken aufgehabt. Und der Honig ist hauptsächlich auf dera Perücken drauf gewesen. Jetzt hat die sich einfach die Perücken vom Kopf g'rissen und wegg'schmissen.«

»A bissl unglücklich war die G'schicht mit der Frau, die wo die Perücken abgekriegt hat«, schränkte Schartauer ein. »Mit dem ganzen Honig und so is die Perücken halt an der drangeklebt. Ja gut, des wär vielleicht gar net so schlimm geworden, wenn sie net so umeinandgefuchtelt hätt. So a Wespen, die fühlt sich schnell bedroht. Die denkt, die schlagt nach mir und dann … des war einfach a Fehler. Da musst ruhig bleiben. Die Frau hat dann auch an beträchtlichen Sachschaden angerichtet.«

»Hehe!«, keckerte Manfred. »Die is wie a Elefant durchn Markt marschiert. Und des G'schrei, des hätt man eigentlich bis hier hören müssen. Des war a Gaudi.«

»Des war koa Gaudi! Des war überhaupts net lustig. Des hätt auch tödlich ausgehen können.« Sennleitner schien ziemlich erregt zu sein.

Von draußen hörte man jetzt eine weibliche Stimme mit großem Nachdruck »Is er da drin, oder?!« sagen. Bei *drin* sprang sie eine Oktave höher. Eine männliche Stimme versuchte mäßigend einzuwirken, offenbar ohne Erfolg, denn unmittelbar darauf wurde die Tür zum Vernehmungsraum aufgerissen, und eine korpulente Frau in Jeans und Pullover kam herein. Die Anwesenden starrten sie mit Befremden, um nicht zu sagen Entsetzen an. Gesicht, Hals und Unterarme waren von kleinen Beulen übersät und glichen der Oberfläche eines Streuselkuchens. Sennleitner schien sich als Erster zu fassen.

»Du, Anni, ich hab dir doch gesagt, du kannst hier net rein. Des is intern.«

Bei der Frau handelte es sich um Anneliese Sennleitner, Sennleitners Gattin. Ganz offensichtlich war sie es, die den Wespenschwarm abbekommen hatte. Hinter ihr erschien ein uniformierter Polizeibeamter in der Tür und schickte eine Geste der Hilflosigkeit in den Raum.

»Wohl darf ich da rein. Des wär ja noch schöner. Der Kerl hätt mich fast umgebracht. Des war a Mordversuch. Ich verlang, dass ihr den einsperrts!«

»Anneliese – das tut mir alles wirklich leid«, meldete sich Wallner zu Wort. »Und es schaut auch sehr schmerzhaft aus, wenn ich das so sagen darf. Aber für den Wespenschwarm kann der Manfred ja nun nichts.«

»Ich wär doch gar net da gewesen, wenn er da«, sie deutete mit dem Kinn auf Manfred, »mich net verfolgt hätt.«

»Er hat dich verfolgt?«

»Verstehst, ich steh friedlich an meinem Stand und verkauf Kuchen für Erdbebenopfer. Und mit einem

Mal gibt's a Mordsaufg'schau, und alle schreien und fluchen, weil er mit seiner Elektrokisten Amok fahrt. Ich denk mir noch: He, den kennst doch, und hab gerufen: Ja spinnst jetzt, hör auf mit dem Schmarrn. Da is er direkt auf mich zugefahren. Und dann hat er mich durch den ganzen Markt gehetzt. Des war a Treibjagd. Und nur deswegen hab ich diese Scheißhonigperücken abgekriegt.«

»Ja gut. Aber das kann man ja net ahnen, dass des so blöd läuft«, sagte Sennleitner.

»Ja jetzt tu's noch verharmlosen!« Anneliese Sennleitner verpasste ihrem Mann einen Schlag vor die Brust, der ihn kurz um sein Gleichgewicht ringen ließ.

»Könntest du mir vielleicht erklären, was da los war?«, wandte sich Wallner an seinen Großvater.

»Des waren … technische Probleme. Der Lenker hat mit einem Mal geklemmt. Da bin ich eben auf die Anneliese zug'fahren. Ich hab halt net ausweichen können.«

»Ich bin doch zickzack gelaufen. Und immer warst hinter mir. Erzähl doch net, dass der Lenker geklemmt hat. Außerdem hättst nur bremsen müssen.«

»Des is mir später auch eingefallen. Aber in dem Stress, da denkst net an so was.«

»Also, der Lenker hat geklemmt, und du hast vergessen, dass man auch bremsen kann. Und deswegen hast du gleich mehrere Marktstände verwüstet?«

»Die meisten hat sie da verwüstet. Wie ich hinter ihr war, da ging's ja noch. Aber wie dann die Wespen hinter ihr her gewesen sind, des hättst sehen müssen.«

»Ich hab ihr noch zugerufen, dass sie ruhig bleiben soll«, warf Schartauer ein. »Das hat sie aber, glaube ich, nicht mehr gehört.«

»Sehr witzig! Bleib du mal ruhig, wenn grad tausend Wespen auf dich einstechen.«
»Ist absolut nachvollziehbar«, sagte Wallner, um Anneliese Sennleitner zu beschwichtigen. Dann setzte er sich zu Manfred an den Tisch und legte seine Hand auf den Arm seines Großvaters. »Ich würde sagen, du entschuldigst dich jetzt bei der Anneliese. Und dann hätte ich gern, dass du mir erklärst, warum du das gemacht hast.«
Manfred rollte die Augen nach oben. »Ja, es tut mir leid, wenn ich a bissl Aufregung verursacht hab.«
»A bissl Aufregung?!«, echauffierte sich Sennleitner, offenbar um Solidarität mit seiner Frau zu demonstrieren. »Der ganze Marktplatz war in Aufruhr. Des war wie bei am Fliegeralarm.«
»Tut mir leid, dass ich an Aufruhr verursacht hab. Und Anneliese – des mit den Wespen tut mir auch leid. Das hab ich net wollen. Des is halt blöd g'laufen.«
Anneliese Sennleitner wollte indigniert ihre Arme vor der Brust verschränken, nahm mit Rücksicht auf die Stiche aber gleich wieder Abstand von diesem Vorhaben.
»So«, sagte Wallner. »Und jetzt noch mal zu meiner Frage: Was – sollte – das – Ganze?«
»Ich hab's doch gesagt: Des waren technische Probleme mit dem Elektromobil. Da muss die Herstellerfirma haften.«
Sennleitner schüttelte den Kopf. »Mir ham das Teil untersucht. Das war völlig in Ordnung.«
Manfred zuckte die Schultern. »Er sagt so – ich sag so.«
Es klopfte an die Tür, und Wallner bat etwas unwillig herein. Es war Janette. »Du Janette – wir haben's gleich.«

»Ich wollte dir was sagen, was vielleicht für diese Sache hier Bedeutung hat.«
Wallner war erstaunt. Was wusste Janette über die Motive seines Großvaters? »Ich höre.«
»Können wir das unter vier Augen bereden?«

41

Janette tat sich etwas schwer. »Versteh das jetzt nicht falsch«, begann sie. »Das soll nicht bedeuten, dass jemand deinen Großvater verdächtigt. Aber ich denke, du solltest das wissen, weil … na ja, du hast selbst gesagt, dass Manfred mit dieser Frau befreundet ist und …«

»Jetzt sag's halt einfach.«

»Bei diesem Tumult, den dein Großvater verursacht hat, da ist es scheint's drunter und drüber gegangen. Und in dem Chaos ist ein Kind verschwunden.«

»Wie verschwunden?«

»Es war halt plötzlich nicht mehr da. Die Kleine heißt Olivia Lauberhalm. Sie war mit ihrer Pflegemutter auf dem Weg zur Schule.«

»Die Tochter von Stefanie Lauberhalm?«

»Ja. Die Tochter der Hexe.«

Janette ließ Wallner Zeit, die Information zu verarbeiten. Er sah aus dem Fenster, hinunter ins Leitzachtal, wo die Dächer der Miesbacher Innenstadt nass glänzten.

»Danke«, sagte er schließlich. »Damit ergibt das Ganze einen Sinn.«

Manfred beäugte seinen Enkel mit einem scheelen Seitenblick, als der wieder zur Tür hereinkam und sich zu ihm an den Tisch setzte. »Rat mal, was die Janette mir gerade erzählt hat.«

»Auf meine alten Tage werde ich net noch mitm Gedankenlesen anfangen.«

»Sie sagt, es wär ein Kind verschwunden. Die Tochter deiner Freundin Stefanie Lauberhalm.«

Manfred zog die Augenbrauen hoch und konnte eine gewisse Freude über diese Nachricht nicht verbergen. Wallner sah ihm ins Gesicht, doch Manfred wich dem Blick aus. »Hör zu: Deine Motive kann ich verstehen. Man hat einer Mutter ihr Kind weggenommen. Du hast ihr geholfen, es wiederzubekommen. Und ehrlich gesagt: Du hast einen ziemlich guten Job gemacht. So ein Chaos muss man erst mal hinbekommen mit vierundachtzig.«

Manfred lächelte bescheiden.

»Trotzdem ist es Kindesentführung. Und auf so was steht Gefängnis.«

»Is net so schlimm in meinem Alter. Da hab ich beim Duschen nimmer viel zu befürchten.«

»Kann sein. Aber für deine Freundin könnte das noch bitter werden. Sei vernünftig und sag uns, wo sie mit dem Kind hinwollte. Ich versprech dir, dass ich mich dafür einsetzen werden, dass sie das Kind wiederbekommt.«

»Bist du Richter? Bist beim Jugendamt?«

»Nein.«

»Dann kannst auch nix für die Stefanie tun. Und wo des Kind is, weiß ich gar net.«

Wallner suchte weiter Blickkontakt mit Manfred. Der sah ihm schließlich, nach einigen schweigsamen Sekunden, in die Augen und sagte: »Mehr hab ich net zum sagen.«

Die Kampen-Klinik lag nicht direkt am See, aber man konnte ihn von den geschnitzten Holzbalkonen der Patientenzimmer sehen. Behaglich-alpine Gemütlichkeit prägte den Eingangsbereich samt Rezeption, Grün war die vorherrschende Farbe. Das Ambiente strahlte tiefe Ruhe aus, was vermutlich beabsichtigt war, denn

die Gäste des Hauses hatten sich allesamt wegen psychischer Leiden (zu denen man hier auch Trunksucht zählte) an diesen Ort begeben.
Janette und Wallner waren hergekommen, um Bianca Stein zu vernehmen. Wallner wollte eine Frau dabeihaben und hatte Mike mit Tina zu Stefanie Lauberhalm geschickt, deren Haus gleichzeitig von uniformierten Kollegen nach der abhandengekommenen Olivia durchsucht wurde.
Hinter der Rezeption stand eine junge Frau in lindgrünem Poloshirt mit Kliniklogo, die sofort Professor Stein davon verständigte, dass die Polizei im Haus war. Offensichtlich wollte man die beiden Kommissare nicht länger als nötig im Foyer herumstehen haben. Die junge Frau führte sie in Steins Büro. Auch dieser Raum war von Ganghoferscher Gediegenheit, altes Holzparkett, holzgetäfelte Wände (dunkel), zwei nicht zu kitschige Landschaftsbilder aus dem 19. Jahrhundert. Das Hirschgeweih hatte der Ausstatter sich verkniffen. Wallner und Janette hatten fünfundzwanzig Minuten lang Gelegenheit, die Einrichtung zu bewundern. Während dieser Zeit wurde ihnen recht ordentlicher Cappuccino mit Cantuccini serviert.
»Es tut mir furchtbar leid, dass Sie warten mussten«, sagte Stein, als er endlich da war. »Ein Notfall. Ich hoffe, Sie verzeihen mir.«
Wallner fragte sich, was in dieser Klinik ein Notfall sein mochte. Vermutlich hatte Stein sie absichtlich warten lassen, um zu zeigen, wer in seinem Haus der Chef war.
»Kein Problem«, sagte Wallner, sah sich im Raum um und erinnerte sich an die weißen Designermöbel in Steins Haus. »Sieht ein bisschen anders aus als bei Ihnen in Sankt Quirin.«

»Hier ist alles darauf ausgerichtet, eine warme, ruhige Atmosphäre zu schaffen. Da muss mein persönlicher Geschmack hintanstehen.«
»Weiß und klare Linien sind nicht warm und ruhig?«
»Nein, auf die meisten Menschen wirkt das kalt. Was kann ich für Sie tun?«
»Nichts. Ich möchte mit Ihrer Tochter reden. Sie sagte, ich soll mittags vorbeikommen. Ich hoffe, es gibt nicht wieder Einwände von Ihrer Seite.«
»Nein. Überhaupt nicht. Reden Sie mit ihr. Ich muss Ihnen allerdings sagen, dass sich Biancas Zustand verschlechtert hat.«
»Wie das?«
»Oh – eine ganz normale Reaktion. Am Anfang wird das Erlebte noch verdrängt. Ein Selbstschutz der Psyche. Aber wenn man mal zur Ruhe gekommen ist, bricht es irgendwann heraus. Das war zu erwarten.«
»Wir würden trotzdem gerne mit ihr sprechen.«
»Wie gesagt: Keine Einwände von meiner Seite.«

Bianca Steins Zimmer war im Erdgeschoss und hatte eine Terrasse zum Park hin. Auch hier herrschten Holztöne (mittelbraun) vor. Aus der in einem Bauernschrank untergebrachten Stereoanlage ertönte meditative Musik. Bianca Stein saß in einem Ledersessel mit hoher Lehne, dessen Rücken zur Eingangstür des Zimmers zeigte. Ihr Vater hatte geklopft und, nachdem keine Reaktion kam, die Tür geöffnet. Auch darauf hatte die junge Frau im Ledersessel nicht reagiert.
»Bianca – Kommissar Wallner ist hier. Er hat auch eine Kollegin mitgebracht. Sie würden gern mit dir reden.«
Stein stellte sich vor den Ledersessel, so dass er das Gesicht seiner Tochter sehen konnte. Wallner und

Janette stellten sich neben ihn. »Hallo, Frau Stein«, sagte Wallner. »Wir hatten ausgemacht, dass wir heute Mittag hier vorbeischauen und Sie mit uns reden.«
»Ja, ja«, sagte Bianca Stein, sah den Kommissar kurz an, dann wischte ihr Blick unter den halbgeschlossenen Lidern weg, suchte irgendwo Halt, fand zunächst keinen, heftete sich schließlich an die Teetasse, die neben ihr auf einem Beistelltisch stand. »Ja«, sagte sie noch einmal.
»Kann ich dich allein lassen?«, fragte ihr Vater.
Bianca nickte langsam. Stein gab Wallner mit einer Geste hinter Biancas Rücken zu verstehen, dass er sie schonend behandeln solle.
Wallner wartete, bis Stein das Zimmer verlassen hatte. Dann stellte er zwei Stühle vor den Ledersessel, bot einen davon Janette an und stellte sie kurz vor.
»Frau Stein, es geht noch einmal um Ihren Kontakt zu Florian Scheffler. Ist Ihnen inzwischen eingefallen, was der Grund für Ihre Telefonate mit Scheffler war?«
Bianca Stein schien lange nachzudenken. Dabei gingen ihr manchmal die Augen zu. »Nein. Scheffler?«
»Der Bestattungsunternehmer.«
»Ah ja. Stimmt. Bestattungsunternehmer.« Es klang, als fiele ihr das Sprechen schwer. Die Artikulation war undeutlich. »Nein. Tut mir leid. Scheffler?«
»Ja. Sie ... Sie haben vor einigen Jahren ein Kind verloren. Ging es vielleicht darum?«
Bianca Stein schüttelte langsam den Kopf.
»Andere Frage: Kennen Sie eine Frau namens Stefanie Lauberhalm. Auch mit der haben Sie telefoniert. Sie behauptet, sie sei eine Hexe.«
»Ich hab ein Kind?«, murmelte die Frau im Sessel.
»Ja. Oder, genauer gesagt, Sie hatten ein ...«, Wallner stockte, »Kind.« Biancas fahriger Blick unter den

halbgeschlossenen Lidern versuchte immer wieder bei Wallners Augen anzudocken, jedoch ohne Erfolg. Wallner sah zu Janette. Die schüttelte den Kopf. »Das hat keinen Sinn.«

Wallner stand auf, ging zum Fenster und blickte über den Park, um das weitere Vorgehen zu überdenken. Da fiel ihm eine Frau auf, die in einer Decke eingewickelt auf einer Bank kauerte. Isabell Stein. Er winkte Janette zu sich. »Siehst du die Frau da drüben?«

»Isabell Stein?«

»Woher weißt du das?«

»Ich hab mir im Internet alle möglichen Fotos der Familie angesehen. Und ich weiß ja, dass sie hier ist.«

»Du bist manchmal beängstigend schlau.« Er nahm Janette zur Seite, so dass sie außer Sichtweite von Bianca Stein waren, und senkte die Stimme. »Ich weiß nicht, ob Isabell Stein weiß, was hier los ist.« Wallner deutete auf den Ledersessel. »Wenn sie noch irgendetwas für ihre Tochter empfindet, dann sollte sie was tun. Zumindest mit uns zusammenarbeiten. Ich möchte, dass du zu ihr gehst, während ich mit dem Professor rede.«

42

Sie trafen den Professor auf dem Weg zum Empfang. Er schickte die beiden jungen Ärztinnen, die ihn flankierten, fort und widmete sich ganz seinen Gästen. »Konnten Sie etwas erreichen?«

»Nicht sehr viel«, sagte Wallner. »Ich hätte allerdings an Sie noch einige Fragen.«

»Dann gehen wir am besten wieder in mein Büro.«

»Ich warte am Wagen auf dich«, sagte Janette. »Ich muss noch ein paar Telefonate erledigen. Hat mich gefreut, Sie kennenzulernen.« Sie gab Stein die Hand und verabschiedete sich.

Wallner lehnte das Angebot, erneut Cappuccino und Cantuccini zu servieren, ab und zog stattdessen sein Smartphone aus der Daunenjacke, rief die Diktatfunktion auf und legte es auf den Biedermeier-Besprechungstisch. »Haben Sie Einwände, wenn ich unser Gespräch aufnehme? Dann muss ich nicht so viele Notizen machen, und der Text ist authentischer.«

Stein machte zum Einverständnis eine beiläufige Geste.

»Zunächst ist mir aufgefallen, dass Ihre Tochter sehr müde wirkt. Ich vermute, Sie haben ihr sedierende Medikamente gegeben?«

»Sie erwarten sicher nicht, dass ich Ihnen den Behandlungsplan meiner Patientin mitteile. Dafür kann ich ins Gefängnis kommen.«

»Versuchen wir es anders: Ihre Tochter steht unter Medikamenten – welcher Art auch immer. Sie müssen

nicht antworten. Höchstens mich korrigieren, wenn ich Unsinn rede.«
Stein sah Wallner mit ausdrucksloser Miene an und ließ seine Daumen umeinanderkreisen.
»Immerhin waren Sie bereit, mir mitzuteilen, dass sich der Zustand Ihrer Tochter verschlechtert hat. Das ist wohl noch kein Bruch Ihrer Verschwiegenheitspflicht?«
»Nein. Es war ja im Sinne der Patientin, Sie darauf hinzuweisen.«
»Ich frage mich halt, ob diese in meinen Augen sehr starke Medikation wirklich nötig ist. Ihre Tochter schien mir – und nicht nur mir – gestern Nachmittag und heute Morgen relativ ausgeglichen.«
»Wollen Sie …?«
»Nein«, unterbrach ihn Wallner. »Ich maße mir natürlich keineswegs an, Ihre Behandlungsmethoden zu kritisieren. Das müsste gegebenenfalls jemand tun, der dazu fachlich befähigt ist.«
»Wollen Sie damit irgendetwas andeuten?«
»Sie werden mir vermutlich auch nicht sagen können, wie lange Ihre Tochter noch unter Drogen stehen muss?«
»Es wird seine Zeit dauern. Psychische Defekte kann man nicht in zwei Tagen heilen. Aber das wissen Sie als intelligenter Mensch ja selber.«
»Verstehe.« Wallner forschte in Steins Gesicht nach Nervosität, fand aber nichts dergleichen. Nur den Ansatz eines Lächelns. Stein gehörte zu den Menschen, überlegte Wallner, die um sich herum Menschen brauchten, die von ihnen abhängig waren. Die Abhängigkeit seiner Frau Isabell schien total, soweit Wallner von seiner Begegnung in Sankt Quirin sagen konnte. Bianca Stein machte hingegen einen intelligenten und

selbstbewussten Eindruck. In Anwesenheit des Vaters allerdings schien sie sich in ein zehnjähriges Mädchen zu verwandeln. Was Wallner besonders irritierte, war der Umstand, dass Stein seine Tochter unter Drogen setzte, damit sie nicht aussagen konnte. Was fürchtete er so sehr? Und wie weit war er bereit zu gehen? Wallner war sich ziemlich sicher, dass Stein auf der Checkliste von Robert D. Hare an der 75-Prozent-Marke kratzen würde, jenseits deren man einen Menschen als Psychopathen einordnete.

»Um auf Ihre Frage von eben zurückzukommen: Wenn wir den Eindruck gewinnen, dass Sie Ihre Rolle als Arzt missbrauchen, um eine Zeugin an der Aussage zu hindern, müssten wir mit juristischen Mitteln dagegen vorgehen.«

»Ziemlich schwere Anschuldigungen, die Sie da vorbringen.«

»Nein, das ist noch keine Anschuldigung, sondern eine Auskunft. Allerdings habe ich persönlich den Eindruck, dass Sie mit der Gesundheit Ihrer Tochter spielen. Und ich frage mich, was dieses Opfer rechtfertigt.«

»Hören Sie – meine Zeit ist zu kostbar, um mich von Ihnen beleidigen zu lassen. Ich schlage vor, dass Sie jetzt meine Klinik verlassen. Sollten Sie auf weitere Aussagen von mir Wert legen, schicken Sie den Staatsanwalt.«

»Werde ich machen. Aber wo ich schon da bin und nur aus Neugier: Uns ist aufgefallen, dass Ihr Enkelkind Johann im Jahr zweitausendvier bei einer Hausgeburt auf die Welt gekommen ist.«

»Bianca wohnte damals noch bei uns.«

»Und Sie haben das Kind selbst auf die Welt gebracht?«

»Das steht ja wohl in den Akten.«

»Ja, ja, deswegen komme ich drauf. Ich denke mir nur – so als Psychiater ist das nicht gerade naheliegend.«
»Ich habe einige Zeit als Notarzt gearbeitet. Ich weiß, wie es geht.«
Wallner hatte da seine Zweifel, vor allem wenn man das Ergebnis von Steins Geburtshilfe bedachte. Doch er hielt seine Zunge im Zaum.
»Es tut mir sehr leid, dass das Kind nicht überlebt hat. Was ist damals schiefgelaufen?«
Stein sah auf seine Armbanduhr. »Ich muss dann wieder. Sie finden alleine nach draußen.«
»Danke für Ihre Zeit.«
»Vergessen Sie Ihr Handy nicht.« Stein schob es Wallner über den Tisch.

Isabell Stein saß mit angezogenen Beinen in eine Wolldecke gewickelt auf einer Parkbank und stierte auf den Goldregen, der am Wegesrand wuchs. »Frau Stein?«, sagte eine weibliche, leicht rauhe Stimme. Janette war an die Bank getreten und lächelte die Frau in der Decke an.
»Können wir kurz reden? Es geht um Ihre Tochter.«
Isabell Stein schien zu überlegen.
»Darf ich mich zu Ihnen setzen?« Die Antwort war ein müdes Nicken.
Janette stellte sich als Kommissarin der Kripo Miesbach vor und setzte sich ans andere Ende der Bank.
»Ihre Tochter ist seit heute hier?«
»Ja. Das ist schön.« Sie sah Janette mit den gleichen halbgeschlossenen Augen an wie zuvor ihre Tochter Bianca. Anscheinend stand auch sie unter Medikamenten. »Ich war unglaublich glücklich, dass sie gerettet wurde. Aber ich konnte sie leider nicht im Krankenhaus besuchen.«

»Warum nicht?«
»Sehen Sie mich an.«
Janette sah Isabell Stein eine Weile schweigend an und hatte den Eindruck, dass sie nicht ganz so schwer unter Drogen stand wie ihre Tochter. »Sie haben mit ihr geredet?«
»Ja. Gleich als sie heute Morgen ankam.«
»Und danach?«
»Was meinen Sie?«
»In den letzten ein, zwei Stunden?«
»Ich war vor einer Stunde bei ihr oben, warum?«
»Ist Ihnen da ein Unterschied aufgefallen?«
»Sie muss Medikamente nehmen.«
»Das sagt Ihr Mann. Hatten Sie den Eindruck, dass es nötig ist?«
Durch Isabell Stein zuckte ein Anflug von Wachheit. Janettes letzter Satz hatte ihre Lethargie aufgestört. »Ich … ich bin kein Arzt«, sagte sie und forschte im Gesicht der Kommissarin nach einer genaueren Erklärung. »Sie meinen …?«
»Ich habe Zweifel, dass die Medikamente nötig sind.«
»Finden Sie nicht, dass mein Mann das entscheiden sollte?«
»Ihr Mann entscheidet viel, nicht wahr?«
Isabell senkte ihr Gesicht in die Decke und schien nachzudenken.
»Es ist schön, wenn man jemand hat, der einem Dinge abnimmt. Ich überlasse meinem Freund auch vieles. Es erleichtert das Leben.« Isabells Augen lugten hinter der Decke hervor. »Aber manchmal muss man selbst entscheiden.«
»Sie hören sich an wie meine Therapeutin.«
»Sie sind in Therapie?«
»Ich war. Bis vor vier Jahren.«

»Was ist dabei herausgekommen?« Janette besann sich. »Entschuldigen Sie, das war indiskret.«
»Kein Problem. Ich führe jeden Tag solche Gespräche.« Isabell deutete mit einer Hand, die sie aus der Decke hervorholte, auf den Park und die Klinik.
»Was … was hat die Therapeutin gesagt?«
»Dass ich mich von meinem Mann trennen soll.« Isabell sah Janette an, als erwartete sie einen Kommentar dazu. Janette schwieg. »Warum sollte mein Mann meiner Tochter unnötige Medikamente geben?«
»Um zu verhindern, dass sie eine Aussage macht.«
Isabell schien erstaunt und irritiert. »Wieso? Ich meine, worum … geht es dabei?«
»Ihre Tochter hatte vor zehn Jahren eine Geburt. Das Kind war leider tot. Sie wissen sicher, was damals passiert ist.«
Isabell Stein zog die Schultern ein Stück höher und mied Janettes Blick. »Nur dass das Kind tot war. Ich … ich war damals nicht dabei.«
»Nicht bei der Geburt? Oder gar nicht im Haus?«
»Ich war nicht zu Hause. Es ging mir auch damals nicht gut. Ich hatte … gesundheitliche Probleme.« Isabell Stein wand die andere Hand aus der Wolldecke und betrachtete ihre abgekauten Fingernägel. »Was soll meine Tochter aussagen?«
»Wir glauben, dass damals etwas geschehen ist, das mit der Entführung Ihrer Tochter zu tun hat und mit dem Mord an dem Beerdigungsunternehmer Florian Scheffler. Wir haben den Eindruck, Ihr Mann will nicht, dass Ihre Tochter uns davon erzählt.«
Isabell blickte mit versteinertem Gesicht auf den Goldregen. Janette konnte sehen, dass es in ihr arbeitete.
»Ich will Ihrem Mann nichts unterstellen. Aber es ist offensichtlich, dass er Bianca unter Drogen setzt. Wir

wissen nicht, wie lange er das machen will und ob das bleibende Schäden verursacht. Die Einzige, die etwas für Bianca tun kann, sind im Augenblick Sie. Ich sehe, dass es Ihnen schlechtgeht. Aber Ihre Tochter braucht Sie.«

Isabells Augen waren deutlich wacher als am Anfang des Gesprächs, und Janette meinte in ihrem Gesicht Anzeichen von Wut und Entschlossenheit zu erkennen.

Janettes Handy klingelte. Es war Wallner.

»Stein hat mich rausgeschmissen. Du solltest langsam Schluss machen. Wir sehen uns am Wagen.«

43

Vor dem ehemaligen Bauernhof waren mehrere Streifenwagen geparkt, dazu ein ziviles Fahrzeug der Kriminalpolizei. Stefanie Lauberhalm wurde ein Durchsuchungsbeschluss präsentiert, der die Beamten dazu berechtigte, auf dem Anwesen nach ihrer verschwundenen Tochter Olivia zu suchen. Stefanie Lauberhalm war kurz vor dem Abhandenkommen des Kindes in der Nähe des Miesbacher Marktplatzes von Zeugen gesehen worden, und es bestand der dringende Verdacht, dass sie das Mädchen entführt hatte.

Nach einer halben Stunde intensiven, aber vergeblichen Suchens entdeckte Kreuthner nicht weit von einer großen Esche ein Loch im Boden, das mit Zweigen abgedeckt war. Er winkte Stefanie Lauberhalm zu sich.

»Wo geht's denn da hin?«

»Nirgends. Das ist ein Erdstall.«

»Für Viecher?«

»Nein, für Seelen.« Kreuthner sah die Frau fragend an. »Erdställe sind tausend Jahre alt. Sie wurden einst erbaut, damit die Seelen der Toten ein Zuhause hatten bis zum Jüngsten Gericht. Sonst wären sie womöglich hier oben herumspaziert und hätten die Lebenden erschreckt.«

»Ah so? Ja dann sind die aber noch da unten. Ich mein, es is doch noch a bissl hin bis zum Jüngsten Gericht.«

»O ja!« Stefanie legte eine Hand auf Kreuthners Arm, neigte ihren Kopf an sein Ohr und flüsterte: »Hier oben, über dem Erdstall, das ist ein Kraftort, an dem ich meine Zauberkunst ausübe. Deshalb bin ich nachts oft hier. Dann kann ich sie hören.«

»Wen?«

»Die toten Seelen.«

»Und was erzählen die?«

»Na ja – sie wimmern halt und wehklagen. Ist nicht schön da unten. Dunkel, eng.«

»Aber theoretisch könnt man da auch a Kind verstecken.«

»Sicher. Aber ich würd nicht runtergehen. Wissen Sie, was passiert, wenn man die Toten stört?«

»Logisch.« Kreuthner senkte die Stimme. »Vor a paar Jahr hab ich die Asche von meinem Onkel Simmerl ausm Grab geholt und am Wallberg verstreut.«

»Und?«

»A halbe Stund später bin ich vor einer Leich gestanden. Die war stocksteif gefroren. Gruselig.«

»Ja. So was passiert dann.«

»Trotzdem – untersuchen müssen mir's. Gibt's da irgendwelche Gefahren zu beachten? Außer wehleidige Seelen?«

»Es gibt einige Engstellen. Alle Erdställe sind so angelegt. Und ob die Toten sich durch irgendwelche Strahlungen schützen, kann ich Ihnen nicht sagen. Ist aber wahrscheinlich.«

Kreuthner betrachtete das Loch zu seinen Füßen mit einem gewissen Respekt. Stefanie Lauberhalm schenkte ihm ein geheimnisvolles Lächeln. In diesem Augenblick erschienen Mike und Tina und präsentierten ihre Dienstausweise.

»Frau Lauberhalm – können wir Sie mal sprechen?«

»Oh – gleich die Kripo.«

»Es geht nicht um Ihr Kind.«

Stefanie Lauberhalm nickte und ging mit den Kommissaren zum Haus. Kreuthner starrte das Loch an und überlegte, was zu tun sei. Schließlich winkte er Sennleitner, der gerade müßig herumstand.
»Des is a Erdstall«, erklärte Kreuthner und deutete auf das Loch in der Erde.
»Für Viecher?«
»Ja, genau. Du gehst jetzt nunter und schaust, ob die des Kind da versteckt ham.«
»Wieso gehst du net?«
»Weil einer oben bleiben muss – falls was passiert. Also, auf geht's.« Kreuthner reichte Sennleitner eine Taschenlampe.

Mike, Tina und Stefanie Lauberhalm standen neben dem ehemaligen Stall, dessen Tür offen stand, denn er war als potenzielles Versteck durchsucht worden. In Ermangelung eines Kellers diente er als Abstellraum.
»Sie haben in letzter Zeit mehrfach mit einer Frau namens Bianca Stein telefoniert«, sagte Tina. »Wir würden gerne wissen, worum es dabei ging.«
»Warum interessiert Sie das?«
»Es hilft uns möglicherweise bei der Aufklärung des Mordes an Florian Scheffler. Bianca Stein wurde entführt, Scheffler ermordet. Bei beiden gibt es einen Bezug zu Ihnen.«
»Herrn Scheffler kenne ich nicht. Warum der mich fotografiert hat? Keine Ahnung. Das habe ich aber schon Ihrem Kollegen Wallner erzählt.«
»Wissen wir. Was ist mit Frau Stein?«
»Sie hat sich für Magie interessiert.«
»Sie sagten Herrn Wallner, die Frau hätte Sie bedroht.«
»Ja. Das Interesse für Magie war nur ein Vorwand, um mit mir in Kontakt zu kommen.«

»Was hat die Frau Ihnen angedroht?«
»Die Bedrohung ging von ihrer Aura aus.«
»Von ihrer Aura!« Tina sah zu Mike. Der legte anscheinend wenig Wert auf esoterische Diskussionen und betrachtete die Umgebung. Tina lächelte Stefanie Lauberhalm an. »Und deswegen lassen Sie sie gleich verschwinden?«
Die Hexe lächelte zurück. »Ihr Vertrauen in meine magischen Kräfte ehrt mich.«
»Vielleicht hatten Sie einen Assistenten, der bei dem Trick mitgeholfen hat.«
»Ich krieg das alleine hin.«
»Wir kommen vom Thema ab: Warum war Bianca Stein eine Bedrohung für Sie?«
»Glauben Sie jetzt an Magie oder nicht?«
»Nein.« Tina klang genervt. »Warum fühlten Sie sich bedroht?«
»Wenn Sie nicht an Magie glauben, werden Sie es nicht verstehen.«
»Das Gefühl hab ich auch«, warf Mike ein.
Die Aufmerksamkeit der drei wurde von Kreuthner eingefordert, der mit einem Mal neben ihnen stand.
»Leo – was gibt's?«, fragte Mike.
»Mir ham a Problem mit dem Erdstall. Der Sennleitner steckt fest.«
»Erdstall?«
»Des is a Loch im Boden mit unterirdische Gänge.«
»Seid mal still!« Tina machte eine fächelnde Handbewegung. In der Stille hörte man von weit her und sehr gedämpft quiekende Hilfeschreie. Es klang unwirklich und gespenstisch.
»Des is er«, sagte Kreuthner.
Mike und Tina zogen los, um sich der Sache anzunehmen. Kreuthner blieb bei Stefanie Lauberhalm. »Sie,

ich hab mir überlegt – mir könnten vielleicht ins Geschäft kommen. Sie können doch sicher Leut verhexen?«

Stefanie Lauberhalm sah Kreuthner etwas irritiert an. Der zog aus seiner Uniformjacke eine kleine Plastiktüte und hielt sie ihr hin.

»Was ist das?«, wollte sie wissen.

»Des is a Haar. Blond. Was kost des, wenn Sie den, wo des Haar her is, verhexen?«

»Kommt drauf an, was genau der Person passieren soll. Wer ist das überhaupt.«

»Kennen Sie nicht. A g'scherter Staatsanwalt. Und wenn Sie ihn kennen täten, täten Sie ihn net mögen.« Kreuthner betrachtete versonnen das einsame Haar in der Tüte. »Was könnt jetzt mit dem passieren? Tot wär a bissl viel. Schwer verletzt wär schön. Vielleicht vier Wochen Krankenhaus, beide Hände gebrochen, dass er net arbeiten kann. Einfach a kleiner Unfall.«

»Das können Sie sich nicht leisten.«

»Wie viel?«

»Zweitausend. Ohne Garantie.«

»Ohne Garantie? Wo gibt's denn so was? Fünfhundert. Und Geld zurück, wenn's net klappt.«

»Kommen Sie wieder, wenn Sie das Geld haben. Ich feilsche nicht.«

In diesem Moment hörte man jemanden, der bei dem Loch zum Erdstall stand, rufen, dass man einen Bagger und einen Presslufthammer benötige. Offenbar war es nicht möglich, den feststeckenden Sennleitner händisch aus seiner misslichen Lage zu befreien.

»He!« Stefanie Lauberhalm rannte los. »Ihr spinnt wohl. Der Erdstall steht unter Denkmalschutz!«

Kreuthner blieb alleine zurück. Sein Blick fiel durch die offene Tür in den ehemaligen Stall. Er betrat den

Raum und sah sich um. An der Seite waren Regale mit Essensvorräten und Putzmitteln, alte IKEA-Kleiderschränke für die Wintersachen, Holzbriketts, nicht ausgepackte Umzugskartons und alle möglichen Dinge, die im Lauf der Jahre von selbst in solchen Lagerräumlichkeiten wachsen.
Kreuthners Interesse wurde von einem unauffälligen weißen Pappkarton geweckt. Darin befand sich Elektroschrott aller Art, von alten Handys über zwei nicht mehr gebrauchte Router, Dutzende von Kabeln bis hin zu einem Laptop. Kreuthner nahm den Laptop aus dem Karton. Er sah sich um. Niemand war in der Nähe. Alle hatten sich am Erdstall versammelt. Den Laptop brauchte offenbar niemand mehr, dachte sich Kreuthner. Er könnte ihn also genauso gut mitnehmen. Das allgemeine Durcheinander um den eingeklemmten Sennleitner nutzend, schaffte Kreuthner das Gerät zu seinem Dienstwagen und verstaute es im Kofferraum.

44

Am Nachmittag traf sich die übliche Runde, bestehend aus Wallner, Tina, Janette, Mike und Oliver in Wallners Büro, um Ergebnisse auszutauschen und sich einen Eindruck zu verschaffen, wo man mit den Ermittlungen stand. Tina und Mike berichteten von der Vernehmung Stefanie Lauberhalms.

»Wie geht's dem Sennleitner?«, wollte Wallner wissen.

»Hat ein paar Quetschungen im Bauchbereich. Kein Wunder, wennst a Dreiviertelstund in so am engen Loch feststeckst. Wir wollten ihn ja erst mit Hammer und Meißel rausholen. Aber die Hex hat dann vorgeschlagen, dass mir ihn einölen. Hat funktioniert.«

Anschließend erzählte Wallner von dem Besuch in der Klinik von Professor Stein und dass Stein seine Tochter unter Drogen gesetzt hatte.

»Was macht man in so einem Fall?«

»Schwierig. Stein ist der behandelnde Arzt. Da müsste ihm ein Gutachter Missbrauch seiner ärztlichen Stellung bescheinigen. Ich frag mal Tischler. Vielleicht fällt dem was ein. Oliver – was ist mit den Geldscheinen? Hat Tischler schon eine Verfügung gegen die Steins?«

»Nein. Aber wir wissen, dass die Fingerabdrücke auf den Geldscheinen von Bianca Stein stammen.«

»Wie sind wir an ihre Fingerabdrücke gekommen? Ich hab ihr heute keine abgenommen.«

Janette grinste. »Ich war so freundlich und hab ihre Teetasse abgeräumt. Ich wollte sie am Empfang abgeben. Aber dann hast du so gehetzt, da hab ich's vergessen.«

Wallner seufzte. »Okay. Was schließen wir daraus?«
Janette ordnete ein paar Papiere vor sich auf dem Besprechungstisch. »Entweder hat Scheffler Bianca Stein erpresst, oder sie hat ihm für irgendeine Dienstleistung oder Information Geld gegeben. Anschließend wurde sie entführt und er ermordet. Die Wahrscheinlichkeit, dass das nichts miteinander zu tun hat, liegt unter einem Prozent.«
»Jetzt müssen wir bloß noch rausbekommen, *was* es miteinander zu tun hat.«
»Auch da sind wir ein Stück weiter.« Janette hatte mehrere Blätter in der Hand, die sie jetzt verteilte. »Die Hütte, in der die Stein gefangen gehalten wurde, ist seit etwa zehn Jahren in Besitz von Wotan Grosser. Der betreibt eine Werbeagentur in München. Eigenen Angaben zufolge nutzt er die Hütte praktisch nicht. Er will sie seit Jahren renovieren, kommt aber angeblich nicht dazu. Hier …«, sie deutete auf das Papier, das sie gerade verteilt hatte, »haben wir die Namen von Personen, die in den letzten Jahren für Grosser gearbeitet haben und theoretisch Zugang zu den Hüttenschlüsseln hatten.«
»Das sind ganz schön viele Namen.« Mike kratzte sich am Kopf, als er die Liste durchging.
»Stimmt. Das sind relativ viele. Grosser hatte in der Zeit drei Putzfrauen, vier Gärtner, die allerdings kaum ins Haus gekommen sind, zwei Fahrer und eine Assistentin, die sich um sein Haus in Nymphenburg gekümmert hat, wenn Grosser verreist war. Außerdem haben zwei gute Freunde Schlüssel, für die Grosser aber seine Hand ins Feuer legt.«
»Wir überprüfen sie trotzdem. Habt ihr schon was rausbekommen?«
»Wir sind erst am Anfang. Vorbestraft ist jedenfalls

keiner auf der Liste. Wir checken gerade das Umfeld der Leute und ob da irgendwo Namen wie Stein oder Scheffler vorkommen.«

»Lauberhalm nicht zu vergessen.«

»Ja, die Hexe ist auch dabei. Ich würde euch bitten, euch mal die Namen anzusehen. Vielleicht kommt euch einer bekannt vor. Etwa aus früheren Ermittlungen.«

»Auf den ersten Blick kommt mir keiner bekannt vor.« Tina legte die Liste vor sich auf den Tisch. »Ich frage mich, wovon wir eigentlich ausgehen? Dass Alexander Stein seine Tochter entführt und Scheffler erschossen hat?«

»Wäre möglich«, sagte Wallner. »Nehmen wir an, die beiden sind hinter ein schmutziges Geheimnis gekommen, und er wollte sie aus dem Verkehr ziehen. Scheffler bringt er um, bei seiner Tochter hat er dann doch Skrupel. Er lässt sie entführen.«

»Aber was hätte das für einen Sinn?« Oliver legte die Liste zu seinen Unterlagen. »Irgendwann hätte er sie eh freilassen müssen. Was dann?«

»Vielleicht wollte er sie irgendwo hinbringen, wo er sie dauerhaft gefangen halten kann. Oder er dachte, er könnte sie irgendwann zur Vernunft bringen.«

»Und das schmutzige Geheimnis hat mit der Totgeburt von damals zu tun?«, sagte Tina. »Vielleicht hat er einen Kunstfehler gemacht.«

»Das muss schon was Drastisches gewesen sein«, schaltete sich Mike wieder ein. »Irgendwas, wofür sie dir die Approbation entziehen. Was ich mich frag, ist: Warum jetzt? Warum zehn Jahre später? Und was willst dem Stein da noch nachweisen? Die Leiche ist wahrscheinlich so verwest, da brauchst mit der Obduktion gar net anfangen.«

»Irgendwas geht immer.«

»Ja, Gift oder irgendwas, was sich in den Knochen ablagert. Aber ein Kunstfehler bei der Geburt?«

Wallner griff zum Handy und wählte eine Nummer.

»Wen rufst denn an?«, wollte Mike wissen.

In diesem Moment nahm jemand das Gespräch entgegen. »Herr Tischler, ich grüße Sie … Ja, es geht voran. Wir überprüfen gerade die Leute, die Zugang zu der Hütte bei der Wolfsschlucht hatten … Sie kriegen das noch schriftlich. Im Augenblick haben wir zwei juristische Probleme für Sie: Zum einen haben wir den Verdacht, dass Alexander Stein seine Tochter unter Sedativa setzt, damit sie nicht aussagen kann. Da könnten Sie mal überlegen, welche Möglichkeiten es gibt, dagegen vorzugehen … Ach so, das hatte ich vergessen zu sagen, sie ist jetzt bei ihm in seiner Klinik und praktisch in Trance … mhm … hm, hatte ich mir schon gedacht, dass das mühsam wird. Gut. Zweiter Punkt: Ich hatte Ihnen von der Totgeburt erzählt. Es könnte sein, dass Stein dabei ein Kunstfehler unterlaufen ist und ihn Scheffler damit erpresst hat. Wie stehen die Chancen auf eine Exhumierung? … Das sind im Augenblick natürlich nur Vermutungen. Einen konkreten Verdacht einer Straftat … na ja, ist eher ein bisschen dünn. Zwei Menschen, die mit Geburt und Bestattung des Kindes zu tun hatten, sind Opfer eines Verbrechens geworden … Ich wollte es Ihnen nur schon mal sagen. Vielleicht fällt Ihnen über Nacht ein Kniff ein. Sie sind ja immer sehr gut in diesen Dingen.« Mike begann eine Luftvioline zu spielen. Wallner zeigte ihm den Mittelfinger. »Gut, bis morgen Vormittag dann …« Wallner wollte schon auflegen, da schien Tischler noch ein anderes Thema anzuschneiden. »Ja? … Ich hab gedacht, die Maibaumgeschichte wäre so weit erledigt. Ich meine, es ist schwierig da … Natürlich haben wir noch nicht alle Möglichkeiten ausermittelt, aber … Na gut, wenn Sie meinen. Schönen Abend noch.«

»Und?«, fragte Mike. »Geht nicht?«

»Er will's nicht grundsätzlich ausschließen. Aber wir sollten uns keine zu großen Hoffnungen machen und über Alternativlösungen nachdenken.«

»Geht's net weiter, ha?« Kreuthner stand in der Tür, und niemand konnte sagen, wie lange schon. »Vielleicht kann ich helfen.«

»Danke für das Angebot. Aber wir kommen zurecht. Habt ihr das Kind gefunden?«

»Nein, hamma net. Sag mal – was war des da grad mit dem Maibaum?«

»Na ja, ich dachte eigentlich, die Sache wär gegessen. Aber das wurmt den Tischler, wie's aussieht. Der will da unbedingt ermitteln.«

»Was hat er denn?«

»Keine Ahnung. Vielleicht, weil's auf YouTube war. Ich kümmer mich schon drum. Aber halt dich in nächster Zeit bitte aus der Schusslinie.«

Kreuthner grunzte, hob eine Hand zum Gruß und ging. Er brauchte dringend einen Ermittlungserfolg.

45

Isabell hatte sich die Schminke vom Gesicht gewischt und stand vor dem Spiegel im Bad ihres Klinikapartments. Links und rechts neben dem Spiegel waren senkrechte Leuchtröhren angebracht, wie damals im Theater. Jeder Winkel des Gesichts wurde ausgeleuchtet. Und nach dem Abschminken hatte man einen außergewöhnlichen Anblick: sein wahres Gesicht. Sie war jung und schön gewesen und hatte was hergemacht. Mit einem Feuilletonreporter war sie ins Bett gegangen, was ihre Bekanntheit befördert hatte. Vielleicht war sie wirklich eine gute Schauspielerin, die auch ohne Liebesbeweise berühmt geworden wäre. Sie würde es nie erfahren. Es war auch einerlei, denn die Berühmtheit war von kurzer Dauer gewesen. Das lag an ihrer Nervosität und fehlendem Selbstvertrauen. Um diesen Missstand in den Griff zu bekommen, hatte sie sich angewöhnt, Wodka zu trinken. Das beruhigte und gab ihr Sicherheit. Als der Erfolg kam, wurde aus Selbstvertrauen Größenwahn. Nachdem mehrere Filmengagements geplatzt waren, weil sie zweimal gar nicht und dreimal betrunken am Set erschienen war, entschied die Branche, dass Isabell Millner, wie sie damals noch hieß, nicht berühmt genug war, um sich von ihr auf der Nase herumtanzen zu lassen. Sie schlug innerhalb kürzester Zeit am Boden auf, und ihre Agentin erklärte, sie sei außer für Baumarkteröffnungen nicht mehr vermittelbar. In dieser Lebenskrise spielte sie mit Selbstmordgedanken und suchte einen Therapeuten auf. Sie brauchten nur drei

Sitzungen, um sich ineinander zu verlieben. Der Therapeut gab seine Patientin an einen Kollegen ab und heiratete sie. Seitdem hatte Alexander sie beschützt und für sie gesorgt. Genau genommen hatte er ihr jede Verantwortung für ihr Leben abgenommen und seit der Heirat alles bestimmt, was sie tat. Und genau dafür hatte sie ihn geliebt. Er hatte sie dreimal in eine Entziehungsklinik geschickt – nicht in die eigene. Dreimal war sie wieder rückfällig geworden.
Sie betrachtete ihr blankes Gesicht im Spiegel. Der Alkohol hatte erstaunlich wenige Spuren hinterlassen. Sie ging auf Mitte fünfzig zu und hätte ihr Spielalter guten Gewissens mit Ende dreißig bis Mitte vierzig angeben können. Warum hatte sie es nie geschafft, vom Alkohol loszukommen? Weil sie so war, wie sie war, hatte ihr die letzte Therapeutin erklärt. Die, von der sie sich vor vier Jahren getrennt hatte. Hätte sie die Energie gehabt, den Entzug durchzustehen, wäre sie nicht mehr mit Alexander zusammen und würde ihr eigenes Leben leben. Es war Teil des Deals. Gut möglich, dass er sie nur auf Entzug geschickt hatte, um sich zu vergewissern, dass er weiter die Kontrolle über sie hatte und sie niemals in der Lage sein würde, ihn zu verlassen. Probe bestanden.
Ihr Gesicht wurde mit den Jahren knochiger. Das gehörte zu den üblichen Kosten für einen Hintern in Jeansgröße achtundzwanzig. Im Grunde hatte sie nur einen einzigen ernsthaften Kritikpunkt: ihre Augenlider. An den Seiten hingen sie ein bisschen herab, nicht schlimm, aber doch so, dass man die Jahre des Leidens und der Depressionen daran ablesen konnte. Doch – sie hatte viel gelitten. Besonders vor zehn Jahren, als Bianca schwanger gewesen war. Sie hatte darunter gelitten, dass sie schwanger war, hatte noch

mehr gelitten, als das Kind tot zur Welt kam, und am meisten hatte sie gelitten, dass sie ihrer Tochter in dieser schlimmen Stunde nicht hatte beistehen können, weil sie einen Nervenzusammenbruch hatte und außerstande war, die Klinik zu verlassen.

Isabell betrachtete ihr ungeschminktes Gesicht im Spiegel. Wie würde ihre ehemalige Therapeutin die Dinge betrachten?

Zunächst würde die einwenden, dass Isabell in jener Nacht, als das tote Kind auf die Welt kam, keinen Nervenzusammenbruch erlitten hatte, sondern betrunken war. Sie war von der Situation überfordert gewesen und hatte eine Ausrede gesucht, um nicht dabei sein zu müssen. Sie hatte nie verstanden, warum Bianca nicht in ein Krankenhaus gegangen war wie jede andere Frau. Aber da hätte Alexander die Dinge nicht unter Kontrolle gehabt.

Sodann würde die Therapeutin fragen, warum eigentlich *sie* so gelitten hatte? War *sie* schwanger gewesen? Hatte *sie* eine Totgeburt gehabt? War *sie* von ihrer Mutter im Stich gelassen worden? Nein, das alles war Bianca passiert. Warum hatte dann Isabell so gelitten wie kein anderer? Vielleicht, weil sie egozentrisch war bis in die Knochen, weil sie sich nicht vorstellen konnte, dass auch andere Menschen litten. Gewiss, auch Schuldgefühle hatten sie gequält. Aber aus jahrelanger Erfahrung wusste sie: Denen kommt man bei, indem man Opfer wird. Opfer sind nicht schuld.

Es gab freilich noch eine andere Möglichkeit, die Schuldgefühle zu bekämpfen. Dieser Weg war schwer, und Isabell wusste nicht, wo er sie hinführen würde. Aber das Gespräch mit der Polizistin hatte einen lange betäubten Wunsch in ihr wiedererweckt: ihr Leben endlich selbst in die Hand zu nehmen.

Die Schwester des Spätdienstes riss Isabell aus ihren Gedanken. Sie brachte Abendbrot und Tabletten. Heute hatte der Professor eine kleine Flasche Wein genehmigt. Kontrolliertes Trinken. Die Schwester wünschte zwitschernd guten Appetit und eine angenehme Nacht und bot an, jederzeit zu Diensten zu sein, wenn Isabell etwas bräuchte. Dann entschwand sie nach draußen zu ihrem Wagen, auf dem noch andere Abendessen und Tablettenrationen warteten.
Isabell war ins Bad zurückgekehrt und hielt die Pillenbox in der Hand. Die Tabletten wurden in der Kampen-Klinik nicht alle auf einmal für morgens, mittags und abends ausgeteilt. Sondern drei Mal am Tag. Insgesamt vier Tabletten waren in der Box für abends. Nie hatte sie gefragt, welche Medikamente man ihr verabreichte. Wozu? Alexander wusste, was sie brauchte. Er kannte sie wie kein zweiter Mensch auf diesem Planeten – Isabell selbst vermutlich eingeschlossen. Noch einmal sah sie in den Spiegel, sah sich mit der Tablettenbox in der Hand. Dann warf sie den Inhalt der Box in die Toilette und drückte die Spülung.

Die Schwester war mit ihrem Wagen einige Zimmer weiter, als Isabell zu ihr ging.
»Haben Sie schon gegessen?«, wollte die Schwester wissen.
»Ich wollte erst noch bei meiner Tochter vorbeischauen. Ich kann ihr Abendessen mitnehmen.«
Die Schwester zögerte. Der Wunsch war ungewöhnlich und brachte sie in Bedrängnis. Andererseits – was sollte schon passieren? Die Frau ihres Arbeitgebers war zwar nur zu den wenigsten Dingen in der Lage. Aber das mit dem Tablett würde sie vermutlich hinbekommen.

»Lachstatar«, sagte sie, als sie Isabell das Tablett reichte.
»Was ist mit den Tabletten?«
»Ja, natürlich.« Die Schwester suchte die Box mit der Aufschrift *B. Stein – Abend* heraus und stellte sie neben den Teller mit dem Lachstatar. Isabell dankte, lächelte und ging mit grazilen Schritten den Flur hinunter zum letzten Apartment links.
Isabells Anblick überraschte Bianca. Statt Freude über den Besuch zu empfinden, war sie beunruhigt. Ihre Mutter wirkte verändert. Um die Uhrzeit war sie normalerweise betrunken. Vor ein paar Stunden wäre ihr das alles egal gewesen. Doch die Wirkung der Beruhigungsmittel ließ langsam nach, wodurch Biancas Gedanken klarer wurden. Gleichzeitig wuchs in ihr eine unbestimmte Angst. Die Angst vor dem, was sie vergessen hatte.
»Hallo, Mama, was machst du hier?«
»Ich bring dir dein Abendessen. Du hattest Lachstatar bestellt. Wie geht's?« Isabell plazierte das Tablett auf dem Mahagonitisch vor dem Fenster, ging zu Bianca, die Zeitschriften lesend auf dem Bett lag, und legte ihre Hand auf Biancas Bein.
»Es geht so. Ich bin noch ein bisschen umnebelt. Aber wenn ich umnebelt bin, bin ich nicht so unruhig.«
»Glaubst du, die Tabletten sind nötig?«
Bianca brauchte ein Sekunde, um zu antworten. Die Frage erschien ihr wenn nicht absurd so doch – verwegen. »Denke schon. Ich meine, Papa hat sie mir verschrieben. Das hat er hoffentlich nicht zum Spaß gemacht. Gibst du mir die Tabletten bitte?«
Isabell stand auf, holte die Pillenbox vom Tablett und setzte sich wieder zu ihrer Tochter aufs Bett. Bianca griff nach der Box, aber Isabell hielt sie fest. »Weißt du, was das für Medikamente sind?«

Bianca zuckte die Schultern. »Psychopharmaka. Beruhigungsmittel.«
»Du weißt es also nicht. Und ich auch nicht.«
»Papa weiß es.«
»Ja, der weiß es.« Isabell betrachtete die Box, die fünf verschiedene Präparate enthielt, stand auf, ging ins Band und kippte den Inhalt in die Toilette.
»Was machst du?«, rief Bianca.
Sie hörte, wie ihre Mutter die Spülung betätigte. Anschließend kam Isabell zurück und setzte sich wieder aufs Bett. Bianca sah sie erstaunt an, nahm die leere Tablettenbox und spielte eine Weile damit.
»Warum, glaubst du, gibt er mir die Medikamente?«
»Vielleicht ... damit du dich nicht erinnerst.«
»Woran?«
»Das weiß ich auch nicht. Die Polizei glaubt, es hängt mit ...« Sie zögerte und suchte nach einem unverfänglichen Wort. »Mit der Geburt damals zusammen.«
Bianca überlegte. »Da ist nicht mehr viel. Bei der Geburt war ich völlig weggetreten. Aber das ist es nicht ...«
»Sondern?«
»Da ist noch was anderes. Vielleicht hat es ja auf irgendeine Weise mit der Geburt zu tun. Und es ist der Grund, warum man mich entführt hat.« Sie ließ die Pillenbox sinken. »Du glaubst doch nicht im Ernst, dass Papa dahintersteckt. Dass er mich hat entführen lassen?«
»Ich weiß es nicht. Ich weiß nur, dass dein Vater zu vielen Dingen in der Lage ist, wenn es um seinen Vorteil geht.«
Es klopfte, unmittelbar darauf betrat Alexander Stein das Apartment. Er hatte seinen weißen Arztkittel an. Er schien überrascht, Ehefrau und Tochter zusammen zu sehen.

»Hallo, ihr beiden. Da ist die Familie ja seit langem mal wieder zusammen.«
»Wir tratschen ein bisschen«, sagte Isabell und lächelte.
»Geht's dir heute besser?« Stein legte eine Hand auf die Schulter seiner Frau.
»Ja. Ein bisschen. Ich hatte Lust zu reden.«
»Gut. Aber übertreibt nicht.«
»Keine Sorge«, sagte Bianca. »Ich schmeiß sie bald raus.«
»Ihr habt ja morgen den ganzen Tag.« Stein griff in seine Kitteltasche und förderte eine steril verpackte Spritze und eine kleine Ampulle zutage. »Die Medikamente hast du schon genommen?«
Bianca griff nach der Box und hielt sie hoch, so dass Stein sehen konnte, dass sie leer war. »Ja«, sagte Bianca nach kurzem Zögern.
»Gut. Ich würde dir gerne noch eine Spritze geben.«
»Wofür ist die gut?«
»Das sind Vitamine und ein paar andere Substanzen, die dich körperlich stabilisieren.« Er machte Anstalten, die Spritzenverpackung zu öffnen.
»Können wir mit der Spritze noch warten?«, sagte Bianca.
»Du solltest sie auf alle Fälle heute Abend bekommen.«
»Wie lange bist du noch da?«
»Ein, zwei Stunden.« Stein überlegte und sah dabei leicht angespannt aus. Unvermittelt lächelte er. »Na gut. Ich komm wieder, bevor ich das Haus verlasse.«

46

Das kleine Haus aus der Nachkriegszeit lag friedlich im Abendlicht, als Wallner nach Hause kam. Honigduft umwehte ihn, denn in allen Gärten standen die Büsche in Blüte, und ein warmer Hauch kündigte besseres Wetter an.

Manfred wartete in der Küche, er hatte Schweizer Wurstsalat gemacht. Wie üblich mit ein bisschen zu vielen Zwiebeln, die Wallner auf die Seite legte, ansonsten aber eine schöne Mischung aus derb und delikat. Offenbar hatte Manfred auf seine alten Tage Geschmack an guten Zutaten gefunden. Der Käse schmeckte nicht nach trockenem Sonderangebot, und auch bei der Fleischwurst hat Manfred ein paar Cent mehr drangegeben.

»Und? Kriegst du eine Anzeige?« Wallner konnte nicht umhin, nach einigem belanglosen Geplauder den Vorfall auf dem Marktplatz anzusprechen.

»Glaub nicht. Ich hab ja nix dafürkönnen. Des verreckte Elektroteil is mir halt ausgekommen. Da müssen s' den Hersteller verklagen.«

»Ich sag mal so: Das mit dem Wespenschwarm, da kannst du wirklich nichts dafür. Ist halt blöd gelaufen. Der Rest ist meines Erachtens vorsätzliche Sachbeschädigung.«

»Kannst mich ja selber anzeigen, wenn's deine Kollegen net machen.«

»Würd ich ja. Aber wer kocht mir dann das Abendessen, wenn du im Knast sitzt? Ist übrigens ausgezeichnet heute.«

»Was heißt heute?!«
»Das heißt, dass es sonst auch sehr gut ist. Aber heute ist es besonders gut. Du bist vielleicht eine Diva.«
»Der Kas und die Wurscht, die ham mich fast ruiniert. Den Wurschtsalat kannst in Gold aufwiegen.«
»Ja. Sag ich doch, dass es heute besonders gut ist. Und apropos ruiniert: Da werden wahrscheinlich ein paar Forderungen kommen. Von den Leuten, denen du die Marktstände zertrümmert hast.«
»Tut mir leid. Aber das geht dann wohl von deinem Erbe ab.«
»Ja, ja. Hau die Kohle nur raus.« Wallner lächelte in sich hinein und sah seinen Großvater liebevoll an. »Ich find's ja gut.«
»Was?«
»Dass du dich so reinhängst, damit deine Freundin ihr Kind zurückbekommt. Hat scheint's funktioniert.«
»Da wollt ich eh noch mit dir reden.«
»Nein, nein. Lass mal. Je weniger ich weiß, desto besser. Du weißt, wie ich bin. Wenn jeder für sich bestimmt, was Recht ist und was Unrecht, dann können wir gleich zusammenpacken.«
»Und trotzdem findst es gut?«
Wallner schluckte einen großen Bissen Wurst und Käse hinunter, die zusammen mit der Säure des Essigs ein ganz wunderbar würziges Aroma erzeugten. »Ich finde, ein Kind gehört zu seinen Eltern, wenn die ihm nicht schaden. Und ich bin mir ziemlich sicher, dass Olivia bei ihrer Mutter in den besten Händen ist. Wenn der Staat das anders sieht, bin ich mit ihm halt nicht einer Meinung. Muss ich auch nicht, solange ich mit der Sache nichts zu tun habe.«
»Mhm«, sagte Manfred. Dann sagte er nichts mehr und konzentrierte sich auf den Verzehr des Wurst-

salates, wobei er im Gegensatz zu Wallner mit großer Freude den Zwiebeln zusprach. Wallner hoffte, dass das nicht zu gravierenden Auswirkungen in Manfreds Verdauungstrakt führen würde.
In dieser Stille, die Wallner schon nach ein paar Sekunden verdächtig vorkam, fiel ihm die Schüssel auf, in der sich der Wurstsalat befand. Sie war im Verhältnis zur Füllmenge relativ groß. »Wieso hast denn die große Schüssel genommen? Sonst nimmst du doch immer die kleine blaue.«
»Die war dreckig.«
Wallner nickte und dachte sich, dass man die blaue Schüssel auch hätte abwaschen können. Aber gut. Eben in diesem Moment fiel Wallner, dessen Blick inzwischen durch einen Schuss Argwohn geschärft war, noch etwas auf. Ein Stift. Er lag am Rand des Küchentischs, neben dem alten Kofferradio. Es war ein lila Buntstift. Wallner nahm ihn zwischen zwei Finger und betrachtete ihn.
»Wo ist denn der her?«
»Hat die Katja wahrscheinlich letztes Mal vergessen.«
»Nein. Hat sie nicht. Ich hab den Tisch heute Morgen abgewischt. Und da war der Stift noch nicht da.«
Manfred sagte nur: »Tja …«
»Kann das sein, dass du mehr als zwei Portionen Wurstsalat gemacht hast, und deswegen hast du die große Schüssel genommen? Und teuren Käse und teure Wurst reingemacht?«
Manfred ließ seine Gabel auf den Teller sinken. »Ich hab doch gesagt, wir müssen reden.«

Seit der Zeit, als Wallners Großmutter im Haus gewesen war, wurde es das Stickzimmer genannt. Dort hatte die Großmutter Stickereien und andere Handarbei-

ten angefertigt. Seit über zwanzig Jahren erfüllte das Zimmer mangels Großmutter diese Funktion nicht mehr, hieß aber immer noch wie früher und wurde als Gästezimmer genutzt. Stefanie saß mit gekreuzten Beinen auf dem Bett, als Wallner und Manfred den Raum betraten. Sie hatte ein Kinderbuch in der Hand. Auf ihrem Schoß lag Olivias Kopf. Sie war eingeschlafen.
»Hallo, Clemens«, sagte Stefanie leise.
»Hallo, Stefanie«, sagte Wallner. Sein Blick ging zu dem Mädchengesicht und verweilte dort.
»Selbst ihre geschlossenen Augen sehen noch aus wie deine«, sagte Stefanie.
»Ach richtig. Du kannst ja Gedanken lesen.«
In diesem Moment öffnete Olivia die Augen und blinzelte müde. Dann richtete sie sich auf. »Schau, das ist der Clemens. Von dem hab ich schon erzählt. Der wohnt auch hier.« Stefanie strich ihrem Kind über die Haare.
Olivia hob eine Hand zum Gruß und lächelte verschlafen. Wallner ging zu den beiden und setzte sich aufs Bett.
»Hallo, Olivia. Willkommen bei uns. Wie geht's dir?«
»Gut«, sagte Olivia und klammerte sich an den Arm ihrer Mutter.
»Ich hab auch eine Tochter. Die ist aber jünger als du.«
»Ich weiß. Katja. Die ist drei.«
»Dreieinhalb. Wollen wir mal nicht untertreiben. War aufregend heute, wie?«
Olivia nickte. Wallner sah zu seinem Großvater. »Und du hast die letzten Tage ausgekundschaftet, wie ihr Schulweg jeden Morgen aussieht und wer sie hinbringt?«
»Da kannst von ausgehen. Des war generalstabsmäßig geplant.«

Wallner lächelte Olivia an und dachte über die verfahrene Situation nach, in der er sich befand. »Wie gefällt's dir denn in der Schule?«, fragte er schließlich.
»Gut«, sagte Olivia und dachte nach, welches Erlebnis am besten zur Illustration dieser Bewertung taugte. »Der Finn hat den Moritz wegen mir verhauen«, sagte sie schließlich.
»Das hört sich doch nach jeder Menge Spaß an.«
Stefanie warf Wallner hinter Olivias Rücken einen »Sehr-witzig«-Bick zu. Der lächelte etwas bemüht zurück und sagte: »Können wir kurz draußen reden? Manfred – bleibst du bei der Olivia?«

»Tut mir leid«, sagte Stefanie, als sie vor der Tür des Zimmers standen. »Es scheint dir sehr unangenehm zu sein. Daran habe ich nicht gedacht, als Manfred uns angeboten hat, herzukommen.«
»Unangenehm? Es bringt mich in eine völlig unmögliche Lage. Ich hab nicht die leiseste Ahnung, wie ich das lösen soll. Du machst mich zum Mittäter bei einer Kindesentziehung.«
»Es ist ja nicht irgendein Kind. Es ist *mein* Kind!«
»Genau das ist gesetzlich verboten. Man hat dir das Sorgerecht aberkannt. Du darfst Olivia nicht bei dir haben.«
»Das ist mir scheißegal. Sie ist mein Kind, und daran ändert sich nichts, bloß weil irgendein aufgeblasener Richter meint, sie muss in die Schule gehen.«
»Ich weiß, ich weiß.« Wallner ging auf dem engen Flur in kleinen, nervösen Schritten umher und massierte sich die Nasenwurzel.
»Jetzt reg dich ab. Wir fahren morgen früh wieder.«
»Und wohin?«

Stefanie zuckte mit den Schultern. »Es fällt mir schon was ein. Mach dir keinen Kopf.«
»Dir ist klar, dass europaweit nach Olivia gesucht wird.«
Stefanie schwieg.
»Was sagt dein Mann dazu?«
»Er hat nichts dagegen. Tut aber auch nichts dafür. Wie immer.«
Wallner wischte sich den Schweiß von der Stirn. »Ihr bleibt erst mal hier. Bis ich eine Lösung habe, wie du Olivia wiederbekommst.«
»Das musst du nicht.«
»Ich tu's aber, okay?«
»Und warum?«
Wallner zuckte mit den Schultern. »Wer will sich's schon mit einer Hexe verscherzen?«
Sie nahm seine Hände und sah ihm in die Augen. »Hör auf, alles ins Lächerliche zu ziehen. Ich will wissen, warum du es tust.«
Wallner wich ihrem Blick aus. »Keine Ahnung. Schätze, ich mag dich irgendwie.«
Sie schwiegen eine Weile und standen im Flur.
»Versteh's nicht falsch«, sagte Wallner schließlich.
»Nein, nein. Schon okay.« Sie ließ seine Hände los und schien einen Augenblick unsicher, wie es weitergehen sollte. Schließlich lächelte sie versonnen. »Lass uns wieder reingehen.«

47

Der Cappuccino im Pappbecher war inzwischen kalt. So kalt wie das Wageninnere, und das war so kalt wie die Nacht draußen. Neun Grad stand auf der Anzeige. Ein paar Grad weniger, und es wäre Eiskaffee. Er stellte den Becher zurück in den Getränkehalter, stieg aus dem Wagen und zündete sich eine Zigarette an. Da drüben hinter der Hecke, die um diese Jahreszeit noch nicht dicht genug war, um Blicke fernzuhalten, brannte Licht in einem der Erdgeschossapartments. Seit einer halben Stunde war Biancas Mutter schon bei ihrer Tochter und redete. Er hatte nie verstanden, was Frauen ständig zu bequatschen hatten. Selbst wenn man sie in die Klapsmühle steckte, quatschten sie weiter, als sei nichts passiert.

Er hätte gerne gewusst, worüber sie redeten. Womöglich über ihn. Vielleicht hatte die Kleine ihr Gedächtnis wiedergefunden und heulte der Mutter die Ohren voll. Das wäre schlecht, denn es würde der Polizei erleichtern, auf seine Spur zu kommen. Er verfluchte sich dafür, dass er das nicht vorher gründlicher durchdacht hatte. Vielleicht hätte er den Job sonst gar nicht angenommen. Allerdings war es sinnlos, darüber zu jammern. Die Sache hatte eine ungute Richtung genommen und sich verselbständigt. Sein Auftrag war ihm mittlerweile scheißegal. Jetzt ging es um seinen Kopf. Da drüben auf der anderen Seite der Hecke saß der Mensch, der ihn ins Gefängnis bringen konnte. Und das würde er nicht zulassen.

Die beiden Frauen warteten auf einen Anruf. Isabell hatte ihrer besten Freundin Caro von Mehling auf die Box gesprochen. Von ihrem Rückruf hing es ab, ob sie heute Nacht noch etwas unternahmen.

»Kann es sein, dass wir ein bisschen hysterisch reagieren?« Bianca saß immer noch auf dem Bett und klammerte sich an eine Tasse Kamillentee.

»Ja, kann sein. Aber ich weiß, wozu er fähig ist.« Isabell ging nervös im Zimmer auf und ab.

»Sollten wir nicht einfach mit ihm reden und sagen, dass wir gehen wollen?«

»Was glaubst du, wie diese Diskussion ausgeht? Er kriegt dich immer. Er wird dich so lange bearbeiten, bis du dableibst, und er wird dir einreden, dass du die Spritze brauchst und alle anderen Pillen dazu. Und du wirst ein schlechtes Gewissen haben, weil du ihn vor den Kopf gestoßen hast.«

»Wahrscheinlich. Aber was hat er vor? Er kann mich nicht ewig hierbehalten.«

»Wir sollten es nicht darauf ankommen lassen.«

Bianca griff nach dem Arm ihrer Mutter, zog sie zu sich aufs Bett und legte ihren Arm um sie. »Hast du keine Angst vor seinem Zorn?«

»Doch. Ich hab schreckliche Angst. Aber es muss sein. Ich verbringe mein Leben in einem goldenen Sarg. Aber ich lasse nicht zu, dass er mit dir das Gleiche macht.«

Sie saßen eine Zeitlang aneinandergelehnt auf dem Bett. Schließlich sagte Isabell: »Ich bin eine beschissene Mutter, stimmt's?«

»Ja«, sagte Bianca, nahm Isabells Hand und legte sie an ihre Wange. »Aber du wirst besser.«

Ein Handy klingelte. Isabell griff nach dem Telefon, das auf dem Bett lag. »Caro? Schön, dass du zurück-

rufst. Seid ihr noch in Florida? … Toll, sag ihm schöne Grüße. Du, ich hab eine Bitte: Bianca und ich würden gern ein paar Tage in euerm Haus wohnen … ist eine lange Geschichte. Erzähl ich dir, wenn ihr wieder da seid. Wie kommen wir an die Schlüssel? … Okay, der weiß dann Bescheid? … Du bist ein Schatz. Genießt die Zeit noch. Cia-ao!«
»Also?«
»Pack deine Sachen.«

Auch am Abend war die Rezeption mit einer Dame im lindgrünen Poloshirt besetzt. Nach acht war gewöhnlich niemand mehr da, der die Dienste der Rezeption in Anspruch nahm. Und so betätigte sich die Angestellte in der Nacht vorwiegend mit dem Ordnen von Unterlagen, kleineren Internetrecherchen oder gelegentlichen Handreichungen für das anwesende Pflegepersonal. Isabell hatte gehofft, die Rezeption leer vorzufinden, denn in den Stunden zwischen acht und zehn wurden die Rezeptionistinnen besonders häufig für die Unterstützung von Pflegediensten angefordert. Doch sie hatten Pech. Die Dame in Lindgrün war nicht wenig erstaunt, die Frau des Klinikchefs samt Tochter um diese Uhrzeit zu sehen. Für zusätzliche Irritation sorgte der Umstand, dass die beiden Reisetaschen bei sich hatten.
»Guten Abend. Was kann ich für Sie tun?« Die Verunsicherung war der Frau ins Gesicht geschrieben. Sie spürte, dass sie sich in einer delikaten Situation befand.
»Vielen Dank«, sagte Isabell. »Aber wir wollen nur einen kleinen Abendspaziergang machen.«
»Aha?« Die Rezeptionistin blickte auf die Reisetaschen.

»Wir haben schon mal ein paar Sachen zusammengepackt, die wir nicht mehr brauchen. Die kommen ins Auto. Dann liegen sie nicht im Zimmer herum.«

»Verstehe. Sie … Sie haben das sicher mit dem Herrn Professor besprochen – dass sie noch spazieren gehen.«

»Natürlich. Nichts beruhigt so wie frische Luft, sagt mein Mann.«

»Dann wünsche ich Ihnen einen schönen Spaziergang. Kann ich Ihnen mit den Taschen helfen?«

Isabell war schon auf dem Weg nach draußen. »Danke, wir kommen klar. Bis später!«

Die Frau in Lindgrün überlegte, was zu tun war. Falls die Sache aus irgendeinem Grund nicht mit dem Chef abgestimmt war und sie keine Meldung machte, könnte das unangenehm werden. Andererseits, wenn sie den Professor anrief, und er hatte das so mit seiner Frau besprochen, machte es den Eindruck, als hielte sie die Frau des Chefs für eine Lügnerin. Schwierig. Sie nahm das Telefon und tippte Steins Durchwahl ein.

»Guten Abend, Herr Professor. Hier Bartel vom Empfang. Entschuldigen Sie, dass ich so spät störe. Ich hätte nur eine kurze Frage: Müssen sich Ihre Frau und Ihre Tochter austragen, wenn sie das Haus verlassen? … Ja, die beiden wollten einen Abendspaziergang machen. Sie sind gerade rausgegangen. Ist das nicht in Ordnung?« Aus dem Hörer kam ein gereiztes »Doch doch«, dann legte Stein auf. Offenbar war es richtig gewesen, Bescheid zu geben.

Eigentlich hatte er beschlossen, nach Hause zu fahren und am nächsten Morgen wiederzukommen. Da bemerkte er, dass im Zimmer hinter der Hecke das Licht gelöscht wurde. Es war ihm durchaus merkwürdig vorgekommen, dass die beiden Frauen Taschen gepackt hatten. Doch hatte er vermutet, dass sie vielleicht morgen abreisen würden – jedenfalls nicht jetzt, mitten in der Nacht. In der Dunkelheit des Zimmers konnte er noch erkennen, dass jemand aus der Apartmenttür in den hell erleuchteten Flur ging – mit einer Reisetasche in der Hand. Er hatte den Wagen angelassen und war zum Klinikeingang gefahren. Dort sah er jetzt die beiden Frauen aus dem Haus kommen und in Richtung Parkplatz hasten. Dabei fiel der jüngeren das Handy auf den Boden, sie hob es hektisch auf, sah im Laufen auf das Gerät und fluchte. Offenbar war es kaputt. An dem kleinen Mercedes-Sportwagen von Isabell Stein blieben sie stehen, packten ihre Taschen in den Kofferraum und stiegen in den Wagen. Kurz darauf verließen sie den Parkplatz und steuerten den Wagen nach Norden in Richtung Gmund. Als er den Gang einlegte, um den Frauen hinterherzufahren, sah er aus dem Augenwinkel, wie Alexander Stein im weißen Arztkittel aus der Klinik gerannt kam und dem Wagen hinterherschrie. »Ja, das passt dir nicht«, murmelte er. »Aber keine Angst. Ich kümmer mich drum.«

48

Stefanie hatte ein Bier und einen Obstler vor sich stehen. Sie machte einen erschöpften Eindruck, wie sie auf der Wohnzimmercouch saß, die Ellbogen auf den Knien. Die Leichtigkeit und Unangreifbarkeit, die sie sonst verströmte, waren verschwunden. Die Ereignisse des Tages hatten ihr zugesetzt. Sie trank den Obstler in einem Zug, stellte das Glas ab und vergrub ihr Gesicht in den Händen.

»Eine Freundin von mir lebt in Ibiza. Ich werde morgen mit Olivia hinfahren.«

»Glaubst du, die suchen euch da nicht?«, fragte Wallner, der in einem Sessel saß. Auch er hatte ein Bier vor sich. Auf dem anderen Sessel hatte Manfred Platz genommen, in der Hand sein Weißbierglas mit dem Henkel.

»Man kann da besser untertauchen. Ich bin bei meiner Freundin zu Besuch. Muss mich ja nicht anmelden.«

Wallner schüttelte unwillig den Kopf. »Willst du deinem Kind das antun? Die nächsten Jahre auf der Flucht, im Untergrund? Ohne richtiges Zuhause?«

»Ich habe keine andere Wahl.«

»Du kannst Olivia auch in die Schule schicken. Scheint ihr ja nicht so schlecht zu gefallen.«

Stefanies Handy klingelte. Sie blickte auf das Display. »Ansgar«, stöhnte sie und nahm das Gespräch an. »Hallo, Ansgar … Ja, ich bin jetzt bei Manfred … Ach du bist in Miesbach?« Sie hielt den Hörer zu. »Kann er kommen?«

»Ja, sicher«, sagte Wallner.

»Komm vorbei, die Adresse hast du ja … Bis gleich.« Sie steckte das Handy wieder in die Handtasche, die neben ihr auf der Couch lag. »Er ist in zwei Minuten da.«

»Weiß Ansgar, dass du mit Olivia nach Spanien willst?«

»Ich … hatte es mal erwähnt.«

»Du lässt ihn hier zurück? Ich meine, Olivia ist auch sein Kind.«

»Es geht halt nicht anders. Ansgar hat seinen Job hier. Auf Ibiza gibt es für ihn nichts zu tun.«

Wallner zog ein skeptisches Gesicht. »Warum lässt du es mich nicht versuchen? Ich red mal mit dem Jugendamt. Es muss eine Lösung geben.«

»Nein. Die gibt es nicht. Die haben sich festgelegt, dass ich der Teufel bin. Die bekämpfen mich seit Jahren mit allem, was sie haben. Die hören nicht plötzlich auf damit, weil Herr Wallner kommt und ein paar kluge Dinge sagt.«

Wallner lehnte sich in seinem Sessel zurück und verschränkte die Arme hinter dem Kopf. »Was ist dir eigentlich wichtiger bei der Sache: dass Olivias Seele nicht verletzt wird – oder dass du dich nicht unterkriegen lässt?«

Es klingelte an der Haustür. »Ging ja schnell«, sagte Stefanie und ging nach draußen. Wallner folgte ihr.

Kurz darauf saß man zu viert im Wohnzimmer und hatte den Austausch von Höflichkeiten hinter sich.

»Ich würde Olivia jetzt gerne sehen«, sagte Ansgar.

»Sie ist oben.« Stefanie nahm Ansgars Hand, als er aufstehen wollte, und hielt ihn zurück. »Ansgar – ich werde mit Olivia nach Spanien gehen.«

Ansgar sah sie fassungslos an. »Wie bitte?«

»Es geht nicht anders.«

Ansgar blickte in die Runde. Wallner gab ihm durch eine Geste zu verstehen, dass er keinen Einfluss auf Stefanies Entscheidung hatte. Ansgar ließ sich in einen Sessel fallen und war ein paar Sekunden lang sprachlos. »Das ist … das ist keine gute Idee«, sagte er schließlich.

»Es ist die einzige Möglichkeit.« Stefanie nahm seine Hand und starrte ihm in die Augen. »Sie machen uns sonst fertig.«

Ansgar schüttelte langsam und verzweifelt den Kopf. »Ist diese Schulgeschichte so wichtig? Ist es das wirklich wert?«

»Wir haben es doch gemeinsam beschlossen.«

Wallner bezweifelte, dass Ansgar den Beschluss mit der gleichen Überzeugung wie seine Frau gefasst hatte.

»Wir wussten, dass es Probleme geben würde. Jetzt sind sie da. Sollen wir beim ersten Windstoß umfallen?«

Ansgar ließ den Kopf hängen und schien sich in sein Schicksal zu fügen. Wallner verstand nicht, warum er das tat. »Ich würde sie jetzt gerne sehen«, sagte Ansgar.

»Ich fasse es nicht!« Wallner goss sich noch ein Bier ein. »Ich helfe dieser Frau, ihre Tochter nach Spanien zu entführen. Was macht die mit ihrem Kind?«

»Es is net gut, was sie da macht«, murmelte Manfred. »Es is a riesengroßer Schmarrn.«

»Das hat dich nicht davon abgehalten, ihr zu helfen.«

»Des hab ich net zu Ende gedacht. Ich wollt, dass sie ihr Kind wiederkriegt. Aber wenn ich des so anschau, dann hab ich irgendwo den Verdacht …«

»Ja?«

»Dass irgendwas net stimmt mit ihr.«

»Und was machen wir jetzt? Reden kann man ganz offensichtlich nicht mit ihr.«
»Ich weiß es doch auch net.« Manfred nahm einen Schluck Weißbier, um gegen seine Ratlosigkeit anzukämpfen.
In diesem Moment hörte man, dass es im ersten Stock laut wurde. Wallner und sein Großvater sahen sich an.
»Ich schau mal, was da los ist«, sagte Wallner.

Stefanie saß auf dem Bett und hielt den Kopf ihrer Tochter auf dem Schoß. Olivia hatte Schweiß auf der Stirn. Ansgar stand vor den beiden und sagte nichts, als Wallner das Zimmer betrat. Die beiden Eheleute waren verstummt. Entweder weil alles gesagt war, oder weil sie gehört hatten, dass Wallner die Treppe heraufkam.
»Alles in Ordnung?«, fragte Wallner.
Ansgar kratzte sich am Kopf. »Olivia hat Fieber. Und ihr ist schwindelig.«
»Das ist die Aufregung. Sonst nichts.« Es klang, als müsste sich Stefanie selbst überzeugen. Und es klang in Wallners Ohren verzweifelt.
»Sie hatte das schon, bevor sie sie geholt haben. Bestimmt seit einer Woche.«
»Na und? Sie hat sich wahrscheinlich irgendwas gefangen. Grippaler Infekt oder so was.«
»Bist du sicher?« Ansgars Stimme hatte den resignierten Ton von vorhin abgelegt. Er klang jetzt wütend.
»Mein Gott! Das Kind hat ein bisschen Fieber. Man muss ja nicht immer vom Schlimmsten ausgehen.« Sie streichelte Olivias Gesicht. »Tut mir leid, Schatz. Wir hören jetzt auch auf zu streiten.«
Wallner gab Ansgar ein Zeichen, ihm zu folgen. Als sie beide auf dem Flur waren, schloss Wallner die Zimmertür.

»Um was geht's hier eigentlich?«
Ansgar holte tief Atem. »Olivia hatte vor zwei Jahren Leukämie.«
»Ja, ich weiß. Aber ich dachte, sie wäre geheilt.«
»Wir wissen gar nichts. Stefanie hat Olivia damals den Ärzten entzogen und es mit ihren Methoden versucht. Und ... na ja, sie wurde gesund. Äußerlich. Aber kein Mensch weiß, ob der Krebs verschwunden ist. Oder ob er noch irgendwo in ihrem Körper steckt.«
»Und die Symptome?«
»Sind genau die, die Olivia damals hatte.«
»Kann ich mit Stefanie alleine reden?«
Ansgar nickte. »Ich schick sie dir raus.«
Stefanie wirkte gleichzeitig feindselig und verunsichert, als sie zu Wallner auf den Flur kam. »Was gibt's?«
»Du willst mit Olivia in diesem Zustand nach Spanien fahren?«
»Hör zu: Du wirst dich bitte aus meinen Familienangelegenheiten raushalten. Sie – gehen – dich – nichts – an! Ist das klar?«
Wallner versuchte ruhig zu bleiben und ließ eine kleine Pause, bevor er langsam und in freundlichem Ton sagte: »Schau, du hast zwei Möglichkeiten: Entweder wir fahren jetzt mit Olivia ins Krankenhaus. Oder ich rufe meine Kollegen an und lasse sie von denen nach Agatharied bringen.«
Auf Stefanies Stirn bildete sich eine Furche zwischen den Augen, und sie setzte zu einer wütenden Erwiderung an. Aber Wallner unterband ihre Erwiderung mit einer Handbewegung. »Ende der Durchsage. In fünf Minuten unten.« Wallner machte kehrt und ging die Treppe hinunter.

49

Der Mercedes-Sportwagen vor ihm fuhr auf der B 318 bis Dürnbach, bog in der Ortsmitte rechts ab und nahm die Staatsstraße über Festenbach zur B 472. Bis Dürnbach war die Verfolgung risikolos, denn es waren noch andere Fahrzeuge auf der Straße. Auf der Staatsstraße waren sie allein, und er musste Abstand halten. Fast hätte er den Mercedes verloren. Denn er sah nicht, in welche Richtung die Frauen an der Einmündung zur B 472 abbogen. Nach links machte allerdings wenig Sinn, denn da ging es zurück zur B 318. Also nahm er die Straße nach Miesbach und hatte nach drei Kilometern wieder Anschluss zu den Frauen. In Miesbach ging es dann nach Parsberg. In einer Seitenstraße der Ortschaft hielt der Mercedes, und die ältere Frau stieg aus. Er hatte das Licht ausgeschaltet und beobachtete die Szene mit dem Fernglas.

Isabell war nervös und verschaltete sich zwei Mal, bis sie ihre Fassung wiedergefunden hatte. Ihre Hände zitterten, was wohl nicht nur an der Aufregung, sondern auch daran lag, dass sie länger nichts getrunken hatte. Bianca hatte im Rückspiegel noch Alexander gesehen, wie er ihnen nachgeschaut hatte. War er ihnen nachgefahren? Sie wussten es nicht. Immer wieder hatten sie in den Rückspiegel geblickt und eine Zeitlang das Gefühl, dass ihnen ein anderer Wagen folgte. Doch irgendwann hinter Festenbach war der Wagen verschwunden, und sie beruhigten sich.

Isabell atmete schwer durch, als sie den Wagen vor dem Reihenhaus in Parsberg anhielt.
»Ich bin total nass geschwitzt vor Angst.« Sie holte ein Papiertaschentuch aus dem Seitenfach und tupfte sich den Schweiß aus dem Gesicht.
»Was glaubst du, wie's mir geht«, sagte Bianca. »Gibst du mir mal ein Taschentuch?«
Isabell reichte es ihrer Tochter, die den Spiegel in der Sonnenblende herunterklappte. »Diese verdammte Frankensteinnarbe«, sagte sie beim Tupfen.
Währenddessen sah Isabell nach hinten aus dem Fenster. Nichts war zu sehen, vor allem kein anderer Wagen. Die Straßenlaternen beleuchteten eine leblose Seitenstraße mit alten Reihenhäusern und Mittelklassewagen am Straßenrand. In dem Haus, vor dem sie hielten, wohnte der Hausmeister der Mehlings.
Er war von Caro telefonisch informiert worden. »Das sind die Schlüssel fürs Haus. Und das ist die Fernbedienung für die Garage. Es gibt nur einen Knopf. Einmal drücken, das Tor geht auf. Zweimal drücken, es bleibt stehen. Dreimal drücken, das Tor geht wieder zu. Und das hier …«, er überreichte Isabell einen quadratischen Notizzettel mit einer sechsstelligen Nummer. »Das ist der Code für die Alarmanlage. Nicht vergessen: Bevor Sie mit dem Schlüssel aufsperren, müssen S' den Code eingeben. Sonst geht der Alarm los, und die Polizei kommt. Und wenn S' im Haus sind, schalten Sie die Alarmanlage wieder ein. Wissen S', wie das geht?«
»Ich rufe Caro an, die wird's mir erklären. Wenn Sie mir das jetzt erklären, hab ich's bis zum Haus wieder vergessen.«
Der Hausmeister grunzte etwas, das wie Zustimmung klang, wünschte Isabell einen schönen Aufenthalt und erklärte ihr, wo sie Bier und Wein finden würde.

Zunächst war nicht zu ergründen, was die Frauen in dieser kleinbürgerlichen Wohngegend zu schaffen hatten. Da Isabell den älteren Herrn verdeckte, der aus dem Haus gekommen war, konnte er nicht erkennen, was der Mann Isabell überreichte. Er vermutete, dass es ein Hausschlüssel war, denn die beiden setzten sich bald wieder ins Auto und fuhren weiter. Er war gespannt, wo ihn der Abend noch hinführen würde. Der Mercedes fuhr nicht auf die Hauptstraße zurück, sondern verließ Parsberg auf einer kleinen Nebenstraße. Da der Mond am Himmel stand und die Landschaft ausreichend erleuchtete, ließ er die Scheinwerfer ausgeschaltet. Nach etwa zwei Kilometern bog der Mercedes in eine Zufahrtsstraße ab. Da es dort kein Hinweisschild gab, vermutete er, dass sich das Haus, zu dem die Frauen wollten, am Ende der Straße befand. Wenn dem so war, dann hatte er unverschämtes Glück. Ein einsames Haus, weitab von Nachbarn und Zeugen. Fast zu schön, um wahr zu sein.

50

An diesem Abend plagten Kreuthner trübe Gedanken, als er durch das nächtliche Mangfalltal dem Gasthaus entgegenfuhr. Eigentlich hätte er jetzt in Enterbach sein sollen, gemeinsam mit den anderen Maibaumdieben das große Bierfass leeren, das man von den Scharlingern als Auslöse für den Maibaum verlangt hatte. Die aber weigerten sich zu zahlen, weil der Stamm durch den Fall aus dreihundert Metern Höhe und Kreuthners missbräuchliche Ingebrauchnahme als Zyklopenkeule so ramponiert worden war, dass man ihn als Maibaum nicht mehr verwenden konnte. Und wenn es ein ehernes Gesetz beim Maibaumstehlen gab, dann dieses, dass zwar, wenn nötig, ein Beteiligter, keinesfalls jedoch der Maibaum bei der Angelegenheit Schaden nehmen durfte. Die Feier war mangels Bierfass also erst einmal abgeblasen worden. Zu dieser Kümmernis gesellte sich die Aussicht auf ein Ermittlungsverfahren wegen diverser Straftaten, die Kreuthner im Zusammenhang mit dem Maibaum begangen haben sollte. Wallner hatte ja angedeutet, dass Staatsanwalt Tischler in der Sache nicht lockerlassen würde.

Als Kreuthner in der Mangfallmühle anlangte, war sein Zorn auf die Ungerechtigkeiten, die ihm die Welt zumutete, gewaltig, und er musste erst einmal drei Halbe trinken, um sich halbwegs zu beruhigen. Zur Besserung seiner Laune trug ein wenig bei, dass man ihn beim Eintreten lautstark bejubelte. Sein Husarenstück war in aller Munde. An einem der Tische saßen

der Dude und drei andere junge Leute mit Laptops und präsentierten unter dem Gejohle der Anwesenden noch einmal das Video des baumschwingenden Androiden.
Den Gästen entging freilich nicht Kreuthners gedrückte Stimmung, die in Widerspruch zu der Popularität stand, die ihm neuerdings entgegenschlug. Müsste man da nicht besserer Laune sein? Kreuthner verschanzte sich bis zur dritten Halben hinter dem Dienstgeheimnis, das er als Polizist zu wahren habe. Halbe Nummer vier und fünf leiteten die Aufweichung des Dienstgeheimnisses ein, und am Fuße der sechsten Halben war die Empörung groß im Raum, dass sie Kreuthner ein Strafverfahren anhängen wollten, wo er doch durch seinen Coup letztlich die Rettung der vermissten Bianca Stein bewirkt hatte.
Kreuthner stand am Urinal und lauschte leicht schwankend und mit glasigem Blick auf ein Kachelgraffito dem Rauschen seines Strahls. Die Erleichterung war groß nach drei Litern Bier. Sennleitner sprach in diesem Zusammenhang gern vom *Orgasmus des kleinen Mannes,* und Kreuthner musste sich denken, wie recht Sennleitner hatte. Dieses großartige Erlebnis war jedem zugänglich, so er nur willens war, die nötige Menge Bier zu trinken. Ob es sich wohl mit Wasser oder Kaffee ähnlich anfühlte? Kreuthner hatte da keinerlei Erfahrung, vermutete aber, dass es schon irgendwie am Bier lag.
»Schöne Scheiße«, sagte eine hohe Stimme. Sie gehörte dem soeben hereinwabbelnden Norbert »The Dude« Petzenberger, ein Meter zweiundneunzig, hundertvierzehn Kilo, Nerdbrille, fettiges Haar, Nerdklamotten inklusive T-Shirt mit Star-Wars-Motiv. Kreuthners Ekstase löste sich in Luft auf.

»Ja, ja … Scheiße«, sagte Kreuthner und seilte einen Tropfen Spucke ins Urinal ab. »Was genau meinst jetzt?«
»Mit der Anzeige und so.«
»Ach das … ja, voll Scheiße.« Kreuthner packte zusammen und betätigte die Spülung.
»Und was machst jetzt?« Auch der Dude hatte einen ordentlichen Strahl, den Kreuthner diesem Weichei gar nicht zugetraut hätte.
»Was ich immer mach. Ich lös den Fall schneller als die. Und dann is des Thema vom Tisch.« Kreuthner stellte sich rülpsend vors Waschbecken und drehte den Hahn auf, aus dem sich ein unvermutet heftiger Schwall über das Porzellan und Kreuthners Hose ergoss. Jemand hatte den verkalkten Perlator ersatzlos entfernt. Kreuthner fluchte und drehte den Hahn wieder zu.
»Wenn ihr Bullen a bissl a Ahnung von Computern hättats«, kam es aus dem Urinalraum. »dann tät des um einiges bessergehen beim Aufklären.«
»Wie meinst des?«
»Mei – es gibt heut keine Geheimnisse mehr. Steht doch alles im Netz.«
»Und du glaubst, du bist besser als unsere Computerheinzen beim LKA?«
»LKA!« Der Dude lachte verächtlich auf, während er schnaufend seine Gerätschaften in die Hose zwängte. Kreuthner fiel der Laptop ein, den er bei der Durchsuchung des Hexenhofs mitgenommen hatte. Viel hatte es nicht gebracht, denn der Computer war mit einem Passwort gesichert. Spontan kam Kreuthner eine Idee, die ihn nachgerade enthusiasmierte.
»Sag amal …« Der Dude zog den Kopf ein, als er durch die Tür zum Vorraum mit dem Wachbecken schritt.

»Wenn ich sagen mir mal an Computer hätt und der wär mit am Passwort gesichert und tät euch des Teil geben – kommt's ihr da rein?«
»Mir? Wie denn? Wenn's nur mit Passwort geht.« Der Dude grinste frech und stellte sich vors Waschbecken. Kreuthner trat in Erwartung des Wasserstrahls einen Schritt zur Seite.
»Erzähl keinen Schmarrn. Ihr kommt's überall rein.«
»So eine Scheiße!«, quäkte der Dude, nachdem sich zwei Liter Wasser über seine Hose ergossen hatten. Kreuthner reichte ihm ein Papierhandtuch.
»Also? Was is jetzt? Ich gib auch a Bier aus für jeden.«
»Netter Versuch. Aber leider samma aus standesethischen Gründen gehindert, für die Bullen zu arbeiten. Nix für ungut.« Der Dude pfefferte das zerknüllte Papierhandtuch in den überquellenden Papierkorb und verließ die Toilette.
»He, he! Moment amal! Du hast ja wohl an Arsch auf.« Kreuthner folgte dem Dude. Er war auf hundertachtzig und nicht gewillt, sich von dem Burschen auf diese Weise abfertigen zu lassen.

51

Der Dude und seine Kumpels beschäftigten sich intensiv mit Computern und Internet und nannten sich The Mangfall Hacking Council, kurz: The Council. Zwei von ihnen waren vorbestraft. Sie fanden sich hier regelmäßig ein, weil die Mangfallmühle kostenloses WLAN anbot. Genau genommen hatte das Council Harry Lintinger das WLAN spendiert und installiert. Nicht dass die jungen Leute zu Hause keins gehabt hätten. Aber bei den Aktivitäten, die sie im Netz entfalteten, war es zweckmäßig, anonym zu bleiben. Und sollte jemand trotz aller Vorsichtsmaßnahmen die Spuren zurückverfolgen, würde man bei der URL der Mangfallmühle herauskommen, deren Besitzer man für etwelche Computerstreiche kaum belangen konnte. Denn es war allgemein bekannt, dass Harry Lintinger einen Laptop nicht von einem Toaster unterscheiden konnte.
Die drei Freunde des Dude waren: ein langer dünner Bursche mit vielen Pickeln, der sich Sheldon nannte, noch nicht vorbestraft war und zumindest phänotypisch eine gewisse Ähnlichkeit mit seinem zu vermutenden Vorbild aus der *Big Bang Theory* hatte. Franzi sah aus wie die moppelige Cousine von Lisbeth Salander, und ihr Gesichtsschmuck ließ es geraten erscheinen, einen gewissen Sicherheitsabstand zu Magneten zu halten. Das Mädchen machte einen freundlichen, aber leicht verhuschten Eindruck und war ebenfalls noch nicht vorbestraft. Kreuthner hatte den Eindruck, dass der Dude auf sie stand, aber nicht zum Schuss

kam, weil er entweder grundsätzlich bei keiner Frau zum Schuss kam oder weil Franzi auf Spock stand, einen quirligen kleinen Kerl mit riesigem Zinken im Gesicht, der anscheinend für die Unterhaltung der Truppe zuständig war und schon zweimal U-Haft-Luft in Stadelheim hatte schnuppern dürfen. Zu trinken gab es an diesem Tisch nur Cola und Red Bull. Kreuthner wunderte sich, dass Harry Lintinger so was überhaupt im Haus hatte.

»Und? Ois fit im Schritt?«, wurde Kreuthner von Spock begrüßt, als er mit dem Laptop der Hexe unterm Arm an den Stammtisch des Council trat. Es folgte eine geißbockartige Lache, und Spock schlug Kreuthner mit dem Handrücken gegen die Brust.

»Habe die Ehre!«, gab Kreuthner zurück und versuchte einen Blick auf Spocks Laptopbildschirm zu erhaschen. »Und? Interessant?«

»Lass dich net einkasen«, wurde der Kamerad von Dude ermahnt. »Der will, dass mir für ihn arbeiten.« Spocks Gesicht wechselte in den Schockmodus.

»Hö, höh! A bissl vorsichtig mit solche Behauptungen, gell!« Kreuthner sagte es so laut, dass es fast alle im Raum mitbekamen.

»Ich weiß, was ich g'hört hab«, trotzte der Dude. »Du hast uns anwerben wollen.«

»Anwerben! Jetzt wird's aber hint höher wia vorn!« Kreuthner wandte sich mit theatralischer Geste an die Gaststube. Gespräche ebbten ab, man drehte sich in freudiger Erwartung dem Hackertisch zu, und Hälse reckten sich für bessere Sicht auf das Geschehen.

»Was is 'n da los?«, rief einer.

»Kann ich dir sagen, was da los ist«, rief Kreuthner zurück und deutete mit ausgestrecktem Arm auf den Dude. »Dieser Mann tät *mir* vorwerfen, dass ich, also ein bayerischer Polizeibeamter, wo schon Dutzende Kapitalverbrechen aufklären hat können und wo nicht ein einziges Disziplinarverfahren durchgegangen is, also ich, ja? Ich tät vorbestrafte Verbrecher anwerben!« Leichte Unruhe kam auf beim letzten Satz, und Kreuthner besann sich, wer seine Zuhörer waren und dass zwei Jahrhunderte vermutlich nicht reichten, um die Zeit zu fassen, welche die im Raum Anwesenden bereits auf Staatskosten logiert hatten. »Womit ich nix gegen Leut g'sagt ham möcht«, ruderte Kreuthner zurück, »wo wegen am Justizirrtum g'sessen san. Des kommt ja leider immer wieder vor.« Viele Köpfe gaben durch stummes Nicken zu verstehen, dass sie in der Materie sachkundig waren. Kreuthner stellte sich jetzt frontal vor den Hackertisch. »Des mit dem Anwerben nimmst z'ruck!«, sagte er an den Dude gerichtet. Nicht laut, aber fest und mit drohendem Unterton.

»Gar nix nimm i z'ruck.« Der Dude schien den Ernst der Lage irgendwie nicht realisiert zu haben.

Kreuthner legte seinen Laptop auf den Tisch, zückte seinen Polizeiausweis und sagte: »Herrschaften – es liegen Hinweise vor, dass mit diesen Computern strafbare Handlungen begangen wurden.« Er deutete auf die Laptops des Council.

Sheldon umklammerte schützend seinen Rechner. »Was denn für Hinweise?«

»Des is vertraulich und tät den Ermittlungserfolg gefährden, wenn ich des sagen tät. Außerdem weiß des eh jeder, dass ihr umeinandhacken tut's, dass es der Sau graust. Oder?« Kreuthner blickte sich im Gastraum um. Vielfaches Kopfnicken begegnete ihm und Bemerkungen wie »Hab gleich g'sagt, des geht net gut mit dene«, »Hat doch a jeder g'sehen, was die da treiben, die Hundskrippeln«, »Verbrecher san des. Eing'sperrt

gehören s'«. Die Hacker gehörten trotz ihrer illegalen Aktivitäten irgendwie nicht zum Soziotop der Mangfallmühle. Was andererseits nicht verwunderlich war bei Leuten, die kein Bier tranken.
»Also Freunde – her mit die Laptops. San alle beschlagnahmt.«
»Ich hab doch gar nix gemacht«, fiepte Franzi. »Ich spiel nur Minesweeper.«
»Bombensuchen! Sauber. Da bist gleich in der Terroristendatei. Und was hamma denn da?« Kreuthner drehte Spocks Laptop zu sich.
»Ich bin auf Facebook, Zefix!« Er deutete auf den Bildschirm. »Was willst eigentlich von uns?«
»Die Computer. Da lass ich mal die Burschen vom LKA reinschauen. Des wird a Spaß für die, vor allem wenn ich erzähl, was euer Spezl da von dene hält. Des wird a geile Party beim LKA, oder? Wie? Was? Ich hör gar nix.« Die Gesichter der vier Computerfreunde wurden sehr blass. »Also – es läuft wie folgt: Jeder schiebt jetzt sein Gerät zu mir übern Tisch. Und zwar so, dass ich beide Hände sehen kann. Auf geht's!«
Die vier klappten ihre Rechner zu und drückten sie mit grimmig entschlossener Miene an die Brust. »Da musst mich schon erschießen«, sagte der Dude mit belegter Stimme und war den Tränen nahe.
»Wennst moanst«, sagte Kreuthner, zog seine Dienstpistole und schoss zwei Mal mit ohrenbetäubendem Krach in die Decke, dass der Putz auf den Dude und seine Kumpane herabrieselte. Die quiekten schrill auf.
»Hey Scheiße! Der knallt uns echt ab! Hier hast des verfickte Teil. Des gibt's ja wohl net!« Der Dude zitterte am ganzen Leib, seine Genossen nicht weniger. Vor Kreuthner hatten sich in Windeseile vier Laptops versammelt – der von der Hexe nicht mitgerechnet.

»Das sag ich, dass der auf uns g'schossen hat«, maulte Franzi. »Das darf der gar net.«
»Und ob ich des darf. Des war Widerstand gegen Vollstreckungsbeamte.«
»Hast ja gar net anders können!«, meldete sich einer aus dem Gastraum und erntete zustimmendes Gemurmel.
Kreuthner steckte zufrieden seine Waffe weg und wandte sich an Harry Lintinger hinter dem Tresen. »Bringst mir mal an Karton für des G'lump da?« Er deutete auf die Computer.
»Jetzt wart halt amal«, sagte Spock. »Des is echt Scheiße für uns. Wenn die was finden, dann fahren mir ein.«
»Ah so? Finden die was?«
»Kannst immer was finden, wennst suchst.« Der Dude zuckte bedrückt mit den Schultern.
»Tja – dann hoffen mir mal das Beste für euch«, sagte Kreuthner und nahm von Harry Lintinger einen Pappkarton in Empfang, in dem er die Computer verstaute.
»Jetzt sei halt net so.« Der Dude klang weinerlich. »Mir können doch über alles reden.«
»Auf einmal? Ich hab gedacht, mit Bullen wird net g'redt?«
»Des – des hängt a bissl vom Kontext ab.«
»Schau an! Ich weiß inzwischen bloß nimmer, ob ihr da überhaupts nützlich sein könnts bei meinen Ermittlungen.«
Der Dude blickte sehnsüchtig in den Karton. »Mir können. Glaub's uns.«

52

Kreuthner spendierte eine Runde Red Bull Cola und sich selbst die siebte Halbe. Der Dude begutachtete den Laptop, den ihm Kreuthner hinübergeschoben hatte.

»Holy Shit! Wie alt ist denn die Kiste?«

»Erinnert mich an meinen ersten Rechner mit zwölf. Der läuft garantiert noch auf XP«, sagte Sheldon, während auf dem Bildschirm das Fenster sichtbar wurde, in dem man das Kennwort eingeben musste.

»Ich hab's mal mit Olivia versucht«, erklärte Kreuthner. »So heißt die Tochter von der Frau, der wo des Teil gehört. Außerdem is die a professionelle Hexe. Vielleicht hilft euch des mit dem Kennwort.«

»Hör auf zu langweilen und lass uns arbeiten.« Der Dude zog eine monströse Umhängetasche auf seinen Schoß und wühlte darin herum, bis er eine Box mit einer selbstgebrannten CD zutage förderte. »XP?«, raunte er Sheldon zu.

»Hundert Pro.«

Nach zwei Minuten hatte die Hacker-Crew das Kennwort geknackt beziehungsweise durch ein neues ersetzt. Es wurde weiterhin offenbar, dass der Laptop sich einen Virus gefangen hatte, der diverse Funktionen beeinträchtigte. Deswegen war das Gerät vermutlich stillgelegt worden. Zehn Minuten später war der Virus beseitigt. Und kurz darauf befanden sich die ehrenwerten Mitglieder des Council im Besitz sämtlicher Passwörter des Computers, vom Mail-Account über Facebook bis zum Bankkonto.

»Was suchen mir denn?«, fragte Franzi und spielte versonnen an einem ihrer Nasenringe. Kreuthner versuchte sich vorzustellen, was passieren würde, käme Franzi in die Nähe des Elektromagneten, mit dem Harrys Lintingers Vater Schrottautos durch die Luft hievte.
»Keine Ahnung«, sagte Kreuthner und glotzte auf den Bildschirm. Dort hatte Franzi die Website von Stefanie Lauberhalm aufgemacht.
»Hihi, voll der Eso-Scheiß«, zwitscherte sie. »Musst dir echt mal reintun. Zum Beispiel die Rubrik: Richtig räuchern!« Das entlockte Franzi zunächst ein Kleinmädchenprusten. Dann las sie murmelnd weiter. »Hexenbäume erkennen. Zaubersprüche für jeden Anlass. Zauberübungen für Junghexen. Da schau her – gar net so uninteressant.«
»Zauberübungen für Junghexen. I glaub's net!« Spock entließ ein paar schrille Stöße seiner Geißbocklache und schlug Kreuthner, der es ahnte, aber nicht ausweichen konnte, mit dem Handrücken vor die Brust, während Franzi – von Faszination gewissermaßen verhext – in die eben zitierte Website eintauchte. Sheldon und der Dude sahen sich müde an.
»Jetzt hör mal auf mit dem Hexenscheiß. Mich interessiert, ob die Kontakt zu bestimmten Leuten gehabt hat.«
»Dann schauen wir doch mal in den Mail-Account«, schlug der Dude vor und schubste Franzi sanft vom Laptop weg. »Um welche Leute geht's?«
»Gib mal ein: Scheffler. Und Stein.«
Der Dude versuchte es mit beiden Namen, allerdings ohne Ergebnis. Auch bei den sozialen Netzwerken kam nichts heraus.
»Man könnt noch im Rechner selber suchen«, schlug

Spock vor. Doch auch dieser Versuch führte nicht weiter.

»Wie heißen denn die Leute mit Vornamen?« Franzi zog an einem Ring die Oberlippe über ihre Nase. »Manchmal gibst du ja nur die Vornamen ein. Oder du schreibst Norbert P. Und da nützt der Nachname gar nichts.«

»Die kennt die Leute aber net näher. Wieso soll die Vornamen benutzen?«

»Ich hab gedacht, das willst du rausfinden, ob die die Leute kennt?«

Wo der Dude recht hatte, hatte er recht. »Is a Argument. Also bei Scheffler musst du Florian eingeben oder Flori.«

»Ich geb mal Flori ein. Dann wird Florian eh angezeigt.« Dieses Mal meldete der Computer Treffer. Aber die betrafen ganz offensichtlich einen anderen Florian und datierten aus dem Jahr 2006.

»Da ist natürlich nichts Aktuelles drauf«, gab Sheldon zu bedenken. »Das endet mit dem Tag, an dem die das Teil stillgelegt hat.«

Das hatte Kreuthner so nicht bedacht, und seine Hoffnung, etwas Brauchbares auf dem Laptop zu finden, schwand gewaltig.

»Ich geb trotzdem mal die Vornamen ein. Flori und was noch?«

»Bei Stein wären das Bianca, Alexander und die Mutter, die heißt Isabell.«

Auch hier tat sich zunächst nichts. Bis der Dude den Namen Alexander eintippte. Sofort gab es mehrere Anzeigen in dem Ergebnisfeld, und alle betrafen sie Fotos.

»Mach mal auf«, sagte Kreuthner.

Der Dude klickte auf eines der Bilder. Das zeigte einen

Mann in einem Sommeranzug. Im Hintergrund ein kleiner Hafen, vermutlich am Mittelmeer. »Is er des?«
»Keine Ahnung. Ich hab den Mann noch nie gesehen.«
»Schaun mir mal.« Der Dude gab Alexander Steins Namen bei Google ein. Dann klickte er eines der angebotenen Fotos an. Es zeigte Alexander Stein bei einem psychiatrischen Fachkongress, auf dem er einen Vortrag gehalten hatte. Der Beitrag war von diesem Jahr, das Foto also wahrscheinlich aktuell. Der Dude verschob die Fenster auf dem Bildschirm so, dass beide Fotos nebeneinander zu sehen waren. Trotz gewisser Unterschiede war erkennbar, dass es sich um die gleiche Person handelte. Der Hauptunterschied: Auf dem privaten Foto war Alexander Stein um einiges jünger.
»Von wann ist das Foto?«, wollte Sheldon wissen.
Der Dude sah in der Auflistung der Fotos nach. »Zweitausendzwei.«
»Mach mal die anderen Fotos auf«, verlangte Kreuthner. Der Dude tat wie ihm geheißen. »Da schau her. Jetzt wird a Schuh draus.« Kreuthner genehmigte sich lächelnd den verbliebenen Viertelliter in seinem Bierglas.

53

Der Arzt brachte schlechte Nachrichten. Olivia hatte keinen Infekt. Der Blutkrebs war zurückgekommen. Stefanie war jede Farbe aus dem Gesicht gewichen, aber sie hatte nicht geweint. Sie hatte gar nichts gesagt. War nur dabeigestanden, als Ansgar mit dem Arzt redete. Ihre grünen Augen waren offen gewesen und doch verschlossen, hinter den Pupillen eine eigene Welt, schwarz und hoffnungslos, in die sie sich zurückgezogen hatte. Ganz langsam hatte sie sich umgedreht und war gegangen, hatte Ansgars Frage, wo sie denn hinwolle, nicht gehört, sondern war geradewegs auf die Toiletten zugelaufen. Nach zehn Minuten kam sie wieder heraus. Ihre Haut war bleich, ihre Augen rot und nass. Ab und zu tupfte Stefanie sie mit einem Papiertaschentuch ab.

Ansgar war mit dem Arzt gegangen, um das weitere Vorgehen zu besprechen. Stefanie trat wie in Trance neben die Bank, auf der Wallner saß. Gerade hatte er Manfred angerufen, der zu Hause geblieben war, und ihm von der furchtbaren Diagnose berichtet.

Wallner betrachtete Stefanie eine Weile. Sie bemerkte es nicht. Ein zarter Duft von Sandelholz und Patschuli drang von ihr herüber. Die roten Haare hatte sie hinter die Ohren gesteckt. Eine eigenartige Anziehung ging von dieser Frau aus und wirkte unmittelbar auf Wallner, der halbherzig versuchte, sich dieser Kraft zu entziehen. Eigentlich konnte er mit Menschen nichts anfangen, die an übernatürliche Kräfte glaubten, an Horoskope und dass sie zaubern konnten. Stefanie jedoch

vertrat diesen Glauben mit solcher Selbstverständlichkeit und Würde und ohne sich im Geringsten lächerlich zu machen, dass es Wallner Bewunderung abnötigte. Kombiniert mit ihrer weißen Haut, den roten Haaren und grünen Augen und dem Hauch von Sandelholz, verursachte das bei Wallner ein kribbelndes Gefühl im Bauch. Ja, er fand sie sehr, sehr anziehend. Aber sie hatten sich zur falschen Zeit kennengelernt. Stefanie war verheiratet und kämpfte um ihr Kind. Er lebte getrennt und hatte an dieser Trennung schwer zu tragen. In dem Augenblick, als er über diese Dinge nachdachte, drehte sich Stefanie ihm zu, zögerte – und lächelte. Wallner fiel mit einem Mal das Atmen schwer. Er lächelte zurück.
Stefanie tupfte sich Tränenreste aus den Augen. »Sie will Physikerin werden. Wusstest du das?«
»Nicht Hexe?« Wallner war erleichtert, dass er über Unverfängliches reden konnte.
Stefanie zuckte die Schultern. »Bis sie sieben war, fand sie Zaubern besser. Aber jetzt möchte sie was mit Technik machen. Ansgar nimmt sie manchmal mit ins Fraunhofer-Institut.«
»Sie soll machen, was sie glücklich macht, oder?«
»Ja. Wenn sie dafür brennt, dann ... dann soll sie Physik studieren.« Stefanies Mund begann zu zittern. Sie musste einen Schwall Tränen mit dem zerknüllten Taschentuch eindämmen. »Meinetwegen soll sie in die verdammte Schule gehen. Es ist mir inzwischen egal. Ich will nur, dass sie gesund wird.« Sie schluckte. »Es gibt nur niemanden, der den Deal mit mir abschließt.«
»Bei Leukämie sind die Heilungschancen recht gut, hab ich gehört.«
»Das haben sie mir beim letzten Mal auch gesagt. Und dann haben sie die Chemo mit ihr gemacht. Irgend-

wann konnte ich es nicht mehr mit ansehen. Sie ist ein kleines Kind. So was darf man mit Kindern nicht machen.«

Wallner reichte ihr ein frisches Taschentuch. »Was ist mit einer Knochenmarkspende?«

»Sie haben damals keinen geeigneten Spender gefunden.«

»Ich hol mir einen Kaffee. Willst du auch einen?«

Stefanie nickte.

Als Wallner mit dem Kaffee zurückkam, stand sie am Fenster und sah in die Nacht hinaus. Der Mond schien.

»Danke.« Wallner gab ihr den Becher, und sie starrte wieder aus dem Fenster. »Ich hab gedacht, ich hätte den Krebs besiegt. Aber Krebs, das ist finstere Magie. Da bist du als kleine Hexe machtlos.«

»Wie hat dein Mann das gesehen?«

»Er hat gesagt, es geht nicht anders. Sie muss durch die Chemo. Tja … es ging anders.« Sie sah in Richtung des Arztzimmers. »Dachte ich.«

»Wie bist du eigentlich mit Ansgar zusammengekommen? Ich meine, ihr beide seid so verschieden.«

»Wir kennen uns noch aus der Schule und hatten uns für einige Jahre aus den Augen verloren. Ich war damals in einer schweren Krise, und da war er plötzlich da. Wir haben uns auf einem Klassentreffen wiedergesehen. Ich glaube, er war schon in der Schule in mich verliebt. Ich hab ihn nie so wirklich wahrgenommen. Aber auf dem Klassentreffen fand ich ihn unglaublich nett. Und das habe ich damals gebraucht.«

»Eine Beziehung war gerade in die Brüche gegangen? Oder ist das zu privat?«

»Es war ziemlich schmerzhaft. Ich bin damals sehr schlecht behandelt worden. Und das hat mich in tiefe

Verzweiflung gestürzt. Ich hätte alles gegeben für diesen Mann. Aber er wollte mich nicht.«
»Und jetzt hast du einen Mann, der alles für dich geben würde?«
Stefanie blies auf den heißen Kaffee in ihrem Becher und rührte mit einem Plastikstäbchen darin herum. »Ich hab Angst«, sagte sie.
»Dass es Olivia nicht schafft?«
Sie nickte. »Die Vorstellung, sie sterben zu sehen …« Wieder liefen die Tränen, sie schniefte, putzte sich die Nase und sah Wallner mit einem Mal fassungslos an. »Wie hast du das damals überlebt?«
Wallner erstarrte für einen Moment. »Manfred hat dir …?«
»Er hat mir von Marlene erzählt.«
Wallner nickte und setzte sich auf eine Besucherbank. Marlene war Wallners erste Tochter gewesen aus seiner ersten Ehe. Sie wurde schwerbehindert geboren und starb im Alter von drei Monaten. Es war lange her, und Wallner dachte nur selten daran. Jetzt war es wieder da, das Gefühl von damals. »Es ist nicht zu vergleichen.« Wallner sah zu Stefanie auf. »Wir wussten von Anfang an, dass sie sterben wird.«
»Und ihr wolltet sie trotzdem?«
»Ich sage nicht, dass wir nicht darüber nachgedacht haben, ob wir das dem Kind und uns antun wollen. Aber am Ende des Tages war es unser Kind. Der Wert eine Lebens bemisst sich nicht nach seiner Länge.«
Stefanie setzte sich neben Wallner auf die Bank und wärmte sich die Hände am Kaffeebecher. Sie saßen im Neonlicht der Deckenlampe, schwiegen und hingen ihren Gedanken nach.
»Frau Lauberhalm?«, sagte eine Stimme, und beide schreckten hoch. Der Arzt stand vor ihnen. »Ich denke,

Sie sollten auch dabei sein, wenn wir über die Therapie sprechen.«
»Ich weiß, wie die Therapie aussieht. Mein Mann wird das mit Ihnen besprechen. Er hat mein volles Vertrauen.«
»Ein paar Dinge laufen jetzt natürlich anders als bei der ersten Therapie. Haben Sie keine Fragen?«
»Ich kann das nicht. Allein der Gedanke ... bitte besprechen Sie es mit meinem Mann.«
Der Arzt machte eine bedauernde Geste.
»Ich würde mich gerne testen lassen«, sagte Wallner. »Ob ich als Knochenmarkspender in Frage komme.«
»Ja natürlich. Sie ...« Der Arzt unterzog Wallner einer fast peinlichen Musterung. »Sie sind verwandt mit Olivia?«
»Nein, warum?«
»Oh, nichts. Ich hatte mir eingebildet, dass da eine gewisse Ähnlichkeit besteht.«
»Da sind Sie nicht der Einzige, dem das so vorkommt. Aber nein – wir sind in keiner Weise verwandt.«
Der Arzt warf noch einmal ein Auge auf Wallner. »Ist wirklich witzig.« Er lächelte kurz. »Wenn Sie wollen, kann ich Ihnen jetzt gleich Blut abnehmen.«
»Ist das okay, wenn ich dich einen Augenblick alleine lasse?«
Stefanie nickte.

54

Mit ausgeschalteten Lampen fuhr er in den kleinen Feldweg, dem Mercedes hinterher. Die Fahrbahn war aus Schotter und gut instand gehalten. Trotzdem musste er achtgeben und kam nur langsam voran. Aber er hatte keine Eile. Am Ende des Weges würde ein Haus liegen, die Frauen würden ihren Wagen parken, hineingehen und in der Falle sitzen. Dann könnte man in Ruhe weitersehen. Er hatte die ganze Nacht Zeit.
Der Feldweg, der von Bäumen gesäumt war, beschrieb eine Kurve, anschließend durchquerte er ein kleines Stück Wald, was die Sicht derart einschränkte, dass er kurz von der Straße abkam. Doch dann lichtete sich der Wald, und nach einer weiteren Biegung sah er in etwa hundert Metern Entfernung ein Haus im Scheinwerferlicht des kleinen Mercedes.

Es war ein freundliches Haus mit weinbewachsener Terrasse und einem Holzbalkon im ersten Stock, mit weißen Sprossenfenstern im Querformat der zwanziger Jahre, an der Garagenwand wuchs ein dickes Fell aus Efeu. Jetzt stand das Haus wie tot im Mondlicht, hinter den Fenstern lag Dunkelheit. Im Garten war es still, nur ein Igel raschelte in der Hecke, und irgendwo huschte ein größeres Tier durchs Laub. Bianca stieg aus dem Wagen und sog die frische Nachtluft in ihre Lungen. Es machte sie wach, und sie schüttelte den letzten Rest Benommenheit aus den Haaren. Ihre Mutter war zur Haustür gegangen und stand vor dem

Zahlenfeld, in das der Sicherheitscode eingegeben werden musste.
»Kommst du klar?«, fragte Bianca.
»Ich kann kaum was erkennen in der Dunkelheit. Kannst du das lesen?« Sie deutete auf das Zahlenfeld und rückte ihre Lesebrille zurecht. Bianca zückte ihr Handy und schaltete die Taschenlampenfunktion ein.
»Schon besser«, sagte Isabell und tippte den Code ein. Im Haus roch es muffig, da länger niemand hier gewesen war. Isabell schaltete das Licht ein. Die Einrichtung war im britischen Landhausstil gehalten mit viel Holz und Antiquitäten und alten Golfschlägern mit Schäften und Köpfen aus Hickoryholz an der Wand. Ohne weiteres Zögern ging sie in die Küche, holte eine Flasche Weißwein aus dem Kühlschrank und suchte nach dem Korkenzieher.
»Gläser müssten im Wohnzimmer sein. In dem großen Büfett«, sagte sie zu Bianca, die sich schon gewundert hatte, wie lange ihre Mutter es ohne Alkohol aushielt.
»Ich hol erst mal die Taschen.«
»Ja, ja, hol die Taschen.« Isabell riss eine Schublade nach der anderen auf. »Wo haben die bloß den verdammten Korkenzieher versteckt?«
»Hängt über der Spüle«, sagte Bianca im Hinausgehen.
»Da muss man auch erst mal draufkommen. Tsss!«

Er hatte den Wagen in einer kleinen Abzweigung im Wald abgestellt und das Gewehr aus dem Kofferraum geholt. Das Messer an seinem Gürtel war ein teflonbeschichtetes Modell, wie es die Navy Seals in ihrer Kampfausrüstung mitführten. In dem abgelegenen Haus konnte er das Gewehr benutzen, niemand würde den Schuss hören. Eine Pistole wäre allerdings

praktischer gewesen. Er haderte mit sich, dass er keine mitgenommen hatte. Die Sache war durch die Anwesenheit von zwei Frauen komplizierter geworden. Er hatte darüber nachgedacht, die Mutter am Leben zu lassen. Das wäre eine Option, wenn man an die Tochter isoliert herankäme. Dann sollte er allerdings lautlos mit dem Messer arbeiten. Andererseits – Zeugen zurücklassen war auch keine Option. Er haderte schwer mit sich selbst. Das Mädchen hätte nie fliehen dürfen. Wäre alles nach Plan gelaufen, hätte er sie nach Abschluss des Auftrags nachts irgendwo freigelassen, und es hätte keine Hinweise auf seine Identität gegeben. So aber konnte die Polizei die Hütte ausfindig machen und würde wahrscheinlich über kurz oder lang auf seinen Namen stoßen. Wenn er Bianca Stein leibhaftig gegenüberstand, wurde es gefährlich. Sie hatte seine Stimme gehört, seine Augen gesehen, seine Körpergröße, wie er sich bewegte und wer weiß was noch alles. So weit durfte es nicht kommen.
Er war jetzt am Einfahrtstor. Es stand offen. Die jüngere Frau ging gerade mit den Reisetaschen, die sie aus dem Wagen geholt hatte, ins Haus. Er wog seine Optionen ab. Die beiden waren auf der Flucht und hatten Angst. Folglich war damit zu rechnen, dass sie das Einfahrtstor schließen würden. Mit ein bisschen Glück würde die Tochter alleine rauskommen. Dann könnte er sie ohne großes Geschrei abfertigen.
Er duckte sich in eine besonders dunkle Stelle und wartete. Aber niemand kam. Möglicherweise hatten sie das Einfahrtstor einfach vergessen. Er kam aus der Deckung und spähte zum Haus. Es war ruhig. Die Leuchte über der Eingangstür brannte noch, und die Fenster im Erdgeschoss waren erleuchtet. Mit dem Fernglas konnte er erkennen, dass die Mutter mit einem

Glas Weißwein am Fenster stand. Offensichtlich war man da drin zum gemütlichen Teil des Abends übergegangen. Er beschloss, sich die Lage aus der Nähe anzusehen.

Isabell stand am Fenster und war schon beim zweiten Glas. Bianca konnte sehen, wie der Alkohol den Körper ihrer Mutter durchflutete und ihr ein erlösendes Wohlgefühl verschaffte.

»Wie soll das alles weitergehen?«

»Du musst Dennis verständigen.«

»Der ist nach Schottland geflogen zu irgendeinem Geburtstag.«

»Er kommt morgen wieder.«

»Woher weißt du das?«

»Weil morgen der Notartermin ist. Da muss er dabei sein, sonst geht es nicht.«

»Stimmt, die Holding.« Bianca roch an ihrem Weinglas und spürte, dass etwas aus der Erinnerung heraufdrängte. Der Notartermin hatte vor ihrer Entführung eine wichtige Rolle gespielt. Aber welche? Die Hausbank hatte darauf bestanden, eine kapitalkräftige Muttergesellschaft für die Klinik zu gründen, die in die Haftung ging. Dazu musste Dennis acht Millionen Euro einbringen. Wenn die Sache nicht zustande kam, würde die Bank die Kredite nicht verlängern, andere Banken würden ebenfalls aussteigen und die Verwertung von Sicherheiten verlangen, denn Geld, um Schulden zurückzuzahlen, hatte die Klinik nicht. Es wäre das Ende. Und ihr Vater würde wegen Insolvenzverschleppung angeklagt.

»Ich ruf mal Caro an. Wegen der Alarmanlage. Ich würde die heute Nacht gerne einschalten.«

»Ja, mach das. Ich würde mich auch besser fühlen.«

Er hatte einen relativ weiten Weg nehmen müssen, um nicht in das Licht, das von der Eingangsleuchte ausging, hineinzugeraten. Schließlich war er neben einem der Wohnzimmerfenster angekommen und richtete sich auf. Vorsichtig schob er seinen Kopf zum Fenster. Die Tochter saß mit einem Weinglas auf der Couch und blickte zum Flur mit der Haustür. Neben dem Türstock war ein Bedienfeld mit Tasten, an dem sich die Mutter, ein Telefon am Ohr, zu schaffen machte. Durch das Fenster hörte er sie telefonieren. Undeutlich vernahm er die Worte: »Und wenn ich den Code eingegeben habe, dann drücke ich wo drauf?« Schlagartig wurde ihm klar, dass sie dabei war, die Alarmanlage wieder einzuschalten. Damit würden vermutlich auch irgendwelche Melder im Außenbereich aktiviert. Er musste entweder ins Haus, bevor die Anlage aktiviert war, oder schleunigst das Grundstück verlassen.

»Da draußen war doch was?«, sagte Bianca und ging zum Fenster. Sie konnte nichts Verdächtiges erkennen. Aber sie sah, dass sie vergessen hatten, das Einfahrtstor zu schließen. »Ich geh noch mal raus und mach das Tor zu.«

55

Er war bereits auf dem Weg zu seinem Wagen, als er die Haustür hörte. Endlich – die Tochter kam aus dem Haus und ging auf das Einfahrtstor zu. Er hastete so schnell und so leise es ging wieder zurück, achtete darauf, nicht vom Lichtkegel der Leuchte erfasst zu werden, hielt etwa dreißig Meter vor dem Tor an, kniete sich auf den Waldboden und legte an. Die junge Frau war dabei, eine Hälfte des Tors zuzuziehen, und wurde durch den Torflügel verdeckt. Gleich würde sie wieder sichtbar werden, wenn sie den anderen Flügel zumachte. Sie tauchte hinter dem Tor auf und ging die paar Schritte zu dem anderen Flügel. Er hatte ihren Kopf genau im Fadenkreuz. In diesem Moment hallte ein gellender Sirenenton durch den nächtlichen Wald, und ein an der Hausmauer angebrachtes Blaulicht begann zu rotieren.

Der Lärm war infernalisch. Bianca war zusammengezuckt und hatte sich zum Haus umgedreht. Dort stand Isabell wie paralysiert in der Eingangstür, Entsetzen im Gesicht, zwei Mal die Sekunde vom Blaulicht gestreift. Bianca machte das Tor zu und ging eilig zum Haus.

Ihre Mutter hatte das Telefon am Ohr und stand am Eingabefeld der Alarmanlage. »Ja … ja … und dann noch mal den Code eingeben.« Sie tippte mehrere Zahlen ein. Dann verstummte der Alarm. »Danke, Caro. Ja, das war dumm von mir. Aber jetzt weiß ich's. Schönen Urlaub noch.«

Sie drückte das Gespräch weg und sah Bianca erschöpft an.

»Was war das denn?«
»Ich hab die Anlage eingeschaltet. Plötzlich warst du nicht mehr da. Da wollte ich draußen nachsehen, weil du irgendwas vom Tor gesagt hattest. Na ja, ich mach die Tür auf, und das Ding geht los.«
»Bevor man rausgeht, muss man die Anlage wieder ausschalten.«
»Sehr richtig. Das weiß ich jetzt auch.«
»Na gut. Dann lass uns ins Bett gehen.«
»Nicht so schnell. Wir kriegen wahrscheinlich noch Besuch.«
Bianca sah ihre Mutter fragend an.
»Die Alarmanlage ist mit der Polizei verbunden. Die werden gleich auftauchen. Wenn es Probleme gibt, können wir Caro anrufen.«
Im Wald war das Geräusch eines näher kommenden Fahrzeugs zu hören, und kurz darauf zuckte ein Lichtstrahl durch die Bäume.

Er hatte den kleinen Waldweg genommen, der auf seinem Navi angezeigt wurde. Es stand zu vermuten, dass in wenigen Minuten die Polizei auftauchen würde. Einen kurzen Moment hatte er überlegt, ob er nicht trotzdem schießen sollte, sich aber letztlich dagegen entschieden. Er würde unter enormem Zeitdruck stehen, und das erhöhte die Wahrscheinlichkeit, dass er Fehler machte. Etwa Spuren hinterließ oder gar der Polizei in die Arme lief. Das musste nicht sein. Die Frauen würden morgen nicht gleich wieder fahren, wie er die Lage einschätzte. Und falls doch, würden sie vorher seine Bekanntschaft machen. Er sah auf die Uhr. Es war noch vor Mitternacht. Zeit genug, um nach Hause zu fahren und ein paar Stunden zu schlafen.

56

Wallner hatte schlecht geschlafen. Die Knochenmarkspende machte ihm Sorgen. Soweit er gehört hatte, wurde der Eingriff unter Vollnarkose vorgenommen. Das war höchst belastend für Wallners Psyche, denn es bedeutete den totalen Kontrollverlust. Und so war er seit halb fünf wach gelegen und hatte sich Sorgen gemacht.

Auch an Manfred war die Nacht nicht ohne Spuren vorbeigegangen. Im Gegensatz zu seinem Enkel hatte die Nachricht von Olivias Erkrankung ihn in einen Zustand der Wut über die Ungerechtigkeit der Welt versetzt. Am Frühstückstisch löffelte er – trotz allem bei gutem Appetit – seinen Haferbrei mit geriebener Birne in sich hinein und hielt Volksreden. »Des is doch net normal, dass so a kleins Kind an Krebs hat, und ich alter Dackel hatsch immer noch in dera Welt umeinand. Warum holt er mich denn net, der Boandlkramer? Ich bin doch schon überfällig.«

»Schrei nicht so laut. Sonst hört er's noch.«

»Und des gibt's doch net, dass man gegen Leukämie immer noch nix machen kann. Milliarden geben s' für die Autobahnen aus und fürs Internet. Aber dass einer mal schaut, dass er a Medikament gegen Leukämie herbringt – des is ja scheint's net wichtig. Kinder können sich ja net wehren.«

Wallner gab seinem Großvater in allen Punkten recht, denn er hatte keine Zeit für Stammtischdiskussionen, und verabschiedete sich ungewöhnlich früh.

Im Büro führte er zunächst ein Telefonat mit dem

Jugendamt und unterrichtete den zuständigen Sachbearbeiter und dessen Vorgesetzte über das, was vorgefallen war. Da Olivia in absehbarer Zeit ohnehin nicht auf die Schule gehen konnte, war der Grund für die Unterbringung in einer Pflegefamilie fürs Erste entfallen. Man kam überein, die Dinge vorläufig zu belassen, wie sie waren.

Gegen halb neun erhielt Wallner einen Anruf von Staatsanwalt Tischler. Er hatte eine Verfügung erwirkt, die es ihm und der Polizei gestattete, im Beisein eines psychiatrischen Gutachters die Klinik von Professor Stein zu betreten und zu klären, ob die Zeugin unter Missbrauch der ärztlichen Befugnisse an einer Aussage gehindert wurde. Es wurde verabredet, sich zeitnah in der Klinik zu treffen. Tischler war bereits in Begleitung des Gutachters unterwegs.

»Auf welcher Rechtsgrundlage beruht die Verfügung denn?«, fragte Wallner. Er hatte nicht damit gerechnet, dass Tischler damit bei Dr. Stöger, dem Untersuchungsrichter, durchkommen würde.

»Die Rechtsgrundlage hat Stöger meines Erachtens frei erfunden. Der Mann hat noch drei Jahre bis zur Pensionierung und seit mindestens zehn Jahren in keine StPO mehr geschaut. Uns soll's recht sein.«

Dieser Ansicht war Wallner auch. Das kleine Unbehagen darüber, dass die Prinzipien der Rechtsstaatlichkeit hier wohl ein bisschen überdehnt wurden, verdrängte er mit dem Gedanken, dass Juristen aus Gesetzen alles herauslesen konnten und er schließlich keiner war.

Um zehn nach neun standen Wallner, Tischler, der Gutachter und zwei uniformierte Polizisten in der Eingangshalle der Klinik und wurden von einer Frau in lindgrünem Poloshirt und hektischen Flecken auf den Wangen darüber informiert, dass der Professor auf dem Weg sei. Als Stein kam, übernahm Tischler das Reden. Es war seine Show.

»Verzeihen Sie die Unannehmlichkeiten, aber wir würden gerne mit Ihrer Tochter Bianca reden.«

»Tut mir leid. Aber es reicht jetzt langsam. Meine Tochter hat sich von Herrn Wallners gestrigem Auftritt noch nicht erholt.«

Tischler überreichte Stein den richterlichen Beschluss und wandte sich, während Stein ihn noch las, an die Empfangsdame. »Welche Zimmernummer hat Bianca Stein?«

Die hektischen Flecken auf der Rezeptionistinnenwange wurden noch eine Spur röter. Mit trockenem Mund sagte die Frau, es sei die Acht im Erdgeschoss. Tischler setzte sich in Bewegung, Wallner, der Gutachter und die beiden Uniformierten hinterher.

Auf sein Klopfen an der Zimmertür erhielt Tischler keine Antwort. Jetzt kam auch Stein dazu.

»Sie ist nicht in ihrem Apartment.«

»Sondern?«

»Ich weiß es nicht. Sie hat gestern Abend zusammen mit meiner Frau die Klinik verlassen.«

»Wieso sagen Sie das nicht gleich?«

»Weil es niemanden etwas angeht.«

»*Uns* geht es etwas an«, sagte Tischler und tippte auf den richterlichen Beschluss, den Stein in der Hand hielt. »Sie wissen nicht, wo sie hingefahren sind?«

»Nein. Ich weiß auch sonst nichts. Die beiden haben mit mir nicht über ihre Abreise geredet.«

»Klingt für mich nach Flucht.«

»Für Sie vielleicht. Für mich ist das Ausdruck einer dramatisch angegriffenen Psyche. Meine Frau neigt

immer schon zu – ich sag mal: übertriebenen Reaktionen. Bei meiner Tochter hängt es eher mit dem Trauma ihrer Entführung zusammen.«
Tischler sah den Gutachter an. Der blickte etwas befremdet zurück. »Sie erwarten ja wohl keine Einschätzung von mir? Dazu müsste ich die Patientin wenigstens mal gesehen haben.«
»Wo könnten sie sein?« Tischler hatte sich wieder Stein zugewandt.
»Das wüsste ich selber gerne. In unserem Haus in Sankt Quirin waren sie heute Nacht jedenfalls nicht. Vielleicht sind sie bei meiner Tochter in Holzkirchen. Aber da geht keiner ans Telefon.«
»Haben Sie den Mann Ihrer Tochter angerufen?«
»Der ist gerade im Flugzeug auf dem Weg hierher. Er war zwei Tage in Schottland.«
»Wer war gestern Abend an der Rezeption«, meldete sich Wallner zu Wort.
»Frau Bartel.«
»Wir bräuchten die Telefonnummer.«
»Die wird jetzt schlafen.«
»Das soll nicht Ihre Sorge sein«, zischte Tischler.

Sie saßen im Empfangsbereich auf ausladenden Ledersofas und sahen Staatsanwalt Tischler beim Telefonieren zu. Wallner ließ Tischler das für ihn seltene Gefühl, Herr des Ermittlungsverfahrens zu sein. Außerdem war Wallner nicht darauf erpicht, Frau Bartel aus dem Bett zu holen. Während Tischler also sein wichtiges Telefonat führte, sah sich Wallner um. Im Hintergrund standen einige Patienten der Klinik und gafften herüber. Es hatte sich herumgesprochen, dass die Polizei im Haus war. Zwei der Gesichter hatte Wallner schon mal irgendwo gesehen. Vielleicht waren es Schauspieler oder andere Menschen, die Medienauftritte hatten. Wallner hätte ihnen keine Namen zuordnen können.

Tischler sagte schließlich: »Vielen Dank. Sie haben uns sehr geholfen. Und entschuldigen Sie noch mal die Störung.« Dann steckte er sein Handy ein und sagte erst einmal nichts, sondern dachte über das nach, was er gerade erfahren hatte. Oder tat zumindest so. Wallner war sich bei Tischler nie ganz sicher, was Show war und was echt.

»Sehr interessant, was ich gerade erfahren habe«, sagte er schließlich. »Die beiden Frauen sind offenbar gegen zehn aus dem Haus gegangen und hatten Reisetaschen dabei. Der Rezeptionistin kam das verdächtig vor, und sie hat Professor Stein angerufen, weil man hier ja nie weiß, ob die Patienten solche Dinge selbst entscheiden können. Tatsächlich sind die beiden Frauen mit dem Mercedes von Isabell Stein weggefahren. Frau Bartel hat bemerkt, wie kurz darauf ein anderer Wagen den beiden folgte. Ein Kombi. Die Marke hat sie nicht erkannt. Dunkelgrau metallic. Der Wagen war ihr schon vorher aufgefallen, weil er einen heruntergekommenen Eindruck machte und Dreckspritzer an den Seiten hatte. Außerdem sei da jemand dringesessen, obwohl er geparkt war.«

»Hab den Burschen gesehen«, sagte eine dünne männliche Stimme.

Die Gruppe drehte sich geschlossen in Richtung Empfang. Zwei Meter entfernt stand ein Mann, dessen Alter schwer zu schätzen war, die Wangen eingefallen, die Augen tief in den Höhlen. Er trug eine graue Wollhose mit Bügelfalte, die maßgeschneidert aussah, ebenso wie das dunkelblaue Jackett, aus dem Hemdsärmel mit Manschettenknöpfen korrekt einen Inch

herausragten. Ein roter Kaschmirpullunder oder -pullover unter dem Jackett und ein seidenes Halstuch rundeten das Bild ab. Wallner schien es, als habe eine Adelsfamilie ihren Problemfall hier untergebracht.
»Wen meinen Sie?«, fragte Wallner.
Der Mann kam näher und sah sich dabei um, als fürchte er, verfolgt zu werden.
»Alter Audi A 6, dunkelgrau metallic, schätze Baujahr zweitausendzwei – roundabout. Kennzeichen nicht zu erkennen, da mir die Breitseite zugewandt war. Die Dunkelheit hat ein Übriges getan.«
In diesem Moment kamen zwei Männer in beigefarbenen Hosen und lindgrünen Jacketts, die als normale Sommergäste in Bad Wiessee hätten durchgehen können, und gesellten sich mit einem entschuldigenden Lächeln in Richtung Polizisten zu dem Herrn mit den Manschettenknöpfen.
»Entschuldigen Sie, Herr Bülow. Sie haben jetzt einen Termin bei Frau Dr. Guntram. Sie wartet bereits.«
»Ich habe hier einen weit wichtigeren Termin mit den Herren von der Polizei. Wenn Sie also bitte warten möchten.«
»Ja, wir wissen, Sie haben öfter Termine mit der Polizei. Aber ich bin sicher, dass Sie das ein andermal nachholen können.« Der Mann im lindgrünen Jackett, der sich als Wortführer der beiden gerierte, grimassierte in Richtung Wallner, um anzudeuten, dass er Herrn Bülows Ausführungen nicht mit einer ernstzunehmenden Aussage verwechseln dürfe.
Wallner erinnerte sich jetzt vage, dass es einen Herrn Bülow gab, der gelegentlich bei der Miesbacher Polizei anrief und seine Beobachtungen mitteilte. Leute wie ihn gab es überall.
»Warten Sie!«, sagte Wallner zu den beiden Herren, die

Bülow bereits sanft am Arm genommen hatten und dabei waren, ihn wegzuführen. »Ich würde mir gerne noch zu Ende anhören, was Herr Bülow zu sagen hat. Es dauert nicht lange.« Der Wortführer der Lindgrünen machte eine Geste, die in etwa besagte: Bitte, wenn du nichts Besseres zu tun hast – und ließ von Bülow ab.
»Woher wissen Sie von dem grauen Audi?«, wandte sich Wallner an Bülow.
»Hat stundenlang gegenüber von meinem Fenster geparkt, auf der anderen Straßenseite. Zimmer achtzehn, erster Stock, das bin ich. Genau unter mir: Frau Stein, die Tochter. Verdächtiger Bursche, denk ich noch. Was macht der da? Hat ein Fernglas gehabt. Ich aber auch.« Bülow entschlüpfte ein kurzes, gemeines Lachen. Dann wurde er wieder ernst. »Konnte mich nicht sehen, weil er immer geradeaus durch die Hecke, verstehen Sie? Immer genau auf das Apartment unter mir. Spanner, hab ich mir gedacht. Bisschen auch beneidet.« Ein kieksender Stoßlaut kam aus Bülows Brust. »Aber gestern dann wird er mit einem Mal hektisch – und weg mit dem Audi. Klar, gibt ja nichts mehr zu gaffen, wenn die Stein weg ist.«
»Können Sie den Mann beschreiben?«
»Mittelgroß, dunkelblond – möglicherweise gefärbt, muskulös. Sehr kräftig. Hat man gesehen. Arme wie ein Preisboxer. Die Art von Leuten, die bei zehn Grad noch T-Shirt tragen, damit man die Arme sieht«, sagte Bülow mit einem Anflug von Verachtung.
»Grauenhaft«, stimmte Wallner zu, wenn auch aus anderen Motiven.
»Ab und zu steigt er aus dem Audi, um zu rauchen. Hatte kurz überlegt, hinüberzugehen und mich dazuzugesellen. Aber ich rauche nicht. Das wäre aufgefallen.«

»Sonst noch Auffälligkeiten?«, brachte sich Tischler in die Gesprächsrunde ein.

»Die Weste! Olivgrün mit Hang zu grau. Angler? Jäger? Wie auch immer. Unglaublich viele Taschen. Für Patronen oder Angelhaken.« Bülow verzog das Gesicht. »Oder Würmer?«

»Eine Weste mit vielen Taschen?«, fragte Wallner nach.

»Zwölf vorne, eine hinten. Müsste stimmen. Hab mehrfach gezählt.«

Tischler sah Wallner fragend an. Offenbar war ihm die Bedeutung der Information nicht klar.

»Bianca Stein hat erwähnt, dass ihr Entführer so eine Weste trug«, sagte Wallner. »Auch sonst passt die Beschreibung.«

»Dann sollten Sie schauen, dass Sie die Frauen finden.«

Wallner fand es immer wieder interessant, mit welch eingefleischtem Automatismus Tischler von der ersten in die dritte Person wechselte, wenn die Dinge problematisch wurden.

57

Der Morgen war kalt und nebelig. Bianca trat vor die Tür, und auf ihrer Haut setzte sich die Feuchtigkeit ab. Das letzte Mal lag sie in der Wolfsschlucht, als sie dieses Gefühl hatte, und konnte sich nicht rühren. Der Fuß schmerzte immer noch. Aber sie musste raus aus dem Haus, frische Luft atmen und die Kälte im Gesicht spüren. Was wohl aus dem Wolf geworden war?

Wenige Meter vom Einfahrtstor führte ein von Farnen gesäumter Pfad in den Wald. Es musste Caros Laufstrecke sein. Sie hatte erzählt, dass der Pfad zu einem kleinen See führte. Der weiche Waldboden tat gut unter den Füßen.

Währenddessen saß Isabell vor einer Tasse Kaffee und stellte fest, dass ihr Handy leer war. Sie hätte auf Flugmodus schalten müssen. So aber hatte das Gerät die ganze Nacht vergeblich ein Netz gesucht und sich dabei entladen. Das war insofern unangenehm, als sie das Ladekabel in der Klinik hatte liegen lassen. Egal – hier im Haus mussten sie ohnehin das Festnetz benutzen. Allerdings wusste sie nicht, wie man die Handybox vom Festnetz aus abhörte. Vermutlich brauchte man einen PIN-Code, den sie nicht kannte.

Sie steckte das nutzlose Mobiltelefon in ihre Handtasche und überlegte, wie es weitergehen sollte. Dennis musste ihnen helfen. Sie könnten mit ihm weggehen. Irgendwohin, wo Alexander sie nicht mehr kontrollieren konnte. Auf eine hübsche Insel in der Karibik. Dennis war ohnehin kaum in Deutschland. Es würde ihm entgegenkommen. Er könnte segeln gehen, und sie und Bianca würden die große, weiße Villa mit den Palmen im tropischen Garten bewohnen, würden sich am Pool räkeln und nach dem Mittagessen einen blauen Drink mit Curaçao und Sonnenschirmchen genießen. Bei dem Gedanken durchlief Isabell ein kribbelndes Gefühl bis in die Fingerspitzen. Vielleicht ein Schuss Cognac in den Kaffee? Ihr widerstrebte der Gedanke, denn sie hatte sich vorgenommen, nur noch abends zu trinken. Andererseits – musste sie ausgerechnet an einem Tag wie diesem mit einem so ambitionierten Projekt beginnen?

Bei Tageslicht sah das Anwesen kleiner aus. Es waren wohl die Dinge, die man in der Dunkelheit nicht sehen konnte und die das Gehirn von sich aus ergänzte. Er wunderte sich über die Gedanken, die ihn beschäftigten, als er über den Waldweg auf das Einfahrtstor zufuhr. Eigentlich sollte er sich auf die anstehende Aufgabe konzentrieren. Es war nicht so, dass er nicht schon Menschen getötet hätte. Aber das war eine Zeitlang her, und zur Routine war es ihm auch nicht geworden, damals vor zehn Jahren, als im Irak die Goldgräberzeiten für private Sicherheitsfirmen ausbrachen und man Tagesgagen von tausend Dollar einstreichen konnte. Mittlerweile lag das Geschäft am Boden. Die Preise wurden von Söldnern aus Lateinamerika und den Fidschi-Inseln gedrückt, die den gleichen Job auch für tausend Dollar im Monat machten.
Das Tor war noch geschlossen. Er hoffte, dass die Frauen schon wach waren und die Alarmanlage abschalteten, bevor sie die Tür aufmachten. Am rechten Pfeiler war ein Klingelknopf mit Gegensprechanlage. Darüber eine Kamera. Er drückte die Klingel.

Der Cognac verlieh dem Kaffee ein volles Aroma und breitete sich wohltuend im ganzen Körper aus. Isabell war gerade dabei, noch einen Schluck nachzugießen, als die Türglocke läutete. Sie ging zur Gegensprechanlage und sah auf dem kleinen Monitor einen Mann in Arbeitsoverall, dahinter das Kombimodell eines Audi. »Ja bitte?«, sagte sie.

»Firma Heizung Müller. Wir sollen den Brenner von Ihrer Ölheizung anschauen.«

»Haben Sie einen Termin ausgemacht?«

»Nein. Ich war gerade in der Gegend.«

Typisch Handwerker, dachte Isabell. Man könnte aber auch vorher anrufen. »Die von Mehlings sind zurzeit in Urlaub. Und ich weiß nicht, wo die Heizung ist.«

»Die find ich schon. Kein Problem. Ich war schon mal da.«

Isabell überlegte, ob sie Caro anrufen sollte. Aber die war vermutlich eh schon genervt wegen der Alarmanlage. Außerdem war es mitten in der Nacht in Florida. »Na gut. Kommen Sie rein.«

Es ertönte ein Summen, und er konnte das Tor aufschieben. Er fuhr mit dem Wagen vors Haus und holte seinen Werkzeugkasten aus dem Laderaum des Kombi. Die ältere Frau stand in der Tür und erwartete ihn.

»Grüß Gott. Die von Mehlings sind in Urlaub?«

»Ja. Wir wohnen so lange im Haus. Kommen Sie. Die Heizung ist, glaube ich, im Keller.«

Auf dem Weg die Kellertreppe hinunter fragte er: »Ist sonst noch jemand im Haus?«

Isabell stutzte. Die Frage kam ihr ein wenig seltsam vor. »Wozu müssen Sie das wissen?«

»Weil ich das warme Wasser abstellen muss. Also wenn jemand jetzt duschen will zum Beispiel – das wär schlecht.«

»Nein, nein. Meine Tochter macht gerade einen Spaziergang. Ich sag ihr Bescheid, wenn sie zurückkommt. Wie lange haben wir kein warmes Wasser?«

»In einer Stunde bin ich auf alle Fälle fertig.«

»Gut. Hier ist, glaube ich, der Heizungskeller.« Isabell öffnete eine Stahltür und machte Licht. Tatsächlich befand sich die Ölheizung in diesem Raum.

»Vielen Dank«, sagte er. »Ich komm jetzt allein klar.«

Die Sache gestaltete sich relativ simpel, nachdem er einmal im Haus war. Er konnte in Ruhe überlegen, wie er vorgehen wollte. Er hätte die Frau schon jetzt töten können. Aber irgendwie neigte er in letzter Zeit dazu, Dinge hinauszuschieben. Wenn er bei der Kleinen in der Hütte konsequenter vorgegangen wäre, hätte er jetzt den ganzen Ärger nicht am Hals. Er nahm sich vor, anstehende Aufgaben in Zukunft sofort zu erledigen.

Unter den Schraubenschlüsseln und Rohrzangen in seinem Werkzeugkasten befanden sich das Navy-Seals-Messer und – zur Sicherheit – eine Pistole. Er hatte sich gegen das Gewehr entschieden. Einen Schuss konnte jemand hören, wenn es dumm lief. Und dann war unter Umständen die Polizei schon auf dem Weg, ohne dass er es überhaupt mitbekam. In der gegebenen Situation war das Messer die einzig professionelle Lösung.

Bis zum See hatte sie es nicht geschafft. Der Fuß schmerzte heftiger als vermutet. Trotzdem hatte der Spaziergang gutgetan. Sie hatte den Kopf frei bekommen und Pläne gemacht. So bald wie möglich würde sie mit Dennis weggehen. Irgendwohin in den Süden. Er könnte weiter seiner Abenteuerlust frönen, und sie würde ihre Managerqualitäten unter tropischer Sonne

entfalten. Ein kleines Hotel führen oder eine Surfschule oder Segelboote verchartern. Ihre Mutter würde sie in eine Betty-Ford-Klinik schicken, wo man ernsthaft daran interessiert war, sie von ihrer Sucht und ihren psychischen Problemen zu befreien. Und vielleicht sollte sie es danach wieder mit der Schauspielerei versuchen. Sie brauchte jedenfalls eine Aufgabe. Einen Moment hatte Bianca auch darüber nachgedacht, ihre Mutter mitzunehmen in die Tropen. Aber sie würde sich nicht um Isabell kümmern können, wenn sie ein Hotel leitete. Und Isabell musste endlich lernen, auf eigenen Füßen zu stehen.
Das Tor war offen, und vor dem Haus stand ein Wagen. Bianca schoss ein Adrenalinstoß durch die Adern. Sie hatte nicht die geringste Vermutung, wer das sein konnte. Wenigstens war es nicht der Wagen ihres Vaters. Und wenn er jemanden geschickt hätte – der würde vermutlich nicht so ein heruntergekommenes Modell fahren. Vielleicht fuhr der Hausmeister so einen Wagen. Ja, das musste es sein. Es war mit Sicherheit der Hausmeister, der nach dem Rechten schaute. Als sie an dem Wagen vorbeiging, fiel ihr Blick in den Laderaum. Die Rückbänke waren nach vorne geklappt, um die Ladefläche zu vergrößern. Viel war dort nicht zu sehen. Neben Kleinkram eigentlich nur eine Weste, wie sie Angler oder Jäger trugen. Mit vielen aufgenähten Taschen. Noch einmal breitete sich Adrenalin in Biancas Adern aus, ihr Herz begann zu rasen, und ihre Knie zitterten. Dieses Mal konnte sie sich nicht mehr beruhigen. Sie trat einen Schritt zurück und betrachtete das Fahrzeug. Lange musste sie nicht in den Tiefen ihrer Erinnerung suchen. Es gab keinen Zweifel: Sie kannte die Weste.

58

Wallner hatte Isabell und Bianca Steins Handys angerufen und sie dringend gebeten, sich zu melden, und außerdem darauf hingewiesen, dass ihnen möglicherweise jemand gefolgt war und es sich dabei um Biancas Entführer handeln könnte. Die gleiche Mitteilung hatte er auf dem Anrufbeantworter von Bianca Steins Festnetznummer hinterlassen. Schließlich hatte er Biancas Mann Dennis angerufen. Der befand sich gerade auf dem Weg vom Flughafen nach Hause und hatte wider Erwarten von seiner Frau gehört.

»Ich war gestern in Schottland auf einer Geburtstagsfeier. In dem Lärm hab ich den Anruf wohl nicht gehört. Sie hat mir auf die Box gesprochen. Ich hab's erst heute Morgen abgehört.«

»Von wann war die Nachricht?«

»Gestern Abend um zehn. Das heißt, eigentlich um elf. Schottland ist ja eine Stunde zurück.«

»Haben Sie heute Morgen zurückgerufen?«

»Ich hab's versucht. Sie sagte, sie sei mit ihrer Mutter unterwegs, aber nicht, wo. Und dass ihr Handy kaputt sei und ich sie deshalb auf Isabells Handy anrufen sollte. Aber da war nur die Box dran. Ich glaube, es war ausgeschaltet.«

»Hat sie irgendeine Erklärung abgegeben, warum sie mit ihrer Mutter unterwegs ist?«

»Sie hat gesagt, sie hätten Streit mit ihrem Vater, und sie hätten beide die Klinik verlassen. Genaueres wollte sie mir erzählen, wenn wir uns treffen. Sie klang ziemlich aufgewühlt.«

»Haben Sie mit Ihrem Schwiegervater gesprochen?«
»Nein. Aber ich seh ihn heute beim Notar. Da kann ich ihn fragen.«
»Gut. Halten Sie uns bitte auf dem Laufenden, falls sich Ihre Frau wieder meldet.«

Wallner beriet mit Mike und Tina, wie man weiter vorgehen sollte. Tischler war nach München zurückgefahren. Er hatte in der Klinik seinen Auftritt gehabt, mehr war für ihn nicht zu holen. Man war sich einig, dass die Suche nach den Frauen Priorität hatte. Es machte Wallner Sorgen, dass sie nicht zu erreichen waren.
»Wir haben da vielleicht was rausgefunden.« Janette, die noch zu tun gehabt hatte, kam in Wallners Büro und hatte Papiere dabei.
»Setz dich!«, sagte Wallner.
Janette griff sich einen Bürosessel und nahm am Besprechungstisch Platz. »Habt ihr Kaffee da?«
»Müsste jemand holen.« Wallner sah Mike an.
»O nein! Tina ist dran.«
»Na gut.« Tina war im Begriff aufzustehen, aber Janette hielt sie auf.
»Schon okay. Wir haben es ja ein bisschen eilig.«
Tina setzte sich wieder.
»Mich hättst gehen lassen, oder?«, sagte Mike und sah Janette spöttisch forschend an.
»Wahrscheinlich. Also, passt auf.« Janette legte ihre Papiere vor sich. »Herr Grosser, der Hütteneigentümer, hat uns doch diese Liste zusammengestellt von Leuten, die Zugang zum Hüttenschlüssel hatten. Die haben wir jetzt alle gecheckt, auch was für Autos sie fahren. Ein dunkelgrauer Audi war jedenfalls nicht dabei, und von den Leuten sieht keiner so aus, als würde er Frauen entführen. Gestern Nacht bin ich in

die sozialen Netzwerke gegangen und hab mich umgesehen, mit wem die Leute befreundet sind, vor allem Partner. Und dabei bin ich auf die Gärtnerin von Grosser gestoßen. Grosser sagt, sie arbeitet immer noch für ihn. Jetzt im Frühjahr wieder verstärkt. Und er hat sie auch mal an den Tegernsee rausgeschickt, um das Grundstück um die Hütte herum zu mähen und sauber zu machen, damit es nicht so verwahrlost aussieht. Diese Gärtnerin wiederum hat einen Lebensgefährten. Der heißt Jörg Spengler, fünfundvierzig. Spengler war bis zweitausendzwei bei den Kampfschwimmern der Marine. Danach verliert sich seine Biografie. Dafür hatte ich zu wenig Zeit. Es gibt aber Hinweise, dass Spengler bei einem amerikanischen oder britischen Sicherheitsunternehmen tätig war. So die Kategorie Blackwater. Und zwar im Irak. Mindestens zwei der Leute, die bei ihm auf Facebook posten, waren jedenfalls bei solchen Unternehmen und geben damit an. Bis vor einem halben Jahr hat er für eine deutsche Securityfirma gearbeitet, ist dann aber anscheinend entlassen worden. Über die Gründe habe ich nichts in Erfahrung bringen können. Ach ja – er fährt einen grauen Audi Avant, Baujahr zweitausendzwei.«

»Nicht schlecht. Gibt es Hinweise, dass er es war? Und warum er Bianca Stein entführt hat?«

»Es gibt keine Hinweise. Aber: Er hatte Zugang zum Hüttenschlüssel, wusste vermutlich, dass Grosser die Hütte nie benutzt, und er ist von der Ausbildung her in der Lage, so was durchzuziehen. Ich glaube nicht, dass er ein eigenes Motiv hat.«

»Sondern von jemandem dafür bezahlt wurde?«

»Ja.«

»Das heißt, wir müssen schauen, ob es Kontakte gibt mit Personen, die wir kennen.«

»Ich hab Tischler angerufen. Sobald er in München ist, kümmert er sich um einen Beschluss für Spenglers Telefondaten.«
»Haben wir die Handynummer?«
»Ja. Aber wir können das Handy nicht orten ohne Beschluss.«
»Habt ihr versucht, ihn anzurufen?«
»Sein Handy ist ausgeschaltet. Wahrscheinlich könnten wir ihn schon rein technisch nicht orten. Wenn er Profi ist, hat er den Akku rausgenommen.«
»Lass ihn zur Fahndung ausschreiben. Ist zwar ein bisschen dünn. Aber wir haben nichts anderes.«
Wallners Telefon klingelte. Kreuthner war dran. Er fuhr gerade mit Schartauer im Streifenwagen.
»Servus, Clemens. Du warst ja schnell weg heut Morgen.«
»Ja. Ich hatte zu tun. Was gibt's denn?«
»Ich hätt a paar interessante Fotos für dich. Vom Professor Stein. Die wollt ich dir eigentlich zeigen.«
»Wo hast du die her?«
»Des möchtst net wissen.«
»Gut, dann reden wir lieber nicht drüber. Aber wenn du schon mal dran bist: Wir suchen die Frau von Professor Stein und ihre Tochter. Geht gleich an alle raus.« Wallner erklärte kurz, was er in der Klinik in Erfahrung gebracht hatte. »Also halt die Augen offen. Keine Ahnung, ob die noch in der Gegend sind. Vielleicht sind sie schon in Spanien. Aber man weiß ja nie. Und falls ihr diesem Spengler über den Weg lauft – pass auf! Er ist gefährlich.«

Kreuthner überlegte eine Weile, nachdem er das Gespräch beendet hatte. Dann wandte er sich an Schartauer, der den Wagen fuhr. »Sag amal, heut Morgen bei der Übergabe, da hat der Wolfgang doch was von einer Alarmanlage in Parsberg erzählt.«

»Ja, die ist gestern Nacht losgegangen. War aber falscher Alarm.«

»Weil …?«

»Weil da grad Freunde von den Hausbesitzern wohnen. Und die kennen sich net aus mit dem Teil.«

»Diese Freunde – hat er net g'sagt, des wären zwei Frauen?«

Schartauer zuckte mit den Schultern. Kurz darauf hatte Kreuthner den völlig verschlafenen Kollegen der letzten Nachtschicht am Apparat. »Servus, Wolfgang, du … Ja, ich weiß, dass du um die Zeit schlafst. Da muss man net gleich ausfallend werden … Ich gib dir glei an Hornochsen … Zefix, jetzt bleib dran, des is a Notfall!« Kreuthner hielt den Hörer zu und sah zu Schartauer. »Der is fei so was von grantig.«

»Der Wolfgang wenn sein Schlaf net kriegt, da wird er unleidlich. Des weiß man aber.«

»Also Wolfgang, horch her … Wolfgang?! … He! Aufwachen!! Kruzitürken!« Kreuthner sah Schartauer fassungslos an. »Jetzt is der beim Telefonieren eingeschlafen. Des gibt's doch net.«

»Der is sogar mal beim Pinkeln eingeschlafen. Im Stehen!«

»Hallo, Wolfgang! Bist wieder da? … Gestern Nacht in Parsberg mit der Alarmanlage – waren des zwei Frauen? … Aha … Und wo war des? … Alles klar. Schlaf weiter!« Er legte das Handy weg und ließ genüsslich seine Finger knacken. »Auf geht's nach Parsberg.«

»Sollten mir des net an die anderen durchgeben?«

»Damit die vor uns da sind? Bist deppert?«

59

Es war still im Haus. Bianca war an dem Audi Avant stehen geblieben und lauschte. Von irgendwoher kam Musik. Es musste das Radio in der Küche sein. Sie betrachtete noch einmal die Anglerjacke durch das Wagenfenster. War es wirklich dieselbe? In einem anderen Winkel des Laderaums lag eine Hundeleine. Die Leine für den Husky? Was sollte sie tun? Weglaufen und die Polizei alarmieren? Das hieße ihre Mutter mit dem Mann alleine lassen. Mit dem wehen Fuß konnte es dauern, bis sie ein Telefon erreichte. Das einzige funktionierende Telefon war im Haus – der Festnetzapparat.

Leise schlich sie bis zur Haustür und drückte die Klinke sachte nach unten. Doch dann besann sie sich anders, ließ die Klinke los und ging dicht an der Hauswand entlang zum nächsten Fenster, das zum Wohnzimmer gehörte. Vorsichtig schob sie ihren Kopf nach vorn, bis sie ins Haus sehen konnte. Ein plötzliches Rascheln versetzte ihr einen Stich ins Herz – es war ein Vogel im alten Laub der Hecke. Soweit Bianca sehen konnte, war niemand im Wohnzimmer. Hatte der Mann ihre Mutter in den Keller geschleppt? Ihr schon etwas angetan? Bianca konnte kaum atmen, so schlug ihr das Herz gegen den Hals. Ihr Instinkt sagte: Weglaufen. Aber sie wusste, ihre einzige Chance war, ins Haus zu gehen und die Polizei anzurufen.

Im Eingangsbereich war es ruhig. Sie stand in der kleinen Vorhalle mit Garderobe, der Treppe in den ersten Stock und einer Tür zur Gästetoilette. Eine andere Tür führte ins Wohnzimmer. Diese Tür stand halb offen, von da kam auch die Musik. Das Wohnzimmer war mit der Küche durch eine Tür und eine große Durchreiche verbunden.

Bianca hielt den Atem an, als sie die Wohnzimmertür aufschob. Auf dem Esstisch stand eine große Kaffeetasse, daneben eine Cognacflasche und ein Buch. Als sie an den Tisch trat, konnte sie erkennen, dass es ein Reiseführer für Trinidad und Tobago war, den sich Isabell vermutlich aus dem Bücherregal genommen hatte. Bianca versuchte angestrengt, zu hören, ob sich etwas rührte im Haus. Aber der Einzige, den man hören konnte, war Avicii. »Wake me up when it's all over«, sang er immer und immer wieder. Sie überlegte, ob es nicht besser wäre, das Radio auszuschalten. Dann könnte sie mehr hören. Aber es würde auffallen, wenn mit einem Mal die Musik verstummte.

Im Durchgang zum Arbeitszimmer war die Tür zum Keller. Sie stand offen. Bianca ging einige Schritte darauf zu und sah, dass Licht im Keller brannte. Es war aber nichts zu hören. War ihre Mutter da unten? War er da unten? Warum hatte jemand diese Tür aufgemacht? Sie ging auf Zehenspitzen zurück ins Wohnzimmer und suchte nach dem Telefon. Da hörte sie von der Eingangstür ein Geräusch, dann Schritte im ersten Stock. Von dort kam ein gut gelauntes Summen, eine Tür wurde geöffnet und wieder geschlossen. Es war ihre Mutter. Sie war vermutlich vom Bad ins Gästezimmer gegangen. Bianca stieg die Treppe hinauf und lauschte an der Gästezimmertür. Dahinter hörte sie ihre Mutter. Sie drückte leise die Klinke und schlüpfte ins Zimmer.

Isabell drehte sich erschrocken um, als sie merkte, dass jemand im Raum war. »Bianca! Um Himmels

willen! Du hast mich zu Tode erschreckt. Was soll denn das?«
Bianca legte einen Finger auf ihren Mund. Isabell verstummte und sah ihre Tochter irritiert an.
»Wem gehört der Wagen da draußen?«, flüsterte sie.
»Dem Heizungsmonteur. Was ist denn los? Du machst mir Angst.« Auch Isabell hatte unwillkürlich die Stimme gesenkt.
»Wir müssen die Polizei verständigen.«
»Die Polizei?«
»Das ist der Mann, der mich entführt hat.«
Isabell hielt sich die Hand vor den Mund und riss die Augen auf.
»Ist er im Keller?«
»Ja. Er wollte den Brenner reparieren und hat gesagt, wir hätten eine Weile kein warmes Wasser. Bist du sicher, dass das der Kerl ist, der …?«
»Warum kommt der jetzt, wenn Caro in Urlaub ist?«
»Er hat gesagt, er wär gerade in der Gegend gewesen.«
»An dem Wagen steht aber nichts von Heizungsmonteur.«
»Vielleicht sein Privatwagen.«
Bianca legte ihre Hand auf Isabells Mund und sah zur Tür. Ein, zwei dumpfe Laute waren zu hören. »Hast du das gehört?«
Isabell schüttelte den Kopf.
Bianca griff nach dem Autoschlüssel, der auf dem Nachttisch lag. »Komm. Lass uns verschwinden.«

Sie gingen leise die Treppe hinunter, durchs Wohnzimmer, vorbei an der offenen Kellertür, musikalisch untermalt von dem Neunziger-Jahre-Oldie »What's up?« aus der Küche. Bianca suchte nach dem Festnetztelefon und stellte fest, dass es sich nicht in der

Dockingstation befand. Es zu suchen war müßig. Wahrscheinlich hatte der angebliche Monteur es verschwinden lassen. Stattdessen sollten sie schnellstmöglich fliehen. Vor der Tür zum Büro bogen die beiden Frauen nach links ab. Nach wenigen Metern gelangten sie an eine Stahltür. Dahinter lag die Garage.
Es war dunkel in der Garage, und Bianca fand den Lichtschalter nicht mehr.
»Er ist links«, sagte Isabell leise.
Bianca tastete auf der linken Seite, fand dort aber auch keinen Schalter. Dennoch ging das Licht an. »Warst du das?«, fragte sie ihre Mutter. Die schüttelte verwirrt den Kopf.
»Ich war so frei«, sagte eine männliche Stimme. Am geschlossenen Garagentor stand Spengler mit einem Messer in der Hand. Die Frauen erstarrten vor Schreck.
»Durch das Fenster im Heizungsraum hat man einen guten Blick auf die Einfahrt. Sie haben sich so für meinen Wagen interessiert. Da wird Sie der hier früher oder später auch interessieren, hab ich mir gedacht.«
Er deutete mit dem Messer auf Isabells Mercedes.

60

Das Einfahrtstor war offen, und ein alter Audi Avant stand vor dem Haus. Das wunderte Kreuthner, weil in der Beschreibung der Frauen, die man inzwischen an alle Polizisten verschickt hatte, von einem Mercedes die Rede war. Kreuthner wies Schartauer an, neben dem Audi zu parken.

»Des is wahrscheinlich a Handwerker«, sagte Kreuthner.

»Oder der Entführer«, spekulierte Schartauer.

»Beni – du musst amal lernen, dass du logisch vorgehst. A bissl nachdenken, verstehst? Ich wenn Entführer bin, dann fahr ich doch net mit so am alten Schlitten umeinand. Da ziehen s' dich bei jeder Verkehrskontrolle raus.«

Schartauer blickte auf das Display seines Handys. »Die schreiben aber, der mutmaßliche Verfolger hat a Angler- oder Jägerjacke mit vielen Taschen an und fährt an grauen Audi Avant, Baujahr zweitausendzwei.«

»Ja, die schreiben viel, wenn der Tag lang is.« Kreuthner stutzte. »Grauer Audi Avant?«

»Mhm.«

»Schaun mir uns die Kiste mal an.«

Kurz darauf musterten die beiden Polizisten das Fahrzeug und dessen Inhalt. »Da«, sagte Kreuthner und deutete durch das Wagenfenster auf die Ladefläche des Audi. »Weste mit vielen Taschen. Also wennst mich fragst, is des der Wagen von dem Entführer.«

»Äh … ja. Hab ich des net g'sagt?«

Kreuthner sah sich um und studierte die Gegebenheiten des Grundstücks. »Tja – des Überraschungsmoment is natürlich weg. Du hättst den Wagen im Wald stehenlassen müssen.«
»Du hast aber auch nix gesagt.«
»Du bist gefahren. Ich kann mich net um alles kümmern. Blöde G'schicht. Wahrscheinlich beobachtet er uns grad.«
Schartauer sah zum Haus, und sein Blick drückte Unbehagen aus. »Was mach ma jetzt? Verstärkung holen?«
»Des sieht der doch, wenn mir jetzt zum Wagen gehen. Der hat freies Schussfeld. Und er hat wahrscheinlich die Frauen in seiner Gewalt. Wir müssen was tun. Sonst sind die tot.«
»Und was?«
Kreuthner ging zu Schartauer und hielt sich eine Hand vor den Mund. »Wir gehen jetzt zur Eingangstür. Wenn wir direkt davorstehen unter dem Vordach, dann kann er uns net sehen.«
»Warum hast denn die Hand vorm Mund? Glaubst, der hört uns im Haus?«
»Falls er Lippen lesen kann. Jetzt unterbrich net ständig. Also mir gehen jetzt zum Eingang. Dann klingel ich. Der Bursche wird wahrscheinlich eine der Frauen vorschicken. Die verwickel ich in a Gespräch. Währenddem gehst du heimlich ins Haus.«
»Wie denn?«
»Da musst schauen. Terrassentür oder offenes Fenster. Stell dich halt net so an. Also: Du gehst rein, kommst von hinten und überwältigst ihn. Ich helf dir dann.«
»Die ham aber gesagt, der is gefährlich.«
»Und was san mir? San mir net gefährlich? Willst a SEK einfliegen lassen wegen dem Hampelmann?«

»Es is nur – ich hab des noch nie gemacht. Vielleicht magst du ihn ja überwältigen.«
»Einer muss den Überblick behalten und reden. Ich glaub, da samma uns einig, dass du des net bist.«
Schartauer schwieg einsichtig.
»Also, auf geht's.«

Spengler stand in einiger Entfernung vom Fenster, so dass man ihn von draußen nicht sehen konnte. Er hatte das Navy-Seals-Messer am Hals von Bianca. Sie atmete schwer, und Schweißtropfen liefen an ihren Schläfen hinab. Ihre Mutter stand am Esstisch, Verzweiflung im Gesicht. Spengler fragte sich, was die beiden Uniformierten da draußen so lange zu bereden hatten. Es war unwahrscheinlich, dass sie hinter seinem Wagen her waren. Oder hatte ihn jemand an der Klinik beobachtet? Die beiden heckten etwas aus, warum sonst hielt sich der eine die Hand vor den Mund? Wie auch immer, er war auf alles vorbereitet.
Es klingelte. Er nickte Isabell zu. »Sie machen es jetzt genau so, wie wir besprochen haben. Dann passiert Ihrer Tochter nichts, klar?«
Isabell nickte und war den Tränen nahe. Aber sie riss sich zusammen und ging zur Tür. Spengler zerrte Bianca mit sich, ebenfalls Richtung Tür, blieb allerdings vor der Eingangsdiele stehen und belauschte das Gespräch.

Die Frau, die öffnete, war Mitte fünfzig und sah recht gut aus, machte aber einen nervösen Eindruck. »Grüß Gott. Kreuthner mein Name. Sie sind?«
»Mein Name ist Stein. Die Hausbesitzer sind in Urlaub und haben uns eingeladen, ein paar Tage hier zu verbringen. Wir sind alte Freunde.«
»Und? Alles in Ordnung?«

»Ja, ja, alles in bester Ordnung.«
Kreuthner sah, dass die Frau an der Oberlippe schwitzte. »Ich mein nur – die Kollegen haben gesagt, es hätt letzte Nacht einen Alarm gegeben.« Er sah kurz zur Seite, wo sich Schartauer in geduckter Haltung zur anderen Seite des Hauses schlich.
»Wir … wir haben uns mit der Alarmanlage noch nicht so ausgekannt. Ihre Kollegen waren sehr freundlich.«
»Mir helfen doch gern, wenn wir können.« Kreuthner gab durch entsprechende Mimik zu verstehen, dass er von Isabell Steins misslicher Lage wusste oder sie zumindest ahnte. Sie nickte vorsichtig und sah ihn verzweifelt an. »Der Wagen da, des is aber net Ihrer?«
»Nein, der gehört einem Handwerker.«
»Handwerker! Ja, ja, da musst froh sein, wenn die Burschen überhaupt kommen. Was macht er denn?«
»Er repariert den Heizkessel.«
»Ach, haben Sie Ölheizung?«

Spengler hielt weiterhin das Messer an Biancas Hals. Sie wagte kaum zu atmen. »Was quatschen die denn so lange?«
»Ich weiß es nicht«, flüsterte Bianca.
»Los, gehen Sie an die Wohnzimmertür. Sie soll Schluss machen. Sagen Sie, dass Sie sie zum Kochen brauchen.« Er nahm das Messer von ihrem Hals. Doch als Bianca gehen wollte, hielt er sie zurück und drehte sie zu sich. Am Hals war der Messerabdruck als Strich sichtbar. »Machen Sie den Kragen zu.« Als der Strich nicht mehr zu sehen war, ließ er sie gehen.
»Hallo, Mama«, sagte Bianca. »Wir sollten langsam mit dem Kochen anfangen.«

Die Terrassentür stand offen und führte in eine Art Salon. Schartauer hatte die Pistole entsichert und betrat vorsichtig das Haus, die Waffe schussbereit vor sich haltend. Er sicherte nach links, nach rechts. Niemand war da. Durch eine angelehnte Tür hörte er Stimmen. Er ging durch den Raum bis zu der Tür und zog sie sachte auf – dahinter lag das Wohn- und Esszimmer. An der Tür zur Diele stand ein bulliger Mann mit einem großen Messer in der Hand, neben ihm eine junge Frau. Schartauer hörte Kreuthner sagen: »Das Kochen hat bestimmt noch a bissl Zeit, wo mir uns grad so nett unterhalten.« Der Mann bewegte sich mit einem Mal, Schartauer zog schnell seinen Kopf vom Türspalt weg. Was sollte er tun? An sich war die Situation günstig. Der Mann war mit einem Messer bewaffnet, er selbst hatte eine Pistole. Sein Gegner dürfte unter normalen Umständen keine Chance haben. Außerdem war ja Kreuthner noch da, der ihm helfen würde. Schartauer atmete tief durch, nahm sich ein Herz, zählte bis drei und riss die Tür auf. Mit vorgehaltener Pistole stürmte er in das Esszimmer und schrie: »Waffe fallen lassen! Sie sind verhaftet.« Doch zu Schartauers Erstaunen war der Mann nicht mehr da. Die junge Frau stand noch in der Tür und sah ihn ängstlich an. Zitterte sie? Nein, sie gab ihm ein Zeichen mit dem Kopf. Aus den Augenwinkeln bemerkte Schartauer eine Bewegung. Ruckartig fuhr er herum, doch blieb ihm nicht mehr als eine halbe Sekunde, um zu reagieren, denn der bullige Mann stürzte sich mit dem Messer auf ihn. Innerhalb dieser halben Sekunde schaffte es Schartauer immerhin, sich zu fragen, was das für eine matte Beschichtung auf dem Messer war, und gleichzeitig seinen Arm hochzureißen, um die Hand des Angreifers abzuwehren. Die Wucht des Angriffs warf Schartauer zu Boden, der Mann ging mit nach unten und versuchte erneut zuzustechen. Wieder gelang es Schartauer ihn am Handgelenk zu packen und den Stich abzuwehren. Die Todesangst verlieh ihm ungeheure Kräfte und ließ ihn einen langen markerschütternden Schrei ausstoßen.

Der Schrei drang bis vor die Tür an Kreuthners Ohr. Isabell Stein drehte sich um und schlug die Hände vors Gesicht. »O mein Gott! Tun Sie was!!«

»Ich hol Hilfe«, sagte Kreuthner und deutete auf den Streifenwagen. Als er sich in Bewegung setzen wollte, spürte er, wie sich etwas in seine Uniformjacke krallte. Es war Isabell Steins Hand. »Der bringt ihn um. Sie müssen was tun!«, schrie sie und sah Kreuthner mit weit aufgerissenen Augen an. Wie zur Bestätigung des Gesagten kam ein neuerlicher, ganz abscheulicher Schrei aus dem Haus. Kreuthner überlegte einen Augenblick, entschied sich, in Würde zu sterben, sagte »Scheiße« und ging mit gezückter Pistole ins Haus.

Auf dem Boden des Esszimmers lag Schartauer, über ihm der bullige Mann, ein Kampfmesser in der Hand, dessen Spitze nur wenige Zentimeter von Schartauers linkem Auge entfernt war. Schartauer zitterte heftig bei dem Versuch, sich das Messer vom Leib zu halten.

»Aufhören!«, rief Kreuthner und zielte auf Schartauers Peiniger. »Das Spiel ist aus!«, schickte er noch nach, um der Dimension des Augenblicks Rechnung zu tragen. »Messer weg!«

Spengler sah Kreuthner an, schätzte die Situation ein und öffnete seine Hand. Schartauer konnte sein Gesicht gerade noch aus der Falllinie des Messers bringen. Erschöpft blickte er zu Kreuthner und sagte leise: »Kommst ganz schön spät.« Als Schartauer aufstehen wollte, hielt ihn Spengler überraschend fest und

schlug ihn mit dem Handballen auf die Schläfe. Schartauer sackte sofort bewusstlos zusammen. Dann erhob sich Spengler, sah Kreuthner an und sagte: »Und jetzt zu dir.«
»Noch ein Schritt, und ich schieße. Ich mein's ernst.«
»Wie willst denn mit der Knarre schießen?«, fragte Spengler.
Kreuthner überlegte, was der Mann damit meinte. Und wie er überlegte, da ging ihm durch den Kopf, dass die Pistole in der Tat ein wenig leicht war, und schlagartig kam ihm auch zu Bewusstsein, warum das so war: Er hatte in der Mangfallmühle zwei Schüsse aus seiner Dienstwaffe abgegeben. Da er über jeden einzelnen Schuss Rechenschaft ablegen musste, andererseits der Verwendungszweck vorliegend schwierig zu vermitteln war, hatte er das Magazin als gestohlen gemeldet und weggeworfen – und vergessen, sich ein neues zu besorgen. Vom Boden aus hatte Spengler gute Sicht auf die Unterseite der Pistole gehabt.
Spengler ging mit festen Schritten auf Kreuthner zu, der wich zurück, sagte noch einmal »Scheiße« und drückte den Abzug. Der Krach war ohrenbetäubend, zumal niemand damit gerechnet hatte. Spengler blieb wie angewurzelt stehen, starrte erst Kreuthner an, dann die Pistole, dann die Hose seines Overalls, die jetzt am linken Oberschenkel ein Loch hatte, aus dem sich Blut auf dem grauen Stoff verteilte.
»Ja Hund und Sau! Da war noch eine im Lauf!« Kreuthner schüttelte fassungslos den Kopf.
Spengler humpelte auf Kreuthner zu und packte ihn mit den Worten: »Aber jetzt ist keine mehr drin.« Kreuthner versuchte, dem Griff des Kampfschwimmers zu entkommen, und scheute sich auch nicht davor, wie ein Mädchen zu quietschen, als Spengler

ihn am Bein zu sich zog und seinen Hals in den Schwitzkasten nahm. Jetzt war es an Kreuthner, markerschütterndes Geschrei von sich zu geben, das allerdings verstummte, als Spenglers Würgegriff seinen Kehlkopf erreichte. Kreuthners Gesicht lief blau an, und aus seinem Mund kam nur mehr heiseres Krächzen, in Todesangst sah er zu Schartauer, der immer noch bewusstlos auf dem Boden lag, neben ihm Isabell Stein, die auf Spengler einschrie, er solle aufhören. Kreuthners Luft wurde knapp und knapper, dann sah er Sterne an sich vorbeiziehen, schließlich wurde es dunkel.

Als es wieder hell wurde, war Isabell Steins Gesicht über seinem, sie hatte ihm einen feuchten Lappen auf die Stirn gelegt und öffnete gerade seinen Krawattenknoten. Neben sich sah Kreuthner den Mann auf dem Bauch liegen, der ihn gerade hatte umbringen wollen. Dahinter stand Bianca Stein, mit beiden Händen einen antiken Golfschläger umklammernd, der vor kurzem noch an der Wand gehangen hatte.

61

Jörg Spengler hatte einen Durchschuss im Oberschenkel davongetragen nebst einer Gehirnerschütterung. Keine große Sache für einen Kampfschwimmer. Deswegen saß er bereits Stunden später im Vernehmungsraum der Kripo in Miesbach. Wallner, Janette und Mike verhörten ihn, während sich Kreuthner einmal mehr von den Kollegen feiern ließ und der Zuhörerschaft einen packenden Bericht über die Kampfhandlungen bei Parsberg lieferte. Den Höhepunkt bildete die Szene, in der sich Kreuthner auf Spengler stürzte, der als Kampfschwimmer den Schwarzen Gürtel in so gut wie allen Kampfsportarten besaß, und ihm im allerletzten Moment das Messer entriss, bevor der es dem armen Schartauer, der sich aus Unerfahrenheit von Spengler hatte übertölpeln lassen, ins Auge rammen konnte. Im anschließenden Kampf Mann gegen Mann, bei dem sich Spengler Kreuthners Schilderung zufolge als eine Art Wiedergänger von Bruce Lee entpuppte, gelang es Kreuthner, sich des Golfschlägers an der Wand zu bemächtigen und dem rasenden Kung-Fu-Derwisch Spengler damit einen Longest-Drive-verdächtigen Abschlag hinter die Löffel zu hauen. Alternativfassungen der Geschichte gab es nicht. Die Frauen waren längst zu Hause, und Schartauer wurde gerade von einer Psychologin betreut.

Jörg Spengler machte einen intelligenten Eindruck und ließ einen Anwalt aus München kommen, um ihm bei der Vernehmung zur Seite zu stehen. Der

Anwalt hieß Gregor Hofstatter und war als Strafverteidiger ein alter Haudegen, der das gesetzliche Rentenalter schon um ein paar Jahre überschritten hatte. Wallner fragte sich, ob Hofstatter überhaupt noch Gelegenheit haben würde, in den Genuss seiner Rente zu kommen. Seine Haut war grau, die noch vollen Haare weiß, und die Augen lagen in runzelig zerfurchten Höhlen. An der Gelbtönung von Zeige- und Mittelfinger der rechten Hand konnte man einen abnormen Zigarettenkonsum ablesen.

Wallner schätzte Anwälte wie Hofstatter, die wussten, wie es lief, und nicht aus Unsicherheit jede noch so kleine Frage abblockten. Zugeben, was ohnehin bewiesen werden konnte. Mauern, wenn man spürte, dass die Polizei im Nebel stocherte. So waren die Regeln. Man musste nur herausfinden, was die Gegenseite wusste und wo sie bluffte.

»Herr Spengler«, begann Wallner die Vernehmung, »Sie wurden am vierten Mai neunzehnhundertzweiundsiebzig in Crailsheim geboren?«

»Korrekt.«

»Schildern Sie uns kurz Ihren weiteren Werdegang?«

»Ich habe in Crailsheim meine Schulzeit verbracht, dort Abitur gemacht. Dann bin ich zur Marine gegangen. Dort Ausbildung als Kampfschwimmer, mein letzter Dienstgrad war Oberleutnant zur See. Mit neunundzwanzig habe ich den Dienst quittiert und bin einige Jahre ins Ausland gegangen. Seit zweitausendzehn bin ich wieder in Deutschland und arbeite für Sicherheitsfirmen als Freelancer.«

»Wo waren Sie während Ihrer Auslandszeit?«

»Spielt das eine Rolle?«

»Es würde ein vollständigeres Bild ergeben. Waren Sie im Irak?«

»Es ist ohne Belang«, sagte Hofstatter und spielte begehrlich mit seiner Zigarettenschachtel. »Lassen Sie es gut sein.«
»Wie Sie meinen. Kaffee?« Wallner hielt eine Thermoskanne hoch.
»Nein danke. Mein Arzt sagt, ich habe Herzprobleme.«
»Das tut mir leid.« Wallner wandte sich wieder Spengler zu. »Schildern Sie uns die Ereignisse des heutigen Tages. Sie haben zwei Frauen mit einem Messer bedroht und zwei Polizeibeamte fast umgebracht. Warum?«
Spengler zuckte mit den Schultern. »Tut mir leid. Ich habe daran keine Erinnerung. Ich hab wohl einen Schlag auf den Kopf bekommen.«
Wallner sah Hofstatter an, um herauszufinden, ob der bereit war, auf seinen Mandanten einzuwirken. Aber der Anwalt zuckte nur die Schultern.
»Na gut. Versuchen wir es mit einem anderen Ereignis: Sie haben vor kurzem Frau Bianca Stein, die auch heute mit dabei war, in einer Berghütte nahe der Wolfsschlucht gefangen gehalten. Was können Sie uns dazu sagen.«
»Dazu wird er nichts sagen«, meldete sich Hofstatter wieder. »Warum sollte er?«
»Wir haben noch einen Mord aufzuklären. Es könnte uns helfen, wenn Herr Spengler aussagt. Die Entführung und der Mord scheinen zusammenzuhängen. Sollte Herr Spengler auch den Mord begangen haben, wäre es natürlich verständlich, wenn er nicht zur Aufklärung beitragen will. Andernfalls würde es sich in Hinblick auf das Strafmaß vielleicht lohnen, zu kooperieren.«
»Sie sollten aus dem Schweigen meines Mandanten

keine unzulässigen Schlüsse ziehen. Wenn er nichts sagt, ist er noch lange kein Mörder. Für uns geht es nur um die Entführung. Und da muss sich Herr Spengler nicht selbst belasten – falls er überhaupt etwas damit zu tun hat.«

»Gut, dann legen wir mal die Karten auf den Tisch, Herr Spengler. Erstens: Sie wurden in der Hütte gesehen – zu einem Zeitpunkt, als Bianca Stein noch dort war. Von einem der Polizisten, die Sie heute angegriffen haben. Er hat Sie wiedererkannt. Und natürlich werden sich in der Hütte DNA-Spuren von Ihnen und der Entführten finden. Zweitens: Wir haben einen Mann namens Nico Wackersberg verhaftet. Der Mann, der Frau Steins Wagen von Warngau nach Siebenhütten gebracht hat. Sie haben ihn angeworben. Er sagt, er würde Sie wiedererkennen. Drittens: Sie besitzen einen Husky, wie der Entführer von Frau Stein. Viertens: Wir haben Ihren Wagen. Sollten sich darin irgendwelche Spuren von Bianca Stein befinden – wir kriegen es raus. Und dann wollen wir mal sehen, was herauskommt, wenn wir Ihre Handydaten bekommen – zum Beispiel das Bewegungsprofil der letzten Tage.«

»Und Sie glauben, das reicht für eine Anklage?«

»Das glaube nicht nur ich, das glaubt auch die Staatsanwaltschaft. Von der Seite fiel sogar das Wort *wasserdicht*. Herr Hofstatter, Sie kennen das Geschäft. Es sind schon Leute aufgrund weitaus dünnerer Beweise verurteilt worden. Mehr als das kann kein Gericht für eine Verurteilung verlangen.«

»Ich möchte das mit meinem Mandanten besprechen.«

»Natürlich. Wir lassen Sie gern alleine.«

»Ach so – äh … ich dachte eigentlich, ob wir vielleicht …«

»Schon in Ordnung.« Wallner lächelte Hofstatter verbindlich an. »Sie kriegen Ihre Rauchpause.«
Hofstatter brauchte nicht lange, um sich mit seinem Mandanten zu besprechen. Etwa zwei Zigarettenlängen. Dann wurden die beiden wieder von uniformierten Beamten in den Vernehmungsraum eskortiert und nahmen am Tisch Platz.
»Mein Mandant wird eine Aussage machen.«
»Betreffend ...?«
»Die Entführung von Bianca Stein.«
»Wir sind gespannt.« Wallner rückte noch einmal das Aufnahmegerät auf dem Tisch zurecht.
»Vor ein paar Tagen bekam ich eine Mail. Jemand schrieb mir, ich sei empfohlen worden und ob ich einen gut bezahlten Auftrag übernehmen will. Ich schrieb zurück, das käme drauf an, um was es sich handelte. Die Antwort war eine Wegbeschreibung zu einem toten Briefkasten. Dort fand ich einen Umschlag mit einer genauen Anweisung. Also im Wesentlichen, dass ich eine Bianca Stein entführen und eine bestimmte Zeit festhalten sollte. Die Unterbringung der Entführten sei meine Sache. Als Belohnung sollte ich dreitausend Euro sofort nach Zusage erhalten. Noch einmal fünftausend nach Beendigung der Angelegenheit.«
»Haben Sie den Brief noch?«
»Natürlich nicht.«
»Wie ging es dann weiter?«
»Ich habe mir den Schlüssel zu der Hütte besorgt. Ohne Wissen meiner Freundin. Und hab zugesagt. Die Zahlung erfolgte prompt und bar. Dann habe ich die Frau observiert und auf eine günstige Gelegenheit gewartet. Ich musste die Entführung innerhalb von zwei Tagen zustande bringen. Das war die Bedingung. Den

Rest kennen Sie. Ich habe Frau Stein in die Hütte gebracht. Und dort ist sie nachts ausgebrochen. Mein Hund hat ihre Fährte zwar aufgenommen, aber ich habe sie trotzdem nicht mehr gefunden.«
»Warum?«
»Der Hund hat plötzlich die Suche abgebrochen und war vollkommen verängstigt. Irgendetwas muss ihn erschreckt haben.«
»Wann hätten Sie denn Frau Stein wieder freilassen sollen – oder habe ich den Teil falsch verstanden?«
»Ich hätte sie morgen früh freigelassen, wenn alles nach Plan gelaufen wäre.«
»Wissen Sie oder haben Sie eine Vermutung, was dahintersteckt? Ist doch seltsam.«
»Irgendjemand wollte sie eine Zeitlang von der Bildfläche haben. Keine Ahnung, warum. Ich kenne ja nicht mal den Auftraggeber. Wie soll ich seine Motive kennen?«
»Um Lösegeld ging es also vermutlich nicht. Es ist im Übrigen auch nie eine Forderung eingegangen.«
»Das war Teil der Vereinbarung. Mit so etwas wollte ich nichts zu tun haben. Das ist was anderes, als jemanden ein paar Tage einzusperren.«
»Waren Sie sicher, dass sich die Gegenseite dran hält?«
»Eigentlich ja. Bei einer Lösegeldforderung weiß kein Mensch, wann das Geld kommt. Ich hatte aber einen fixen Termin für die Freilassung. Es musste also was anderes sein.«
»Wer könnte Sie empfohlen haben?«
»Ich habe in den letzten Jahren für etliche Kunden gearbeitet. Sie werden verstehen, wenn ich denen ungern die Polizei ins Haus schicke.«
»Wär vielleicht das kleinere Übel«, sagte Mike.

»So, Herrschaften. Jetzt is auch mal wieder gut.« Hofstatter packte seine Unterlagen in den Anwaltskoffer. »Ich finde, der Herr Spengler war äußerst entgegenkommend. Für weitere Auskünfte würd ich dann gern mit dem Staatsanwalt reden. Wer is denn das?«
»Tischler.« Wallner konnte nicht verhindern, dass ihm die Andeutung eines Lächelns ins Gesicht rutschte.
»Tischler?« Hofstatter verzog die Miene. »Der ist immer so verkrampft. Aber die Oberstaatsanwältin gibt's ja auch noch.«
»Das würde ich mir überlegen«, sagte Wallner, »ob Sie Tischler übergehen wollen. Der Mann ist nicht nur verkrampft, sondern auch nachtragend.«
»Danke für den Hinweis. Meine Dame, meine Herren – ich empfehle mich.«

Wallner, Janette und Mike gingen in die Kantine zum Mittagessen, um das Ergebnis der Vernehmung noch einmal Revue passieren zu lassen. Wallner und Janette hatten das Wiener Schnitzel, Mike den Gemüseteller.
»Was ist denn in dich gefahren?«, fragte ihn Janette und kippte die Pommes aus dem Beilagenschälchen auf ihren Teller.
»Das sind höchstens die Hälfte von euren Kalorien.«
»Und seit wann interessiert dich das?«
»Ich geh bald auf die fünfzig zu. Da muss man was für seine Figur tun. Sonst ist die Verfettung nicht mehr aufzuhalten.«
»Und wenn man Kontaktlinsen drinhat«, sagte Wallner, während er sein Schnitzel in Zitronensaft ertränkte, »sieht man auch diese leichte Wölbung über deinem Gürtel.«
»Kontaktlinsen?« Janette war irritiert.

Mike spießte ein Brokkoliröschen auf die Gabel. »Is a Insiderwitz.«
»Wahrscheinlich hat sie's auch ohne Linsen schon mitgekriegt – durch Abtasten.« Wallner säbelte fröhlich an seinem Schnitzel.
»Eine Frau? Oder gar eine Beziehung? Erzähl schon.«
»Janette – du glaubst doch nicht alles, was dieser schwatzhafte Mensch beim Essen absondert.«
»Aber ja doch. Der Clemens ist der vertrauenswürdigste Mensch, den ich kenne.«
»Ich seh sie heute Abend und erstatte morgen Bericht.«
»Ach komm!«
»Gute Idee«, sagte Wallner. »Und jetzt mal zu Herrn Spengler. Was halten wir davon?«
»Was wollte er mit den Frauen? Das wäre die interessante Frage.« Mike war beim Kohlrabi angekommen.
»Ich schätze, er hatte es auf die Tochter abgesehen und wollte sie als Zeugin aus dem Weg räumen, nachdem ihm die Entführung missglückt war und er fürchten musste, über die Hüttenverbindung identifiziert zu werden.«
»Das werden wir ihm kaum nachweisen können«, sagte Janette.
»Selbst wenn – das Eindringen in das Haus ist wohl noch kein Mordversuch, sondern Vorbereitungshandlung. Vielleicht gibt die Attacke auf Schartauer einen Mordversuch her. Aber damit soll sich Tischler herumschlagen. Ich finde am interessantesten Spenglers Aussage, dass er Bianca Stein bis morgen früh festhalten sollte. Wenn's wahr ist.«
Janette stocherte mit ihrer Gabel in Richtung von Mikes Teller. »Wie schmeckt denn der Spargel?«
Mike wehrte Janettes Angriff mit dem Messer ab. »He,

Mann! Da ist eh so wenig drauf auf dem Teller.« Er ließ Janette widerwillig eine Stange Spargel aufspießen. »Ich glaube nicht, dass Spengler da lügt. Es gab ja keine Lösegeldforderung. Was würde es bedeuten, wenn er lügt? Dass er sie umbringen sollte?«
»Das hätte er doch gleich machen können, als die Stein bewusstlos war. Der Spargel ist gar nicht schlecht. Könnte nur ein bisschen besser geschält sein.«
»Die Pommes sind auch ganz okay.« Mike hatte sich blitzschnell ein Kartoffelstäbchen von Janettes Teller auf die Gabel gespießt und in den Mund gesteckt.
»Warum tauscht ihr nicht einfach?«, schlug Wallner vor.
Beide sagten ohne zu zögern »Okay« und tauschten ihre Teller aus.
»Ich hoffe, damit ist jetzt Ruhe am Tisch. Zurück zum Thema: Gehen wir mal davon aus, dass Spengler die Wahrheit sagt. Dann fragt sich: Warum soll er die Frau bis morgen festhalten?«
»Weil dann irgendetwas vorbei ist. Eine Frist, oder jemand ist zu Besuch gekommen und fährt heute wieder. Und den sollte sie nicht treffen. Oder irgendetwas passiert heute.«
»Ich kann mich nachher mal umtun, ob heute irgendwas Besonderes ist.« Janette schien mit ihrem Gemüseteller zufrieden zu sein. »Ist doch besser als der Fleischlappen.«
»Na endlich find ich dich«, sagte eine vertraute Stimme. Sie gehörte Kreuthner, der neben Wallner auftauchte.
»Servus, Leo. Du wolltest mich wegen irgendwas sprechen? Setz dich.«
Kreuthner setzte sich, zog Papiere aus seinem Jackett

und deutete auf Mikes Teller. »Das Schnitzel war schon mal saftiger.«

»Hm«, mampfte Mike. »Is aber wenigstens Fleisch dran.«

Kreuthner breitete die Papiere, die sich als nicht besonders hochwertige Kopien von Fotos erwiesen, vor Wallner auf dem Tisch aus. Mike und Janette reckten die Hälse.

»Was ist das?« Wallner konnte sich zunächst keinen rechten Reim auf die Fotos machen. Sie zeigten einen gut aussehenden Mann von etwa fünfundvierzig Jahren in legerer Kleidung zusammen mit einer langhaarigen Blondine. Die beiden waren in mediterraner Umgebung abgelichtet, typische Urlaubsfotos.

»Öha!«, sagte Mike und vergaß weiterzuessen, als Kreuthner ein Foto dazulegte, auf dem das Pärchen unbekleidet auf einem Boot zu sehen war.

»Und? Kommt euch wer bekannt vor?«, fragte Kreuthner.

»Ja, den Burschen kenn ich.« Mike nahm sich eines der Fotos und starrte es an. »Das ist der Stein. Professor Stein.«

Janette nahm ihm das Foto aus der Hand. »Du hast recht. Aber da war er um einiges jünger.«

»Die Fotos sind aus dem Jahr zweitausendzwei. Und wer is jetzt die Frau?«

Kreuthner zupfte Mike das Nacktfoto aus der Hand und gab ihm ein anderes. »Du sollst des G'sicht anschauen.«

Mike zuckte mit den Schultern, Janette ebenso. Nur Wallner wurde nachdenklich. Schließlich murmelte er: »Die Hexe.«

62

Stefanie Lauberhalm und Professor Stein? Wie gibt's das denn?« Wallner legte, immer noch ungläubig, das Foto zurück.

Kreuthner sammelte seine Schätze wieder ein. »Er schaut doch net schlecht aus. Und sie hat früher im Rechts der Isar gearbeitet. In der Personalabteilung. Zur gleichen Zeit wie er als Oberarzt. Das war noch vor zweitausend.«

»Das hast du alles schon recherchiert?« Janette war doch ein wenig erstaunt.

»Is net schwer im Internet.«

»Was is mit den Fotos?« Mike hatte schon wieder das Nacktfoto in der Hand. »Kann man die verwenden?«

»Schwierig. Is vielleicht besser, wenn ihr net wisst, wo ich sie herhab.«

»Okay«, sagte Wallner und sah sich in der Kantine um. »Pack die Fotos zusammen. Wir haben die nie gesehen.« Er nahm sein Handy aus der Brusttasche, rief die unter *Notizen* gespeicherte, sorgsam zusammengetragene Liste von Telefonnummern auf, die im Mordfall Scheffler von Bedeutung waren, und wählte eine davon. »Grüß Gott, hier Wallner, Kripo Miesbach. Ich würde gerne mit Professor Stein sprechen ... Aha. Wissen Sie, wann er zurückkommt? ... Und der Termin ist wo genau? ... Ja, vielen Dank.« Wallner legte auf, machte sich eine Notiz im Handy und widmete seine Aufmerksamkeit wieder seinen Mitarbeitern. »Professor Stein hat jetzt gleich einen Notartermin in Miesbach. Mit seinem Schwiegersohn. Stimmt, das hatte Herr Brendl vorhin erwähnt.«

»Notar ist meistens was Wichtiges.« Janette spielte mit ihrem Dessertlöffel.

»Du meinst …?«

»Dass Bianca Stein festgehalten werden sollte, bis der Notartermin vorbei ist. Könnte doch sein. Andererseits – sie ist ja jetzt wieder da.«

»Schon. Aber sie hat eine Erinnerungslücke. Was ihrem Vater offenbar sehr entgegenkommt.«

»Worum es bei dem Termin geht, haben die am Telefon vermutlich nicht gesagt?«

»Nein, Janette. Das müssen wir selber rausfinden. Aber ich habe so eine Ahnung, in welche Richtung es gehen könnte.«

Das Notariat befand sich in der Rosenheimer Straße, nur wenige Gehminuten von der Polizeistation entfernt. Der frische Wind blies Blütenduft durch die Stadt und schob die Wolken ab und zu von der Sonne fort, dann wurde es für kurze Zeit frühlingshaft warm. Wallner behielt seine Daunenjacke trotzdem an, denn der Sonnenschein war ihm zu unzuverlässig. Kurz nachdem sie sich vor dem Eingang des Bürogebäudes postiert hatten, stupste Janette Wallner an.

»Das ist er doch, oder?«

Auf dem Trottoir kam ein Mann in Anzug und Trenchcoat mit hastigen Schritten auf sie zu. Er hatte eine Aktentasche dabei und schien in Gedanken versunken. Erst als er an den Kommissaren vorbeikam, erkannte er sie.

»Oh, hallo!«, sagte Alexander Stein. »Ich hoffe, das Notariat ist nicht überfallen worden.«

»Keine Sorge.« Wallner lächelte verbindlich. »Ihr Termin wird stattfinden. Ich nehme an, es ist wichtig.«
»Ein Termin mit meinem Schwiegersohn. Wir gründen wieder mal eine Gesellschaft. Wie das so ist im Geschäftsleben.«
»Ja, ich kenne Leute, bei denen ist das zum Hobby geworden.«
»Bei mir nicht. Die Banken wollen es so. Sie entschuldigen mich.« Stein lächelte Janette kurz an und wandte sich der Eingangstür zu.
»Ein paar Minuten haben Sie doch noch. Ihr Termin ist um zwei, habe ich gehört.«
»Was wollen Sie denn von mir?«
Janette trat dazu. »Wir haben gehört, dass heute etwas Wichtiges passieren soll, bei dem Ihre Tochter Bianca irgendwie stört. Und da haben wir überlegt, ob das nicht der Notartermin sein könnte.«
»Ich habe nicht die geringste Ahnung, wovon Sie reden.«
»Vielleicht kommen wir ja zusammen drauf. Wir haben gerade Ihren Schwiegersohn angerufen und nachgefragt, was er im Mai zweitausendvier gemacht hat.«
Stein erstarrte, jede Farbe wich ihm aus dem Gesicht.
»Nun – er war auf einer Expedition in Indonesien. Im Juli war er ja wieder in Deutschland und hat Ihre Tochter geheiratet.«
Janette zog einen Zettel mit Notizen aus der Jackentasche. »Aber zusammen sind die beiden nach Auskunft Ihres Schwiegersohns seit Sommer zweitausenddrei.«
»Korrekt. Und?«
Janette blickte kurz auf ihre Notizen. »Im Mai zweitausendvier brachte Ihre Tochter ein totes Kind zur Welt. Ihr Verlobter, den sie zwei Monate später heiraten will, findet es nicht für nötig, seiner zukünftigen

Frau bei der Geburt beizustehen. Und nicht einmal, als sie eine Fehlgeburt erleidet, bricht er seine Reise ab, um sie zu trösten. Hat Ihr Schwiegersohn ein Herz aus Stein? Oder – wusste er nichts von der Schwangerschaft?«

»Haben Sie …« Stein stand der Schweiß unter dem Haaransatz. »Haben Sie ihn danach gefragt?«

»Nein«, übernahm Wallner wieder die Unterhaltung. »Wir dachten, wir reden erst mal mit Ihnen. Und alles, was wir jetzt besprechen, sollten Sie unter dem Gesichtspunkt sehen, dass wir Ihren Schwiegersohn möglicherweise doch noch nach der Schwangerschaft fragen. Und zwar, bevor er seine Unterschrift unter irgendeinen Vertrag setzt. Zum Beispiel, wenn wir keine befriedigenden Antworten von Ihnen bekommen.«

»Das ist Erpressung. Das wissen Sie.«

»Es wäre allenfalls Nötigung – wenn wir einen unlauteren Zweck verfolgen würden. Da wir von Ihnen aber nur eine ehrliche Aussage zur Aufklärung eines Verbrechens wollen, sieht Staatsanwalt Tischler in unserem Vorgehen kein juristisches Problem.«

Stein sah sich nervös um. »Was wollen Sie wissen?«

»Lassen Sie uns reingehen«, sagte Wallner, denn die Sonne hatte sich wieder hinter den Wolken versteckt, und ein kalter Wind blies.

Am Empfang gab Stein ein Papier mit dem Vermerk ab, der Notar werde es für die Beurkundung brauchen. Die Notargehilfin plazierte es auf eine bereitliegende Akte. Dann fragte Wallner, ob es einen Raum gebe, in dem man sich ungestört unterhalten könne. Die Dame bot ihnen das Aktenarchiv an.

Es war eng zwischen den Aktenregalen, und Staubgeruch lag in der Luft. Außerdem war der Raum schlecht

geheizt, so dass Wallner auch hier seine Daunenjacke anbehielt.
»Worum geht es heute bei dem Termin?«
»Ich sehe nicht, wie das zur Aufklärung eines Mordes beitragen könnte.«
»Sie wissen vielleicht nicht so viel wie wir. Vielleicht aber auch bedeutend mehr. Also – was wird heute beurkundet?«
»Die Gründung einer Holding GmbH für die Klinik. Mein Schwiegersohn wird Hauptanteilseigner und die Gesellschaft mit acht Millionen Euro ausstatten, mit der sie dann für die Schulden der Klinik haftet. Die Banken wollten es so. Sonst wäre die Verlängerung von auslaufenden Krediten fraglich geworden.«
»Mit anderen Worten: Das hätte die Insolvenz für die Klinik bedeutet.«
Stein schwieg.
»Was würde passieren, wenn Ihr Schwiegersohn erfährt, dass seine Frau vor zehn Jahren ein Kind von einem anderen Mann erwartet hat?«
»Das weiß ich nicht.«
»Was befürchten Sie denn?«
»Nun ja – sein finanzielles Engagement in meiner Firma hängt natürlich damit zusammen, dass Bianca seine Frau ist. Es wäre denkbar, dass er sich die Sache überlegt, wenn er erfährt, was vor zehn Jahren war.«
»Obwohl es so lange her ist?«
»Ich bin mir nicht sicher, wie gut diese Ehe noch ist. Und was Dennis tun würde, wenn sich ihm ein Anlass bietet, auszusteigen. Mit anderen Worten – und ich bitte Sie eindringlich, das zu berücksichtigen, wenn Sie mit ihm reden –, es würde wahrscheinlich den Ruin meiner Familie bedeuten, wenn er von der Schwangerschaft erfährt.«

»Hat Bianca gedroht, es ihrem Mann zu sagen?«
Stein überlegte eine Weile, was er auf die Frage antworten sollte. »Ja. Das hat sie.«
»Wieso auf einmal – nach zehn Jahren?«
»Ich sagte ja schon einmal – Bianca ist sehr impulsiv. Wir hatten uns wegen einer geschäftlichen Sache gestritten, und sie war sehr wütend auf mich. Hinzu kommt, dass ihr die Sache seit damals Gewissensbisse bereitet. Auch dass wir das Grab vor Dennis verheimlichen und dass niemand in seiner Gegenwart darüber reden darf, macht ihr zu schaffen.«
»Und jetzt? Wo sie wieder da ist?«
»Meine Tochter hat eine retrograde Amnesie, und die betrifft einen Zeitraum von ungefähr einer Woche vor ihrer Entführung. In dieser Zeit hatte sie den Entschluss gefasst, es Dennis zu sagen. Sie hat es einfach vergessen.«
Janette und Wallner sahen Stein skeptisch an.
»Ja, sie wollte es Dennis sagen. Aber Sie glauben doch nicht, dass ich meine eigene Tochter entführen lasse?«
»Bevor sie Sie ruiniert?«
»Ich habe den Anruf Ihrer Frau bei uns gehört«, sagte Janette. »Sie wollten sie mit allen Mitteln davon abbringen, Vermisstenanzeige zu erstatten.«
»Natürlich kam es mir gelegen, dass Bianca weg war. Ich dachte wirklich, Sie wäre irgendwohin gefahren. Und dann kam ja noch diese SMS.«
»Die mit Sicherheit vom Entführer geschrieben wurde.«
»Ich habe den Kerl nicht beauftragt. Fragen Sie ihn.«
»Er sagt, er weiß nicht, wer ihn beauftragt hat.«
Stein stieß ein verzweifeltes Lachen aus. »Okay. Sie können mich mit einem Fingerschnippen ruinieren. Sie können aus mir fast jedes Geständnis herausholen,

nur damit Sie meinem Schwiegersohn nichts verraten. Wollen Sie das nutzen, damit ich etwas zugebe, das ich nicht getan habe?«
»Ganz andere Frage«, sagte Wallner. »Wie stehen Sie zu Stefanie Lauberhalm?«
Stein schloss die Augen. Das Unglück ergoss sich jetzt in Kübeln über sein Haupt. »Hat sie was gesagt?«
»Ich gebe ungern Ermittlungsergebnisse nach draußen. Also?«
»Wir hatten ein Verhältnis. Bis zweitausenddrei. Dann habe ich die Sache beendet.«
»Weiß Ihre Frau davon?«
»Ja.«
»Dann ist es doch nicht schlimm. Oder haben Sie das Verhältnis wieder aufleben lassen?«
»Nein.«
»Und was fand der Mann, der Ihren Enkel beerdigt hat, so interessant an Frau Lauberhalm?«
Stein strich sich mit einer Hand über den Hals. »Das weiß ich nicht. Wirklich.«
»Und ich weiß nicht«, sagte Wallner und wischte sich Aktenstaub von der Daunenjacke, »ob ich Ihnen das glauben soll.«
Am Empfang trafen die drei auf Dennis Brendl, Bianca Steins Ehemann. Er kam soeben aus Holzkirchen, wo er bei Frau und Schwiegermutter gewesen war und sich ihre abenteuerliche Geschichte angehört hatte.
»Gott – ich bin so froh, dass das gut ausgegangen ist«, sagte er. »Der hätte sie umbringen können. Weiß man denn, warum er das getan hat?«
»Nein, das wissen wir noch nicht«, sagte Wallner. »Wahrscheinlich hat er im Auftrag von jemand anderem gehandelt.«
»Oh … haben Sie schon irgendeinen Verdacht?«

»Sobald wir es dürfen, werden wir Ihre Frau informieren.«
Janette hatte die Dame am Empfang unterdessen gefragt, ob sie eine Kopie machen dürfte, was ihr gestattet wurde. Sie stand am Kopierer, als Wallner gehen wollte.
»Was machst du da?«
»Sag ich dir, wenn wir draußen sind.« Janette ging zum Empfangstisch, bedankte sich und sagte: »Das hier war noch im Kopierer.« Sie legte ein Blatt auf den Tresen.
»Das ist aber nett von Ihnen«, sagte die Dame hinter dem Tisch und sah auf das Blatt. »Das war im Kopierer?«

Es windete, und Regentropfen flogen waagerecht durch die Luft, als Wallner und Janette zur Polizeistation zurückgingen. »Was hast du denn da kopiert, um Himmels willen?«
»Eine Vollmacht.« Janette händigte ihm die Kopie aus. »Pass auf, dass sie nicht wegfliegt.«
»Was für eine Vollmacht?«
»Ich hab sie da liegen sehen. Auf dem Tisch der Sekretärin. Ich hab sie weggenommen, gefragt, ob ich was kopieren kann, und hinterher gesagt, ich hätte das Blatt im Kopierer gefunden. Pfiffig, was?«
»Eine Vollmacht aus dem Notariat? Bist du noch bei Sinnen?«
»Jetzt hab dich nicht so. Beim Kreuthner schaust du auch nicht so genau hin.«
»Der Leo ist nicht mein Mitarbeiter. Wenn er irgendeinen Mist macht – das ist seine Sache. Aber bei uns im Team lege ich immer noch Wert darauf, dass wir im Rahmen der Gesetze ermitteln.«

»Quatsch keine Opern und schau dir die Vollmacht an.«
Wallner entfaltete das Papier, sorgsam darauf bedacht, es nicht wegfliegen zu lassen, las den Text und sah Janette kopfschüttelnd an. »Wird ja immer skurriler.«

63

Aha«, sagte Mike und hielt die Vollmachtskopie am ausgestreckten Arm. »Und was schließen wir daraus?«

»Aus dieser dümmlichen Frage schließen wir erst mal, dass du nicht lesen kannst, was da steht.«

»Doch. Da steht *Notare* und dann die einzelnen Notare da drunter.«

Janette nahm ihm das Papier aus der Hand. »Notare steht da so fett, das könnte Andrea Bocelli lesen. Das ist eine Vollmacht, und das Interessante ist der Vollmachtgeber beziehungsweise die Vollmachtgeberin. Wie weit soll ich es weghalten?«

Mike nahm das Blatt wieder an sich. »Gib her. Das krieg ich selber hin.« Er drehte sich mit seinem Bürosessel um, zog eine Lesebrille aus der Innentasche des Jacketts und setzte sie auf.

»Ich glaub's ja nicht! Was haben wir denn da?«

»Eine Lesebrille. Und? Bin ich der erste Mensch mit Lesebrille, den du kennst?«

»He, Clemens, schau mal: Er sieht irgendwie schick damit aus.«

»Frauen stehen auf Männer mit Lesebrillen«, sagte Wallner. »Also wenn sie älter als zwanzig sind.«

Janette setzte sich auf Mikes Schoß und legte ihren Arm um seinen Hals. »Männer mit Lesebrille sind sexy. Dazu noch die grauen Schläfen? Wow!«

»Jetzt verschwinde und lass mich diesen Schrieb lesen.«

Janette verließ den Schoß wieder, und Mike studierte aufmerksam die Vollmacht.

»Wie bitte? Christiane Scheffler? Die ist Gesellschafterin der Klinik?«
Janette gab Mike noch ein Blatt Papier. Es war ein Handelsregisterauszug. »Sie ist als Kommanditistin mit fünf Prozent an der alten Klinik-KG beteiligt und muss zustimmen, dass die KG einen anderen Komplementär bekommt. Eben die neugegründete GmbH. Deshalb hat sie Stein die Vollmacht erteilt, sie zu vertreten.«
»Und wozu die ganze Aktion?«
»Die alte Komplementär-GmbH steht kurz vor der Insolvenz. In die neue hat Dennis Brendl, der Mann von Bianca Stein, acht Millionen Euro eingebracht, so dass die Banken wieder eine solvente Komplementär-GmbH als Schuldnerin haben.«
»Hört sich an wie Rettung in höchster Not.«
»Genau das ist es. Ohne den Notartermin heute hätte die Klinik Insolvenz anmelden müssen.«
»Und nicht nur Professor Stein wäre pleite gewesen. Auch Frau Scheffler hätte ihre Einlage in den Wind schreiben können.« Mike schwenkte seine Lesebrille am Bügel hin und her. »Ihr meint, die arme Bestatterwitwe steckt da tiefer drin, als alle vermuten?«
»Das sollten wir auf alle Fälle checken«, sagte Janette und klickte am Computer herum.
»Was machst du da?«, wollte Wallner wissen.
»Ich bin auf Frau Schefflers Facebook-Seite und seh mir ihre Freunde an.«
»Das kannst du so ohne weiteres?«
»Nicht ich. Ihr verstorbener Mann.«
»Ich verstehe nicht ganz?«
»Na, die beiden sind miteinander befreundet und haben Zugriff auf die Facebook-Daten des jeweils anderen.«

»Aber du bist nicht Florian Scheffler – oder?«
»Offensichtlich nicht. Aber das weiß Frau Schefflers Facebook-Account nicht, weil ich mich mit dem Passwort ihres Mannes auf seinem Konto angemeldet habe und dann mit seinem Account auf ihren gegangen bin.«
»Klingt furchtbar illegal.«
»Nein, nein. Wir haben Schefflers Computer nach seiner Ermordung ganz legal sichergestellt und damit auch seine Passwörter.«
»Und das heißt, dass wir sie auch benutzen dürfen?«
»Schau an, da haben wir was.«
Mike rollte heran. »Die Frau ist mit Spengler befreundet?«
»Das nun nicht. Aber mit einem Peter Lüding.«
»Wie kommst du jetzt auf den?«
Janette hatte die entsprechende Facebook-Seite geöffnet. »Schau dir an, was der Mann geliked hat: Royal Navy, Navy Seals, Geschichte der Söldner. Mal sehen, ob *der* mit Spengler befreundet ist.« Janette tippte den Namen in das Suchfeld ein. Aber es passierte nichts.
»War einen Versuch wert«, tröstete Mike.
»Wer sagt denn, dass Spengler unter eigenem Namen bei Facebook ist.«
Alle drei saßen vor Janettes Computer und betrachteten die Profilbilder von Peter Lüdings Facebook-Freunden, die Janette langsam herunterscrollte. Dann sagte Mike: »Stopp! ... Noch mal nach oben.« Er deutete auf eines der Fotos. »Der da könnte es sein.«
Das Foto war wie die meisten Facebook-Fotos kein wirkliches Porträtbild. Aber zumindest konnte man vage ein Gesicht erkennen.
»Du meinst, das ist er?«
Mike rückte die Lesebrille auf seiner Nase zurecht. »Vier Augen können nicht irren.«

»Hmm – könnte sein. Er hat die Haare jetzt anders.«
Janette klickte auf das Profil des Mannes, der sich »Untergang des Abendlandes« nannte. »Seltsamer Name. Was hat sich Spengler dabei wohl gedacht?«
»Es gibt ein Buch, das heißt so«, sagte Wallner. »Und der Autor heißt Oswald Spengler.«
»Was der Kerl nicht alles weiß«, sagte Mike zu Janette.
»Deswegen ist er dein Vorgesetzter«, sagte Wallner zu Mike.
Janette druckte Spenglers Facebook-Seite aus. »Christiane Scheffler und der Entführer haben also einen gemeinsamen Facebook-Freund.«

64

Sie stand über den Mann gebeugt, der im dunklen Anzug vor ihr lag, und kämmte sein Haar nach hinten. Dann trug sie mit einem Pinsel Make-up auf. Die beiden wirkten friedlich und noch einmal vereint im gemeinsamen Akt des Schminkens. Der Blick der Frau auf den Leichnam ihres Mannes war zärtlich, ebenso die Bewegungen des Pinsels auf seinem Gesicht, konzentriert und gleichzeitig voller Wärme für den Menschen, mit dem sie ihr Leben geteilt hatte. Wallner kam sich vor wie ein Voyeur, wie ein Eindringling beim Rendezvous zweier Liebender.

»Entschuldigen Sie, wenn ich störe. Frau Spielmann hat uns hereingelassen.«

Christiane Scheffler drehte sich zu den Kommissaren, die in der Tür zu dem Raum standen, in dem die Toten den letzten Schliff bekamen. »Kommen Sie ruhig rein«, sagte sie und legte das Schminkzeug weg.

Wallner und Janette betraten den Raum, wenn auch etwas beklommen. Beide hatten ihr Quantum Leichen gesehen. Aber eine Vernehmung direkt neben einem Toten war doch etwas ungewöhnlich.

»Wollen wir uns nicht draußen unterhalten?«, schlug Wallner vor.

»Oh – entschuldigen Sie. Ich bin das gewöhnt, ich denk mir nichts mehr dabei.« Sie warf einen zärtlichen und vielleicht auch stolzen Blick auf die sterblichen Überreste von Florian Scheffler. Selbst als Laie konnte man sehen, dass sie sich besondere Mühe

gegeben hatte. »Was gibt es denn?« Sie räumte sorgsam ihr Schminkköfferchen ein.
»Sie sind mit einem Mann namens Peter Lüding befreundet?«, sagte Janette.
Christiane Scheffler atmete schwer ein und ließ die beiden Zahlenschlösser des Köfferchens einrasten. Dann nickte sie.
»Der Mann war bei den Kampfschwimmern und hat in der gleichen Einheit gedient wie Jörg Spengler. Er hat Bianca Stein entführt. Können Sie sich denken, worüber wir mit Ihnen reden wollen?«
Die Witwe starrte auf den Schminkkoffer und sagte: »Ich weiß. Das war eine sehr dumme Idee von mir.«

Christiane Scheffler saß in ihrem Büro und rauchte eine Zigarette. Sie sah müde aus, und jetzt konnte man auch sehen, dass ihre Augen gerötet waren.
»Im Jahr zweitausendeins habe ich eine Erbschaft gemacht. Vierhunderttausend Mark. Da war gerade der große Einbruch an der Börse. Die Internetblase. Ich wusste nicht so recht, wie ich mein Geld anlegen soll. Da habe ich auf einer Beerdigung Professor Stein kennengelernt. Der brauchte damals Geld für seine Klinik, weil die Banken ihm kein Geld leihen wollten. Oder nur zu astronomischen Zinsen. Ja – und da bin ich bei der Klinik eingestiegen. Stein hat gesagt, das ist was Solides. Nicht wie das Internet, wo nur Luft produziert wird. Die Leute werden immer älter und verrückter. Eine psychiatrische Klinik wäre das Geschäft der Zukunft.«
»Da hat er wahrscheinlich nicht unrecht. Depressionen, Burn-out, Demenz – das alles hat doch extrem zugenommen.«
»Es lief ja auch sehr gut. Und diese Beteiligung ist

meine Altersversorgung, wissen Sie? Mit dem Beerdigen haben wir ja nichts mehr verdient in letzter Zeit.«

»Aber irgendwann lief es anscheinend nicht mehr so gut in der Klinik.«

»Das lag an Zahlungsausfällen. Die Klinik hat Privatpatienten. Da zahlt nicht die Kasse.«

»Was meinen Sie? Patienten, die nicht bezahlt haben?«

»Ja. Und zwar große Summen. Da war eine reiche Familie aus dem Nahen Osten. Die hatten ihre gesamte Verwandtschaft in die Klinik geschickt. Zweitausendneun waren die mit einem Mal pleite, und die Klinik ist auf Forderungen von über einer Million sitzengeblieben. Und das waren nicht die Einzigen.«

»Gut. Da musste also Dennis Brendl, der Schwiegersohn von Professor Stein, einspringen. Und Sie wussten, dass es an diesem Notartermin hängt?«

»Ja, natürlich. Ich bin Gesellschafterin und habe mit Stein darüber geredet.«

»Und dann?«

»Dann kommt eines Tages mein Mann zu mir und sagt: Erinnerst du dich an das tote Kind von den Steins? Die Tochter hat mir gesagt, sie will es jetzt ihrem Mann erzählen. Die will reinen Tisch machen.«

»Also das Kind war tatsächlich nicht von ihm.«

»Nein. Das war ja der Punkt.«

»Hat Professor Stein seine Tochter nicht gebeten, bis nach dem Notartermin zu warten?«

»Natürlich hat er das. Aber sie hat das abgelehnt.« Christiane Scheffler drückte ihre Zigarette aus und fummelte die nächste aus der Schachtel. »Bianca ist für Stein so etwas wie der Sohn, den er nie hatte. Sie musste Karriere machen, sie musste hart sein und erfolgreich. Und sie musste Dennis Brendl heiraten. Ich bin sicher, das war in erster Linie der Wunsch des Vaters. Andererseits wäre er beleidigt gewesen, wenn sie den Namen Stein aufgegeben hätte. Sie hat alles gemacht, was er wollte. Und war nie gut genug in seinen Augen. Ich glaube, er hat ihr insgeheim sogar vorgeworfen, dass sie reich geheiratet hat.«

»Auf seinen Wunsch hin?«

»Ja. So ist er. Sehr egozentrisch.«

»Es wäre also möglich, dass Bianca Stein ihrem Vater eins auswischen wollte?«

»Ich denke, das wird es gewesen sein. Sie war ja abgesichert.«

»Und warum ausgerechnet jetzt?«

»Das weiß ich nicht. Sie selbst kann sich offenbar auch nicht erinnern, soweit ich gehört habe?«

»Nein, im Augenblick nicht.«

Christiane Scheffler zündete sich die nächste Zigarette an. Janette sah begehrlich zum Fenster, denn der Qualm stand im Raum. Aber Wallner warf ihr einen strengen Blick zu. Das Fenster würde zubleiben.

»Vor gut einer Woche habe ich einen alten Bekannten wiedergetroffen.«

»Peter Lüding?«

»Ja. Er hat vor Jahren eine Freundin von mir geheiratet, und wir haben immer noch Kontakt. Auch wenn die beiden inzwischen geschieden sind. Wir sehen uns so zwei Mal im Jahr und reden über Gott und die Welt. Ich hab ihm von der Situation mit der Klinik erzählt. Und er sagt: Das kann doch wohl nicht wahr sein. Das kannst du nicht zulassen, dass die Frau dich ruiniert, nur weil die was mit ihrem Vater auszutragen hat. Und ich sag: Was soll ich denn machen? Und er sagt: Die müsste man einfach für ein paar Tage aus dem Verkehr ziehen. Ich sag: Wie bitte? Ich wusste gar nicht, was er meint.« Sie schüttelte immer noch ungläubig den Kopf. »Irgendwo einsperren, die Frau, hat er gesagt. Ich sag, das ist doch strafbar. Und er: Klar ist das strafbar. Aber das ist auch so was wie Notwehr, weil die Frau mir ja schaden will. Das sollte ich mir überlegen, ob ich jetzt, wo unsere eigene Firma praktisch insolvent ist, all mein restliches Geld auch noch verlieren will.«

»Und da haben Sie sich überzeugen lassen?«, fragte Janette.

»Na ja, ich frage: Wie soll so was ablaufen? Und dann kam er mit seinem Spezl von den Kampftauchern. Der wär zuverlässig und bräuchte Geld.« Christiane Scheffler ging jetzt selbst zum Fenster und machte es zu Wallners Missfallen auf. Dann nahm sie einen tiefen Zug aus der Zigarette und sah die Kommissare an. »Verhaften Sie mich jetzt?«

Christiane Scheffler wurde nicht festgenommen. Sie hatte sich der Anstiftung zur Freiheitsberaubung schuldig gemacht. Möglicherweise kam sie mit einer Bewährungsstrafe davon.

»Was hältst du von der ganzen Geschichte?«, fragte Wallner, als er mit Janette im Auto saß.

»Klingt alles plausibel. Ein Geständnis erster Klasse. Willst du noch mehr?«

»Du hast recht – einerseits. Andererseits – irgendwas stört mich. Irgendetwas war da doch zwischen Bianca Stein und Scheffler. Warum telefonieren die miteinander? Und Bianca Stein hat auch mit Stefanie Lauberhalm Kontakt aufgenommen. Zur gleichen Zeit. Das alles wird durch das Geständnis von Frau Scheffler in keiner Weise erklärt.«

»Warum sollte sie uns anlügen? Sie hat die Entführung gestanden. Glaubst du, sie hat noch mehr verbrochen? Den Mord an ihrem Mann? Kriminelle Energie scheint sie ja zu besitzen.«
»Der Spur müssen wir jetzt natürlich wieder nachgehen. Aber ich habe den Eindruck, dass da noch was ganz anderes ist.«
Wallners Handy klingelte. Auf dem Display erschien die Nummer des Krankenhauses in Agatharied. »Ich muss drangehen. Ist wichtig.«
»Kein Problem«, sagte Janette und konzentrierte sich auf die Straße.
»Ich grüße Sie, Herr Wallner«, sagte der Arzt, der Olivia behandelte. »Ich habe eine gute Nachricht: Wir haben die Ergebnisse des Bluttests, und Sie kommen als Knochenmarkspender für Olivia in Frage. Es passt sogar hervorragend.«
»Das freut mich sehr. Wann können wir es machen?«
»Wir müssen erst noch ein paar andere Untersuchungen durchführen. Und dann erfolgt eine viertätige Vorbehandlung, in der wir die Stammzellen in Ihrem Blut erhöhen.«
»Ich dachte, Sie entnehmen die Stammzellen dem Beckenknochen.«
»Nein, wir entnehmen sie aus dem Blut. Das ist auch für Sie angenehmer. Sie müssten vielleicht Anfang nächster Woche für eine Vorbesprechung vorbeikommen. Geht Montag?«
»Ich schau das nach und melde mich dann wieder.«
»Gut. Ähm … da wäre noch was anderes.«
»Nämlich?«
»Die Sache ist mir etwas unangenehm, weil – nun ja … es war nicht ganz korrekt. Aber ich denke, es wird Sie interessieren.«

»Ich komme nicht ganz mit.«
»Die Sache ist die: Es wurde versehentlich auch ein DNA-Test gemacht.«
»Versehentlich? Wie kann man so was versehentlich machen?«
»Ganz einfach: Das hat jemand auf dem Formular fürs Labor falsch angekreuzt.«
»Und im Labor hat sich keiner gewundert? Ich meine, ein DNA-Test ist ja keine Kleinigkeit.«
»Das kostet heute achtzig Euro. Da fragt keiner nach. Interessiert Sie, was rausgekommen ist? Sonst löschen wir die Ergebnisse einfach.«
»Was soll da rausgekommen sein?«
»Sie sind mit Olivia Lauberhalm verwandt. Daher auch Ihre hohe Eignung als Spender.«
Wallner sagte eine Weile gar nichts und starrte auf das Armaturenbrett.
»Was ist? Schlechte Nachrichten?«, fragte Janette.
»Nein, verwirrende.« Wallner wandte sich wieder dem Handy zu. »Was heißt verwandt? Ich bin nicht ihr Vater. Es sei denn, Frau Lauberhalm und ich hätten irgendwann mal nacheinander in der gleichen Hotelwanne gebadet. Aber ich glaube, so was sind Ammenmärchen.«
»Nein. Das denke ich auch. Verwandtschaft in direkter Linie ist es nicht. Bruder – Schwester, Cousin – Cousine, aber nicht weiter entfernt.«
Wallner checkte im Geiste alle Möglichkeiten durch. Aber es gab keine wirklich vernünftige Erklärung.
»Was soll ich jetzt mit den Ergebnissen machen?«, fragte der Arzt nach einer Weile.
»Schicken Sie sie mir bitte. Die Rechnung können Sie dazulegen.«
Janette sah Wallner gefährlich lange an, als er aufgelegt hatte.

»Könnten wir jetzt mal wieder auf die Straße schauen?«
»Du bist wieder Vater geworden?«
»Nein, Herrgott. Was hörst du da überhaupt zu?«

65

Stefanie Lauberhalm saß an Olivias Bett und las ihr aus einem Stephenie-Meyer-Roman vor. Es war die Stelle, wo Bella den Wunsch äußert, per Biss in Edwards Welt aufgenommen zu werden. Die Tür stand offen, und Wallner bedauerte, an dieser spannenden Stelle unterbrechen zu müssen. Er hatte Olivia zwei Überraschungseier mitgebracht und hoffte, dass das noch altersgemäß war. Olivia meinte, das sei schon in Ordnung, und machte sich über die Eier her.

»Wir müssen reden«, sagte er zu Stefanie.

Sie sah ihn auffordernd an.

»Draußen.«

»Was gibt es denn?« Stefanie wirkte aufgeregt und ängstlich, als sie auf dem Gang vor dem großen Fenster standen.

Wallner überlegte kurz, wie er das Gespräch anfangen sollte. »Erst mal die gute Nachricht: Ich komme als Spender in Frage.«

Stefanie sah Wallner mit halb offenem Mund an und brachte kein Wort hervor. Ihre grünen Augen wurden glasig und füllten sich mit Tränen, die ihr alsbald in einem stetigen Strom die Wangen hinabliefen. Ein Versuch, etwas zu sagen, scheiterte kläglich. Wallner stand hilflos vor ihr und wusste nicht recht, was er mit seinen Armen anstellen sollte. Schließlich nahm er Stefanies Hände und sagte: »Ich freu mich auch.« Als es an der Zeit war, löste er den Griff und reichte Stefanie ein Taschentuch.

»Das ist so großartig«, sagte sie, lächelte und weinte

erneut. Nach etwa zwei Minuten beruhigte sie sich, und ein Schatten des Argwohns legte sich über ihr Gesicht. »Was ist die schlechte Nachricht?«

»Es gibt eigentlich keine. Nur ein paar Fragen.«

Stefanie wich Wallners Blick aus. »Sag schon.«

»Wer ist Olivias Vater?«

Stefanie sah ihn weniger erstaunt als schuldbewusst an. Wallner war in diesem Moment klar, dass er an einen sehr wunden Punkt gerührt hatte.

»Ansgar natürlich. Wieso fragst du?«

»Du kannst vielleicht zaubern. Lügen kannst du nicht. Wer ist der Vater?«

»Geht dich das was an?«

»Es geht mich was an.«

Stefanie verschränkte die Arme vor der Brust und versenkte sich in den Anblick ihrer Fingernägel. »Du hast recht. Es ist nicht Ansgar.«

»Wer dann?«

»Ich weiß es nicht.«

»Wie kommt das?«

»Ein One-Night-Stand. Er ist nicht mal bis zum nächsten Morgen geblieben. Und angerufen hat er natürlich auch nicht.«

»Und als du wusstest, dass du schwanger bist …?«

»War ich der Ansicht, dass ihn das nichts angeht.«

»Meinst du nicht, er hat das Recht, zu wissen, dass er Vater ist?«

»Der hat gar keine Rechte. Olivia ist Ansgars Tochter und Schluss.«

»Weiß Ansgar davon? Ich gebe zu, das geht mich jetzt wirklich nichts an. Nur dass ich weiß, wie ich mich verhalten soll.«

»Er weiß davon.«

»Wirst du es Olivia irgendwann sagen?«

Stefanie schüttelte lachend den Kopf. »Was soll diese Diskussion? Olivia hat weiß Gott andere Sorgen. Ich hoffe, dass sie das nächste Jahr überlebt, und dann kümmer ich mich um alles andere, okay?«
»Gut. Anderes Thema: Wie ist dein Verhältnis zu Professor Stein?«
Stefanie erstarrte. »Ich bin deine Spiele jetzt langsam leid. Sag, was du weißt, und dann stell eine konkrete Frage.«
»Ich finde es so besser. Aber meinetwegen: Ich bin mir ziemlich sicher, dass ihr zwei ein Verhältnis hattet. So etwa bis zum Jahr zweitausenddrei. Vielleicht auch länger. Aber das weiß ich nicht mit Bestimmtheit. Es hat, denke ich mal, angefangen, als ihr beide im Rechts der Isar gearbeitet habt.«
»Woher weißt du das alles?«
»Aus Quellen, die ich nicht nennen kann. Und auch nicht verwerten, wenn es dich beruhigt. Also: Zweitausenddrei ist eure Beziehung zu Ende. Zweitausendvier kommt Olivia auf die Welt.«
Stefanie sah sich um und senkte die Stimme. »Ich weiß zwar nicht, was es dir bringt. Aber ja, Sherlock Holmes. Ganz großartig kombiniert: Professor Alexander Stein ist der Vater von Olivia. Und? Wirst du jetzt befördert?«
»Um was geht's denn?«, meldete sich plötzlich eine männliche Stimme. Ansgar war gekommen und sah die beiden etwas irritiert an. Man konnte offenbar sehen, dass die Stimmung gereizt war.
»Hallo, Ansgar«, sagte Stefanie und gab ihm einen Kuss. »Clemens kann Olivia Knochenmark spenden.«
»Wow! Das ist ja eine tolle Neuigkeit. Das … das wäre großartig.« Er sah Wallner an, plötzlich verunsichert, ob das nun auch bedeutete, dass er wirklich spenden wollte. »Du würdest für Olivia wirklich …?«

»Natürlich, sonst hätte ich mich nicht testen lassen.«
»Danke. Ganz ehrlich, ich bin … bewegt.« Ansgar drohte feuchte Augen zu bekommen.
»Außerdem habe ich Clemens gesagt, dass Alexander Stein Olivias Vater ist.«
Ansgar starrte seine Frau mit offenem Mund an und rang um Fassung wie um Worte. »Du … du hast gesagt, dass …«
»Alexander Stein der Vater ist. Ja.« Stefanie sah Ansgar intensiv und irgendwie streng in die Augen, wie Wallner fand.
»Okay«, sagte Ansgar. »Ich dachte zwar, wir wollten das nicht publik machen. Aber du hattest wohl deine Gründe, es zu erzählen.«
»Wir reden später drüber.« Stefanie nahm Ansgars Hand und drückte sie zärtlich.
»Dann ist also tatsächlich Professor Stein Olivias Vater, wie?« Wallner nickte und sah zwischen Stefanie und Ansgar hin und her.
»Ja«, sagte Ansgar und versuchte zu lächeln.
»Wieso lügt mich in letzter Zeit eigentlich jeder an?«
»Was meinst du?«
»Ich meine, dass hier was oberfaul ist. Stein ist nicht Olivias Vater.«
»Es war doch deine eigene Vermutung.«
»Nein. Da hast du mich falsch verstanden. Ich habe nur gefragt, wie dein Verhältnis zu ihm war.«
»Und wie kommst du zu der Behauptung, dass er nicht Olivias Vater ist?«
»Weil Olivia mit mir verwandt ist. Und ich wüsste gerne, wie das zustande kommt.«
Die Verblüffung in den Gesichtern der beiden war echt. Dazu musste Wallner keine Psychologiekenntnisse bemühen.

66

Wallner stand auf dem Krankenhausparkplatz neben seinem Wagen und schwitzte. Es waren höchstens fünfzehn Grad. Aber Wallner litt unter fliegender Hitze. Sein Herz raste, und das Atmen fiel ihm schwer. Im Westen öffnete sich die Wolkendecke, die Sonne kam durch, warf hellgelbes Licht auf die Fassade des Krankenhauses. Einen Moment nur, dann versank der frühe Abend wieder in Grau. Wallner musste seine Daunenjacke ausziehen, um sich herunterzukühlen, und er fragte sich, was ihn so sehr beunruhigte, dass es den Temperaturhaushalt seines Körpers auf den Kopf stellte. Es war das Gefühl, dass ohne sein Wissen und hinter seinem Rücken Dinge passiert waren, die vielleicht große Bedeutung für sein Leben hatten. Sie waren passiert, ohne dass er eine Möglichkeit gehabt hatte, Einfluss zu nehmen. Etwas anderes hatte Kontrolle über sein Leben. Hinzu kam, dass er sich kaum erklären konnte, was eigentlich geschehen war. Wie kam es, dass er mit Olivia verwandt war? Ein Fehler beim DNA-Test? Sehr unwahrscheinlich. Zudem war nicht zu leugnen, dass sie die gleichen Augen hatten.

Wallner ließ sich den Westwind ins Gesicht blasen, atmete tief in den Bauch und hatte sich bald so weit im Griff, dass er fror. Nachdem Vernunft und Selbstbeherrschung wieder eingekehrt waren, versuchte er noch einmal eine Erklärung dafür zu finden, dass er mit Olivia verwandt war, und kam nur auf eine halbwegs plausible Erklärung. Er griff zum Handy und rief seinen Großvater an.

»Was rufst du denn untertags an?«, wunderte sich Manfred.
»Es ist dringend. Wie gut kennst du Stefanie Lauberhalm?«
»Geht's a bissl genauer? Was soll denn des heißen?«
Wallner zögerte. Es kam ihm selbst absurd vor. Aber es gab keine andere Erklärung. »Warst du mit ihr mal – intim?«
»Ob ich mit ihr im Bett war?«
»Richtig. Das war die Frage.«
»Da müsst ich mal nachdenken.«
»Wie bitte?«
»Des war a Spaß. Und deine Frage ehrt mich. Aber des meinst ja wohl auch net ernst.«
»Also nein?«
»Wozu willst denn des wissen?«
»Der Bluttest wegen der Knochenmarkspende hat ergeben, dass ich mit Olivia verwandt bin.« Ein paar Sekunden herrschte Stille am anderen Ende der Leitung.
»Des gibt's doch net. Wie denn?«
»Ich bin jedenfalls nicht ihr Vater. Das müsste ich wissen. Also bleibst nur du. Du hast nicht zufällig vor elf Jahren eine Affäre mit einer damals etwa fünfundzwanzigjährigen Frau gehabt? Stefanie war zu der Zeit blond und hatte lange Haare. Vielleicht hast du sie nicht mehr erkannt, als ihr euch letztes Jahr wieder getroffen habt.«
»Des wär durchaus möglich, dass ich sie nimmer kennt hab. Wen ich alles nimmer erkenn in letzter Zeit! Aber a Fünfundzwanzigjährige, blond, lange Haar – glaub's mir, mit der wenn ich was g'habt hätt, da tät ich mich erinnern.«
»Es gibt aber keine andere Möglichkeit. Es sei denn, ich hätte einen unbekannten Bruder, der Stefanie beglückt hat.«

»Wenn er unbekannt is, kenn ich ihn ja net.« Da hatte Manfred wohl recht. »Vielleicht hat dein Vater damals deine Mutter b'schissen. Kann sein. Aber bekannt is mir da nix.«

»Also gut. Du warst es jedenfalls nicht, oder? Ganz ehrlich.«

»Geh, jetzt hör doch auf mit dem Schmarrn. Natürlich bin ich net der Vater von der Olivia.«

Wallner saß auf dem Parkplatz in seinem Wagen und dachte fieberhaft nach. Er musste die Sache anders angehen. Scheffler war das Bindeglied. Er hatte Bianca Steins Kind begraben, und er hatte sich für Olivia interessiert. Beide Kinder waren vor zehn Jahren geboren worden. Es musste irgendeine Verbindung zwischen ihnen geben. Wenn er das Geheimnis der Totgeburt lüftete, käme er vielleicht auch hinter das Geheimnis seiner Verwandtschaft zu Olivia.

Staatsanwalt Tischler war, obwohl es schon auf sechs Uhr zuging, noch in seinem Münchner Büro.

»Guten Abend, Herr Wallner«, sagte Tischler. »Ich bin grad auf dem Sprung.«

»Ich will Sie nicht lange aufhalten. Nur eine Frage: Haben Sie inzwischen eine Lösung für die Exhumierung von Johann Stein? Dem Enkel von Professor Stein? Sie wissen, diese Totgeburt vor zehn Jahren, bei der wir uns gefragt haben, ob dem Professor da vielleicht ein Kunstfehler unterlaufen ist.«

»Witzig, dass Sie danach fragen. Vorhin war Dr. Stöger bei mir. Er geht heute Abend in die Oper, und da hat er sich gedacht, er schaut persönlich vorbei und drückt mir einen Brief in die Hand. Jetzt raten Sie, was drin war.«

»Der Beschluss für die Exhumierung?«

»Exakt. Ich hätte nicht gedacht, dass er ihn erlässt. Ich

habe das Gefühl, der will noch mal ein paar verrückte Sachen machen, bevor er in Rente geht.«

»Kann sein. Stöger war ja immer eher einer von der vorsichtigen Sorte. Sind Sie morgen in Miesbach?«

»Nein. Morgen hab ich Gerichtstag. Ich schick's Ihnen mit der Post. Oder ist es sehr eilig?«

»Irgendwo schon.«

»Wenn Sie wollen, können Sie's heute Abend kriegen.«

»Wie das?«

»Ich habe um acht eine Veranstaltung im FoolsTheater in Holzkirchen. Wenn Sie Zeit haben.«

Wallner war etwas verwundert, vermutete aber irgendeine Juristenveranstaltung. »Ich bin da. Wir sehen uns.«

»Ach, noch was anderes: Mir ist zu Ohren gekommen, dass ein Angehöriger der Polizei hinter der Maibaumgeschichte steckt. Das können wir so natürlich nicht stehenlassen.«

»Bedeutet?«

»Wir müssen da strafrechtlich was unternehmen. Sonst sieht das böse nach Vetternwirtschaft aus.«

Zurück im Büro, begegnete Wallner Mike, der dabei war, sich in den Feierabend zu verabschieden. »Hast du heute Abend was vor?«, fragte Wallner.

»Wenn's recht ist – ja.«

»Schade.«

»Warum?«

»Vielleicht passiert noch was. Ich melde mich, falls ich dich brauche.«

»Wie gesagt – ich hab schon was vor. Schönen Abend!«

Im Büro wartete Kreuthner auf Wallner. Angeblich, um ihm einen schönen Feierabend zu wünschen. In

Wahrheit wollte er wissen, ob sich etwas bei den Ermittlungen getan hatte.

»Die Entführung is ja scheint's aufgeklärt. Was is mit dem Mord an Scheffler?«

»Da sind wir immer noch nicht schlauer.«

»Ich hab denkt, des hängt zusammen?«

»Tut's ja vielleicht auch. Wir wissen halt nicht, wie. Übrigens: Tischler wird jetzt definitiv wegen der Maibaumsache ermitteln. Sorry.«

»Wieso das denn?«

»Er hat mitgekriegt, dass jemand von der Polizei involviert ist. Er sagt, das kann er nicht einfach durchgehen lassen.«

Kreuthner brummte etwas zum Abschied und verließ übellaunig das Büro.

In der Gemeindeverwaltung von Valley war um die Uhrzeit niemand mehr anzutreffen. Das war Wallner, sonst eher rücksichtsvoll, heute egal. Er besorgte sich die Namen der Gemeindemitarbeiter aus dem Internet und rief sie unter ihren Privatnummern an.

»Es tut mir sehr leid«, sagte Wallner, als er beim zweiten Versuch eine Dame am Telefon hatte, die für Personenstandssachen zuständig war. »Ich müsste heute noch einen Blick in das Geburtenbuch der Gemeinde werfen. Wäre das möglich?«

»Ja wenn … wenn das nicht bis morgen warten kann …«

Es hätte ohne weiteres bis morgen warten können. Aber Wallners Geduld war erschöpft. Er brauchte Klarheit. Heute. »Leider nicht. Manchmal sind solche Sachen eben sehr eilig bei der Polizei.«

»Natürlich, wird es lange dauern? Ich frage nur wegen dem Abendessen.«

»Ich hoffe nicht.«

Zwanzig Minuten später stand Wallner im Aktenarchiv der Gemeinde Valley. Das Geburtenbuch gab es noch analog auf Papier. Wallner verlangte nach dem Band des Jahres 2004. Die Geburt von Olivia Lauberhalm war Ende Mai gewesen. In ein paar Wochen würde sie zehn werden, ging es Wallner durch den Kopf. Als er auf die zweite Seite des Eintrags blätterte, fand er, was er schon vermutet hatte, und war dennoch fassungslos.

»Kann ich mir eine Kopie machen?«

67

Das FoolsTheater war ein Veranstaltungsort in Holzkirchen, der unter anderem über einen Theatersaal mit hundertzwanzig Sitzplätzen verfügte. Wallner fragte sich, welche Art von Veranstaltung Juristen wohl abends in einem Theater abhielten? Die Ehrung eines verdienten Kollegen? Ein Vortrag zum Thema Internetkriminalität? Zu seinem Erstaunen sah Wallner vor dem Gebäude und im Foyer hauptsächlich Menschen in Jeans und Freizeitkleidung, die so gar nicht den Eindruck machten, als hätten sie sich jemals mit den Rechtswissenschaften befasst. Ein schlichtes Plakat kündigte den Auftritt einer Klezmer-Band an. Wallner fragte jemanden mit Pferdeschwanz und Backstagepass um den Hals nach Staatsanwalt Tischler. Das sagte dem jungen Mann zunächst nichts. Aber er fragte eine Kollegin, die anbot, Tischler zu holen.

Der Staatsanwalt machte einen aufgeregten Eindruck, als er auf Wallner zukam und ihm den Exhumierungsbeschluss in die Hand drückte.

»Danke«, sagte Wallner und musterte Tischler, der keinen Anzug trug, sondern Jeans und Flanellhemd. »Was machen Sie hier?«

»Schauen Sie es sich doch an.« Er gab dem Pferdeschwanz einen Wink. »Er gehört zu mir.« Der Pferdeschwanz nickte.

»Vielleicht«, sagte Wallner. »Ich muss noch ein paar Dinge eruieren. Wir konnten übrigens die Entführung aufklären.«

»Von der Verhaftung habe ich gehört. Sehr gut.«

»Wir haben auch die Auftraggeberin ermittelt. Christiane Scheffler.«
»Die Witwe des Opfers? Ist ja interessant. Gratuliere. Wie kommt die dazu?«
»Ist kompliziert.«
»Verstehe. Na gut. Ich muss jetzt. Wir telefonieren morgen.«
»Alles klar. Aber vielleicht interessiert Sie das noch.« Tischler hatte sich schon in Richtung Garderoben bewegt, stoppte aber noch einmal und nahm von Wallner die Kopie des Geburtenbucheintrags entgegen. Er überflog das Papier, blätterte um, und sein Gesicht zeigte ratlose Verwirrung.
»Das Kind von der Hexe?«
»Ja. Stefanie Lauberhalm.«
»Professor Stein hat da auch Geburtshelfer gespielt?«
»Das steht jedenfalls da, von ihm unterschrieben.«
»Wie um alles in der Welt kommt er dazu?«
»Das werden wir hoffentlich damit herausfinden.« Wallner hielt den Exhumierungsbeschluss hoch.

Mike war auf dem Weg nach München, als ihn Wallners Anruf erreichte.
»Du spinnst. Ich werd doch nicht mitten in der Nacht Gräber ausheben. Das machen wir morgen.«
»Ich muss es heute wissen.«
»Ich hab ein Date.«
»Hab ich dich jemals um was gebeten?«
»O nein! Nicht die Nummer!«
»Okay. Die ist alt und abgedroschen. Trotzdem: Hab ich dich jemals …«
»Keine Ahnung. Da müsste ich die letzten zwanzig Jahre Revue passieren lassen. Meinetwegen, ich komme. Aber ich brauch neunzig Minuten.«

Das gab Wallner Gelegenheit, sich, nachdem er ein kurzes Telefonat mit Bianca Stein und eins mit dem für Osterwarngau zuständigen Pfarrer geführt hatte, die erste Hälfte der Vorstellung im FoolsTheater anzusehen. Auf der Bühne eine Klezmer-Band mit Kontrabass, Gitarre, Klarinette, Akkordeon und Geige. Wallner verstand nicht viel von Musik. Aber dass die Künstler auf der Bühne Virtuoses auf ihren Instrumenten vollbrachten, war auch für den Laien nicht zu überhören. Aus seiner Violine holte Tischler Töne von tiefer Traurigkeit hervor, um im nächsten Moment das Feuerwerk einer überschwenglichen Tanzmelodie vom Balkan zu entzünden. Wallner überkamen Zweifel, ob dort oben tatsächlich Staatsanwalt Jobst Tischler stand. Alle Verkniffenheit war aus seinem Gesicht gewichen, stattdessen Euphorie und Leidenschaft und ein beseligtes Lächeln, wenn das Lied zu Ende war und die Band im Applaus badete. Die melancholische Musik rührte etwas in Wallners Herz, und er wäre gern bis zum Ende geblieben. Aber er hatte eine Verabredung auf dem nächtlichen Friedhof.
Mike war etwas beunruhigt gewesen. Er hatte seinen Chef noch nie so irrational erlebt. Wozu die nächtliche Hektik? Morgen hätte man alles in Ruhe und bei Tageslicht machen können – oder, besser gesagt: machen lassen können. So aber standen Mike, Wallner und Oliver (Mike hatte ihn als Spurensicherer dazugeholt) im Schein zweier Arbeitslampen selbst in der Grube und schaufelten Erde aus dem Grab. Mike hatte Ronja mitgebracht, die Frau, mit der er verabredet war. Nachts auf einem Friedhof zu stehen und eine zehn Jahre alte Leiche aus der Erde zu holen versprach aufregend zu werden. Des Weiteren war der Gemeindepfarrer gekommen, der auf dem Friedhof das Haus-

recht ausübte, sowie Alexander Stein, den seine Tochter offenbar benachrichtigt hatte.

»Müssen Sie die Totenruhe dieses Kindes stören?«, war Alexander Steins dürftiger Versuch, die Sache irgendwie aufzuhalten.

»Ja, leider«, sagte Wallner und widmete sich weiter seiner schweißtreibenden Grabungstätigkeit. Wallner, Mike und Oliver wechselten sich ab. Fast zwei Meter tief musste man graben. Six feet under galt auch auf den meisten deutschen Friedhöfen. Wobei das in der Regel die Tiefe für den Sargboden anzeigte. Bis zum Deckel war es etwas weniger. Wie weit man im vorliegenden Fall graben musste, hing also vom Zustand des Sarges ab. Man hatte damals nicht gespart und das Kind in Eiche bestattet, ein Holz, das je nach Bodenbeschaffenheit Jahrzehnte halten konnte.

Oliver war an der Reihe, als der Spaten auf Widerstand stieß. »Da ist was«, sagte er.

»Sollen wir dir helfen?«, fragte Wallner.

»Bleib bloß weg. Bisschen mehr Licht wär gut.«

Wallner rückte eine der Arbeitslampen so zurecht, dass ihr Licht auf den Boden der Grube fiel. Der Sargdeckel war nicht vollständig erhalten, aber etliche verrottete Bretter waren noch da. Oliver kniete nieder, hob eines davon auf und reichte es nach oben. Dann grub er vorsichtig weiter, schaufelte Erdreich zur Seite und legte weitere Bretter frei, die er wieder aus dem Grab reichte. Irgendwann waren alle Bretter aus der Grube geschafft.

»Was is jetzt mit der Leiche?«, wollte Mike wissen. »Da müssen doch wenigstens noch Knochen übrig sein.«

»Müss-ten!«, sagte Oliver. »Hier is aber nüscht.«

»Das heißt?«

»In dem Sarg war nie 'ne Leiche.«

Niemand sagte etwas. Das war allen Anwesenden gemeinsam. Allerdings unterschieden sich ihre Gesichter. Während der Pfarrer, Mike und Oliver rechtschaffen erstaunt dreinblickten, sahen Wallner und Stein so aus, als würde sie das Ausgrabungsergebnis nicht ganz unvorbereitet treffen.
»Tja«, sagte Wallner zu Stein gewandt. »Wo ist es hin, das Kind?«
Stein schwieg und starrte in das leere Grab hinab, aus dem Oliver herausgeklettert war.
Also gab Wallner selbst die Antwort. »Folgende Geschichte wird den Geistlichen unter uns vielleicht gefallen: Ein paar Tage nach seinem frühen Tod ist Johann Stein nämlich wiederauferstanden – allerdings als kleines Mädchen mit dem Namen Olivia Lauberhalm.«
»Wie bitte?« Der Pfarrer wirkte verwirrt.
»Hört sich an, wie ein Wunder. Und der Mann, der das Wunder vollbracht hat, steht hier unter uns: Professor Alexander Stein. Aber bevor Sie seine Heiligsprechung zu Lebzeiten beantragen, sollten Sie die ganze Geschichte hören. Professor Stein? Möchten Sie selbst erzählen?«
Stein schwieg und rührte sich nicht.
»Es war so – unterbrechen Sie mich, wenn ich etwas Falsches erzähle: Als Bianca Stein ihr Kind bekam, zu Hause bei den Eltern, sagte man ihr, es sei tot. Genauer gesagt, ihr Vater sagte es. Denn er hatte es auch zur Welt gebracht. Ich vermute, Ihre Tochter stand unter so starken Medikamenten, dass sie nicht viel von der Geburt mitbekommen hat. Warum hat Professor Stein das getan? Ohne ins Detail zu gehen: Die offizielle Existenz dieses Kindes hätte ihn in den Ruin getrieben. Und da kam Frau Lauberhalm ins Spiel, die Ex-

Geliebte, die ihn immer noch liebte und das Kind als ihr eigenes annahm. Ich denke, ein DNA-Test wird bestätigen, dass Olivia Ihre Enkelin ist. Was meinen Sie?«

Stein stand wie gelähmt am Grab und schien nachzudenken. Es war kalt geworden.

»Schaufeln wir also das Grab wieder zu und fahren nach Miesbach.« Wallner wandte sich an den Pfarrer. »Tut mir leid für die Unannehmlichkeiten. Aber es hat uns sehr geholfen.«

68

Kreuthner hatte sich in die Mangfallmühle begeben, um nachzudenken. Die eine oder andere Halbe guten Tegernseer Biers sollte diesen Vorgang befördern. Nur Ergebnisse wollten sich heute nicht einstellen. Einen Tisch weiter saßen der Dude und seine Freunde und taten, was Hacker eben tun. Aber sie würden ihm bei seinem Dilemma mit dem bösartigen Staatsanwalt nicht helfen können. Wenn Tischler wirklich Anklage erhob wegen der Maibaumsache, dann würde es eng werden. Viel durfte sich Kreuthner nicht mehr erlauben. Er wusste, dass Wallner ihn schützte. Aber Wallner war keiner, der Beweise verschwinden ließ oder Leute erpresste oder ähnliche Dinge tat, die manchmal nötig waren, um den Hals aus der Schlinge zu ziehen. Kreuthner überlegte in seiner Not sogar, auf das Angebot der Hexe zurückzukommen: zweitausend, damit Tischler ein paar Wochen im Krankenhaus verschwand. Vielleicht konnte man sie auf fünfzehnhundert runterhandeln. Aber ohne Garantie? Wer wusste schon, ob die wirklich zaubern konnte? In dem Gewerbe gab es leider sehr viele Betrüger.

In diese trübe Stimmung platzte eine WhatsApp-Nachricht. Ein Spezl von Kreuthner, der beim Lokalblatt arbeitete, schrieb: He Alter – du bist morgen in der Zeitung! Dann folgte ein Foto. Es zeigte, wenn man gute Augen hatte, eine Zeitungsseite. Mehr war auf dem zwei Daumennägel großen Bild nicht zu erkennen.

»Könnts ihr mir mal helfen?« Kreuthner war an den Nerdtisch getreten und zeigte sein Handydisplay. »Ich tät mir gern des WhatsApp-Foto größer anschauen.«
»Her mit dem Teil.« Spock wedelte mit seiner Hand, und Kreuthner reichte ihm das Handy. Kurz darauf drehte Spock seinen Bildschirm zu Kreuthner und sagte: »Kommt mir irgendwie bekannt vor«, begleitet von einer Geißbocklache und seinem Handrücken auf Kreuthners Brust.
Was Kreuthner dort auf dem Bildschirm sah, verblüffte ihn zunächst. Die Überschrift lautete:

EIN TOTER VOR GERICHT

Darunter: *Fiel Beerdigungsunternehmer Fememord zum Opfer?*

Ein Foto zeigte den Gastraum der Mangfallmühle während der Gerichtsverhandlung über Florian Scheffler, am Kopf des Verhandlungstisches Schinkinger-Joe in schwarzer Robe, neben dem Tisch, feurig gestikulierend: Kreuthner als Ankläger. Im Text wurde berichtet, dass Scheffler in dem verrufenen Gasthaus von seinen Saufkumpanen der Prozess gemacht worden war, nur wenige Stunden bevor man ihn in seinem Wagen erschossen auffand.
»Gut getroffen, oder?« Spock wieherte, Kreuthner konnte seinen Arm gerade noch schützend vor die Brust halten.
»Okay, Freunde«, sagte Kreuthner und drehte den Bildschirm zu den anderen am Tisch. »Wer von euch Vollpfosten hat das Foto gemacht?«
Es folgte Schweigen.

»Ihr glaubts, ihr könnts mich verarschen, oder wie? Ihr habts Beweismaterial unterdrückt und an die Presse verhökert. Des is Behinderung der Justiz.«
»Gibt's so was?«, piepste Franzi.
»Klar. In amerikanischen Krimis sagen die das ständig«, belehrte sie Sheldon.
»Ja was jetzt?«
Trotziges Schweigen schlug Kreuthner entgegen.
»Muss ich die doch noch zum LKA schicken?« Kreuthner deutete auf die Rechner auf dem Tisch.
»Des kannst net machen!«, empörte sich der Dude. »Es war ausgemacht, dass du uns in Ruhe lässt, wenn mir dir mit dem Laptop helfen.« Er schien menschlich tief enttäuscht und den Tränen nahe.
»So ist das Leben. Lern was draus.«
»Aber ...«
»Nix aber. Wer hat das Foto gemacht?«
Hackerehre und Angst rangen heftig in den Nerdbrüsten. Schließlich sah Spock Kreuthner so an, dass die anderen am Tisch sein Gesicht nicht sehen konnten, und formte mit den Lippen das Wort »Dude«. Kreuthner schwenkte seinen Blick Richtung Norbert »The Dude« Petzenberger und sah ihm die Augen.
»He, fuck it! Was willst denn überhaupts?«
»Die anderen Fotos.«

Die Lichter waren angegangen in den Büros der Polizeistation Miesbach. Wallner hatte frischen Kaffee aufsetzen lassen, dessen Duft durch die neonerleuchteten Gänge zog. Der Vernehmungsraum war nüchtern, nur mit dem Nötigsten ausgestattet. Man konnte sich auf das Wesentliche konzentrieren. Alexander Steins Gesicht war jetzt bar jeder Arroganz, bleich mit einem Zug ins Graue. Die Schultern fielen nach vorn,

die Hände lagen ineinander im Schoß. Stein hatte sich in sein Schicksal ergeben.
»Sie haben damals bei der Geburt was genau getan?«
»Sie wissen es doch.«
»Ja«, sagte Wallner und richtete das Aufnahmegerät parallel zur Tischkante aus. »Aber wir müssen es natürlich von Ihnen hören. Seien Sie so gut.«
»Meine Tochter stand bei der Geburt ihres Kindes unter stark sedierenden Medikamenten. Sie hat im Grunde nichts mitbekommen. Ich habe ihr hinterher gesagt, sie habe ein totes Kind geboren. Einen Jungen. Wir hatten damals keine Ultraschallaufnahmen machen lassen. Das Kind habe ich in die Obhut von Stefanie Lauberhalm gegeben. Ein paar Tage später haben wir bei der Gemeinde Valley die Geburt einer Tochter von Frau Lauberhalm angemeldet.«
»Wieso hat Frau Lauberhalm mitgespielt?«
»Das hatte wohl mehrere Gründe. Sie konnte selbst keine Kinder bekommen, und sie hat mich vielleicht immer noch geliebt, obwohl ich unsere Beziehung beendet hatte. Ich glaube, es war in erster Linie der Wunsch nach einem Kind.«
»Wie haben Sie sie dazu überredet, mitzumachen? Ich kenne Frau Lauberhalm, und sie mag ein bisschen verrückt sein. Aber das ist eine schwere Straftat.«
»Ich habe ihr vor Augen geführt, dass sich Bianca kaum um das Kind kümmern kann. Und dass es womöglich von meiner Frau großgezogen würde. Frau Lauberhalm hält nicht viel von Isabell. Das hat es ihr wohl leichter gemacht. Hinzu kam, dass Stefanie und ihr Mann kaum ein Kind hätten adoptieren können. Einen Säugling zu bekommen ist ohnehin wie ein Sechser im Lotto. Und wenn Sie dann noch als Beruf Hexe angeben …«

»Ihre Tochter hat vor kurzem von dieser Geschichte erfahren?«

»Ja. Es gibt eine Hebamme, die war damals bei der Geburt dabei. Sie wohnt in Norddeutschland. Ich hatte ihr viel Geld bezahlt, damit sie zur Geburt kommt und den Mund hält. Die hat jetzt nach zehn Jahren ihr Gewissen entdeckt und Bianca angerufen. Na ja – so ist dann alles herausgekommen. Bianca war außer sich.«

»Sie wollte also ihr Kind, und sie wollte Rache?«

Stein zuckte mit den Schultern.

»Haben Sie es zugegeben, als Ihre Tochter Sie zur Rede gestellt hat?«

»Nein. Natürlich nicht. Sie ist dann offenbar zu Scheffler und hat ihn sich vorgeknöpft. Es war klar, dass der damals mitgespielt hatte. Sonst hätte es keine Beerdigung gegeben. Sie hat also gedroht ihn anzuzeigen, wenn er ihr nicht alles sagt, was er weiß. Scheffler ist eingeknickt und hat außerdem angeboten, Bianca bei der Suche nach dem Kind zu helfen, wenn sie ihm Geld gibt.«

»Wieso sollte Scheffler wissen, wo das Kind ist?«

»Nach dem, was mir Bianca bei dem Streit letzten Samstag sagte, hat Scheffler damals mitbekommen, dass ich mich heimlich mit Frau Lauberhalm getroffen habe. Da hat er nachgeforscht, wer die Frau ist, und herausgefunden, dass sie kurz nach Bianca ein Kind bekommen hat.«

»Hat Scheffler sich bei Ihnen gemeldet?«

Stein zögerte kurz. »Nein, wieso sollte er sich bei mir melden?«

»Er brauchte Geld. Mehr Geld, als er von Ihrer Tochter bekommen konnte. Und er hatte Informationen, die Ihr berufliches Ende bedeuten würden. Da wäre es

nicht ganz abwegig, dieses Wissen zu Geld zu machen.«
»Er hat sich nicht bei mir gemeldet.«
Es klopfte, und Kreuthner trat ein, ohne dass ihn jemand hereingebeten hatte.
»Leo, bitte! Wir sind mitten in einer Vernehmung.« Wallner deutete auf Alexander Stein.
»Ebendrum sollten mir reden. Und zwar genau jetzt.«
Wallner ging zu Kreuthner, nahm ihn am Arm und führte ihn nach draußen außer Hörweite von Stein.
»Was ist denn schon wieder?«
»Net immer so genervt. Ich bring dir grad die entscheidenden Beweise.«
»Für was?«
»Für den Mordfall Scheffler.«
Wallner sah Kreuthner skeptisch an.
»Ja! Kannst mir ruhig glauben. Fotos!« Kreuthner hielt einen USB-Stick hoch.
»Gut. Dann her damit.«
Kreuthner zog den Stick zurück. »Kleinen Moment noch. Die Fotos sind quasi mit einer Bitte verbunden.«
»Du – langsam nervt's.«
»Es geht um meinen Arsch. Da kann ich auf deine Nerven keine Rücksicht nehmen.«
»Also, was willst du?«
»Dass du mit dem Tischler redst und der mir verspricht, dass er in der Maibaumg'schicht nix macht. Mehr will ich gar net.«
Wallner sah müde zu Mike, der gerade aus dem Vernehmungsraum kam.
»Was hat er denn jetzt wieder ausgefressen?«
Wallner seufzte.
»Wenn du möchtest, erschieß ich ihn«, bot Mike an. »Dafür krieg ich höchstens dreißig Tagessätze.«

»Leider musste ich in der Pause gehen. Ich wäre gern noch etwas geblieben, Herr Tischler.« Wallner saß in seinem Büro, telefonierte und hatte eine Tasse frischen Kaffee vor sich stehen. »Da kennen wir uns all die Jahre und dann so was. Ich war … ganz ehrlich, es hat mich berührt …« Kreuthner stand am Türstock und formte mit den Fingern der rechten Hand einen auf- und zugehenden Schnabel. Wallner zeigte ihm den Mittelfinger. »Oh – schön, dass man auch auf der Bühne gespürt hat, wie das Publikum mitgegangen ist … Ja gut. Ich rufe aber auch noch wegen etwas anderem an. Wir haben hier nämlich jemanden, der … wie soll ich sagen? Der könnte uns Beweismittel verschaffen. Im Mord an Scheffler … Ich denke, probate Beweismittel, Fotos … Das Problem ist, dass er sich – also ich gebe jetzt nur wieder, was er sagt – dass er sich nicht mehr erinnern kann, wo er die Fotos verwahrt hat, weil – ich gebe es wie gesagt nur wieder –, weil er im Augenblick sehr unter Stress steht und sich nicht mehr konzentrieren kann.«
Kreuthner nickte.
»Gute Frage, Herr Tischler. Der Stress des Informanten rührt daher, dass er Angst vor einem unberechtigten Ermittlungsverfahren hat. Und zwar wegen dieser leidigen Maibaumgeschichte … Genau. Wir hatten ja schon mal über die Sache geredet. Und – na ja, ich bin kein Jurist – aber nach meinen kargen Rechtskenntnissen muss man da nicht unbedingt von einer strafbaren Handlung ausgehen. Und die paar Kleinigkeiten, die vielleicht doch gegeben sind – käme da nicht Einstellung wegen Geringfügigkeit in Frage? … Nun, um es geradeheraus zu sagen: Wenn die Staatsanwaltschaft diese Rechtsauffassung teilen würde, könnte mein Informant sich wieder besser konzentrieren. Ich gebe

nur … Ja, hatte ich wohl schon erwähnt … Alles klar. Sie kriegen morgen Bescheid, was rausgekommen ist. Schönen Abend noch.«
Wallner legte auf. Kreuthner sah ihn gespannt an.
»Du hast Glück. Tischler hat heute einen sehr menschlichen Tag.«

Wallner klickte auf ein Icon, und ein Foto öffnete sich. Es zeigte etwa ein Dutzend Männer und Frauen, die einen bewusstlosen Mann zu einem Leichenwagen schleiften. Das Ganze nachts und mit Blitzlicht aufgenommen. Wallner drehte den Laptop zu Stein.
»Das ist der Moment, als sie Scheffler in seinen Wagen gesetzt haben. Das Foto wurde in der Tatnacht vor der Mangfallmühle aufgenommen. Interessanter ist aber in dem Fall der Hintergrund. Wie Sie sehen, wird durch den Blitz dieses Areal hier erhellt. Und da, am Straßenrand unter den Bäumen, so ein bisschen versteckt, steht ein Wagen. Ein Mercedes, wie man unschwer erkennen kann. Das Kennzeichen ist ein wenig verschwommen. Aber wir konnten es mit einem Bearbeitungsprogramm entziffern. Und was glauben Sie? Der Wagen ist auf Sie zugelassen.«
Steins Gesichtsfarbe wurde noch etwas bleicher, soweit das möglich war.
»Sie verkehren sonst wohl eher selten in der Mangfallmühle, nicht wahr?«
Stein sagte eine Weile nichts. Mike wollte das Wort an ihn richten. Aber Wallner gebot ihm mit einer Handbewegung, still zu sein. Er wollte den Prozess, der sich in Steins Kopf abspielte, nicht stören. Dann legte Stein seine Arme auf den Tisch, faltete seine Hände und sagte: »Scheffler wollte hunderttausend. Das Geld hatte ich einfach nicht.«

69

Im Erdgeschoss wartete Isabell auf einer Besucherbank, als Alexander Stein abgeführt wurde. Sie umarmte ihn, und Stein sagte: »Sie haben Fotos von Sonntagnacht an der Mangfallmühle. Ich habe ihnen gesagt, dass ich Scheffler erschossen habe.«

Isabell sah ihren Mann ungläubig an.

»Du wirst eine Weile ohne mich zurechtkommen müssen. Tut mir leid.« Er ließ sich noch einmal von seiner Frau umarmen, gab ihr einen Kuss und ging weiter.

Als er durch die Eingangstür in der Nacht verschwunden war, trat Wallner zu Isabell Stein. »Soll Sie jemand nach Hause fahren?«

Isabell sah ihrem Mann hinterher, dann zu Wallner. »Was hat er gesagt?«

»Was meinen Sie?«

»Wie hat er Scheffler erschossen?«

Es war nicht üblich, Ehefrauen über die Geständnisse ihrer Männer zu informieren. Aber Wallner hatte das Gefühl, dass es in diesem Fall nützlich sein könnte. »Er konnte sich nicht mehr genau erinnern, wie oft er geschossen hat. Er wusste nur, dass er mehrfach seine Pistole auf Scheffler abgefeuert hat.«

»Drei Mal«, sagte Isabell Stein.

Wallner konnte sein Erstaunen kaum verbergen. Er hatte mit vielem gerechnet. Aber Isabell Stein? »Drei Mal?«, fragte er nach.

Fünf Tage vorher

»Hunderttausend? Sie sind wahnsinnig.« Alexander Stein stand am Rand seiner Terrasse und starrte auf den Tegernsee.

»Geh – des san doch Peanuts für jemand wie Sie.«

»Ich habe das Geld nicht!«

»Ich weiß. Die Klinik is a bissl klamm im Moment.« Der Bestatter zündete sich eine Zigarette an. Stein überlegte, ob er etwas dazu sagen sollte. Aber im Augenblick hatte er bei Gott andere Sorgen. »Deswegen ham S' ja den Notartermin nächste Woch, gell? Ich hab mich auch scho gefragt, wo Ihre Tochter is. Ich erreich sie gar nimmer. Ham Sie s' wegg'schickt?«

»Ich weiß nicht, wo Bianca ist.«

»Komisch, oder? Dass die ausgerechnet jetzt verschwindet. Wo der Notartermin is.«

»Was wollen Sie damit andeuten?«

»Gar nichts. Geht mich auch nichts an. Aber ich muss ja irgendwie an mein Geld kommen.«

»Meine Tochter schuldet Ihnen bestimmt keine hunderttausend.«

Scheffler schnippte die Zigarettenkippe in den Garten und wandte sich zum Gehen. »Sie können sich's bis morgen überlegen.«

»Warten Sie!« Stein hielt den Bestatter am Arm fest. »Zwanzigtausend. In zwei Wochen.«

Scheffler lachte. »In zwei Wochen? Da is der Notartermin vorbei. Da werden S' so blöd sein und mir was zahlen!«

»Herrgott noch mal! Begreifen Sie doch. Ich hab das Geld nicht!«

Scheffler zuckte mit den Schultern und zog die Augenbrauen hoch.

»Was haben Sie davon, wenn Sie mich ruinieren? Ich zieh Sie mit in den Abgrund.«
»Erstens: Ich fall net tief. Zweitens: Ihr Schwiegersohn wird mir bestimmt dankbar sein, wenn ich ihm helf, a paar Millionen Euro zu sparen.«
»Scheffler – ich warne Sie!« Steins Lippen zitterten, er war dabei, die Contenance zu verlieren.
Der Beerdigungsunternehmer legte seine klobige Hand auf Steins Schulter. »Mir steht's Wasser auch bis zum Hals. Das Leben ist ein Dschungel, verstehen S'?«
Er verließ die Terrasse über den Garten. Mit hängenden Schultern und verzweifeltem Gesicht stand Alexander Stein auf seinem Anwesen, das ihm vielleicht bald nicht mehr gehören würde. Wenn kein Wunder geschah, war das das Ende. Er hätte gerne geweint, aber da war ein Rest Selbstdisziplin, der ihn daran hinderte, vollkommen auseinanderzufallen. Der Pfau des Nachbarbauern schrie und weckte Stein aus seiner Trance. Erst jetzt bemerkte er, dass Isabell in der Tür stand.
»Was hast du … ich meine, wie lange stehst du da schon?«
Isabell kam ein paar Schritte auf ihn zu. »Mit was erpresst er dich?«
»Kleines – das willst du nicht wissen.«
»Sag's mir.«
Stein überlegte einen Augenblick. Dann deutete er auf die Korbstühle. »Setz dich.«
Es gab viele Dinge, über die Alexander Stein seiner Frau in den letzten Jahren nicht die Wahrheit gesagt hatte. Er entschied, dass jetzt der richtige Zeitpunkt war, einiges zurechtzurücken. Und so erfuhr Isabell Stein an diesem Sonntagnachmittag, dass sie ein Enkelkind namens Olivia hatte und dass ihr Leben in

Wohlstand seinem Ende entgegenging. Beides erschütterte sie, noch mehr aber erschrak sie über etwas anderes: Zum ersten Mal in ihrem Leben erlebte sie ihren Mann hilflos. Er würde die Katastrophe nicht abwenden können. Sie entschied, dass es an der Zeit war, wenigstens einmal nach all den Jahren ihren Beitrag für diese Ehe zu leisten.

Als ihr Mann, wie immer am Sonntagnachmittag, in die Klinik fuhr, trank sich Isabell Mut an und holte die Glock vom Dachboden, die ein Patient aus Dubai vor einigen Jahren in der Klinik vergessen hatte. Da die Pistole mit Sicherheit nicht auf legalem Weg in seinen Besitz gelangt war, hatte Stein sie mit nach Hause genommen. Isabell wusste, wie man eine Pistole bedient. Sie hatte einmal für eine Filmrolle Schießunterricht bekommen.

Stein wunderte sich, als er gegen zehn Uhr abends zurückkehrte und das Haus verlassen vorfand. Er verbrachte einen Abend voller Sorgen, rief Freunde und Bekannte an und natürlich Isabells Handy. Aber das war ausgeschaltet, und sie war bei niemandem aufgetaucht. Endlich, um Viertel nach drei, kam sie zurück, angetrunken wie immer und nicht in der Lage, vernünftig auf die Frage zu antworten, wo sie gewesen war. Dass sie Scheffler erschossen haben könnte, kam Alexander Stein nie in den Sinn – bis die Polizei ihm das Foto von Isabells Wagen vorlegte.

»Drei Mal. Von schräg oben.« Isabell Stein machte eine entsprechende Geste. »Das Lenkrad war im Weg. Wissen Sie, ich hatte schon einiges getrunken und konnte mich nicht mehr so konzentrieren. Ich denke, ich habe ziemlich gestreut.«

»Haben Sie«, sagte Wallner.

»Mein Mann ist Arzt. Glauben Sie nicht, er wäre in der Lage, das Herz zu finden, wenn er jemanden erschießt?«

Wallner musste zunächst verdauen, was er gerade hörte. Es passte nicht zu dem Bild, das er sich von dieser Frau gemacht hatte. »Möchten Sie einen Anwalt hinzuziehen?«

Isabell schien die Frage nicht zu hören. Immer noch sah sie zu der Tür, durch die vor einer Minute der Mann ihres Lebens gegangen war. »Er glaubt, ich schaffe das nicht im Gefängnis.« Sie wischte sich eine Träne aus dem Auge. »Aber ich bin härter, als er denkt.«

70

Warm und wolkenlos war der Himmel an diesem Morgen. Der Frühling zog ein ins Voralpenland. Stefanie Lauberhalm saß auf einer Besucherbank in der Morgensonne, die durch die großen Scheiben hereinfiel, und weinte. Ansgar stand neben der Bank, Hände in den Hosentaschen, und starrte auf den Krankenhausboden. Es gab Hoffnung, Olivia zu heilen und sie dem Krebs zu entreißen. Und dennoch würden sie ihr Kind am Ende verlieren.

Bianca Stein war noch letzte Nacht von Wallner informiert worden. Sie wollte ihre Tochter sehen und kam mit einer Dame vom Jugendamt auf Wallner, Stefanie und Ansgar zu. Als sie die drei erreichte, blieb sie stehen und atmete schwer. Sie war aufgeregt und brachte zunächst kein Wort heraus, so dass Wallner die Vorstellung übernahm. Man gab sich nicht die Hand.

»Weiß Olivia Bescheid?«, war Biancas einzige Frage.

Stefanie schüttelte den Kopf.

»Tut mir leid, ich … ich weiß auch nicht, wie wir jetzt weitermachen sollen.« Bianca Stein sah hilfesuchend zu der Dame vom Jugendamt.

»Können wir kurz unter vier Augen reden?«, sagte Wallner zu Bianca.

Sie stellten sich außer Hörweite an ein Fenster mit Sicht auf die in Sonnenlicht getauchte Alpenkette. Doch keiner von beiden würdigte das Spektakel eines Blickes.

»Ich will mich nicht in die Sache mit dem Kind einmischen. Ich denke, Sie wissen selbst, dass Olivia die

Menschen, bei denen sie aufgewachsen ist, liebt – was immer sie getan haben. Andererseits geht Olivia mich möglicherweise mehr an, als Sie glauben. Deswegen gestatten Sie mir eine Frage, die Ihnen vielleicht sehr indiskret vorkommt. Aber ich muss sie stellen: Wer ist Olivias Vater?«

»Eine Urlaubsbekanntschaft. Wir haben uns danach nie wieder gesehen. Ich habe erst nach dem Urlaub erfahren, dass ich schwanger bin. Gehört das noch zu Ihren Ermittlungen?«

»Nein. Das interessiert mich privat. Sie waren damals nicht zufällig in Südamerika in Urlaub?«

Bianca sah ihn ungläubig, fast erschrocken an. »In Venezuela. Wie kommen Sie darauf?«

»Ihre Urlaubsbekanntschaft war ... schon älter? So Mitte fünfzig? Hieß vielleicht Ralf?«

Bianca schluckte und schien aus der Fassung zu geraten. »Einen Moment. Ich komm nicht mit. Was ... was wird das hier gerade?«

»Tut mir leid. Ich wollte Sie nicht beunruhigen.«

»Das tun Sie aber. Woher wissen Sie Dinge, die außer mir niemand wissen kann?«

»Wegen einer möglichen Knochenmarkspende wurden Blutuntersuchungen durchgeführt. Bei Olivia und mir. Dabei kam heraus, dass Olivias Vater mit hoher Wahrscheinlichkeit auch mein Vater ist. Mein Vater ist in den siebziger Jahren nach Venezuela gegangen und hat den Kontakt zu seiner Familie abgebrochen.«

»Das heißt, Sie sind möglicherweise Olivias ...«

»Bruder. Ja. Sieht so aus.«

Bianca schüttelte den Kopf. »Ralf hatte damals eine kleine Bar am Strand.« Sie sah Wallner an. »Jetzt, wo Sie es sagen – Ihre Augen. Das sind seine Augen. Ich glaub's nicht.«

Bevor Wallner ging, gab er Bianca noch ein Kuvert. »Wir haben Ihre Handtasche in der Nähe der Hütte gefunden. Sie bekommen sie wieder, wenn die Spurensicherung damit fertig ist. In der Handtasche war auch ein USB-Stick.«
»Ich wüsste nicht, dass ich einen USB-Stick …«
»Kann sein, dass Sie ihn von Scheffler bekommen haben. Das haben wir darauf gefunden.«
Bianca öffnete das Kuvert und nahm die darin enthaltenen Papiere heraus.
»Es ist das Ergebnis eines DNA-Tests. Er bestätigt, dass Sie Olivias Mutter sind.«

Wallner ging zu Fuß nach Hause und machte einige Umwege. Er musste nachdenken. Seit er fünfzehn war, hatte er mit seinem verschollenen Vater abgeschlossen und nur noch in seltenen Momenten an ihn gedacht. Jetzt war er wieder da. Wallner überlegte, ob er nach ihm suchen sollte. Aber was erhoffte er sich davon? Wenn sein Vater nichts mit ihm zu tun haben wollte? Er hatte die meiste Zeit seines Lebens ohne Vater gelebt, und im Grunde hatte ihm nichts gefehlt. Musste er ihm sagen, dass er eine Tochter hatte? Nein, da spürte Wallner keine Verpflichtung. Und wenn sein Vater sich um Olivia so kümmern würde wie um ihn – es war wohl besser, die beiden wussten nichts voneinander.
Nein, es war etwas anderes. Wallner wollte Antworten. Auf Fragen, die er sich schon lange nicht mehr gestellt hatte. Bis gestern, genau genommen. Eigentlich war es nur die eine Frage: Warum um alles in der Welt war sein Vater einfach verschwunden? Leider gab es, soweit Wallners Phantasie reichte, keinen nachvollziehbaren Grund für dieses Verhalten. Aber irgendeine Antwort wäre schön gewesen.

Manfred hatte eine Flasche Piccolo kalt gestellt. Er wollte darauf anstoßen, dass Wallner die kleine Olivia mit seiner Knochenmarkspende retten würde.
»Es kann noch viel passieren«, sagte Wallner. »Aber wir können drauf anstoßen, dass ich in Frage komme. Das ist auf alle Fälle eine sehr gute Nachricht.«
Manfred verteilte den Inhalt der Flasche, auf der noch das Sonderangebotsschild klebte, auf zwei Sektgläser, und sie prosteten sich zu.
»Es gibt übrigens noch etwas zu feiern«, sagte Wallner.
»Ah ja? Was denn? Machst mich ganz neugierig.«
»Unsere Familie hat Zuwachs bekommen. Es ist jetzt klar, dass Olivia meine Halbschwester ist.«
»Ich hab da aber nix mit zum tun. Ich schwör's.«
»Du bist ihr Großvater.«
Manfred hielt im Trinken inne. »Und wie geht jetzt so was?«
»Das ist alles ein bisschen kompliziert«, sagte Wallner und legte seinen Arm auf Manfreds Schulter. »Hör zu …«

Danksagung

Mein Dank gilt Andrea Hartmann, meiner Lektorin, die einmal mehr Wesentliches zum Gelingen der Geschichte beigetragen hat, sowie Maria Hochsieder, die dieses Mal unter großem Zeitdruck besonders viel Arbeit in dieses Buch investieren musste, und allen Mitarbeitern des Verlags Droemer Knaur, die seit Jahren mit viel Einsatz und Leidenschaft zum Erfolg meiner Bücher beitragen.

Die Kultkommissare Wallner und
Kreuthner ermitteln!

ANDREAS FÖHR

Der Prinzessinnenmörder
Schafkopf
Karwoche
Schwarze Piste
Totensonntag
Wolfsschlucht

»Andreas Föhr hat mit Kreuthner einen der vitalsten Ermittler erfunden, den es gerade in der Spannungsliteratur gibt.«
WDR

»Der Autor hält die Balance zwischen Humor und Spannung und gibt seinen Figuren mehr Facetten, als man anfangs ahnt.«
Westdeutsche Allgemeine

KNAUR

SVEN KOCH

Dünenfeuer

Kriminalroman

Ein ungeheuerlicher Verkehrsunfall mit mehreren Toten stellt die Autobahnpolizei Friesland-Wilhelmshaven vor ein Rätsel. Hat eine raffinierte, hochprofessionell organisierte Bande tatsächlich versucht, während der Fahrt bei Tempo 120 einen Transporter auszurauben? Schwer vorstellbar. Doch die Spuren lassen sich kaum anders interpretieren. Kriminalhauptkommissar Tjark Wolf und Femke Folkmer stecken tief in den Ermittlungen um eine Mordserie an Polizisten, als sie von der Autobahnpolizei hinzugezogen werden und eine erschreckende Entdeckung machen …

»Eigenwillige, originelle Charaktere,
ein spannender Plot und mit Ostfriesland ein Setting,
das nicht nur schmückendes Beiwerk ist.«
Krimi-Couch.de

KNAUR